知音动漫图书·漫客小说绘
ZHI YIN COMIC BOOK 以梦想之名 点燃阅读

喜剧女王

罗小葶 著

中国致公出版社　知音动漫

知音动漫图书·漫客小说绘出品

目录

楔子
001

第一卷
若是美好,若是糟糕
003

第二卷
人生一世,草木一秋
069

第三卷
最狂的风,最静的海
225

楔 子

时值初冬。

窗外不知道何时落了雪，雪花打在玻璃窗瞬间化成水，一道又一道，最后变成模糊的雾。这个房间已经有三个月不见天日，今日不知为何起了大风，将密闭的窗帘掀开一角，房间透了一丝光进来。

沙发上的灰猫幽深的眸子发着光，叫嚷着跳下沙发。

尖锐的爪尖从脸颊上拂过，蜷缩在地板上的人终于有了动静。

纪星池感受到脸上细微的刺痛，睁开眼就看到了灰猫那张巴掌大的脸，听到了它发出的并不柔软的猫叫声。一股子恶臭传来，是灰猫身上的味道。

猫落进了纪星池的怀里，蜷缩着猫身舔着她的手背。纪星池回过神，挣扎着从地上爬起来，走到窗边，抬手落在半空，犹豫片刻还是拉开了那厚重的遮光窗帘。

房间里顿时变得明亮，光线令她看清满屋子的狼藉，堪比垃圾场的客厅被无数膨化食物垃圾袋占据。突如其来的画面冲击着她的记忆，她抬手遮住眼，恐惧蔓延而来，像是要吞噬她的全身。

那场攻击，一幕幕接踵而至。谩骂、诅咒、围观者戏谑的眼神、媒体记者肆无忌惮的拍照和追问，一点点变得清晰，最后，那些画面都变成了一张狰狞的脸。

大概是臂弯太过用力，灰猫吃痛，惨叫着跳下了地。纪星池这才猛然瞪大眼，看着玻璃窗上映出的宽大影子。

一张从未见过的脸如同大饼般烙在玻璃上。

三小时前她被饿醒过一次，当时她随手从冰箱里抓来食物喂进嘴里，此时黑乎乎的残屑还贴在她脸上，仔细一看，那张脸更像抹了酱的大饼。

纪星池跌跌撞撞找到全身镜，看着镜中膀大腰圆的自己不敢置信地发出了惨叫。她惊得跌落在地，以为自己在做梦。

她跌跌撞撞地跑回卧室，然后仓皇地爬上床用被子蒙住脑袋。她用力闭上眼，想忘掉刚刚的噩梦，但房子里浓烈的酸臭味警示着她，这是现实，不是梦。睡衣上隔夜的烧烤味刺激得她想吐，她小跑着冲进洗手间，一阵干呕后，才浑浑噩噩走出洗手间。

她突然想起了什么，转身去翻找手机。

是的，手机里有那么多自拍，那些照片足以证明曾经的她不是这样的！

然而手机早就被淹没在垃圾堆里。

客厅墙壁上有一张偌大的海报，那是纪星池刚刚走红时拍广告的照片。照片上的纪星池有着小巧精致的五官，蛾眉蓁首、皓齿朱唇，毕竟她刚出道时是以颜值闻名的。

而现在镜子里的人，完全就是一张陌生的脸。

那么丑陋、那么肥胖。

第一卷 / 若是美好，若是糟糕

你们的爱情是爱情，而我的爱情是什么？

第一章

去颁奖典礼的路上遭遇了堵车，前方发生交通事故。

纪星池看着窗外被堵得水泄不通的车流和骂骂咧咧的车主们，深锁着眉头："按照这速度，等我们到时，恐怕奖都颁完了。"

艾文不慌不忙地用 iPad 看着颁奖典礼的现场直播，灯光熠熠的舞台上，此时正在提名最佳新人奖，镜头扫到几个演员，放眼看过去，没几个是认识的。

"这颁奖典礼跟你又没关系，你急什么急？我已经跟组委会那边打过招呼了，你要来不及，就换个人上去帮你颁奖就行了。"

"那可不行，我明明答应了他们做颁奖嘉宾上台，怎么能失信于人？"

华影奖是电视剧类奖项，跟纪星池这种电影咖没多大关系，不过组委会照例会给她发邀请函。只是今年邀请函送到的时候，纪星池毫不犹豫答应了做最佳男演员的颁奖嘉宾，组委会都相当吃惊。

礼服是提前一周就准备好的，D 家最素净的一款高定。优雅大气的吊带裙穿在她身上，再素也有一种绮罗珠履的华美感。如此精心的准备，艾文想不出除了陈景行之外，她还能是为了谁。

"你少来，你不就是为了你家那个小白脸，今晚能不能拿奖还不一定呢。"

"什么小白脸，那是我男朋友。"纪星池整张脸都写着自信，"我挑的男人，不至于连个奖都拿不到。"

艾文对她这种想法早已见惯不怪，他翻了个白眼，直播也看不下去了，抬头望了望前方逐渐松动的车流，又看了眼时间，忽然想起什么来："我说你这么笃定他今天晚上拿奖，不要告诉我你又……"

"没有！我的手还没那么长，怎么可能伸到组委会？"

艾文松了口气，但仍然不放心地碎碎念着："以前就算了，现在他的势头都快超过你了，你就别再为他操心了。上次饭局那事，我可不想再发生。"

听艾文提及上次饭局的事情，纪星池心里也有点儿膈应，便不再说话。

一晃眼就快到了，艾文接了个电话后便吩咐司机将车开到后门。

为了避免"纪星池耍大牌迟到"这样的新闻，他们选了一条最隐秘的入口将车开进了地下车库，组委会的工作人员等在那里，纪星池下了车直接被他们从工作人员通道带到会场。

进会场时，台上的嘉宾正在公布今晚的最佳男演员提名名单。纪星池弯腰坐下时，镜头正好扫到嘉宾席下的陈景行，大屏幕上他一脸从容，气度不凡。

"哇，这么多优秀的男演员，那我们今晚的最佳男演员到底是谁呢？"

别看纪星池一脸事不关己高高在上的样子，可听着主持人的话音，她心里可比自己被提名还紧张，早已双手合十地祈祷起来。

激动人心的音乐声中，再次响起了颁奖主持人的声音——

"最佳男演员：陈景行先生，代表作《我的异变男友》。恭喜。"

纪星池高兴得差点儿站起来，被她身边的艾文拉了一把，她才保持镇定坐好。

随着陈景行上台，颁奖主持人也邀请纪星池上台颁奖。与纪星池一起为陈景行颁奖的另一个嘉宾是电视剧协会的重要领导，两人庄重地上了台，此时的陈景行站在台上，正微笑地看着他们。

纪星池抿嘴笑了笑，只是在将花交给陈景行时两人指尖相触，她下意识地捏了捏。

如此明目张胆的调戏令陈景行一愣，抬眸看她，只见她眼含狡黠，飞快地冲他眨了眨眼，但很快，脸上便恢复到一本正经的样子。她客气道："恭喜你。"

颁完奖，纪星池正要离开，主持人却抢过话头："我知道星池跟咱们这位新晋视帝是同门师姐弟，又是同一所学校毕业的同学，今天这么巧同台站在此处，星池，要不要给这位视帝师弟说点儿什么？"

纪星池原本不想说话，但话筒已经递到她嘴边了。

"今天可是师弟的主场，我就不发言了吧。"她笑了笑，回首看着陈景行，"至于恭喜的话，我想说，今天拿到这个奖，你实至名归，你是我……们公司的骄傲。"

陈景行脸上没有任何变化，只是在她说到"我们"两个字时神色闪了闪，那变化很小，很难让人看清楚，很快，他勾起了公式化的笑容，冲她熟稔地点了点头："谢谢。"

这是两人第一次在大众面前如此近距离接触，以往为了避嫌，他们的工作从来不交叠，见面的机会也很少，大多数时候她都在奔波，而他工作也越来越多，今天之前，他们已经两个月没见面了。

两人没有再说什么，主持人请纪星池下台，接下来的舞台便交给了陈景行。

陈景行中规中矩地发表了自己的获奖感言，并没有出格地特意感谢纪星池这位在他背后默默付出多年的女友。他就像是个老手，沉稳地做好每一个瞬间，甚少行差踏错，走到今天，他向来不悲不喜。

这些在艾文看来，都是他的伪装。艾文不喜欢陈景行，从认识起，他就觉得这样的大尾巴狼配不上自家的仙女，可他有什么办法？纪星池决定的事情，十头牛都拉不回。

下台后，纪星池迫不及待地给陈景行发消息，问他想去什么地方庆祝。艾文支着脑袋看过来，满脸写着嫌弃："吃什么夜宵，要是胖了，看谁还敢找你拍戏。"

"我会长胖？就算你说有一天我去说相声，都比我长胖可信一点儿。"刚说完话，陈景行就回了消息过来——

"晚上剧组庆功宴，你来吗？"

艾文偷看到消息，当即黑了脸："还是别去了吧，你明天还有不少工作呢，结束后我就送你回家。"

纪星池对艾文的劝说充耳不闻，拿起手机就回了个同意的表情包。

"你不知道那剧的投资商是谁啊？你还敢去！"

"放心，有景行在，我不会吃亏的。"

艾文气得差点儿跳起来，但周围都是人，他只能用两人才能听得见的音量来表达自己的不满："他顶个屁用。"

尽管艾文反对，纪星池还是去了庆功宴。

庆功宴的地点在市中心的酒吧，剧组包了整个大厅，纪星池换了一身轻便的衣服，戴着鸭舌帽上了旋转楼梯，几个主创都在二楼的包厢喝酒。

《我的异变男友》在播出时就大火，如今临近年尾，又是一连拿下了几个大奖，简直是大满贯，让投资方赚了不少，而主创们更是名利双收，自然是玩得嗨了一点儿。纪星池推门进去时，那肥头大耳的投资人马建国正勾肩搭背地要跟陈景行喝酒。

带着酒气的臭味扑鼻而来，陈景行蹙了蹙眉，不着痕迹地退了一步，温和有礼地举起手中的酒杯："马总，这杯酒我敬你，感谢你投资了这部有潜力的作品，给我这么好的机会。"

马建国早已喝得晕乎乎的，听见陈景行如此说，他东摇西晃地向纪星池走去，醉醺醺地说："小陈很上道嘛，不过你要感谢的人可不止我一人，还要好好感谢一下我们的大影后。"说话间，伸手就要去揽纪星池："大影后，我帮你这么大的忙，你是不是应该陪我喝点儿啊？"

扑面而来的臭气让纪星池下意识地后退了一步，她不着痕迹地避开了马建国的手。

喝醉的马建国注意到她的举动，笑呵呵地看着她。

纪星池又往陈景行的方向挪了点儿，只是正应付着马建国的她没有注意到，在马建国说出上一句话时，陈景行的脸色变得异常难看。

陈景行看向马建国，有点儿意外："马总刚刚那话是什么意思？"

马建国冷哼一声："看来小陈还不知道啊，要不是我们大影后酒量好，我这么好的戏可不敢给你。"他抬手就再次将酒杯递给纪星池："大影后，来迟了这酒还是要罚的！"

纪星池刚要拒绝，马建国又道："大影后是不给面子？"

看着他肥腻的手，纪星池一阵恶心感袭来，她毫不掩饰地说："马总，你喝醉了。"

马建国见她如此不识时务，火气顿时就上来了。

陈景行看出端倪，立即上前，客气道："马总，纪师姐不胜酒力，这杯酒我替她喝吧。"说话间，仰头将一杯酒咕噜咕噜灌了下去，喝完又给自己倒了一杯，接连喝了三杯。

这会儿马建国眯着眼，手里拿着酒没动，表情甚是难看："呵，你替她喝，你算什么东西？"

"马总，请注意你的言辞。"纪星池早已按捺不住内心的厌恶，直言维护。

马建国没想到她翻脸不认人，冷笑一声："纪小姐，这才多久，你就忘了当时来找我的样子。你现在不胜酒力，当初可是把我伺候得够好……"

纪星池也不知道是被激怒了，还是犯了恶心，端起一杯酒就泼了过去："给我把嘴巴放干净点儿。"

原本闹哄哄的包厢顿时安静了下来。

出了丑的马建国狰狞地看向她："臭婊子，给脸不要脸了是吧？"说着话，抄起一个酒瓶子就砸了下来。纪星池正要躲，一道黑影忽然挡在她眼前。

玻璃碎裂的声音响起，一道鲜红的血从陈景行脑袋上流下。

众人这才反应过来，忙上前拉住了马总。

"马总，马总，有话好好说啊。""是啊，纪小姐你快带小陈回去包扎吧。"

马建国也被血给吓到，被人拉着在沙发上坐下，一时说不出话来。

如今的陈景行虽然伏低做小,可他已经不是一年前那个混迹在二线的当红小生,现在的他怎么说也是大热的流量小生,指不定背后就有什么人做后台。

纪星池气得牙痒痒,抬手抓起一个酒瓶子想要砸回来,被几个人拦住。

"还愣着干什么,快走啊。"导演冲陈景行使眼色。

陈景行看了纪星池一眼,脸色难看:"纪师姐,请求你,不要给我惹事。"

纪星池心里一咯噔,拿着酒瓶的手顿时收了回去,转身扶住他往外走。

陈景行的助理听说出事后立即开车过来。坐上车后,纪星池还担心陈景行的伤势,一直用自己的衣服捂着伤口,不停地催促:"快点儿,去最近的医院。"

陈景行立即阻止了她:"我没事,先回家吧,这样去医院,明天指不定会有什么新闻。"

他总是这样,小心翼翼,好像名声比什么都重要。

纪星池咬着下嘴唇,有点儿泄气,一路上什么话也没说,沉默地回到家。

"医药箱在什么地方?"一到家,纪星池就迫不及待四处翻找。陈景行住在这个公寓三年了,她来的机会不多,所以对家里的格局并不熟悉。

陈景行看着她犯难的样子,微微叹了口气,指了指拐角处的柜子:"里面。"

纪星池立即找来了纱布和碘酒,让他坐下,给他包扎伤口。伤口不是很深,但血肉模糊,看得人触目惊心。纪星池皱着一张脸,轻轻地给他涂药,上完药后,还轻轻吹了一下。

气息拂在眉心,痒痒麻麻的,陈景行下意识地抬眸,正好对上她低头看他的视线,他抿着唇线,刹那后转开了视线。

纪星池微愣,轻眨眼,嘴角习惯性地勾起,打破了僵持的气氛:"你在生气。气什么?气我惹事,还是信了马建国那张臭嘴里造的谣?"

陈景行没说话。

"你不信我?"她眯了眯眼。

"这个奖,我拿得名不正言不顺。"他的视线毫无情绪地扫过茶几上的奖杯。

纪星池的眼神暗了暗:"这是你的角色、你的演出,不管角色是靠什么手段得到的,但是是你塑造了这个角色,拿这个奖你实至名归。"

"纪星池,我不想活在你的阴影下。"他叹了口气,"我不需要你去帮我争取什么角色,不需要你为我委曲求全,更不想要你的……施舍。"

长久以来,他都活在她的光环下,这种日子他早就不想过了。

纪星池没想到他的反应会这么大,脸上的笑容渐淡:"是吗,以前你没跟我说过。"

陈景行的眉头越皱越深。

"如果你不喜欢,以后你自己做主好了。"她很冷静地提出了解决方案。

陈景行深深地看着她，过了良久，才微微叹了口气："算了，我让人送你回去。"

纪星池还想说什么，但看他眉宇间的疲倦，到嘴边的话还是收了回去。

第二章

送纪星池回家的是陈景行的经纪人孟旭。

对于两人的关系，孟旭最清楚不过，见她冷着脸，心里就猜到了七八分："景行这是又怎么了？我看他刚拿到奖的时候心情很好的，怎么还会惹你？"

纪星池摇了摇头，没跟他多解释，只说："你们男人都这么要脸吗？"

孟旭听到这话，大约明白了。

这些年他是跟着陈景行走过来的，当初两人都很落魄，没资源，没人脉，一直没有好机会。如果不是遇上纪星池，陈景行的发展不会这么快。只是男人嘛，靠女人赏饭吃，久了也就有点儿情绪了。

陈景行这一年很拼，钻研演技，珍惜每一个机会，无非就是想早日独当一面。可这老天也不知道怎么回事，给了纪星池一张好看有记忆点的脸，还给了她演戏的天赋，如今不过短短几年时间，她已经是当之无愧的实力派一线女星，简直让人嫉妒。这让别人心里怎么想？尤其纪星池身边的人都不怎么喜欢陈景行，小白脸小白脸地叫着，哪个男人听了心里舒服？同样身为男人，孟旭很理解陈景行，但也没觉得纪星池做错了什么。

"算了，你也别放在心上，你明天不是还有工作吗？可别耽误了休息。"

纪星池点点头，没说话。

"对了，景行过几天要上的那个综艺，你是不是也推荐你们那个女同学参加？"

"你说文初？"

听到这个名字，孟旭下意识皱了皱眉，欲言又止："其实同学这种情分，出了校门也没剩多少了。"

纪星池听出他话中有话，眉心紧锁。她不是圣母心泛滥非要帮文初，只是有些事情，她过不了心里这关。

"我明白，我也只是提供了机会，能不能把握还是得靠她自己。"

关于文初，纪星池有一种难以言喻的情绪。高中时，她们是无话不说的亲密朋友，但同时文初也是陈景行的青梅竹马，他们一起长大，一起上学，比谁都了解对方。很多时候，纪星池甚至觉得，在三个人之中，多余的那个人是自己。

不过，满档的工作日程并没有给她时间去胡思乱想。

天微亮，艾文的电话已经催命符一样响起。

纪星池像是上了发条的机器人，机械地从床上爬起来，简单洗漱后，穿着轻便的衣服匆匆下了楼。刚坐进车内，艾文便默契地递来一袋刚出炉的包子，包子带着肉香，勾起了她的食欲，也让她彻底从睡梦中醒来。纪星池大大地咬了一口包子，还没吞进肚子，艾文又递了iPad到她眼前，上面是她即将参演的电影《海上城池》的剧本新修稿。

"这是昨晚新发来的剧本，你先熟悉一下。等会儿的研读会你可不能再嘴瓢了，周深是地地道道的北方人，他的本子都带点儿本土味儿。"艾文说。

纪星池是南方人，讲话时偶尔会带一点儿口音，尤其是一些生僻的台词，生怕说出口不对劲。

这部电影的导演周深崛起于近年，一共拍了四部电影，部部票房大卖、口碑爆棚，如今已跻身为导演圈的新贵，能上他的戏，就意味着被承认的实力。纪星池能拿到角色，团队着实耗费了不少心力。

但周深是出了名的奇葩，要求全员在开拍前脱稿参加围读会，纪星池半点儿不敢耽搁，早在一个月前就熟读剧本，只是没想到他们新修改的本子与之前大相径庭。

粗略看了约莫十场戏后，纪星池就没心情吃包子了："导演是不是觉得我的大脑进化过，能在短短几个小时内就记熟台词？"

艾文看她如此，也不敢说实话。他收到新剧本时就打听过了，其他几个主要演员早就收到修改的剧本了，就纪星池刚收到。这事倒不是人家导演挤对她，想来想去，无非就是剧组里有谁对她不满，在这种小事上给她穿小鞋。纪星池在这一行混了这么久，其中原因自然也能猜到。人越是在高处时，越是有些麻烦找上门，而这时她能做的也只有尽量将自己的本分做好。以她现在的地位，但凡被人抓到一点儿小辫子，都会被放大抹黑。事已至此，只能先吞下这个哑巴亏了。

到了电影公司楼下，艾文被公司的一通电话叫走。纪星池边看剧本边进电梯，电梯一停，她没留意四周的情况，直奔会议室。这栋楼里有不少工作室和影视制作公司，格局都差不多，她熟门熟路地找到了会议室。

会议室里此时坐了几个人，正在商讨什么。纪星池猫着腰，没打扰大家，找了个角落坐下，然而正在进行的讨论因为她的出现戛然而止。她没觉察到有什么不妥，笑着说："你们继续，我安静地看剧本，不打扰你们讨论……"话没说完，就对上了一道犀利的目光，纪星池愣住了。

男人黑色的短发下剑眉星目，眯起的眼细长锐利，薄唇微微勾起，看她的眼神盛气逼人。

纪星池心里一咯噔。是他，穆雨时。

她是知道穆雨时的，北辰影视学院的风云人物。听得最多的，是他经常换女朋友，每任女朋友不是院花就是系花，是个超级大颜控。不过大家知道他，更多的还是因为他是国际大导演穆周的独子。

"不好意思我走错地方了，我现在就走。"不等对方开口，纪星池快速拿起自己的东西，快步退出会议室，脚步如同被鬼追。

男人看着纪星池逃离的背影，眼底的光一瞬即逝。

会议室里其他几人望着她匆忙的背影，面面相觑，坐在下首的副导演李想眼尖，第一个发现她掉落在门边的耳机，上前捡了起来："咦，有点儿面熟，是谁来着？"他的发问立即引来了其他人的响应，众人都没想起来是谁。

穆雨时挑了挑眉，冲李想伸手："耳机给我吧。"

"啊？"李想愣了下，但很快就将耳机交到穆雨时手中。

穆雨时将耳机扔回桌面，忽略了方才的插曲："继续。"

纪星池一路小跑上楼，这次进会议室之前，特意留意了门边的告示牌，确定没问题后才走了进去。

周深刚到，众人也在简短地打了招呼后陆续就座，纪星池走到自己的位置上，深吐了一口气，这才正式进入到《海上城池》的剧本围读会中。

在这部电影中，她饰演一名流落孤岛的普通大学生，被路过海岛的医疗船救助上船。本以为得救的她，却在上了船之后遭遇了一系列的诡异事件。船上一共有五位核心成员——当过警察的男主角、获救的女大学生、野心勃勃的企业家、精神病态的富家女和船长。故事随着船员的神秘失踪拉开悬念，危险将至的紧要关头，女大学生和男主角携手找出了事件真相，并成功上岸。

饰演男主角的白启曾靠一部仙侠大剧迅速崛起，一跃成为当红小生。跟纪星池一样，他也是冲着转型而来。跟他们搭戏的其他几位主要配角都是实力派老艺术家。在阵容强压下，大家都很认真，全神贯注地投入到围读会中。

会议持续到午饭时间，周深才松口让大家暂时休息一个小时。吃过午饭后，还剩点儿空余时间，纪星池决定去楼下走走，刚到电梯口，就遇到了熟人。

文初刚见完制片人，脸上的表情不是很好看，但看到纪星池时立即露出了故作坚强的笑脸："星池，你怎么在这里？"

"我在这边开个会，你怎么了，脸色不是很好看？"

被纪星池一问，文初顿时委屈起来："没、没什么。"那股子委屈劲跟以前一样。

纪星池曾跟文初同桌两年，每回班上的男同学逗文初，出头的人便是她，久而久之，两人也变得无话不谈。也正因此，纪星池才经文初的介绍认识了陈景行。上学期间，陈景行这人挺冷漠，对谁都不怎么待见，唯独对文初是好得没话说。但现在不是从前，纪星池早就对文初的眼泪免疫了，出于礼貌，她还是任由文初拉到一个没人的消防通道处说话。

"那个……星池，我有一件事想麻烦你，不知道你方不方便？"

纪星池没说话。

文初小心地看了她一眼，见她没有露出为难的神色，继续说着："我今天是来见《归路》的制片人的，里面有个小角色我想演，他们副导演说我还挺有希望的，但导演好像觉得不太好。那个……你能不能帮我说说话呀，我记得你是穆雨时的师妹吧？"

对于《归路》这部电影，纪星池不算陌生，她曾在网上看过相关报道。这部戏是穆雨时导演的首部作品，不少营销号凑热闹，曾一度被热议。没想到文初有这个心思。

"我跟他不熟，在学校时连面都没怎么见过，可能帮不了你。"

见纪星池拒绝得干脆，文初脸上的表情更加委屈了，她强忍着眼泪摇了摇头："没关系，我知道你不会故意不帮我的，可能你真的很为难……"

话没说完，楼梯下传来一阵轻笑声。两人俱是一愣，立即朝发出声响的地方望去，只见一道黑色的身影站在拐角处，颀长挺拔。

正在抽烟的穆雨时也不知道是什么时候站在那里的，看见两人尴尬的表情，他嘴角微微弯了弯，像是在笑，但眼底笑意全无。

纪星池习惯性皱眉。这是她今日第二次撞见他了，两次见面都很丢脸。

"纪师妹。"穆雨时的烟嗓很好听，语气中带着不明意味的笑意。

纪星池抽了抽嘴角，对他口中的"师妹"二字很是不感冒。他们什么时候可以以师兄妹相称了？

穆雨时没管她的神色，已经走到两人面前，熟稔地指了指她的手："手伸出来。"

"啊？"纪星池愣了愣，抬头看见他认真的神色，摊开了手。

一根白色耳机放在了她手心。

"喏，你的。"

纪星池这才恍然想起自己的耳机丢了。不过就是算还耳机，他也没必要表现出两人很熟的模样吧，没听到她刚说的两人不认识吗？他是来故意拆台的吧？

纪星池心有不满，干巴巴地说了一声："谢谢。"说完也不想待下去了，看了一眼站在旁边神色复杂的文初，说："我事情还没忙完，先走了。"转身离开，压根不给两人说话的机会。

文初看着她的背影，无奈地解释："穆导，不好意思啊，是我为难星池了，才让她这么急着撇清跟你的关系。"

看着文初，穆雨时原本的笑意消失无踪："你叫文初？就是找李想帮忙，但被马六拒绝的那个？"

文初没想到他会忽然问自己，迟疑地点头。

"《归路》里面还有一个角色没找到人，女三号，想演吗？"

"什么？"文初诧异地看着他，脸上的表情肉眼可见地变为欣喜，"你是说……为什么是我？"

"我看你哭戏不错，长相也还挺符合人设的。"穆雨时不急不慢地说，语气淡淡的，看不出情绪。

文初很想立即答应，但架不住自己虚荣心作祟，还想假装为难一把，刚想开口，穆雨时好似已经看穿她的想法，轻声哂笑："你不用跟我来这一套，现在电视剧里都不演白莲花的把戏了。一个配角，找谁不是找？纪星池是我师妹，我卖她一个人情，没什么说不过去的，你非要表现出一副被她欺骗的样子，也挺有意思的。"

"我没有。"

"有没有你自己清楚，不过这个角色还挺适合你的。"说话间，他扫了她一眼，勾起唇角，"尤其是嫉妒自己闺密时的样子，简直跟我心目中的女三号一样丑陋不堪。"

早听说穆雨时这人不好相与，但没想到他说话这么直接。被拆穿的文初一时两难，点头不是，不点头也不是。

穆雨时没多做停留，只说："下周三到制片办公室报到，过时不候。"不等回答，已经转身离开。

第三章

会议结束后，纪星池再次在大楼门口撞上穆雨时，她出于礼貌地点了点头，引来穆雨时身边几个大老爷们的起哄声。

"哎呀，我想起来了，这不是那个纪星池嘛！"

"是她啊，难怪觉得眼熟。"李想用胳膊肘撞了穆雨时一下，"导演，你什么时候认识这么个大美人啊？我说呢，你今天可没发脾气。"

别人不了解穆雨时，但他身边的人可是很了解的。穆雨时这人，长得好，有才华，家世好，可这人向来横眉冷对，对谁都没什么好脸色，好像谁都入不了他大少爷的眼似的。尤其是那张嘴，实在没什么绅士风度，心情好时，吃吃女生那一套，直截了当也好，欲擒故纵也罢，都甘心配合，可要是他心情不好时，甭管你是女神还是女王，统统都会败在他那张臭嘴上。

"是啊，导演今天的脾气真好。"连一直承受着穆雨时暴脾气的助理小安都这么说，几个人也看好戏一样看向当事人。

穆雨时的目光从开远的车子上收回，瞥了几人一眼，冷声道："这么八卦干脆去当狗仔？"

《归路》的项目正在飞速推动，整个团队恨不得一天掰成两天用，这些家伙还有闲情逸致八卦？

"还有你们几个，想失业了是不是？"

他一吼，几个人赶紧收了声。

这边纪星池上了车，毫无形象地脱掉了高跟鞋，弯腰揉了揉自己的脚尖。

坐在前排的艾文回头看了她一眼，无语地翻了个白眼："刚上车前，看到你跟穆周导演的儿子打招呼，你们认识？"

纪星池揉了揉发酸的腰，心不在焉地回答："说不上认识，以前在学校见过几次，他算是我的学长吧，不熟。"

艾文若有所思地点了点头："你跟公司的合约快到期了，现在公司因为女演员的年龄问题打算调整战略，重点捧你家那位小白脸。是否还要续约，我建议你尽早想清楚。"

纪星池没想到他会提这件事。

公司今年确实给了不少资源给陈景行，加上如今他拿了奖，之后的资源自然会优先给他。这个圈子向来对女明星不公平。男明星上升期长，转型也相对容易，而女明星就没那么好运了，如果在一定阶段还没有成功转型的话，渐渐就会沦为淘汰对象。纪星池自身的业务能力早就具备了转型的条件，但公司接到的项目没有更好的，纪星池现在面临的问题是需要尽快转型，成为真正靠实力立足的女演员，而对陈景行来说，现下才是他的黄金期。

"就算调整战略，我依然是公司的艺人，不出意外的话，我还是会续约的。"

艾文看了她好一会儿："其实我觉得华美影业挺适合你未来的发展路线的。"

原来他问及穆雨时，重点在这里。穆雨时是华美集团的太子爷，谁都知道华美集团是他母家周家的家族企业，旗下的影业公司一直由他舅舅打理，而不管是穆家还是周家，到他这里都是一脉单传。

纪星池没说话，艾文接着说："华美影业是业界龙头，每年手上大制作的片子不少，这次周深的电影就是他们主投的，如果你有兴趣，我跟他们联系一下。"

这话纪星池听明白了，不是她对公司不满意了，而是艾文对公司新调整的战略方向有意见了，他想带着她去更好的地方。艾文说得没错，但是她不愿意下定论。

"我会考虑看看。"

"嗯。"艾文见她表情为难，没有继续劝说，"那你好好考虑，尽快给我一个答复。"

纪星池点了点头，没说话。

回到家时，天已经黑了。陈景行没有发来短信，她也就没有去打扰。他们之间有一种默契，尊重对方的工作。但这样的相敬如宾，在艾文看来就是各取所需、买卖在感情便在罢了。纪星池也不想解释什么，早早洗漱完便爬上床看剧本。

第二天要录南星卫视的综艺节目，节目组邀请大家在录制前吃个饭，互相熟悉一下。吃饭的地点定在当地很有特色的餐厅，一个十五人座的包厢里坐了好些嘉宾。文初也在受邀之列，负责人听说她跟纪星池和陈景行都是高中同学，便特意将她安排在了陈景行相邻的位置。

陈景行刚走进房间，手腕就被文初熟稔地挽住了："景行，你怎么这么晚才来呀？大家都在等你。"

陈景行看清楚来人，脸上露出淡淡的笑意，解释着："刚从公司过来，路上有点儿堵车。"

众人见他如此温和，纷纷拿异样的目光看两人。

"你们这是……"一个跟陈景行合作过的女演员林羽暧昧地看着两人。

陈景行正想解释，为首的总监制滕国桦便笑着说："你们这叫戴着有色眼镜看人，人景行和文初是高中同学，关系好着呢。"

文初抿着唇，羞涩一笑："是啊，林前辈，我们只是高中同学。"

林羽见她这娇羞的样子，眉毛一挑，明显不信。

孟旭进来的时候，正好看到这一幕，表情甚是难看。这种事情不好解释，解释多了就有点儿欲盖弥彰了，但不解释又是默认的意思。文初这种故意引人误会的做法，真够贱的。

滕国桦邀请大家入座，孟旭见机行事，一马当先地坐到了两人中间的位置，阻止了文初要在陈景行身边坐下的动作。孟旭笑眯眯地回头："文小姐，怎么不坐下？"他指了指自己左手边的位置，说完替陈景行拉开了右手边的位置："景行，先坐下吧，监制他们等你挺久了。"

陈景行没有注意到文初的不满，坐下后，接过了滕国桦递过来的酒杯。

"既然迟到了，罚半杯。"滕国桦年过半百，笑起来一脸褶子，为免众年轻人起哄，特意先给了陈景行半杯酒。

有几个年轻演员跟节目组熟悉，其中一个女演员调侃着："滕导偏心啊，惯会做老好人，这半杯兑水的酒，就把我们打发了。"

"小小年纪这么会劝酒，轮到自己喝的时候又推三阻四。"滕国桦依旧笑眯眯地说着，"我们景行可不是你，喝多少都干干脆脆的。"

"监制果然偏心啊，说什么我推三阻四，您倒是也劝其他人喝啊。"女演员说着话，眨着圆溜溜的眼睛看向文初，"喏，您可别看人家文初跟景行两人关系好，就免了这杯。"

众人将目光投到文初和陈景行两人身上，那女演员还笑嘻嘻地下着套，倒了一杯红酒递过来："都知道我们腾导好酒，这一杯，文小姐可是推脱不了的。"

文初端着酒，满脸写着不胜酒力。

陈景行知道她不能喝酒，抬手想帮忙，孟旭抢先说道："前辈亲自倒的酒，文小姐得给面子。"

文初没办法，在场都是前辈，但喝完这一杯，下一个也就不好推脱了，一轮下来，她有了些醉意。

"各位前辈都饿了，吃饭吧。喝酒留着以后慢慢来。"陈景行不忍看她那样，张口为她求了个情。

他的面子，大家总是要给的。为首的滕国桦立即发话让大家好好吃饭，第二天录节目要保持体力。席间，大家不再说喝酒的事，闹哄哄的现场顿时变成了人脉结交现场。

见没有人再劝酒，陈景行松了口气，低声对滕国桦道了声谢。

滕国桦一笑："不碍事，你是星池的师弟，她拜托的事情我怎么也要照办。"

纪星池跟南星卫视的关系向来不错，滕国桦跟她合作过几次，两人熟稔倒也不奇怪，只是没想到她连这种事情都要插一手。陈景行没接话，抿了一口眼前的清酒。滕国桦原本还想说什么，但一个年轻人端着酒杯过来，非要跟他唠嗑。陈景行抿嘴浅笑，示意他不用管自己，滕国桦一走，他便将手中的酒杯扣在桌上，整张脸都垮了下来。

孟旭注意到他敲在桌面的手指，蹙了蹙眉头，用手肘碰了碰他，压低声音问："怎么了？"

陈景行摇了摇头，目光晦暗："没什么。"

另一边的文初不知什么时候探过身来，动唇想说什么："景行……"话没说完，陈景行下意识地看了她一眼，不知为何，她忽然收了声。

"我出去透透气。"陈景行说完起身离开。

"你去那儿？"孟旭见他情况不对劲，立即跟了上去。

一路到了楼道拐角处，见四处没人，陈景行问孟旭拿烟。他平时不怎么在人前抽烟，只有烦极了时才会来上一支。

"你在怪纪小姐？"孟旭有心缓和气氛，酝酿了一会儿，说，"其实她也是为你好，男女朋友之间互相帮助也很正常。"

陈景行一手撑在栏杆上，吐出一口白烟，烟雾弥漫，他讽刺地笑："我不过就是她的玩物。"

孟旭笑得很勉强："怎么会呢？纪小姐怎么会……"

"孟旭，你是我的经纪人，不是她的狗腿子。"陈景行打断他的话，脸上的神色越发难看。

孟旭不再说话。

陈景行斜睨他："你先进去，我想一个人待会儿。"

孟旭叹了口气，转身离开。

过了好一会儿，陈景行抽完了一支烟，理了理衣角才对着反光的金属门说道："出来。"

文初怯怯地走出来，焦急地解释："我担心你所以跟来看看，不是故意偷听你们讲话的。"

他不知道她躲了多久，如果不是金属门反光，他也不会发现她。陈景行没有责怪她偷听的意思，他敛起眉，语气却不再温柔："你都听到了，我就是纪星池的影子，不管我多努力，不管我现在有多红，我都活在她的光环之下。你是不是也想嘲笑我？"

文初看着他，一脸心疼："不是的。"她站在离他很近的距离，抬头仰望他，"不是你想的这样，在我心里，你一直都很优秀，做什么都做得很好，就算没有纪星池，你也可以走到现在。你知道吗，景行，在影视城那一年，我每次在电视上看到你都会很骄傲地告诉其他人，你是我……曾经喜欢的人。"

不知道什么时候，文初的眼中已经蓄满了泪水。

这些情真意切，陈景行从不曾在纪星池眼里见过。纪星池从未在他面前哭过，哪怕是她父母离世时，她都避开了所有人，消失了很长一段时间，简直坚强到让人觉得讨厌。文初和她不同，一个是瓷娃娃，一个是火冶陶罐，性格截然相反。

时隔多年，文初突如其来的表白让他不敢忽略心中的情绪，有失落，还有遗憾。他不知道文初曾喜欢过自己。他们从小一起长大，他肩负着大哥哥的角色保护着她。她从小就爱哭，受了委屈总是找他，上高中交了男朋友被欺负了也是来找他，即使他有说不出的心痛也会替她闷声出头。他喜欢她很久了……久到自己都快忘了那种心痛。

第四章

很久没有人说话，文初揪着手指头，小心翼翼地观察着陈景行的表情。

"对不起，我不应该在这种时候跟你说这种话，是我自己错过了这些年。你和星池都是我的朋友，你们在一起，我……我很开心，我会祝福你们的，希望你们能幸福。"

陈景行的脸上依然没有任何情绪，只是摇了摇头，说："谢谢你。"

文初有点儿急了："可是我没想到，她给你带来了这么多痛苦，如果早知道……景行……

我、我有东西想给你看,但是……你答应我,你看完不要生气,星池她也只是逼不得已……"

他终于有了反应,拧着眉。

文初咬着下嘴唇,为难地拿出了手机。她的手机里一直藏着一段小视频,是一年前一个饭局上的情形。正是那次意外相遇,才让她和纪星池恢复了联系。

视频上的人陈景行认识,就是前几日见过的马建国。马建国喝得醉醺醺的,他揽着纪星池,说着放肆的话,但视频里的她没有像前几日那样推开他,而是赔着笑脸喝了马建国送到嘴边的酒。视频很短,没有前因后果,但这样的画面足以让他脑补出一出完整的场景。他握着的拳头青筋暴起。

他声音冰冷:"这个视频,除了你还有谁看过?"

文初涨红着脸:"没,就我……"

"把视频删掉。"不容置疑的语气。

陈景行沉着脸,一点点松开紧握的拳头,他用力地闭了闭眼,再睁开时,眼底了无情绪:"虽然我不知道你拍摄视频的目的是什么,但文初,视频不要传出去。"再说话时,他的嗓音已经哑了。

"我、我没有目的,就是不小心拍的……"文初有点儿担心地看着他,急于解释。

但他已经不在乎了,他只是轻轻摇头,截断了她后面的话:"你能自己回家吗?"

文初一愣,立即收起手机问他:"你要走了吗?"

"嗯,麻烦你帮我跟孟旭说一声,我不舒服,要先走了。"

以他现在的地位,临时缺席算不了什么大事,只要孟旭处理得当,别人就不会说什么。

文初看着他往外走的背影,整张脸都拧在了一起。她张了张口,想喊他,但不知道为什么,这一刻,她突然觉得跟他的距离很远。这种感觉就像是一年前他和纪星池同时出现在自己面前,告诉她他们在一起了的感觉一样。看着他们交握的手,她不甘心,却要笑着祝福。可是……她依然不甘心啊!

"景行!陈景行。"

陈景行没有因为她的喊声而停下。

她急了,疯了一样冲过去,从背后一把将他抱住:"景行,对不起,我错了,以前都是我不好,我知道你也喜欢我的,你重新再喜欢我好不好?"

这里是大堂,她的举动引起了一些路人的关注。刚从包厢走出来的林羽没预料到会看见如此劲爆的画面,惊得她拿在手里的手机差点儿滑落,她正想叫人,背对着她的陈景行已经掰开了文初的手。

他冷冷地看着文初,眉心聚拢:"文初,你不能再像以前那样任性了。"

言下之意，他以前会纵容她，但以后不一定会。

她早就不再是他和纪星池捧在手心的小公主了，世界变了，一切都变了，再也回不到过去了。文初傻眼地看着他，她从未想过，有一天会从他口中听到这样的话。她认识的陈景行是一直会站在原地等她的人，不管她喜欢谁、和谁在一起了、受了什么伤害，或者是无视了多少次他的真心，他都不会真的离开她。而眼前的陈景行，很陌生。

孟旭不知从哪里钻出来，没有给文初下一步动作的时间，厉声喊道："文小姐，你醉了，需要我送你回去吗？"

文初回过神，茫然地看了四周，人们都在假装路过，仿佛没有注意到她。

"我应该是醉了，我可以自己回去。"

她试图用最后的倔强来换回一点儿同情，还好陈景行没有让她失望，他依然不太放心她独自一人回家，安排孟旭送她回家。

夜深人静，剧本正是惊心动魄的时刻，未关拢的窗边忽然闪过一道惊雷，纪星池抬头看了一眼窗外，阵阵冷风吹来，让人挺不舒服的。她放下剧本，起身关窗，正想再回到床上，忽然听见什么东西撞击的声音，循着声音走到客厅，声音却消失了，但她还是拉开房门看了一眼，门外什么都没有。

她忽然有点儿饿了，但冰箱里什么吃的都没有，站在冰箱边思考了会儿，决定下楼去便利店买点儿吃的。

小区外的便利店是24小时营业，这时偶尔还会有一两个熬夜加班的人路过买东西。纪星池戴着鸭舌帽低着头推门进去时，坐在玻璃边上吸溜泡面的穆雨时正好抬头看来。

他坐在高脚凳上，长腿点地，悠闲地侧着身。

一看到他，纪星池便蹙起眉头，一天之内见四次，如果不是对穆雨时的名字如雷贯耳，她一定会给他盖上跟踪狂的印章。她没想搭理他，拿了要买的食物就要走。但显然穆雨时并不这么想，他的目光一直饶有兴致地追随着她，眼神不明，嘴角带着隐约的笑意。

纪星池如芒在背，停下了脚步，回望过去。

"纪师妹要不要一起吃？你们女演员吃泡面吗？"他语气自然平淡，没有半点儿波澜，好像两人已认识多年。

这种自来熟的性格，实在不是纪星池喜欢的类型，但她才不会像小姑娘一样红着脸跑开，略驻足片刻，她调转方向走了过去，拉开椅子在另一张高脚凳上坐下，撕开一包饭团咬了一口。

"也不是每个仙女都跟我一样接地气。"她边吞咽着食物边说话，尽量让自己咬字清楚。

穆雨时看着她鼓鼓的腮帮子，眼角微弯："嗯，我没见过淋成落汤鸡的仙女，今天算开眼了。"他嘲笑她，还上上下下将她打量了个遍。

出门前纪星池忘记了打雷的事儿，戴上帽子就出了门，到楼下才发现下雨了，她懒得再上去拿伞，便一路小跑到便利店，帽子和肩头的衣服湿了大半，此时从玻璃上看自己，的确有点儿像落汤鸡。

纪星池没接话，三两口将饭团吞尽，利索地从高脚凳上跳下来，瞥了眼他面前的面汤："你吃完了吗？"

穆雨时挑眉看她。

"吃完的话送我一程。不远，就前面那个小区，送到楼下就行。"她的目光扫向他手边的黑色雨伞。穆雨时眼角微眯，似是笑了一下，他知道便利店雨伞那一栏空空如也，因为最后一把伞被他买了。他没有立即答应，只是从高脚凳上站起来，扫了一眼窗外。

此时路对面一辆黑色车子正好停下，打着双闪。穆雨时回过头来，冲她笑："恐怕不能送你了，但伞可以借给你。"

她听得很清楚，是借而不是送。正迟疑间，一双白皙的手伸到她面前，穆雨时说："手机给我。"

纪星池愣住没动。穆雨时坦然道："没有联系方式，怎么还伞？"见纪星池依然没动，他便直接从兜里拿出一支黑色钢笔，撕了一张纸巾，在上面写下一串数字，塞到她手心里。

"你什么意思？"纪星池拿着纸巾，觉得好笑，不敢相信穆雨时会用这么老土的泡妞方式。

穆雨时不置可否，一笑："不敢接？"

纪星池点头，道："嗯，没兴趣。"

"原因？"

"你不符合我的审美。"她的目光在他结实的臂弯和修长有力的腿上扫过，嘴角讽刺地勾着笑意。

穆雨时被逗笑了："你这是新型耍流氓的方式？"

纪星池昂头，冲他笑颜如花："你一次，我一次，很公平。"

穆雨时无奈地摇头，也不反驳："是很公平。不过这张纸是另一层意思。你拿着这个电话，以后什么事情都可以找我。"

纪星池有点儿不明所以，只当穆雨时是想泡她，没太在意："好吧，谢谢你的好意。"她挥挥手上的黑伞，两人在便利店门口分道扬镳。

穆雨时一路冒雨跑到车边，再回头时，便利店外早没了人影。走得比他还快，呵，是他长得可怕吗？他揉了揉自己的下巴，抬头看了一眼后视镜里的自己。眉清目秀，每个细胞都诠释着风流倜傥。

坐在驾驶位上的李想看傻子一样瞅着他："你干吗呢？"

穆雨时喷了一声："我看看自己到底有多帅。"

李想控制住想翻白眼的冲动，忽然想到刚刚和穆雨时站在便利店门口的另一道身影，顿时来了兴趣："刚刚那姑娘是……"

车子随风开着，穆雨时开了点儿窗透风，他看着外面的夜，声音淡淡的："一个朋友。"

"哟，泡妞失手了？"李想幸灾乐祸地哼着小曲，"真想知道到底是个什么样的妞儿，连你穆大少爷的脸面都不给。"

穆雨时冷笑一声，压根没将李想的嘲笑放在心上。

说来也挺凑巧的，他在她隔壁小区有一套独立的小洋房，空置多年都没去住，他琢磨着反正房子空着也是空着，不如废物利用一下，就腾出来让大家做加班的临时办公室。为了电影的进度，他们几个人这些天天天加班，这不，刚加完班不争气的肚子就开始唱空城计，他才导航步行到这家便利店觅食。就是这么巧，又一次遇到了她。

这是他今天第四次见到她，不得不对她印象深刻。但他记得她，不仅仅是因为她那张让人过目难忘的脸。

纪星池长得很好看，他在学校时就听说了这么个倾倒众生的学妹。熟悉他的人都知道，他这人不仅脾气差，还有个臭毛病，就是超级颜控，能入他眼的美女不多，所以在听说学校里新来了一位高冷学妹时，他倒是动了一些心思。只是在远远看过她一眼后，便打消了这个念头。

他一直记得纪星池，比进大学的时间更早，那时候她比现在还要尖锐，简直就是一只让人无法靠近的小野猫。因为那段偶然的缘分，他对她意外地宽容，也格外疏远。不知道为什么，他有一种很奇怪的感觉，觉得他应该远离她，好像如果不远离，总有一天自己会陷入无尽的深渊一般。

这种奇怪的想法让他刻意跟她保持距离，后来，他与她果然也没有过交集，甚至连偶遇都没有。但时隔多年，在他回国的第三个月，在他筹拍自己的第一部电影时，他们再一次遇见了，还凑巧地在一天遇到了四次。

穆雨时有一种不好的预感，他觉得，他们之间还没完。

纪星池住的小区是小高层，楼间距大，绿化环境好，一到深夜，整个小区都静悄悄的，如同死一般寂静，不过她一个人走习惯了，也不怎么害怕。她打着黑伞，三两步就拐进了楼道，而就在楼宇不远处的花坛边，一辆黑色的车闪烁着微弱的光芒，隐没在黑暗中。

坐在车里的陈景行整个人与黑暗融为一体，他看着她走远的身影，没有上前，就像方才他已经走到了门口依然没有敲门一样，他始终沉默着，任由愤怒在心里生长。良久，他深吸了一口气，松开握紧方向盘的手，此时的眼里没有了半分情绪。

一回到家，纪星池直奔浴室，冲了热水澡。那张写了数字的纸巾，被她放在矮柜上。她擦拭着头发坐下，盯着它看了一会儿，不知道为什么，想起了艾文白天说的话，纸巾在手中捻了一会儿，直到头发干了七八分，才起身将那纸巾夹在一张 EP 专辑里，然后回了卧室。

第五章

纪星池进组前没有再见过陈景行，他甚至连一通电话都没有。

艾文来帮忙搬行李的时候，吐槽了两句："也不知道你谈的什么恋爱，自己忙就算了，还找事给那小白脸忙。你这样的女朋友，我看啊，天底下也没几个了。"

艾文对陈景行的偏见已经让她对吐槽免疫了，她当作没有听到，却还是迟疑着拿出了手机，翻到陈景行的微信。

《海上城池》的取景地在云城的偏远郊区，那里的茂林中央夹着海域，有一些靠山海吃饭的渔民偶尔会经过，除此之外，便是真正的无人区了。这次去没有几个月回不来，她思量再三，还是向他报告一下行踪。行踪报告的内容很简短，以一二三条列举，冰冷的文字，读上去没什么情绪。

艾文坐在一侧看到她编辑好文字点发送，撇了撇嘴："你们这种谈恋爱模式还挺别具一格的，不知道的人还以为你在跟你粉丝分享行程呢。"

纪星池想反驳，却找不出任何话，只能默默地收起了手机。

虽然有时艾文对陈景行的说法有失偏颇，但在两人相处的问题上却是一针见血，他们之间不像是情侣，尽管她对他用尽了心思，但仍然学不会如何表达。

到了机场休息室，陈景行还没有回消息。纪星池蹙着眉头看了几眼手机屏幕。

"你还等消息呐？这会儿人家正在录制南星卫视的节目呢，哪里有空看你的消息。"

经艾文提醒，她才想起这件事来。

文初和陈景行正在南星卫视录节目，节目现场一片火热。

陈景行这段时间凭借大爆的《我的异变男友》和正在南星卫视播出的高质量古偶《仙道》圈粉无数，主持人一喊到他的名字，台下的粉丝便疯狂地尖叫了起来。

主持人不得不先将陈景行请出来，接下来便是《仙道》里其他的配角。迫于女友粉的压力，节目组并没有给陈景行安排配对的女演员一起出镜，单出来的文初就和林羽搭档了。文初并没有在《仙道》中出演角色，主持人介绍她时，便特意替她拉了个亲，说是陈景行的高中同学和即将担任陈景行最新 EP 中 MV 的女主角。因为陈景行的关系，在游戏环节，主持人也挺关照文初的。

最后一轮的游戏是危险系数较高但最见证人品的滑道登高。林羽以生理期为借口，避开了参与游戏，文初只能和陈景行等人比赛，看谁先在满是胶水的地面上登上三米高的台阶。

游戏正式开始。

文初避开了陈景行等人，铆足了劲往上爬，不一会儿就爬到了半山腰，再低头看时，发现其他几个人都围着陈景行，陈景行往上爬两步立即又被人扯回来，摔了一脸的胶水。众人见他如此狼狈的样子，哈哈大笑，粉丝在场外也铆足了劲替他喊加油。

为难够了，众人纷纷绕开他，打算争一下冠军。剧中的男二号身体素质不错，很快找到稳住身形的诀窍，飞速往上爬，而被忽略的文初就在他的斜前方。

这时，场外的林羽忽然大喊了一声："小心啊，文初。"

原本正在艰难往上爬的文初回头一看，心道不妙，刚抬脚要跑，就被抓住了脚踝，开始往下滑。而站在最下方的陈景行，在听见林羽的提醒时，仰头看着文初滑下阶梯，没多想便冲了过去。

众人没想到陈景行会上前，眼看着文初滚进了陈景行怀中，画面有一瞬间的凝滞，但很快，粉丝的尖叫声就此起彼伏响起，陈景行一脸从容地松开了手，让文初站好。

"哎呀，完了。文初你摔谁身上不好,正好摔到我们对家怀中,是要同归于尽的意思吗？"林羽火上浇油。

这开玩笑的感慨引来粉丝们不满的尖叫。文初吓得不敢有下一步动作，僵在原地。陈景行淡淡地笑了下，目光不着痕迹地扫过林羽："看来我不应该太绅士了，救谁都好，就是别救对家。"

主持人立即打圆场："那可不，谁让我们景行太绅士了呢，结果冠军让给人家了。"

众人这时才发现，方才抓着文初的男二号已经爬上了顶端，正高兴地挥舞着旗子。

按照节目规则，输的队有惩罚。红队和黄队都输了，两队的代表正好是陈景行和文初，文初抽到惩罚签，要求她跟圈内好友打电话，并在对话中说出对方一件不为人知的糗事，让对方认证。

这本来是无伤大雅的惩罚，但对文初这种刚出道的小演员来说，却是不讨好的事情。对方的咖位不够，这一段算是白玩，但如果对方是当红明星，说糗事又是得罪人的事。在场的人中，不知道多少人想看她的笑话。

碍于陈景行的面子，主持人一心想打圆场，笑着说："怎么样，文初要接受惩罚吗？如果不能接受的话，我们还有个其他选项……"

"不用了，我就选这个吧。"文初说。

主持人耸肩，将话筒递给她，表示她随意。

文初走到镜头前，大方地笑了笑，说："我打给星池吧。"

众人一片哗然，谁都没想到她跟纪星池这号人物认识。但既然是互相知道糗事的朋友，应该很要好吧？为什么还要当众揭人家的老底？主持人确认道："你确定要打给纪星池小姐吗？哈哈，我们可是很想知道她的糗事呢。"

文初点点头。

等待电话接通时，站在舞台一侧的其他人窃窃私语。蓝队获胜的男生是纪星池的粉丝，此时有点儿激动："没想到文初居然跟星池姐是朋友。"

站在他边上的林羽笑了一声："不知道是真朋友还是假朋友，主持人明明给了台阶不下，非要揭露自己朋友的糗事让人笑话。"

陈景行站在一侧，听着两人的对话，沉着脸瞥了林羽一眼，对方立即收了声。

纪星池刚下飞机，一开机就收到了来电显示，一串陌生号码。但知道她私人电话的人并不多，思量片刻，她接了起来。

"喂，星池吗？是我，文初。"电话对面的文初声音有点儿急切。

纪星池再次看了眼电话号码，这个时间文初应该在录节目才对，而且这是个陌生号……所以她在接受节目惩罚做任务？顿时，纪星池好看的眉头拧起来，但语气仍然温和："嗯，听出来了，找我什么事啊？"

录制现场的文初听到她如此说，松了口气，语气也变得轻快熟稔："没什么事，我就是忽然想起以前的事情了。你还记得吗？上高中的时候你打架可厉害了，有一次把我们学校外面的社会青年打了个鼻青脸肿。"

纪星池捏着电话停下了脚步。艾文走在她前面，回头看她，用眼神询问她怎么了。纪星池没说话，皱着眉将手机的扬声器打开，问电话对面的人："你是说，你被几个社会青年欺负后来找我帮忙的事吗？记得啊，你当时跟他们……"

"啊，没想到这么久的事情你还记得，当时多亏了你帮我。那次之后，他们再也不敢欺负我了，还很怕你。"文初很快抢过话头，生怕纪星池说出什么来。

文初慌张的模样成功惹得林羽笑出了声音。电话这头的纪星池听到那一声讥讽的轻笑，但她并不觉得值得高兴，她可以想象此时站在舞台上的文初有多害怕，虽然这些都是她自找的。

纪星池很自然地接了话头："对了，我这边马上要出机场了，我们晚点儿再聊？"

尴尬的文初如蒙大赦，立即点头如捣蒜："好，叙旧的话留着我们私下说。"

话落，纪星池便挂了电话。

围观了全过程的艾文已然气炸："你这个高中同学怎么回事？拿和你的关系博眼球不算，还当众给你挖坑？我就说你滥好心吧，这种人有什么值得帮的？你倒好，一个小白脸就算了，还来个小青梅，又是推荐角色又是推荐综艺的，你圣母啊。"

纪星池也没料到文初会打这么一通电话，以前她只是觉得，自从她和陈景行在一起后，三人就不再是当初的关系，便想着帮一次两次的，尽了情分就好，也没有下次了。如今看来，文初不仅不想有下次，还彻底将她当傻子玩弄。

"当初在饭局上遇到她被马建国劝酒，我就该拦着你别管，你倒好啊，解围就算了，还帮她喝……"

"不是说好了不再提那件事吗？"纪星池越听越烦，已经不想再听下去了。

"不提有用吗？听说你上次参加陈景行的庆功宴还遇上马建国了。他也是不死心，我们好不容易才逮着把柄，让他被他家母老虎抓个正着，这才消停几天，你又上赶着惹事，我看你到时候怎么甩掉这个麻烦。"

纪星池没说话。

见她这样，艾文恨铁不成钢："算了，下不为例。以后这种脏东西，我们还是少惹为好。"

"好。"

她回答得如此干脆，艾文反而更不放心，认真地看了她好几眼，才确认她是真的没打算再掺和。

"你那个高中同学呢？我看人家可没领你的情。"

纪星池不耐烦地摆了摆手："先放着吧，我会看着办的。"

第六章

节目录制一结束，文初担心陈景行会提前走，连妆都没来得及卸便找去了休息室。此时，陈景行的休息室门口守着一个工作人员，她自报家门想要进去见见陈景行，却被拒绝了。文初不信陈景行会拒绝她，一直守在门口不肯走。

孟旭不耐烦地走出来，对文初没什么好脸色："景行不想见你，你待在这里不走也没用，你不嫌丢人我还嫌丢人。"

文初自知方才录节目的时候做错了事情，说什么也要见到陈景行跟他说清楚。孟旭见自己说的话不管用，气得直跺脚，最后干脆关上门直接不理她。

一进门，孟旭就跟点了火的炮仗一样："我说什么她都不听，跟狗皮膏药似的……"

见陈景行皱眉，孟旭立即改了说辞："哎，你那个小青梅，性子也是倔，你说怎么办吧？这可是你自己不想见人家的。"也是你自己惯出来的毛病，他心说。

陈景行已经换好了轻便的衣服，边戴帽子边说："我们走吧。"

孟旭傻眼地看他："走哪儿去？文初还守在外面呢。"

"不用理她就是。"话落，陈景行拉开了房门，走了出去。

文初见他出来，高兴地上前："景行，我有话想跟你说。"

陈景行没有停留，快步朝着电梯的方向走，也不回文初的话。

文初只好跟着他在身后追，委曲求全："景行，你不要生气了嘛，我知道自己错了，你别不理我……我真的知道错了。"眼见他要走进电梯了，一着急直接上手拉他的衣袖，陈景行总算停下了脚步。

文初一脸欣喜，揪紧了他的衣袖，生怕一放手，他就走了。

"哎！你总算肯理我了。"说着，文初委屈地噘起嘴，眼巴巴地望着他，一脸可怜兮兮。

陈景行看她，唇线紧抿："下次不要再做这种自不量力的事情了。"他的声音很严厉，但也只是说说而已。

孟旭在一旁看着，气不打一处来。其实陈景行已经警告过文初几次了，但每次都无疾而终，这一次总算见他下定决心不搭理她，原本以为他不会轻易妥协，没想到文初三两句话一说，他又心软了。他的容忍，足以让文初变本加厉地任性。

果不其然，文初冲陈景行笑了笑："我就知道，你不会放任我不管的。"

她的笑，很刺眼。陈景行用力抽出被她捏在手心里的衣袖，离她远了点儿，冷漠地撇开脸："下一次，我不会再心软了。你好自为之。"说完，不再给她说话的机会，踏进了电梯。

文初愣愣地看着他的背影消失，直到电梯门彻底关上，她那张略显稚嫩的脸上明明上一秒还很委屈，下一秒却露出了一个得逞的笑，狡黠而自满。

拿捏陈景行，是她过去二十多年一直都信手拈来的事，她就像那捕蛇人，而陈景行就算再冷漠再了不起，也只是被她掐住了七寸的小蛇而已。

"你杵在电梯门前笑什么？"

戏谑的声音传来，文初回头，看见林羽似笑非笑地看着她。

陈景行不在，文初也懒得再演戏，撩了一把头发，挑眉问她："怎么，我不能摔，还不能笑了？"

唯唯诺诺的文初一下变了个大样，林羽还有点儿意外，挑眉，认真地打量对方。眼前的文初，哪里还有前几次所见的那般唯诺？明明是心机深沉。看来自己之前小看她了。细细一想，林羽便立即明白过来，方才在节目中自以为整蛊她的那些手段，不过是对方用来博取同情、装可怜的手段。

林羽对于自己无形中成了文初的棋子这件事很是愤愤不平，想她好歹一个有名字的女三号，居然被一个十八线给算计了？装大尾巴狼谁不会？她也是手上有东西的人。

"我林羽虽然不是什么好鸟，但你这样的'白莲花'，我在现实生活中还是第一次遇到。走着瞧吧，咱们来日方长。"

林羽气焰嚣张，文初摆摆手，却并不在意。

进丛林的时候，纪星池没有搞特殊，坐着剧组的大巴车跟大家一同到了目的地。

剧组为了大家的人身安全考虑，并没有像预料中一样进入丛林，而是在入口处找了一家帐篷酒店安排大家入住。帐篷酒店的设施比预想中好。

"没想到，看起来很严厉的周深还蛮有人情味的嘛。"艾文满意地说着，忙不停歇地帮纪星池将行李搬进房间。

"我刚从别人那里听说，原本周深导演是要大家进丛林入住的，不过听说有剧组预定了丛林里唯一的酒店，导演这才临时安排大家住在外面的。"助理娜娜说。

纪星池正在洗手间摆放自己的化妆用品，听到娜娜的话，觉得意外："这么偏僻的地方，还有别的剧组来拍戏？"刚才进村子的时候她特意留意了一圈，四周不是被分流的海域，就是树木草丛，这地方除了这帐篷酒店，连个人家都没有。

"有呢。听说是拍丛林冒险的电影，叫什么我给忘记了。这一片虽然没什么人，但丛林里是有人住的，一个村有十几户人家。"娜娜一到目的地就在跟工作人员打交道，对环境的了解自然更多一些。

纪星池听了娜娜的话，点着头，没有再说什么。

另一边，艾文已经帮她整理好衣柜，将平日里要用的日用品和电器都检查了一遍。其实以往拍戏的时候，经纪人是不会跟着艺人到片场的，这次是因为纪星池第一次进丛林，他不太放心，所以跟着来看看，确认没问题后他就要跟工作人员的车回机场了。

艾文走后，纪星池就和娜娜去餐厅吃开机宴，整个餐厅被剧组的人占满，各位主创和制片人、投资人坐在首桌，其他二番三番演员在另一桌，工作人员就在其他桌。通常这种饭局就是大家结交人脉的最佳时机，纪星池这一桌大人物多，饭吃到一半，陆续就有其他桌的人前来敬酒。有人想单独敬她，她都大方地喝了，让在场的几个大佬刮目相看。

男一号白启毫不吝惜地对她竖起了大拇指："可以啊，纪星池，女中豪杰。"

白启自称酒精过敏，躲过了不少应酬，此时被他夸，纪星池心里可没半点儿高兴，一个能说出酒精过敏这种说辞的大男人也好意思来瞎掺和？

白启平日看着跟贵公子一样，鲜少闹腾，此时他一掺和，众人的热情更高涨，就连电影中的男二号林子木也端着酒杯走了过来，他身后还跟着一个男人，纪星池想了一会儿，也没想起来是谁。

林子木一副大哥的样子，介绍着自己身边的兄弟："纪小姐，这位是我兄弟，李魁，以前跟我同一个剧团的，也是演喜剧的。"

林子木是喜剧演员，在没有进入大银幕之前是话剧演员，偶尔上电视台演演小品、相声什么的，前两年他们剧团投资拍了个小成本电影，一下子大火，林子木也顺利进入了演艺圈，成了家喻户晓的喜剧类演员，这次参演《海上城池》也是因为他所饰演的角色带有一定的黑色喜剧色彩。

纪星池是科班出身，骨子里就是欣赏话剧演员的，对林子木和他的朋友很热情，即便对方只是名不见经传的小角色。

"林老师，李老师，我敬两位，接下来的几个月要麻烦两位多指教了。"

见她如此相待，林子木很是高兴，沾沾自喜地拍了拍李魁的肩膀："纪小姐人美心善，对人礼貌，可咱们是当不起这一声老师的，对吧，李魁？我这兄弟虽然演了不少戏，但实在没什么拿得出手的作品，纪小姐你可别把人叫老了。"

被点名的李魁没有立即应和，纪星池却觉得这话听着有点儿刺耳。她的目光不着痕迹地扫过李魁，不算帅气的长相，微胖，圆圆的脑袋和身材，小眼睛，想必笑起来是很有喜感的。

纪星池对李魁没有恶感，便笑得温和："林老师太谦虚了。在演戏这方面，两位都是我的前辈，是值得我学习的对象。李老师平时都演话剧？那我改天一定要去看看。"

听了这话，李魁下意识地看了纪星池一眼。眼前这穿着轻便、素颜、戴鸭舌帽为他说话的女孩子跟往日印象中的一线女星不太一样。李魁笑了笑，道："我在电影里就是两三句台词的酱油，纪小姐不嫌弃便好。"

"行了，老李，你也别耽误纪小姐了，回去吃东西吧。"林子木挥了挥手，对李魁看似熟稔，但并不是很礼貌。

纪星池不着痕迹地蹙眉。

李魁没说什么，转身回了自己的桌子。他一走，林子木就拉了椅子挨着纪星池和白启坐下，热情地跟两人套起了近乎。纪星池和白启对视一眼，两人心照不宣，在后面的酒局上只是随口应付了林子木两句。

虽然昨晚众人都喝高了,但第二天的开机仪式还是准时在早上九点举行了。

第一场戏是白启和林子木饰演的角色在泥潭里打架,互相指责的戏,跟纪星池没多大关系,娜娜给她搬了张凳子,她就坐在休息处看两人的对手戏。

这场戏的难度其实还蛮大的,如果不能一条过的话,妆发服装都要重新来过,上戏之前,白启和林子木都很紧张,两人早早就开始对戏。

随着周深一声令下,整个片场寂静无声,只听得见微弱的台词声从远处传来。在纪星池这个位置,很难听清楚他们说了什么的,但看周深的表情似乎不太好。

果不其然,一句台词还未说完,周深已经喊了卡:"这条重来,化妆师,带他们下去重新整理。"

工作人员立即小跑着上前拉两人下去换衣服,原本轻松的开机氛围顿时变得紧张起来。

纪星池看着工作人员,舔了舔唇角。昨晚宿醉,这会儿她嘴里还残留着一股苦味,令她心绪不宁。看来这会是一场很艰难的战争。

"星池姐,要不要找个安静的地方看剧本?"娜娜指了指旁边,有演员在碎碎念着台词。

纪星池接过她递来的水杯,喝了一口。她并没有因为这些碎碎念而分心,只是不知道为什么,她心里总觉得有不好的事情会发生似的。

不好的事情确实发生了。

一大早,孟旭就到了陈景行家中,进门的时候,陈景行已经坐在沙发上,面前摆着笔记本电脑。

有人在网上发布了一组陈景行和文初在酒店大堂拥抱的照片。看照片画面,便是前些日子节目组聚餐那次,文初从背后抱住他。拍摄者找准了角度,在他推开文初两人面对面站着时,利用视觉错位拍了一张看似拥抱的照片。照片一出来,粉丝就在网络上炸开了锅。

陈景行盯着照片,异常冷静:"照片应该是林羽拍的。"

孟旭一脸奇怪地看着他。

"那天在大堂,她就站在门口,手里拿着手机。而她站的那个角度跟照片的角度很相似。"

听到陈景行如此说,孟旭才恍然想起来,那天他确实在大堂看到林羽了,但因为急着处理文初的事情并没有理会。

"那需要我去找林羽吗?"

陈景行摇了摇头:"算了,她的目的不是我。"

孟旭一头雾水。

"她断定新闻爆出来后，我们会选择澄清。只要我们否认了绯闻，粉丝的矛头就会指向文初。"

孟旭认可地点头："确实是这样，我来之前已经跟公司的公关部联系过了，他们的意思是你现在正是上升期，最好不要有绯闻闹出来，尤其是你的女友粉还多。所以公关部早就做好了澄清的打算。"他停顿了下，又说，"不过你已经猜到林羽的目的，怎么处理还是看你。"

虽然他是陈景行的经纪人，但多数时候，他都会征求陈景行本人的意见。

陈景行想了想，没有迟疑，同意了公司的方案。这对他来说，算不得什么大事，只要他不承认有女朋友，他的粉丝就会相信一切只是误会。但澄清会给文初带来伤害，这是他唯一担忧的地方。

但对孟旭来说，眼下最大的难题是另一个人。

"纪星池那里，你想一想怎么解释吧，以我对她的了解，她可是个眼睛里容不得沙子的人。"

陈景行抬眸看了一眼孟旭，语气淡淡的："做我们这一行，绯闻也是工作的必要，你觉得她不理解吗？"言下之意，便是懒得解释了。

孟旭觉得这两人最近有点儿奇怪，以前在一起相处时也挺别扭的，但总有温情的时候，最近怎么看两人都像是闹了大矛盾似的，偏陈景行还是个闷葫芦，有什么事都憋在心里不说出来，非让人去猜。

"反正是你们两人之间的事，我不便插手。不过我还是得提醒你一声，能解释的时候别藏着，时间久了就成误会了。"

陈景行摆摆手："你去处理网上的事情吧。"

孟旭叹了口气，只好放弃说服他。

孟旭一走，陈景行就拿起了手机，犹豫了半晌，也没有拨通纪星池的电话，他有点儿气闷地将手机扔到了沙发一角。解释的话，他说不出口，因为他不知道纪星池是否在乎。

第七章

纪星池是在陈景行的绯闻事件愈演愈烈时才得知的。这些日子她在周深导演的强压下，每天拍戏到凌晨，天没亮就起床，累得筋疲力尽，压根没时间刷新闻。如果不是孟旭发现事态有点儿严重，给她打了一通莫名其妙的电话，她也不会想起来上网。

孟旭在电话里得知陈景行至今没有跟她解释后，吞吞吐吐说了一大堆，大概意思是绯闻事件是有人蓄意抹黑,陈景行不可能和文初在一起的,让她放一百个心!

如果是别人,纪星池可以不在乎,但这个人是文初。她心里很清楚,陈景行和文初,是有可能的。

纪星池看了照片很久,一直试图说服自己这个拥抱不代表什么。是的,看上去只是拥抱而已。最终,她还是说服了自己。

而很快,陈景行也发出了澄清的文字,否认绯闻。随着他的澄清,粉丝们也安定了下来。事情到这里应该就结束了,但没想到的是,事情很快又发生了变化。

一个名为"不眠夜"的人在论坛发了帖子,挖出了绯闻女主角文初的身家背景,以及她和陈景行青梅竹马的关系,这个人甚至贴心地在南星卫视播出的综艺节目中,找到了一些蛛丝马迹,譬如在节目中两人默契的互动、陈景行看文初的眼神、文初危险时陈景行焦急伸出的援手。陈景行的一举一动,像极了深爱一个人的样子。扑朔迷离的互动环节和青梅竹马的身份让粉丝们疯狂了,这比亲眼看到照片时更让人难以接受,自己喜欢的人深爱着别人……那种滋味非常不好受。

纪星池觉得自己很奇怪,她竟然有点儿理解那些女友粉的心情,因为她和她们一样,在看了那些伪装不了的眼神后,出离得愤怒了。她厌恶自己这样,化妆镜中的她衣衫褴褛,脸上布满可怖的化妆痕迹,此时的她看上去狼狈可怜,像是个被世界抛弃的落魄者。

关掉电脑,纪星池攥紧了手中的剧本,上面密密麻麻地被她写满了笔记,每一张皱褶的页码都在提醒她,这部戏对她来说有多重要,她不能受到任何情绪的干扰。她用力吸了一口气,将所有的心神都付诸到了剧本上,不知道过了多久,塑料棚搭建的临时化妆间门被人从外面掀开了,带进了一股湿气。

一个戴着工作牌、手持对讲机的人走了进来:"星池姐,准备了。"

她从椅子上站起来,已然恢复到了平日的状态,仿佛瞬间甩掉了脑海里所有的画面,冲那人笑着点头:"好,今天又要麻烦你们了。"

走出化妆棚,带着湿气的冷风顿时灌进皮肤。纪星池抬头望了望被雨水冲刷得泥泞的山路。云城这些天开始下雨,明明是艰难的拍摄环境,却正和周深的心意,于是纪星池流落荒岛的戏份被提前了。整个剧组都在冒雨工作,她没敢放慢脚步,很快找到位置站定。

周深在对讲机里跟她详细地说戏:"这场戏,我需要很饱满的情绪。"

这一场戏,纪星池饰演的林田刚流落到荒岛,随同而来的还有她的男朋友,但在面临生死抉择时,林田被男友背叛,从心死到绝望,最后反杀,情绪层层递进,是周深非常看重的一场戏,为了达到最佳效果,今天他甚至将取景地深入到了丛林深处。

今天的纪星池非常在状态,林田为了保命最终反杀了试图杀掉自己的男友。当鲜红的血喷射到她苍白的脸上时,她看上去无比凄凉,从这一刻起,她的人生发生了重大的改变。

镜头最终定格在那张布满伤痕和雨水的绝望的笑脸上。

"卡,这条过了。今天就拍到这里,收拾东西准备天黑之前回酒店。"周深对这一条很满意。

随着他的一声令下,众人也松了口气。这几天为了赶进度,工作人员一直在加班熬夜,导演满意的态度让大家如释重负。

但纪星池心中的大石头却更高地悬了起来,她很清楚,这一场戏之所以会如此顺利,是因为她此时有着跟林田相同的境遇和心情,甚至因为叠加了林田的情绪,让她更加身心俱疲。无法摆脱戏中人物的心情是演员的大忌,这会让她将现实生活中的矛盾放大,她不能让自己带着如此不理智的情绪去看待陈景行的绯闻。

此时的天边已经起了薄暮,一道惊雷加快了工作人员收拾器材的脚步,雨靴踩在泥地里溅出水花,看得人心乱如麻。纪星池接过娜娜递来的雨伞,没有立即去冲洗身上的污迹,而是朝着跟酒店不同的方向走去。她不想将心中的烦闷带到工作中,理智叫她尽早疏解郁闷,所以她跟娜娜交代了一声后,便独自寻了一块没人的地方。她不会抽烟,但仍然带了打火机和烟。

丛林里的构造很复杂,纪星池没有走远,只是在将将看不清剧组扎营之处,尝试着点烟,学着别人缓解情绪,但试了几次,她挫败地发现自己连点烟也不会。

"噗……"不远处传来了嘲笑声。

纪星池不知道这里还有别人,诧异地抬头看去,一眼就看到有点儿狼狈的穆雨时,他没带伞,浑身湿透了。

"你怎么在这儿?"经过上次的借伞事件,他们已经熟悉到可以说上两句话了。

穆雨时也没想到会在这种鸟不拉屎的地方偶遇她。看着她的样子,穆雨时猜到她是来这里拍戏,这附近只有两个剧组,他自然知道她是来拍周深的新戏的。周深是华美影业的签约导演,跟穆雨时这个太子爷自然很熟。但他并不准备套近乎,便没有提及此事,只是努了努嘴,顺手指了个方向:"我们在这儿一片拍戏,我跟同事们出来踩点,跟他们走散了。"他心情不错,虽然没踩到好的点,却因为纪星池的出现而莫名愉悦。

原来另一个在附近扎营的剧组就是他们。纪星池暗忖巧合的微妙,同时也没忘记刚才他嘲笑自己不会点烟的事情,便大方地将烟和打火机递到他手边:"教我。"

穆雨时看着她葱白一样细长的手,圆润的指尖上捻着不符合她身份的物件,撇嘴婉拒:"我没有教女人抽烟的习惯。"说话间,他打量她。

雨水冲淡了不少她脸上的戏妆，些许斑驳的痕迹还挂在那张好看的脸上，她抿着唇，等着他的下一步动作，认真的样子有点儿可爱。于是他笑了笑："而且我认为，抽烟不适合你，不是每个女人抽烟都妩媚。"

明显的拒绝。纪星池既没有介意他话中暗示自己不够妩媚的意思，也不勉强他，她收回了手，将烟和打火机都收进了衣服口袋。

穆雨时见她如此干脆，问："失恋了？"

纪星池没接话。

穆雨时咧开嘴笑了起来："看来我猜得八九不离十。"

纪星池乐了，没想到他这种大少爷也会观察别人。

"你猜错了。"她没必要跟一个不太熟的人交代细节。

穆雨时却不信："还记得上次我给你的联系方式吗？有事情可以来找我。"

这人也未免太自大了吧。纪星池撇嘴："老实说，我真的很好奇，你给多少女生这样说过？"

穆雨时一笑，假装认真地拧着眉回忆了起来："不多。算上我妈的话，你是第三个。"

纪星池皮笑肉不笑，不想搭话。只见他呈四十五度的姿势插兜越过伞面看着远处，不知道是被什么东西取悦了，他忽然笑了起来："好像我们跟下雨天很有缘分。"

上次也是下雨，她还欠他一把伞。想到这里，纪星池注意到他被雨水打湿的一身，将手中的伞移过去一点儿，勉强帮他挡住了头。

"现在才想起来借伞的恩情，我都不知道应不应该夸你一句。"

纪星池不想跟他拌嘴，瞥了眼四周的环境，忽然问他："你一个导演怎么亲自来踩点？"

言下有小看他的意思，穆雨时不满地眯起眼："那你这位当红女明星，有没有兴趣陪这位亲自来踩点的导演去附近转转？没准会有新收获。"说着扭头看她，露出了一张可怜巴巴的脸，指了指雨伞，"我这么重要的灵魂人物，可不能感冒生病了，一大群人都等着我开机呢。"

纪星池简直要为他的厚颜无耻鼓掌了。不过她没拒绝他。她回头看了一眼正在忙碌收拾的剧组，估摸着一时半会他们也弄不完，于是点了点头。

两人共打一把伞沿着河岸步入了丛林中，一路走过去，纷乱的绿藤长廊外生长着茂密的藤蔓和绿植，垂落在四周，溪流边横着不少断裂的树枝。距离河岸越来越远的地方是一望无际的灌木丛，越走，两人的视觉越开阔，仿佛进入了童话世界。

"如果天气好的话，应该会很美吧。"纪星池望着远处的美景，由衷地感慨了一句。

穆雨时顺着她的目光看去，满意地弯了弯嘴角："还不错。"

纪星池听了他的话，略意外："我以为你会反驳我。"

穆雨时奇怪地看她："你怎么会有这种奇怪的想法。我可是绅士。"

纪星池看他，下意识地笑了一声："看来你对自己的误解很深，盲目自信的毛病挺根深蒂固的。"

此时，她站在粗壮庞大的树干旁边，被衬得极其娇小，说话时侧头看他，小小的鼻头往上翘着，晶晶亮的眼珠子里写满了嘲讽。

穆雨时居然不觉得生气，还忍不住抬手比画了一下，似乎只要自己伸手一揽，她整个人都会隐在自己怀中。他因为这个小发现心情很微妙，并不介意她的嘲笑："嗯，你这样漂亮的女生说什么都对。"

纪星池扯了扯嘴角："你这糖衣炮弹吃得我很不舒服。"

穆雨时哈哈笑了几声，越发觉得跟她说话有意思："想吃我的糖衣炮弹一般很难得。"

"也是，毕竟嘴那么毒的导演也不多见。"

穆雨时无声笑了笑，但没接话。

纪星池很想瞪他，不过这些不重要，因为她刚发现，雨忽然变大了，甚至有倾泻的趋势，而此时的地面也越来越难走了。他们出来的时间够久了，得回去了。

"天快要黑了，如果再不走我们可能就会被困住。"

穆雨时抬头看了眼天色，意外地没回嘴，认同地点头："看在你是美女的分上，我强有力的性感臂弯勉为其难地借给你扶。"他难得绅士一次，主动伸出了臂弯。

纪星池看了他一眼，她绝对相信穆雨时这么做的原因有一大半是因为她的确是美女，他身上从头到尾都写着肤浅两个大字。她想自力更生，但刚踏出了一脚，越来越泥泞的山路差点儿让她滑倒，她不得已抓住了他，掌心里顿时燃起一股热流，他的手臂很烫，像火炉，刚想缩回手，却被他先一步觉察，一把按住了。

"如果你不想摔个狗吃屎的话，就牢牢撑着我。"话落，他完全支撑住了她整个身体的重量，托着她往前走了两步。

不知道什么时候，地上出现了一个泥潭，隔绝了来时那条路，穆雨时皱着眉头看了眼前方："我们可能真的被困住了。"

眼前的鸿沟不算窄，而他们对这里的地势并不了解，根本不敢贸然下脚，谁也不知道水有多深，万一是沼泽就完了。比他想象中稍微好点儿的是纪星池没有像别的女人一样慌张到尖叫，这给他减少了一点儿负担。

纪星池冷静地环顾了四周，雨势大到模糊了视线，她提议："我们往刚才的地方走吧，那条路我们刚走过，不用担心会有什么陷阱。"

穆雨时挑眉:"纪师妹,你总这么散发魅力让我很为难啊。"

纪星池没想到他这种时候还嘴贫,冷哼一声:"你总这么虚伪也让我很难做,别逼我翻白眼。"

紧张感顿时消散了一半,穆雨时盯着她的眉梢露出笑意:"走吧,我们得先找个避雨的地方,往前走走看吧,没准有房子什么的。"

虽然是丛林,但也不至于是无人之境,所以穆雨时对前方有房子的想法很笃定。纪星池也这么想,虽然距离剧组的方位越来越远,但眼下的情况也只能跟着他往更深处找找看了。

第八章

他们的运气不算太差,还真的找到了一处可以避风躲雨的地方。

石房子建在约莫三米高的岩石上,距离密林有一小段距离。房子的空间不算大,但意外的是设施齐全,有一张小床、被褥以及少许的食物和很齐全的渔具用品,应该是附近的居民为方便在附近的河岸钓鱼而建的。

对于一直生活在城市的两人来说,这地方确实很奇特,但眼下两人刚被狂风暴雨袭击,早就冷得打起了摆子。两人也顾及不了什么,就着一张被子很默契地一人裹了一头,缩在狭小的床上,目不转睛地盯着窗外的倾盆大雨。

此时的天边黑压压一片,风刮过树木枝丫的声音哗哗响,两人什么都瞧不见,只觉得那黑沉沉的天似要塌了一样。穆雨时倒是不担心,大不了就在这屋子里将就一晚,剧组的人发现他不见了肯定会想办法来寻的。纪星池心里却有点儿七上八下,她只跟娜娜交代了一声,剧组的人到现在可能都没发现她不见了,等发现了,这一来二去的,她又给剧组添了麻烦。

这么一直被困着也不是个办法,纪星池出来得急,没带手机,而穆雨时跟团队走失,这一路走来都冒着雨,兜里的手机早就泡了水,根本没法开机,他有点儿泄气地将手机扔远了些。

"看来我们只能自救了。"穆雨时掀开身上的被子要站起来,身形还没站稳,一阵头晕目眩袭来,一屁股又坐回了原处。他淋了一路的雨,身上的湿衣服又穿了很久,现在只觉得头昏脑涨,浑身发热。

纪星池看他晕乎乎的样子,想起刚才抓他手臂时温度像火炉一样烫得吓人,蹙眉道:"你不会是发烧了吧?"她还没来得及担心,穆雨时整个人就栽到了她怀中,吓得她忙一把将人揽住,"喂,穆雨时!"

指尖触到他露在空气中的肌肤,滚烫。纪星池又摇晃了两下,穆雨时毫无反应。

绝望的纪星池只能用全身的力气将他拖到靠在床头的墙壁上坐好。他身上还穿着湿衣服,她蹙了蹙眉,琢磨着要不要帮他脱掉湿掉的衣服……可万一他醒来后倒打一耙,给她扣上个耍流氓的罪名就不好了……纪星池还在琢磨,穆雨时已经靠着墙壁痛苦地呻吟了。时间不允许她思考,纪星池索性拉起被子直接盖在他身上,然后起身去查看四周。

两人走了这么久,肚子也有点儿饿了,好在这屋子里有烧水的电热水壶,她给两人泡了面,又找了一个干净的碗弄了点儿烧热的水。做完这一切,纪星池端着面,看了一会儿昏睡的穆雨时,思索片刻,最终还是抬手在他脸上啪啪地招呼了两下:"醒醒,先吃点儿东西再睡。"

穆雨时迷糊中闻到了食物的香味,尽管很饿,但浑身没有力气动弹,只能迷糊地蠕动着嘴。纪星池凑近了才听见,他要水,于是,她又忙不迭地给他吹冷了刚烧好的水,喂他喝了两口。

纪星池怎么也没想到,这一趟出来会遇到这种事情,被困就算了,还遇到穆雨时这么个病娇发起了高烧。看这穆雨时哼哼唧唧的惨样,她无声叹了口气,抛弃了廉耻心,决定勉为其难地帮他一把。

穆雨时穿的衬衣是精致的手工衬衣,扣子小巧又精致,加上她多少有点儿紧张,手滑,弄了两下没弄开就有点儿急了,只好凑近了帮他解扣子。小麦色肌肤毫无征兆地撞入视线,纪星池眨了下被水汽浸湿的眼,没想到,他有一副诱人的锁骨,看上去还挺性感。

不过,性不性感都跟她没多大关系,纪星池挺直了背脊,以圣洁的目光打量了一番,继续艰难地帮他剥衣服,也不知道是不是因为她动作太大,一道刺眼的视线火辣辣地射了过来。

纪星池抬头一看,穆雨时正瞪着一双红红的眸子目不转睛地盯着她,吓得她双手一抖,愣在当场。此时此刻,即便是再圣洁的目光纪星池也有点儿绷不住了,脸上飞来一片红。她结结巴巴地解释:"你衣服全湿了,我、我想让你睡得舒服点儿。"

穆雨时的眼珠子没动,一直胶在她脸上,渐渐地,他的目光开始迷离涣散,脖子一仰,半个身体直接倒了下去,倒下时,也不知是清醒还是在做梦,还在咬牙切齿道:"乘人之危……"

纪星池很想一巴掌敲在他头上,可这手还没敲下去,他就再次昏睡过去。她干脆一鼓作气地脱掉了他身上最后一层遮挡物,给他盖上被子,遮得严严实实的。

纪星池决定好人做到底,又起身烧了水,还用自己的丝巾拧了热水给他敷在额头,虽然不知道有没有效果。做完这一切,她才开始想,这一晚,自己要怎么办?这屋子里就一张床、一条被子,全被穆雨时霸占了,又没暖气,还下着这么大的雨,即便关了窗户,冷风依然呼呼地往里面灌。总不能让她冻死吧?

前半夜纪星池还能扛一扛,坐在地上靠着床沿休息了会儿,到了后半夜,她实在冷得不行,悄悄揪了点儿被子往身上遮了遮。

翌日,清晨。穆雨时从睡梦中惊醒,入目的便是纪星池离他越来越近的脸。

纪星池背靠着墙面正打着瞌睡,脑袋垂在胸前一直往下压,发梢似有若无地落在他脸上,痒痒麻麻的,穆雨时想要移开脑袋,但后脑上传来的柔软触感让他惊觉自己的脑袋正枕在她腿上。

完全不记得这样的姿势具体是怎样发生的,想来想去也不可能是纪星池硬把他脑袋掰上腿的,那么最有可能的就是他睡觉不老实。穆雨时心口微跳,眼神变得直愣愣的。

第一次,他细细地打量她,她的脸很小,约莫就巴掌大,闭着的眼睑被长睫毛遮盖。他惊奇地发现,原来她的眼梢末尾有一颗细小的泪痣,看上去小巧可爱。鬼使神差地,他伸了伸手,指尖将将触到微凉的肌肤,他就愣住了。

穆雨时有片刻的失神,大脑一片空白,他刚刚的样子就像个痴汉……这个认知让千帆过尽的花花公子穆雨时觉得很尴尬。他立即收回手,想要从她的腿上挪开,然而就在他抻着酸麻的脖子挪动脑袋的时候,纪星池忽然动了下脖子,有了转醒的迹象。他来不及撤退,干脆闭上了眼继续装睡。

脖子和腿上传来的刺疼让纪星池有了反应,她打着哈欠睁开眼,想抬一下腿,这才发现自己的大腿正被一个脑袋压着。

盯着腿上的半颗脑袋,大脑当机了一会儿,好半晌才想起来,昨晚她原本睡在地上,但后半夜因为太冷,她不得不爬上了床,为了避免跟穆雨时太近距离接触,她便一直坐在离他挺远的位置,后来也不知道怎么的,穆雨时在睡梦中跟她抢被子,抢着抢着就睡到自己腿上了。

纪星池蹙着眉,无比嫌弃地抬了抬腿,试图将他的脑袋抖落。但此刻装睡的穆雨时为了避免尴尬,打算死也不睁眼。她没觉察到异样,只当他是因为生病睡得沉,于是扭动了两下发麻的脖子和手臂,然后毫不客气地将他的脑袋推开,这才爬下狭小的床,站在床边用力地捶了两下发麻的大腿。

期间,穆雨时一直在偷看她,见她没注意到自己,这才假装悠悠转醒,看了看她,又看了眼窗外,打了个哈欠。

"雨停了。"他没话找话。

纪星池没接话，为发麻的双腿瞪了他一眼。

穆雨时假装什么都没看到，竟然用柔弱来逃避，手指揉着太阳穴，无病呻吟："哎，头痛。"

纪星池冷漠地瞥他，昨晚照顾他一晚上，她早就没耐心了。她冷哼一声："痛不死就赶紧起来，我们要趁着雨停了赶紧回去。"

也不知道现在剧组那边什么情况。现在纪星池只能祈祷剧组没有一通电话打到北京去，不然不知道要惹出多大的麻烦来。说起来，他们被困，罪魁祸首还是眼前这个病恹恹的男人，如果不是他，自己也不至于落到这个地步。

纪星池没给好脸色，穆雨时也不好再继续柔弱下去，他掀开被子起身，然而并不知道自己早就被扒光的他感受到一阵凉风袭来，当即机械地停下了动作："我怎么没穿衣服？"说着像小媳妇一样用棉被挡住了自己，目光扫过一脸淡定的纪星池。

"遮什么遮，又不是多好看。"

他张了张嘴想说什么，但想了想又懒得说了，也懒得顾忌她了，转身扔开被子就弯腰捡起地上的衣服，准备套上。

纪星池的余光一下扫到他小麦色的身体上，不得不承认，穆雨时有一副好身材，均匀有力的四肢纤长，腹部也没有多余的赘肉，光从视觉效果来看，是个尤物。没敢多看，她扭开了头，提着水壶烧了点热水，出发前，两人总要稍微洗漱一下。

趁着纪星池烧水的空当，穆雨时快速地穿好了衣服。一方浅绿色的方巾落在了地上，他拧眉，将它捡了起来在手心里捏了捏，鬼使神差地将它收进了口袋里。

第九章

两人在回程的路上正好撞上周深一行人，他正带着向导和大队人马往这边来寻人。

纪星池一晚上不见人，制片人急得不行，当天晚上便去附近的村庄请了向导来帮忙，但昨晚雨势太大，他们不敢贸然行动，等到今天早上才往深处寻人。只是没想到，跟纪星池一起的，还有穆雨时。

周深打量着狼狈的两人，看向穆雨时，熟稔地撇嘴："你先跟我们回去，一会儿我派车送你过去。"

穆雨时一时半会联系不上自己的剧组，点头同意了，暂时跟大部队一起回到了帐篷酒店。

周深跟穆雨时两人很熟，回来的路上周深已经将昨天发生的事情大约摸清楚了，转告众人不要乱说话。纪星池没插嘴，刚走到帐篷外就看到娜娜站在栅栏边焦急地东张西望着，她连忙走上前。

娜娜一看到她人，立即跑了过来："星池姐，你一晚上到底去哪里了啊，可急死我了，哎呀，你以后可别乱跑了，万一出点儿事情我也不知道怎么跟艾老板交代。"

纪星池知道自己让娜娜担心了，洗完澡便简单将昨天遇到暴雨被困的事情说了一遍。

原本娜娜没注意到跟大部队一起回来的穆雨时，经这么一提醒，想起了那行人中最耀眼的穆雨时，顿时惊讶地叫了起来："什么？你和那个穆导演昨天晚上，就你们两个人，在一起？"

刚洗完热水澡的纪星池裹着大浴巾走到沙发边上，抽了一张纸巾拧了拧鼻涕，不甚在意地嗯了一声："你这么大惊小怪干吗？小声点儿，虽然我们没发生什么，但这剧组里人多嘴杂的，万一被人传出去我有十张嘴也说不清。"

也不知道是昨天淋了雨的缘故，还是被穆雨时传染了，纪星池这会儿也觉得有点儿头重脚轻。

娜娜赶紧收了声，担心地看她："姐，你鼻音好重，是不是感冒了？我去给你拿点儿药。"

纪星池摆摆手："你拿了药到餐厅来，我肚子饿了，我去吃饭。"

娜娜应了下来。

很快，纪星池穿戴整齐，一身清爽地出现在餐厅。

这个时间，众人都在吃早餐，穆雨时被周深留下吃饭，与几个主创正在一张长形桌子边有说有笑。

白启看见纪星池，冲她挥了挥手："星池，哎，听说你昨天晚上被困山里了？"

整个剧组，纪星池也就跟白启熟一点儿，以前两人合作过，算是说得上话的普通朋友，白启帮她拿了餐具，又夹了面包给她。纪星池道了谢，含糊了两句便低头吃东西，压根没想去掺和旁边周深和穆雨时热络的聊天。

不一会儿，娜娜拿着感冒药过来，她仰头便吞了两颗药丸。

穆雨时和身边人聊天，假装不经意地注意到纪星池，见她吃了药，才轻声喊她的名字，声音礼貌："纪师妹，我好像也感冒了，能麻烦你的助理也帮我送点儿药过来吗？"

正在喝水的纪星池差点儿喷出来，还好定力良好的她稳住了心神，只小小地在心里暗骂了一句"事多"，面上还是示意娜娜去取药。

在座的除了周深，其他人并不知道昨晚他们俩在一起的事情，别人都只当穆雨时正好在这附近拍戏，过来串门的。纪星池不想引起什么不必要的麻烦，暗暗看了他一眼，示意他最好别搞事。

接收到她眼神的穆雨时嘴角弯了弯，没说话，乖顺地接过娜娜送来的感冒药，一仰头吞了下去，也不知道是答应还是不答应。

吃完感冒药不久，纪星池就感觉到了困意。

周深见她哈欠连天，难得和颜悦色："小纪，你要不要去休息一会儿？"

纪星池连忙打起精神坐直身体，抹了一把脸："不用，导演，我能坚持。"

穆雨时跟她见了几次面，每回她都跟他顶嘴，还真没想到她面对周深时却是一副小绵羊模样，有点儿不高兴了，低头吃起了东西。

纪星池还想跟周深表表自己的决心，另一头，监制和制片人正好走进来，神色不太好看。

"怎么了？"周深问。

王监制是个年过半百的老头儿，平时就是一副苦大仇深的样子，这会儿皱着眉头肯定没好事。

果不其然，方才他和制片带着工作人员去今天要拍摄的现场布置，发现他们前几日搭建的场景被昨晚的大雨给破坏了，没了现场，他们只能暂时停工重新搭建。这戏有百分之八十都是在搭建好的棚里拍的，没有场景一时半会也动不了工，周深一咬牙，暂时给大家放了两天的假。

吃过早饭，穆雨时就要走了，周深送他上车，因为他身份特殊，白启和其他几个人也一起去了。纪星池没打算去凑这个热闹，穆雨时却在走出餐厅的时候恍然想起什么事来一般，点了她的名字。

见穆雨时喊纪星池，众人便纷纷投去了目光。

"纪师妹，能让你的助理再帮我备一点儿感冒药吗？"说话间，他低头咳嗽了两声，"我看啊，我这感冒可能一时半会也好不了。"

纪星池觉得他事多，感冒药而已，自己剧组没有吗？连敷衍都难得敷衍，她直接回答："没了，带得少。"

一边的白启见她这么不给穆少爷面子，忙说道："我带得多，穆先生要是不嫌弃的话，我让助理去给你拿点儿，出门在外确实麻烦，尤其是在这种地方拍戏，又不好老往医院跑。"

穆雨时不着痕迹地扫过纪星池，说："那就麻烦白先生了。"

白启是个聪明人，一眼看穿他没话找话，多半就是想跟纪星池说点儿什么，却碍于他们这些外人在不方便，于是便挥手叫上了自己的助理一起去拿药。

"那我就不送穆先生了，等会儿我让助理将东西打包送到你车上。"

其他人见白启都这么说了，也纷纷告辞。

纪星池想走，周深叫住她："纪小姐，麻烦你帮我送送雨时，我那边有点儿事情要处理。"

顺着周深的视线看去，远处的王监制和制片都在等着他过去主持大局，于是便嗯了一声，应下了。

众人一走，纪星池就呵笑了一声："还挺金贵，自己有手有脚还非得人送。"

穆雨时一点儿也不客气，笑道："那确实，我本来就是贵客嘛。"

"脸皮厚。"说归说，但她还是老老实实地带他去了停车场，副导演已经等在那里了，见两人走过来，忙迎了上来。

临上车前，穆雨时又故意凑到她耳边讲话："对了，师妹，上次我给你的联系方式你收好了吗？怎么说我们也是共患难的关系了，希望你在遇到困难的时候能想到我，算是我对你昨晚的报答吧。"

纪星池没吭声，他便当她默认了。

忽然有了两天假期的纪星池并没有多高兴。她将自己扔上了床，明明因为感冒药效困得不行，但翻来覆去怎么也睡不着，刷了会儿手机，但刚上微博就看到了陈景行的新闻。

自从几天前陈景行出来辟谣后，对于网上的分析帖，陈景行的团队就再也没有发过声，也不知道公司是怎么打算的，会不会对陈景行事业上有影响。

娜娜见她冥思苦想的样子，欲言又止好一会儿，才小心翼翼地问她："姐，你跟那个穆导演是不是……哎呀，应该不是我想的那样吧。"娜娜是纪星池的新助理，跟着她才两三个月时间，并不知道她和陈景行的关系。看到穆雨时叫她师妹，娜娜便想多了。

但这会儿，纪星池的心思不在这上面，压根没注意她说了什么，习惯性地反问："哪样？"

"就是……那样啊，吃早餐的时候他一直在看你，你们两人眉来眼去的……"

纪星池这才反应过来她们两人根本不在同一个频道上："你说穆雨时啊？"

娜娜奇怪地看她，不然还有谁？

纪星池叹了口气："他对每个长得好看的女生都很关注，你觉得那张饭桌上，他不看我看谁去？"

没来由地，她想起了早上送穆雨时走时他凑到自己耳边说的那句话，她晃了晃脑袋，心想以后就算发生什么事情，她也不会找他的。

穆雨时坐着周深剧组的越野车回了扎营地，因为早上已经打过电话报平安了，所以剧组里的人一切照旧。

文初进组的时候，穆雨时正好从车上下来。她没有经纪人和助理，自己搬着东西坐着剧组大巴车到了扎营地，一身的狼狈，看到穆雨时，一脸欣喜："穆导演……"

穆雨时没有看她，目不斜视地直接跨进了临时搭建的会议室。

领着文初等演员的角色导演见她一脸失望，暗地里冷嗤了一声，这些小演员什么心思他怎么会看不出来，见得多了也就见怪不怪了。

"走吧，别看了。"

文初"哦"了一声，赶紧跟上了角色导演的脚步。

没走两步，角色导演就碰到了熟人："老苏，你怎么在这儿？"

正是从越野车上走下来的司机。正打算抽根烟的司机也没想到会碰到熟人，啐了一口说："我在隔壁海上的剧组，替我们导演送你们老板过来。"

"哦哦，你在周深的剧组里啊，混得不错嘛。"

文初听着两人的寒暄，心下微跳。她知道纪星池最近正在拍摄周深的电影，这么巧，她也在这里？

"那个……请问，你们说的海上剧组，就是之前网上说周深导演、白启和纪星池主演的那个吗？"

司机老苏见有人插话，没生气，还有点儿自得："对的，就是我们剧组。小姑娘也是白启的粉丝？"

文初微怔，笑道："嗯，我很喜欢白先生。不过，我是星池的朋友啦，没想到这么巧能在同一个地方拍戏，有空了我想过去看看她。"

角色导演瞥了她一眼，像她这样上赶着沾亲带故的人他见多了，没当回事。不过在这个圈子做事，聪明的人是不会轻易得罪人的，哪怕对方现在只是个小演员。

"行啊，这两天组里忙着选景，估摸着你也没戏可上，下午你可以跟着老苏的车过去看看。"

此时的会议室里除了李想几人，还有两个戴草帽、穿雨靴的男人，是昨晚他们从村里请来的向导，原本打算让他们今天一大早带着大家去找穆雨时的，穆雨时来电话的时候听说了，也没让他们离开，希望他们带大家再进一次密林。

一行人简单收拾了一下，再次进了密林。

向导走在前面，边走边说："这一片啊我熟悉，没什么危险，只是要警惕一下洪水和沼泽地。"

穆雨时跟着大部队走，七拐八拐，比昨天速度更快地找到了昨晚夜宿的小屋子，他没想到，带他们来的向导就是这间屋子的主人，得知昨天穆雨时就在这里避雨后，剧组的人还特意给向导多付了一笔钱，就当住资了。

不出半日，穆雨时又回到了这间小屋子，看到熟悉又陌生的环境，心里百般滋味。揣在兜里的指尖无意识地摸到了那条浅绿色丝巾，质地柔软，带着一丝微弱的香味缠绕在指尖，久久挥散不去。

第十章

晚饭时，娜娜告诉纪星池有朋友来探她班。

"我的朋友？谁？"

"文初小姐。听说她在隔壁拍戏。"娜娜知道文初，是因为三个月前纪星池带着她跟文初一起吃过饭，也是那次，纪星池答应推荐文初上南星卫视的综艺节目。

纪星池搅着面条的叉子顿了顿，放下了刀叉起身擦嘴："我去见她，娜娜，麻烦你帮我们倒两杯咖啡，就在休息区。"她没有让娜娜带文初去自己的房间，她对人与人之间的界限分得很清楚，不亲密的人，她不会让对方进入自己的私人领地。

休息区人来人往，几把椅子围成圈，中间是铁架做成的篝火。山里无聊，这是酒店能为客人提供的唯一的休息场所。这个时间，篝火还没点燃，文初和纪星池分别坐在两张椅子上，手边是冒着热气的咖啡。

文初苦笑地摸着手边的咖啡，从纪星池的态度来看，她已经开始疏远自己了。

"我听说你在这附近拍戏，就是想来看看你。"

"我也不是病人，不需要探病的。"纪星池笑。

文初神色暗了暗，低垂下眼："其实我是来道歉的，上次给你打电话是节目组的惩罚环节，你知道的，我对上节目没什么经验，可能说错了话。"

如果艾文在这里，恐怕会嘲讽她。但纪星池不想深究这件事，文初这个人，她看清楚了，便不会再产生交集了。

"没关系，我原谅你一次，以后我恐怕不能再给你机会犯这种低级错误了。"

文初抬头，诧异地看她。

"文初，以后不要再跟任何人提起我。"

言下之意，没有以后了。

文初苦笑："你果然在怪我。"但很快，她嘴角的苦笑就变了味道，讽刺意味十足，"不过，你到底是在怪我说错话，还是怪我和景行在一起？"

纪星池看着她嘴角的笑，心里很不是滋味："你想说什么，一次性说清楚。"她静静地看着她，眼看着她一点点露出真面目。

文初索性不打算再装下去，脸色忽然变得狰狞："景行不喜欢你。"

纪星池笑了："挑拨离间？"

"你和他之间，还需要我来挑拨？陈景行对你怎么样你心里很清楚，你该不会天真地以为，这些年你守着他，他就爱上你了吧？你知道，他真正爱的人是我。"

是，纪星池知道。陈景行一直喜欢文初，很多年。

"陈景行是个男人，是男人都忍不了自己的女朋友给他戴绿帽子。"

"什么意思？"纪星池危险地眯起了眼。

文初拿出自己的手机，翻到了上次的视频，送到她面前。

纪星池起初并不在意，只以为是她唬人的手段，但越看脸色越难看。

视频中的事件发生在一年前，她在饭局上意外撞见了文初，她是被一个副导演带来的，纪星池去的时候，文初正被马建国灌酒。多年不见，在这种场面上见到，两人都很尴尬，但毕竟是曾经付出过真心的朋友，纪星池出手帮助了她。那时候纪星池正在帮陈景行争取《我的变异男友》的男主人选，本来主办方已经答应她了，但她还想出手帮别人，哪里有这么好的事情？所以她忍着恶心，陪马建国喝了一杯，被揩了油。事后，她和艾文想办法，整了马建国一次，后来，她也就忘记这件事了。

"我没想到你已经卑鄙到这种地步了。"纪星池出离愤怒了。

那场饭局上的任何一个人拍这则视频都不会让她这么生气，偏偏这个人是文初。

"我卑鄙？你是怎么逼迫陈景行跟你在一起的，还需要我阐述？我实话告诉你，我给你看视频，就是想让你离开景行，他已经不是以前需要你帮衬的陈景行了，是时候放手了……"

纪星池冷笑一声，抓起手机，删掉视频，将手机扔回她脸上："我活了这么久，从来不后悔自己做过的每一件事，但文初，你恶心到令我后悔认识你。"

没有设防的文初被手机砸中了脸，惊呼出声，立即引来了路人的围观。

文初捂着脸，再次试图激怒纪星池："视频我有备份，你想删我可以让你删个够……"

啪！文初白皙的脸上顿时浮现出五指印，听见响声的娜娜第一时间冲了过来，然而也没能拦住纪星池挥出去的那一巴掌。

文初见有人看过来，立即捂住脸，一脸的委屈，泛着泪光看着纪星池："星池……我知道你恨我，但就算是你，我也不能将景行让给你……"

纪星池竭力控制着发颤的手："闭嘴！我虽然不知道你在演什么，但文初你记住，你最好能装一辈子！"说完，她没管其他人异样的眼神，对娜娜说："你亲自送文小姐回自己的剧组，如果遇到穆导，"她冷笑一声，"务必请他帮我多多关照文小姐。"

娜娜跟纪星池的时间虽然不长，但知道她的处事风格，绝对不拖泥带水，于是干脆地点了点头。

纪星池一走，文初就再次眼眶泛泪，吸着气抱歉地看着娜娜："对不起啊娜娜，都是我不好，害你还要跑一趟……"

娜娜面无表情："文小姐，您还是别哭了，不知道的人还以为您被我们欺负了。"说话间，递给了她一张纸巾，冲她礼貌疏离地笑。

文初似乎没听到，跟在娜娜身后边走边哭，活像受了多大的委屈。这酒店本就不封闭，来来往往的都是工作人员。

娜娜见她还不收声，不耐烦地拉开了车门："文小姐，上车吧。我还得趁天黑之前回来。"

文初这才慢吞吞地上了车。

车子绝尘而去，纪星池站在帐篷门口目光森冷地打电话。视频在文初手里，她不得不防。

艾文听说之后，气得在电话那头就破口大骂，骂完纪星池圣母后，又开始骂文初不是东西，连带着陈景行都被他骂了个狗血淋头，足足骂了十分钟后，艾文才解气。

耀星娱乐的老板史耀乾长得五大三粗，平时的爱好就是文身，看上去就跟黑社会混混头子似的。一听说这件事，他差点儿没把心脏病给气出来，当即拍了办公桌，啐了一口脏话："妈的，这女人打哪儿来的？连我们耀星的一姐都敢惹？还有，纪星池怎么回事，平时看她挺聪明的，怎么这会儿居然被个小演员拿捏了？"

艾文咂嘴，心里已经骂了一万句脏话，可是他也不能将纪星池自己送上门的事情交代出去，堂堂的耀星一姐，识人不清，说出去多丢人。

"你有没有办法知道她将备份视频放在什么地方？"

"不知道，她人在外面拍戏，重要的东西应该不会放在家里。"

艾文也很犯难，视频这种东西本来就是定时炸弹，尤其是现在网络这么发达，想要彻底让一个视频消失，那几乎是不可能的。

"要不我们找几个人把她绑了，我不信她不肯交出来。"史耀乾再次提议，这个想法很流氓。

艾文早就习惯了他的不着调，理智地提出问题："现在她在穆雨时的剧组，我们就算想要拿回视频也不是那么容易的事情，要是被穆雨时知道了，可不是三两句话就能解释得清楚的。"

史耀乾脸色微变："你说的那个穆雨时是穆周的儿子？"

艾文点头。

史耀乾立即闭了嘴，穆雨时可不是他们这种小公司能轻易得罪的。

"那你说怎么办？"

艾文深吸一口气："我有想法，但是，我估计纪星池不一定会答应。"

史耀乾听到他说有办法，也不管别的了："你别管她现在什么想法，有办法就赶紧去办啊，需要帮忙跟我说。我这里别的东西不多，就是打手多。"

史耀乾在没开公司之前是拳击馆的教练，确实认识不少拳击高手，但纪星池堂堂正正地演戏，也不至于靠这种威逼手段去威胁一个女孩子。现在艾文能想到的办法，只有棒打鸳鸯，让纪星池主动离开陈景行，说服文初交出视频。但这个方案并没有保障，文初能有一份备份，就能有两份。

一时，艾文也陷入了难处。

纪星池打人的事情在剧组里传得沸沸扬扬，就连周深都来询问过她具体什么情况，直言自己的剧组不欢迎飞扬跋扈的明星。纪星池再三保证这事不会影响到剧组的名声，周深才黑着脸离开。

周深刚走没多久，娜娜就回来了。纪星池调整了下状态，问她："送回去了？"

娜娜点头，迟疑道："不过，我没有遇见穆导演，你交代的话还没来得及说。"

纪星池不在意地摆摆手："无妨，我原本就只是想吓唬她罢了。"

娜娜松了口气，正想问她今天为什么会动怒，却见纪星池转着手中的笔，盯着眼前的台灯发呆，于是轻轻拍了她一下："星池姐，你在想什么？"

纪星池停下了转笔的手，说："我在想，文初为什么要激怒我，就是想让我动手打她吗？"

如果是以前，她不会去深究这个问题，但文初从小性格懦弱，总是一副受气包的样子，如果不是有很大的目的性，她不会这么急着跟自己撕破脸。难道是为了陈景行？她想跟陈景行在一起，逼自己主动提出分手？

"娜娜，你去打听一下，我跟文初在休息区的时候，有什么人在附近，有没有人拍照片或视频？"

娜娜脸色一暗："不会吧……"

"不怕万一，只怕一万。"

纪星池的猜测没错，就在这件事不久，网上就出现了一些小道消息，说纪星池在片场殴打后辈，最初大家也不怎么在意，后来流出了几张照片和简短的视频，这个新闻就在网络上炸开了锅。新闻传到纪星池耳朵里的时候，已经是一天后了。

刚拍完一场在船上逃命的戏，纪星池累得没力气说话，艾文的电话就急吼吼地打来了。在电话里，艾文直接将她数落了一通，视频的事情还没解决她这头再次出事："你说吧，到底想要怎么样?"

纪星池泄气:"我没想怎么样,只想好好地拍戏,是她来招惹我。"

"我不管你们之间到底有什么恩怨,但纪星池,我劝你跟陈景行分手,如果不是他,也不会惹出这些事来。"

"就算分手,也不能保证文初会删掉视频,我们之间的隔阂不仅仅是陈景行。"

文初讨厌她,有很多原因,比如嫉妒和不甘心,这些从她走红开始就注定要经历。

艾文大大地喘了口气:"你……你真的是气死我了。算了,我找到的那些东西,只能现在拿出来先用用了。"

纪星池不用问,也猜到艾文口中说的那些东西是指什么,只是她没想到,艾文还真这么干了。

艾文这两天特意跑了一趟影视城,文初大学毕业后就在那儿打零工,在那里的人圈子都不大,有点儿风吹草动大家都会知道。文初在混剧组的这些年的确出了不少事儿,只是事情久远,没什么实质性的证据,好不容易找到一些,艾文原本打算用来制衡她手中的视频,没想到这边视频就爆出来了。

纪星池对艾文的做法不见得认同,但作为惹出这一系列事情的当事人,她知道自己没资格再发善心,只能默许。

挂断电话没多久,纪星池的手机再次响了。感冒还没有完全好的纪星池已经没有精力再应对一次,但屏幕上跳跃的名字不得不让她强打起精神接起了电话。

"喂……"她开口的声音嘶哑。

陈景行没有听出她的鼻音,他只关心自己看到的视频,质问她:"你为什么要动手?就算文初她再有什么错,你也不应该动手。"

这是他这段时间来打给她的第一通电话,语气中却是满满的失望。

纪星池有点儿疲倦地揉了揉眉心,她想起上次在庆功宴上他对她说的那句话,"请你不要再给我惹事了",那时的感觉跟现在一样,说不清楚是失望还是失落。

"你是在怪我打人,太冲动,还是怪我打了你的文初,你心疼了?"她问得一针见血,已经不想再去猜测,索性问出来吧。

陈景行愣了一下,声音沉了下去:"你……"

"如果是后者,后面的话你可以不用说了,可能我会直接挂断电话。"

陈景行沉默片刻,不确定地问她:"是不是文初做了什么?"

纪星池唇角微微勾起:"她做的事情还少吗?"

陈景行沉默了。良久,纪星池已经没耐心了,她深深地叹了口气,无力道:"我需要见你,我们要谈一谈。"

陈景行捏紧了电话，温润的脸上笼罩着一层愠怒："如果真的是文初做了什么，你能不能相信我一次，我去解决。"他长久地吐了一口气，声音渐渐变得温柔坚定，"我想跟你好好走下去，星池，我们不要因为这些事情变得陌生，好吗？"

认识这么久以来，他第一次说这样的话。纪星池捏着手机，五指渐渐放松，她不知道自己是被这些甜言蜜语说服了，还是被自己迟迟不敢说出的那句话劝退了？但无论因为什么，她都决定相信他一次。

第十一章

一个文初其实闹不出多大的动静，可是牵扯上纪星池这个话题人物，事情就不一样了。

这些年，纪星池一路走红，粉丝无数。可有多少粉就有多少黑，她闹出点儿动静，大家可都是往大了吃瓜的。新闻一爆发，有不少黑子出来蹦跶，幸灾乐祸地开始扒皮，有人还翻出了文初在综艺节目上给纪星池打电话的事情，不少人甚至扭曲事实仅凭那两句对话就断定纪星池高中时就是太妹。这一系列操作，彻底将文初这个十八线演员以受害者的身份推上了热搜。

事情愈演愈烈是在三天后。

网上忽然爆出大量关于纪星池的黑料。爆料人不是知情人，就是某匿名同学。艾文不得不拿出了自己手中关于文初的黑料，找了营销号和水军转移话题。风向渐渐有了些许变化，有曾跟文初一起合作过的知情人爆料，文初在剧组靠不正常手段挤对同期女演员，接着又爆出了她抽烟的照片，但文初这个十八线的新闻热度很快就消失了，只引起了小范围的关注。

紧接着，曾经跟纪星池合作过电影的林婉跳了出来，实名谴责纪星池欺压同期演员，并爆料自己亲眼见过纪星池欺负同剧组的演员。林婉曾演过不少偶像剧，人气一直很高，但进入电影圈发展后却水土不服，演了不少戏都没什么水花，两人合作的电影，最初原定的女一号便是她，后来投资方觉得她担不起票房，就找来了纪星池。因为这件事，林婉一直嫉恨纪星池，这次好不容易逮到了机会，看了几天热闹，眼看事态要沉寂了，便亲自跳出来指控。

林婉的出现让事态演变成了两个当红女演员的互撕大戏，新闻热度不但没减弱，反而愈演愈烈。网上谴责纪星池的声音不见小，有眼尖的人还分析了文初被打的视频，居然扒出了文初的口型里提到了陈景行的名字。事情急转而下，有流言蜚语开始传出纪星池是插足陈景行和文初两人的第三者，掌掴正室，试图逼退对方。

陈景行的粉丝第一个跳出来，表示抱走自家偶像，不参与此事。但尽管如此，幕后黑子们却铆足了劲往三角恋方面带节奏。这一下，新闻的热度又一次提升，一时间，两个一线女星，一个顶级流量和十八线小演员，四人之间的恩怨被众人津津乐道。

事情还没得到解决，这边剧组也出了情况，新闻爆发后，周深跟几个高层开了商讨会，暂时决定给纪星池放假，希望她能回北京去处理情况。说是放假，其实只是变相地观望罢了。近来，各大片方都对劣迹艺人虎视眈眈，生怕一不小心就搞得投资打水漂，跟纪星池的说辞还算是委婉的。

纪星池申诉无果后，只能选择暂时回北京。

回到北京的行程不知道被谁泄露了，纪星池刚下飞机，就被长枪短炮团团围住了。赶来救驾的艾文一看这架势只能铆足了劲钻进人群，然后用衣服套住了纪星池的脑袋，保安连拖带拽成功地才将她从人群中解救出来。

上了车，艾文阴沉着一张脸，显然气得不轻："你不是说陈景行会解决这件事吗？事情怎么发展到这个地步了？"

艾文始终对陈景行有偏见，尤其是这次的事，怎么说导火索就是陈景行，可除了跟纪星池打过一通电话之外，他没看见陈景行到底做了什么。

对于艾文的抱怨，纪星池没有为陈景行辩驳，她没资格也没心情。她相信陈景行找过文初了，但她不知道这两人是怎么谈的，一个文初不够，还窜出来一个林婉，简直打得她措手不及。

"公司是什么想法？"至少她还没有愤怒到失去理智。

艾文不满地撇嘴："我已经向老史提议了，让你和陈景行公开恋情。"

纪星池沉默地看了一眼车窗外，此时车子正路过城市最繁华的阶段，百货商场的巨大荧幕上正在播放陈景行最新的广告，广告上的他自信优雅，不知道迷倒了多少少女的心。

"老史应该不会很痛快地答应。"

陈景行现在在上升期，拥有众多女友粉，这时候公开恋情，还牵扯到三角恋，绝对不是最佳方案，而纪星池也会因此成为众矢之的，陈景行的粉丝未必肯接受她。另外，如果因此惹怒了文初，她将饭局上的视频曝光，到时候不仅是她，连陈景行都会被连累。

"我们现在没办法了，你打人的视频铁板钉钉，就算我们有十张嘴也说不清楚。往重了说，这很可能就是暴力犯罪。"

纪星池也不知道自己为什么会走到这个地步，她要反击也不是不可以，但这代价太大了，伤害的范围也会扩大，她还没有勇气这么做。

令纪星池没想到的是，陈景行会在这个时候来找她。显然他等了很久，门口的垃圾桶里布满了烟蒂，有一支还冒着热气，是看到她从电梯里走出来时才匆匆掐灭的。

　　"你们聊吧，我先回公司处理事情。"艾文将纪星池送到门口，见到陈景行守在这里也很意外，既然罪魁祸首自己找上门了，他也没什么好说的，只能将空间让给两人。

　　纪星池点点头，开门进了屋子，陈景行帮忙接过她的行李，跟着走了进来。

　　他有话说，纪星池猜到了，只是不知道陈景行是不是要解释他和文初谈判破裂的原因。其实在回来的路上，她已经想过这个问题了，结论是陈景行说服不了文初。她很早就看透这一点了，陈景行喜欢文初多久，她就认识他多久，这些年他从未因为谁而妥协，却能为了文初妥协一次又一次。既然早就明白这一点，她也不想用这种早就知道的事情来伤害自己，所以只能尽量让自己保持冷静。

　　纪星池自顾自地倒了杯水，喝了两口后，才在沙发上坐了下来，像是什么也没发生一样，看向他。他温柔的脸颊一点点被瓦解，变得生气，变得愠怒。

　　"你不想问我跟文初谈了什么吗？"

　　其实她是想知道的，只是不知道怎么开口而已。

　　陈景行讽刺地笑了一声，松开了握紧的拳头，瞪向她："我们公开恋情吧。"

　　纪星池没听清，问他："你说什么？"

　　陈景行又说了一次："我要和你公开恋情，我是这么跟文初说的，她不同意，哭着求我。"

　　纪星池拿着水杯，迟迟没有下一步动作，半晌，她抬眸看他，他的眼睛像是漩涡，她看不透里面藏着什么。

　　"所以你心软了？"她问。

　　陈景行嘴唇抿成了线，死死地瞪她。

　　"那就是你激怒了她，才让她变本加厉。"

　　是了，事实应该是这样。但陈景行脸上的阴沉并没有因此消散，纪星池不知道他到底在气什么，如果这就是他的解释，那么她愿意接受，也不会继续纠缠这件事。

　　对上她疑惑的神色，陈景行已然没了脾气，他有点儿泄气地放松了绷紧的肌肉，又一次重复着方才的话："我们公开恋情，好吗？"

　　纪星池没说话。

　　关于公开的事情，她曾在梦中百转千回过无数次，她从不敢真正去想这件事，觉得那只是她做得最遥远的一个梦而已。这些年，她迟迟没有提出来，不是因为她介意别人的看法，她只是害怕陈景行会后悔，她一直在等着他提出分手。她自己说不出口，便想等他来提，只要他提，她会同意的。但一晃等了这么多年，他一直隐忍到现在。他不喜欢她，她心里很清楚，两人在一起是他逼于无奈的选择。

"所以，你爱我吗？"纪星池问。

这个一直藏在心里的问题，终于还是问了出来，天知道她费了多大的劲。

陈景行怎么也没想到她会忽然问自己这个问题，他迟疑了，哑然无语，他不知道答案，因为他从未去寻找过答案。他脑海里全是文初的脸，她哭的时候那样楚楚可怜，而她咬牙切齿地问他是不是不想摆脱纪星池的掌控的时候，又是那么可恨。

他没注意到她眼中一闪而逝的失望。

"如果你执意想要公开的话，随你吧。"纪星池没有纠缠于爱与不爱的问题，退一万步来想这件事，这个时候公开，于情于理都是尽早帮她摆脱流言，所以，她有什么好拒绝的？

公开恋情的事情就这么轻而易举地敲定下来，定在第二天的良辰吉日。

纪星池终于睡了一次安稳的好觉，这天晚上她一夜无梦，恋情公开的事情全权交给了艾文去处理。

一大早，艾文就带着工作人员、摄影师和化妆师上门，纪星池破天荒地一改以前精致的装扮，穿了一袭浅粉色的连衣裙，化了甜甜的妆，一切的一切都在象征着她的爱情很甜蜜。陈景行是在开拍前半小时来到她家的，化妆师给他补妆，众人都为他们感到高兴。

到这里，一切都很顺利，除了那一遍又一遍响起的电话铃声令人厌烦以外。

电话又一次地响起，但陈景行始终没能狠下心关机，纪星池终于失去了耐性，她一把抓走了他的手机，按下了接听键。

电话一接通，那头就响起了文初的抽噎声。她哭着求他："不要公开好不好？"一遍又一遍。

艾文让大家暂时退了出去，整个房间只剩下她和陈景行两个人，他们都没有说话，只是听着文初可怜巴巴的哭声……直到她终于停止了哭声，陈景行才叹着气，无奈地按着太阳穴，语气里满是心疼和无奈："文初，求你了，别闹了。"

文初的哭声凄厉，丧失理智的她开始胡言乱语，什么话都说出来了，比如威胁他们，如果公开的话，她会立即公开纪星池陪酒的视频，话说到后面，越说越离谱，不得不让人怀疑她是不是已经疯了。

陈景行已经听不下去了，挂断了电话。

纪星池看着他无法掩饰的痛苦表情，将他的手机硬生生地塞进了他的手心。她很平静，平静到这时候还能去揣度文初的内心，她无比相信文初是个说到做到的人，没准这个时候对方已经在编辑微博内容准备发视频了。

良久,她没有喊艾文的人进来继续未完成的工作,而是用最平静的语气,最后一次征询陈景行的意见:"你还有机会,你可以做出你想要的选择,再迟……就来不及了。"她努力冲他露出了笑容,以此来证明自己说出的话是经过深思熟虑的,是她冷静思考后提出来的。

但她的大度,没能感动陈景行。陈景行很愤怒、很生气,也很痛苦,整张脸很扭曲,她第一次见他露出这样令人后怕的表情,他红着眼眶死死地瞪着她,从牙缝中挤出话来:"你确定?"

纪星池仰头直视他,"嗯"了一声。

陈景行咧开嘴笑了,笑容难看:"对不起,我们……算了吧。"

他最终还是舍不得他的文初哭啊。

纪星池知道,这时候她不应该笑,但她却控制不住地弯了弯嘴角,尽量让自己看上去是在祝福他。

"好。"

陈景行夺门而出,将房门砸出了巨大的声响。

纪星池看着他匆忙的背影一点点消失在自己的视线中,终于垂下了脑袋,也松开了捏着裙摆的手,掌心传来的疼痛消失了。她终于解脱了啊,不用再痛了。

艾文不知道是什么时候进来的,他拿着手机,想要告诉她一个噩耗。但到嘴的话,在看见她低垂着的后脑勺时,戛然而止。艾文迟疑地上前,小心地拍了拍她的肩膀:"你、你没事吧?"

纪星池抬起头来,跟他预想的不一样,她没有哭,脸颊上没有泪痕,他不知道她是怎么做到的,明明应该是放声大哭的时候。她笑得很勉强:"是文初对吗?你想告诉我,她把视频曝光了?"

艾文点点头,又用力地摇头:"是曝光了,但不是她放出来的,是营销号,公司刚刚给我打电话,让我们立即停止公开恋情。"

"嗯,我知道了。"

不需要公司通知,他们已经选择放弃了。

艾文看着她如此平静的样子,心里越加慌乱:"你想哭就哭吧。"

纪星池吸着鼻子摇头,她冲艾文笑得灿烂,她怎么可能哭?

"你们回去吧,我想一个人静一静。"

艾文不放心:"那视频的事情……"

"我累了，想休息一段时间，视频的事情你们看着处理吧。"

其实他们都很清楚，这次爆出来的新闻没有那么容易处理，接二连三都是实锤的视频，谁都救不了她。然而艾文暂时不想打击她，他什么都没说，只是点了点头，嘱咐她多休息，别想太多，一切都交给公司，公司一定会还她一个公道。

第十二章

纪星池做了一个梦，梦里回到很多年前，那一年她上高二。

文理分班，纪星池留在了本班，而文理成绩都不怎么样的学渣文初只好转去了艺术班，因此，纪星池也结束了跟文初的同桌关系。意外的是，这次分班，纪星池却跟陈景行成了同桌。

那时，文初正在跟高年级的学长暧昧不清，没工夫搭理陈景行，于是拍着她的肩膀托付："这是我的竹马陈景行，你好好照顾他。"

陈景行不怎么说话，态度相当冷漠，纪星池吃了两次瘪后，也就没有再上赶着往前凑。

后来，纪星池家里出了事，她暂时休学了半年，再回来时，文初为了喜欢的男孩要去参加艺考了，而那时候面临着人生巨大改变的纪星池也不得不抓住了这个机会，参加北辰影视学院的考试。然而最终文初没有考上，去了南方的一所艺术学院，而陈景行和纪星池却意外考入了北辰影视学院表演系。

纪星池暗恋陈景行，说不上具体是从哪天开始的，但这件事在她心里一直都是个秘密。本着朋友夫不可欺的做人原则，她大学四年都没有主动联系过陈景行，两人因为失去了文初这个联络桥梁，也渐行渐远，最终成为陌生人。

事情发生转折是在毕业后。星路一帆风顺的纪星池意外在同一个剧组撞见了陈景行，他跟在经纪人身后，假装乖巧地迎合每个人，说着违心的话，求着每一个机会。她所认识的陈景行不是这样的，他有才华，他骄傲，他从不曾低头。但不能否认，这样低声下气的陈景行却又是如此的熟悉。老同学相见，没想到会是如此境遇，心有不忍的纪星池主动找到陈景行，她想帮他。

陈景行却反过来问她："你想要得到什么？"

她一辈子都不会忘记自己当时的心情，如同被人打了十个耳光，耳膜和脸颊都痛彻心扉，但她还是强撑着笑脸反问："你什么都给吗？"

陈景行盯着她看，漆黑的眼眸捍卫着最后的尊严。

纪星池愣了一秒，忽然明白了他的意思。良久，她问他："你要做我男朋友吗？"

陈景行缓慢地点头，她愣愣地看着他，那一瞬间她在陈景行眼中看到了不甘心。大约他是不甘心就这么落于人后吧，她给了所有力所能及的帮助，片约、广告、曝光度，而他很珍惜手上的每一个机会，渐渐开始崭露头角，到如今如日中天。他想要摆脱纪星池的光环才会那么努力，这些她都知道，正因为知道，所以她才不想让自己停下脚步，那些看似平坦的星途，都是她一步一步走过来的，谁也没有比谁轻松。

终于，他就快要做到了。

这故事听上去很像是一个励志的成功学，每次回忆起来，纪星池都有一种奇怪的感觉，她觉得自己是这个成功男人背后的女人，为他着想，为他谋划，有一种无法言说的虚荣感。

从梦中惊醒，天已大亮。纪星池感受到疯狂响起的手机铃声，但她不想动，只是望着亮得发光的天花板，然后摸到遥控器，打开了墙面上的液晶电视机。

电视屏幕切到了一张熟悉的脸孔上。陈景行在孟旭的掩护下从公司走出来，冷峻的脸抿成了一条直直的线，彰显着他的不悦。记者们不依不饶，追着他问个不停。

"请问你对网上流传的纪星池殴打你朋友文初的视频怎么看？"

他终于不耐烦地停下了脚步，摘下了墨镜，看着眼前的女记者，嘴角讽刺地勾起，反问："她们的事情跟我有什么关系？我想你们可能找错人了。"

那女记者被他反问得一愣，但很快，她就再次追问："网上传言纪星池殴打文初是两人在为你争风吃醋，当然跟你有关系。"

"无稽之谈。"陈景行说。

"那你能不能说说你的看法？毕竟被打的受害者是跟你一起长大的朋友，这么漠视不太好吧？"

孟旭想要推开此人，却被陈景行抬手阻止了。他朝着问话的记者抛过去一个眼神，不带任何感情，公事公办地对准了镜头："我和文初的确是朋友，但不管是她也好，还是纪师姐也好，受到不公平对待的那一方，我们都不应该坐视不管。"

"你的意思是，你会为受害者主持公道？"

"我没说，这是你说的，你好像以为自己正在做这件事，显得自己很正义。"陈景色面露讽刺。

那女记者愤怒地看他，满满的恶意袭来："既然这样，那你能不能对网上爆料出纪星池陪酒门的视频发表看法？你们是同一个公司的，你应该知道不少内幕吧？你能说说看娱乐圈的黑色交易吗？"

"你们记者都很喜欢写故事吗？那些视频，我不了解前因后果，我不会做出回应。在这里我也想呼吁大家，在事情还没有结论前，最好不要给别人乱扣帽子。"

"你这话的意思是,你相信纪星池?难怪了,我这里有内线爆料说你们好像正计划公开恋情,但是被临时叫停了,被叫停的原因应该就是跟陪酒门有关系吧?"女记者的话一出口,在场的其他记者都纷纷看向她。

众人自然也没忽略掉脸色突变的陈景行,都在坐等着看好戏,接二连三的问询再次袭来:"请问是真的吗?你们原本打算公开恋情?"

"假的。"陈景行黑着脸,显然他已经失去了所有的耐心,转身钻进了车内。

记者们还想涌上去,但保安一把拦在了车外。

陈景行铁青着脸坐进了车内,暴躁地捏紧了手中的墨镜。孟旭很少见他这样,以往他都是温润如玉的样子,很少发脾气,就算怒极了,也只会隐忍,这样的他格外严苛。有时候孟旭也想不明白,陈景行到底对纪星池是什么想法?他看起来好像不喜欢她,但似乎又不是那么回事。

孟旭小心地询问道:"你现在有什么想法,我看今天你的粉丝可能会闹起来。哎,我真不敢想象,如果昨天你们真的公开了,今天会有多少人脱粉?"他想让陈景行给自己个准话,是要帮纪星池澄清力挺,还是就……这么算了?其实孟旭的意思已经很明确了,他希望陈景行在这种时候保存实力,不要掺和进去,对于公开恋情这件事,他本就是投反对票的。

陈景行迟迟没有给出回应,车内的气氛很压抑。

孟旭无声地叹了口气,说出了自己最真实的想法:"其实这样也挺好的,你可以继续和纪星池秘密交往,等过了几年后,你有了底气和能力,你们结婚,别人也不会说……"

"我们分手了。"

他的声音凉透了。

"啊?"孟旭明显没有反应过来,愣愣地看着他。

陈景行头痛地揉着眉心,无征兆地忆起昨天他红着眼眶提出分手的画面,那时他在想什么?

那时,他的脑海里一直盘旋着文初的一句话:"如果纪星池身败名裂,从神坛跌落……你就可以摆脱她了啊,你再也不用生活在她的光环之下了。"这句话就像蛊惑一般一直盘旋在他的脑海中,所以他选择了一走了之。从此以后,他跟纪星池就很难再和解了吧?

采访一播出,网上再次炸开了锅。此时最头痛的就是陈景行的粉丝了。

这一场三角恋风波,原本以为会在"陪酒门"出来后消停一会儿,但这时候居然有人爆料陈景行和纪星池曾计划公开恋情……这么明显的挡枪行为,简直太过分了!在粉丝看来，这个新闻无非是纪星池公司为了转移注意力特意拉陈景行出来躺枪，一时之间，斥责谣言的、联名抵抗耀星娱乐的，还有在纪星池微博地下谩骂的评论四起。

纪星池的粉丝原本还是很有战斗力的，但在陪酒门视频出来后，网络风向一边倒，粉丝们顿时也有点儿偃旗息鼓，放眼看过去，只有几个忠实的粉丝还在为她说话，但很快就会被大面积的评论追着骂没有三观。

针对网上大面积关于耀星娱乐拿陈景行出来为纪星池顶包的声音，耀星的高层不得不慎重地开了一个会。陈景行和孟旭都被叫去了会议室。

纪星池来的时候，艾文正坐在会议室的小隔间里喝绿茶，办公室秘书立即给纪星池倒了咖啡送来。她抿了一口咖啡，觉得味道太苦，就没有再接着喝了。两人心照不宣地等着会议结束，他们都知道，这次的会议是在给她下判决书，其中有着决定性投票权的人便是她的前任男友陈景行。她和艾文对视一眼，一周前，他们谁都想不到陈景行会成为如此至关重要的一员。

艾文张了张口，想说点儿什么，但话到嘴边，还是转了弯，他不打算再刺激她："其实，我实在想不明白，这个文初到底有什么背景，能撬得动你？"

这个问题，不仅艾文好奇，纪星池也在心里百转千回了多次。

其实她并不认为文初有这个能力策划这一切，而这一切的发生，她能想到的可能性只有一个。她在这个圈子这么久，一直洁身自好，拂了不少人的面子，别看那些人看起来高高挂起不甚在意，但多数人还是会有落井下石的心态的吧。

"想要我'死'的人不少吧。"

纪星池没有再深究这个问题，她伸手摸了摸凉透的咖啡，懒得招手叫人重新倒了。

艾文见她一副不想细谈的样子，也罕见地平静了下来。

会议很漫长，漫长到纪星池差点儿以为他们要留在公司过夜了，天黑以后，那些人才慢吞吞地从会议室走出来。纪星池没有迎上去，她坐在位置上没动。艾文倒是跑得比兔子还快，拉了商务部和公关部的两个负责人到旁边说小话。众人这才知道纪星池来公司了，纷纷投以同情的目光，好在小隔间的玻璃门是磨砂的，从外面很难看到里面人的表情，纪星池免去了假装微笑的做派。

陈景行来找她，她并不意外。他的表情，已经说明了会议的所有内容。

"对不起。"

一句不怎么有诚意的道歉。但纪星池还是笑了笑："没事，任何人在面临选择的时候，都会选择有利于自己的那一方，我理解你。"

她不想去怪任何人。但显然陈景行并不这么认为，他蹙起了眉头，颔首看她，眸子冷到极点。

"怎么,我说得不对?"纪星池吞咽着口水,久久没得到他的回答,反而有些沉不住气了。

陈景行一字一顿:"你说得很对,在这件事上,你从来没有输过。"

哪件事?纪星池很想问清楚,但已经没机会了。

艾文怒气冲冲地推门走进来,直接冲着陈景行招呼了一拳头。纪星池还未看清人影,陈景行已经闪身避开,并握住了艾文挥出来的拳头。

"放开!你这个狼心狗肺的东西。"艾文愤怒地吼叫着。

陈景行一把放开他的手,冷哼了一声:"我是狼心狗肺的东西没错,但你也不必为自己的不称职找借口。"

"你……"

纪星池不明所以,疑惑地看向艾文。

艾文气急败坏:"你养的好小白脸,用续约五年的条件说服他们放弃你。"

"说服?"

"你自己问他!原本老史是打算力保你的,但是被他……"

"是我做的。"陈景行平静地打断了艾文,对上纪星池染了怒色的眸子。而他说出来的话,彻底将她推到深渊,"就算我站在老史这一边,以我的实力也不足以帮你渡过这次的难关。这种情况下,我为什么不选一条更简单的路?这样你不用苦苦挣扎,公司也不用受到拖累,而没了你,公司会把所有的资源全力放在我身上。"

好精妙的算计,难怪他要说对不起。

"我知道你不会原谅我。但以往我欠你的那些,以后我都会用别的方式补偿回来,希望你不要拒绝。"他淡淡地说着。

"补偿?"纪星池觉得自己现在的模样一定很难看,她尽力控制着自己颤抖的手,遏制住上前扇他一巴掌的冲动,"你拿什么补偿?钱吗?"

陈景行看她:"你想要什么?"

这话让她想起了很多年前他们达成交易时的画面,只是如今情景颠倒了。

"所以这么多年,我们两人之间只是交易?"

陈景行的眉宇更紧蹙了。

他不回答,就是默认了。纪星池笑了两声:"如果只是交易,那你没什么好补偿的,你付出身体我付出资源,没有谁欠谁的。"

"你非要把话说得这么不堪吗?"

"那你想听什么?你也可以跟我交易,如果你的付出让我满意,没准我会说出让你满意的话来。"

"纪星池，你别逼我！"陈景行面上的平静终于撕开了一条裂缝。

他这样一个表面云淡风轻的男人，假装了五年的绅士，终于要破功了吗？隐约有了一种窥破隐秘的快感，她没想到撕破一个人的面具会这样痛快，但她却开心不起来，这是一种愚蠢的伤害方式，伤敌一千自损八百而已。她累了，已经没力气再说下去。

"我认输，我投降，唯一的要求是，希望你余生再也不要出现在我的生命中。"

这个提议，应该不错吧？她都这么大度了。

陈景行却愤怒地红了眼，嗓音阴冷嘶哑："我说过，我会补偿你。"

这一瞬间，她忽然明白他口中所说的输赢是指什么了，为了赢她一次，他竟然押上了所有。

"你是不是觉得，我输给了你，你内疚啊？"她笑得比哭还难看。

陈景行动了动嘴皮，抬起的手最终泄气地放下。

"我没有败给任何人，我输的只是我自己。我以为我们之间有感情，我在赌，赌你不会任由别人欺负我，可是我输了，输给了我的自以为是。"她注意到他的小动作了，敛眉一笑，"所以，你不欠我的。"

她放过他了。她把所有错误都归咎在自己身上。

第十三章

会议结束后，老板史耀乾特意找纪星池单独在办公室聊了一会儿，正式通知纪星池公司的决定，未来半年的合约期间，公司停掉了她所有的工作和曝光度。

纪星池听完老史的话，即便已经知道了结果，但还是从头凉到脚，她试探性地询问着最后的一根稻草："那电影呢？"

老史为难的表情已经给了她答案，她的心蓦地一紧，酸麻感长久没有消散，欲哭无泪的感觉蔓延到她全身，她拼命眨着眼，试图以此来转移视线："我、我明白了，不怪资方。"

老史从没见过纪星池脆弱的样子，此时见她说话的声音都颤抖了，也有点儿难为情。

纪星池是公司成立之初签下来的第一个艺人，那时候她刚刚出演了一部电影，以花瓶的角色一炮而红，想签她的公司很多，但纪星池最终选择了他们这家名不见经传的小公司，这对当时的他们来说，无疑是雪中送炭。老史念着纪星池的好，这些年也不遗余力地捧她，如今走到这一步，他也不想。其实纪星池的困境也不是完全不可拯救，只是牺牲会很大，关于这些，他在股东大会上说得很清楚，但大部分人都不赞同。纪星池年纪不小了，万一转型不成功，一切都只是泡沫。

老史闷头抽了一根烟，长久后才说："你有什么要求可以提，除了解约以外。"

纪星池还未平复心情，吸着鼻子说："我只有半年就到期了。"

老史闷闷地吐着烟圈："对不起，这是会议决定，我一个人说了不算，如果这个时候发出解约函，我们公司在圈子里的名声不好。"

当然，这不是最重要的原因，最重要的是他们不能让纪星池有跟其他公司合作的可能，哪怕是最后半年的合同，出于商人的考虑，董事会也不会放任她。

"我们这么多年的关系，到最后，你们还要利用我的剩余价值？"

"哎。"老史叹了口气，转移话题，"这半年，你就当放假，之前那些工作的余款我们会一分不少地打到你的账上，这些日子，你就找个地方，安静地待着，半年后合约结束了，你也……"

"你们就是希望我像个死人一样，不发声不辩解，不为自己证明一下对吗？"纪星池打断了他。

老史哎呀了一声，脸色凝重："星池，你也是公司的老员工了，也不能理解公司的难处吗？你这个时间就算发声、辩解，又有谁会信你？你的事情都是视频！不管什么原因，你在他们心目中已经留下了难以磨灭的标签。"

"如果我非要摘掉这些标签呢？"

"所以啊，我让你先休息一段时间，等过了这段时间再想办法。"

纪星池冷笑一声，她从来没有这么愤怒过。老史的话，在她听来就是放屁，避开责任甩包袱罢了。

"你们既然已经做了决定，那就这样吧。"纪星池抓起包，从沙发上站了起来，冷冽的样子已然不想再废话半句。

"我知道你现在在情绪中，但你也得……"

"对不起，我这个人很狭隘，既然你们能这样放弃我，我也不可能为你们考虑。"

"话一定要说这么绝？"

纪星池看了他一眼："是你们先开始的。"

老史不再说话，他掐灭了烟头，精明的眼深深地打量着她。这个眼神很陌生，像是在看一件估价的商品，但又像是在看陌生人，不带任何情绪。她激怒了老史，老史这个老板也不是白混的，做事果决干脆，发现纪星池不能再为他所用之后，"社会"的一面自然也就暴露了出来。

见纪星池没有回头的意思，老史一脚蹬在桌面上，冷笑一声："这样啊，那好吧，纪小姐，等会儿你就自行回去吧。你的经纪人艾文，还有别的工作要做。"

纪星池目光凉凉地扫过他，倔强地抬脚走了出去。

老史见她丝毫没有停留的背影，气到脸绿，愤怒地打了电话让秘书叫艾文进来。

纪星池正好与赶来的艾文错身而过，艾文一见她的表情，便要追上去，纪星池安抚地拍拍他的背，说："你去吧，我没事。"

办公室里，老史还在等艾文。艾文踌躇了一会儿，才一头扎进了办公室。

纪星池离开得很坚决，也很凄凉。从老史办公室走出来时，她没有预料到自己会如此狼狈。没有了保姆车保护的她，从公司出来的瞬间，就被一堆长枪短炮给包围了。他们疯了似的围上来，将她挤在人群中间。

纪星池恍惚地站好身体，推搡不停地袭来，她的口罩和帽子全都不翼而飞，头发也乱糟糟的，像刚从难民营逃难出来的乞丐。纵然是见过大世面的纪星池也被这突如其来的场面给吓到了。

错愕片刻，她奋力地在人群中挤，但怎么也挤不出人群，只能无奈地承受着无数闪光一道一道地刺激着她的眼睛，还有无数刻薄犀利的问话，层层叠叠地落下。

"纪星池，听说你为了陈景行激怒金主，现在这么狼狈是被抛弃了吗？"

"请问你打算什么时候给文初道歉？"

"网上说你演技烂，但还能红到现在是因为你跟公司老板有一腿，这事是真的吗？你这几天闭门不出，是不是没脸见大众啊？"

"听某圈内人爆料，你经常对年轻小鲜肉提出潜规则要求？"

"……"

毫无根据的谴责漫天落下，有人甚至将话筒怼到了她的嘴边。

纪星池忽然不想再挣扎了，她抬起头，冷漠地扫视着现场所有人，有人被她看得一愣，停下了手中的动作。

一道讥笑声在人群中响起："纪星池，你能说说看你喜欢哪一款吗？我这样的，符不符合你胃口啊？我也想红，你来暗示暗示我啊。"

纪星池抬眼望去，一张猥琐的笑脸被无限放大。那人贪婪的目光扫过她的脸，像蟑螂一样将目光死死地黏在她的身上，不放过她的每一寸。然而人群中却没有人站出来为她说话，大家权当看笑话一样哄笑起来。笑声此起彼伏，纪星池张了张嘴，想谴责但嗓子眼被卡住了一般，她发不出声音，只能茫然地听着大家的笑声。

不远处，一辆熟悉的保姆车开过。车子没有停下，只是还没有关上的车窗露出了坐在车内的主人，陈景行戴着墨镜，一点点消失在她的眼前。

他看到她了，如此狼狈不堪的她。纪星池忽然很害怕，她无措地扫过每一张脸孔，期望从中寻到一张充满善意的笑容，然而，她绝望地发现，推搡着她的人们，明明看起来是那么的普通，就像是平日里会擦肩而过的路人，他们没有三头六臂，但此时此刻的他们，每个人的笑脸，都像极了戴着假面的恶魔！嘲弄的笑声愈演愈烈，一阵一阵地传入她耳中，那么刺耳……

僵持中，人群里突然响起一声大喊："贱人！"一个戴着头巾蒙着面的男人直奔上前。紧随其来的，是一包酸臭味的泔水砸落在头上的重力感。

纪星池原本就乱糟糟的头发顷刻间变成了臭水沟，像一把拖把。她站在人群中，身上滴着泔水，方才还拉扯着她的记者们都嫌臭地远离了她几步，她抹了一把脑袋，摸到一根韭菜，那味道差点儿让她反胃。

现场突然安静了，无数双眼睛打量着她，有人同情，有人觉得大快人心，还有人在等着她接下来的反应，因为不管她做出什么举动，他们都会用自己的笔杆子写出大戏。人人都想拍到她如丧家之犬的丑态，而此时，她的样子让他们得到了满足。

残存的理智让纪星池挺直了背脊，她一字一句，尽量让自己吐字清晰："够了吗？你们拍到你们想要的了，如果够了，就请你们离开。"

他们当然不会听她的话，见她终于说话，有人再次想要上前。

忽然，纪星池眼前一黑，视线被人用衣服挡住了，那是一件质地精良的西装外套，上面有熟悉的薄荷香味，短暂地冲淡了她鼻尖的酸臭味。

"星池姐，景行让我带你出去。"

原来不是他啊。纪星池缓缓收回了捏着衣角的手，任由孟旭连拖带拽地将她拖上了车。如果她知道文初也在车上的话，她可能不会让陈景行做这个烂好人。

陈景行大约也觉得这样的场景不太好看，他刻意回避地扭开了脸，抽出了纸巾递给满身泛着酸臭味的纪星池："擦一擦。"这个味道很难闻，陈景行小弧度地皱起了眉头。

纪星池无视了他递过来的纸巾，目光轻描淡写地扫过看好戏的文初。她侧身拿下还耷拉在脖子上的外衣，越过文初，将衣服递还给陈景行。那衣服现在也沾了难闻的味道，文初嫌恶地躲开，纪星池手一松，那衣服正好落在她头上。

纪星池没给文初说话的时间，扭头，直接看向陈景行，客气地道："谢谢。你们把我放在前面的路口就行了。"

"我送你到家。"陈景行说。

孟旭为难地看他一眼，纪星池立即会意，客气地笑笑："不用麻烦，我家楼下都是记者。"

她的目光从低垂着脑袋的文初身上扫过，意有所指，"这车里可不止我一个麻烦人。"

"你看我做什么？不该出现在车里的人是你，不是我。"文初被那一眼看得火冒三丈。

纪星池只当没听见，继续盯着前方，指了个靠边无人的巷子口："就把我放在这里吧。"

司机听陈景行的，他没发话，他也不敢停车。好半晌，陈景行才点了点头，司机将车停好，纪星池起身就要下车，陈景行拦着车门："我们谈谈。"

孟旭将司机带下了车，文初不敢表现出太明显的不满，也只能沉着脸下车。车内一下就空了，陈景行坐在左手边靠门的位置，伸着长腿挡在门前。相比纪星池的冷静，他倒是显得有点儿焦虑了，唇角收紧了几次，才开口说道："接下来你打算怎么办？"

纪星池奇怪地看他一眼，忽然笑了："你担心我以后没饭吃，还是担心我会做出什么不利于你的事情来？"

陈景行看她一眼："纪星池，我们好好说话，你这样很像个怨妇。"

纪星池觉得自己很悲凉，从前她就看不惯怨妇那般作态，而如今的自己又何尝不是原来的自己最讨厌的那类人？纪星池不愿让自己变成这般，深吸了口气，逐渐平复了情绪："我有自己的打算，陈先生做好自己的事情便好。"

"我在郊区找了一套房子，你去住一段时间，等这些新闻过去以后，我帮你重新回来。"

纪星池很想让自己将他当成陌生人看待，但她又打从心里厌恶陈景行这副高高在上的模样。

"这就是你所谓的补偿？"

陈景行没说话。纪星池怒极反笑："你要包养我吗？"

"什么意思？"陈景行拧眉，声音渐冷。

"你不是这个想法吗？是不是只要我这样，你心里就舒服了？陈景行，我没错什么，当初是你主动送上门的，我没有强迫你……"

"闭嘴……"

"不爱听？觉得自己自尊心被践踏了？"

"我让你闭嘴！"陈景行气急，一拳头落在车窗上，半个车身都在晃动。

纪星池果然闭了嘴，看着他气红了眼，她心里也没有高兴到哪里去。关于他俩的事，她有责任，所以在说出如此难听的话时，同时伤害的也是她自己，她把他说得有多不堪，她自己就有多不堪。

"既然你不想听，那就算了吧。"她叹气，伸手拉开了车门，"谢谢你把我从媒体手中救了出来，我们两清了，你不欠我。以后，我放过你了，你也放过自己吧。"

她放过他了。拿出了足够和解的态度，两不相欠，陌路不相逢。

这一次，陈景行没有再拦住她的去路。

纪星池下了车，看到文初守在门口，目光炯炯地看着她。她忽然觉得她没有那么讨厌了，原来她也有这一天啊，对陈景行小心翼翼，不再是那般高高在上、为所欲为。

第十四章

小区门外和地下停车场不知道什么时候守了一批人，他们一看到纪星池出现，便再次如同丧尸一样冲了上来，追问个不停，为了拍到她的丑态，这些人甚至不在乎她身上的味道有多难闻，不在乎她此时的样子看上去有多狼狈。

纪星池被推搡得东倒西歪，好几次差点儿没站稳。好在小区的保安反应快速，注意到情况时立即冲了上来，一群人一路架着她上了电梯，到她家门口才将她放下来。

保安主任欲言又止了好几次，还是委婉地说："纪小姐，您最近这种情况还是尽量少出门吧？我们小区因为你的事情，闹出了不少麻烦，警察都来过几次了，你也知道，我们这是高档小区，住户都挺忙的……"

纪星池住在这个小区的事情不知道是被谁暴露的，最近一直有狗仔守在小区外，给不少住户造成了麻烦，最近投诉的住户不少。大家都不容易，保安主任希望她能体谅他的工作。纪星池没想给别人造成麻烦，除了点头答应，也想不出还能说什么。对方见她如此配合，又是一身落汤鸡的样子，没有再继续说下去了，只是叹着气安慰了两句后就走了。

众人走后，纪星池站在家门口久久没有回过神来。

坚强惯了的她看着穿衣镜里露怯的自己，狼狈不堪。她无法再忍受这样的自己，避开镜子，拿出手机，一遍又一遍地给艾文打电话，都没有人接听。她又把通讯录翻了一遍又一遍，悲哀地发现，她竟然不知道给谁打电话。

视线停留在很久之前夹在 EP 专辑的一张纸条上，纸条上有一串数字，有两个数字已经模糊了，纪星池不知道自己是不是疯了，她竟然抓起了那张纸，在手机上输入了号码。

幸好，电话响了很久都没人接听，不一会儿就响起了嘟嘟的回声。电话占线了，她苦笑着坐在了沙发上。而占线的声音在安静的房间里响起，显得绝望又可怖。

一连两天，纪星池都把自己关在了家里，没有再去关注外界的声音，世界终于安静了。她以为，只要她安静地待着，什么地方都不去，什么人都不见，一两个月后，时间应该会把这一切都掩盖。

然而，这个世界总是有那么多的事与愿违。

就在她闭关的第三天，她被嘈杂的电话铃声吵醒，找了一圈才找到了藏在柜子里的私人电话。这个电话很少有人知道，如果有人通过这个电话找她，那一定是非常要紧的事情。

电话是墓园的私人管家打来的，那里是她妈妈住的地方。纪星池不敢耽搁，连夜冒着倾盆大雨去了位于城郊的墓园。

守陵人老林已经进入晚休时间，听见咚咚的敲门声，他骂骂咧咧地来开门，看到纪星池浑身湿漉漉地站在门口，邋遢得像黑暗中的女鬼。

老林穿着一身板正的旧军服，诧异地看着她："纪小姐？"他曾见过纪星池几次，见她这副样子，还有点儿不敢认人。

纪星池没有理会湿透的全身，点头，嗓音嘶哑："带我去看我妈的墓碑。"

老林不敢耽搁，立即找了手电筒在前面领路。

静悄悄的墓园里只听得见雨水声和脚步踩在泥地里嘎吱嘎吱的声音，雨水夹着寒风落在脸上，冰凉刺骨。

老林走在最前面，时不时地回头看她："纪小姐，你怎么这么大晚上的过来啊？这地方阴气重，你一个小姑娘倒是不害怕。"

灯光偶然扫过纪星池的脸，她一直咬着下嘴唇，打着哆嗦："这里再可怕，也没有活人可怕。"

老林一愣，不是很明白她的意思，但转眼间两人已经走到了纪母的墓碑前，他不敢怠慢，忙将白天发生的事情说了一遍："哎，今天也不知道打哪儿来了几个上高中的孩子捣蛋，你看，好好的墓碑也给糟蹋了。"

纪星池没细听老林说了什么，放眼看过去，原本干净整洁的大理石墓碑此时一片狼藉，四周的花草被践踏了个遍，杂乱地倒在地上，墓碑上被泼了油漆，有擦拭的痕迹，但还有一大片污迹留下来了。

"因为事出突然，油漆我们简单清理了，但这东西不好处理，不过你放心，我们一定会负责的，新墓碑……"

老林的话她压根没有听进去，她只是使出了全身所有的力气一下一下地用衣袖和手背去擦墓碑上的污迹，她试了几次，手掌都擦红了，却怎么都擦不掉。

夹杂着雨水和泥土的墓碑更脏了，墓碑上那张漂亮温婉的笑脸上也被溅了黑土，在黑夜里看上去像是在哭，不知道是不是在为她亲爱的女儿难过。

这么多年来，一直故作坚强的自己再也无法继续隐藏下去，终于崩溃到哭了。一瞬间，这些年的委屈和此时的无助一点一点落在纪星池身上，将她彻底击倒。

她不知道自己到底做错了什么，为什么活得这么失败？她第一次深切地意识到自己的弱小。为什么就算自己退出了、闭嘴了，什么辩解的话也不说了，他们还不放过自己？连妈妈的安宁也不给？

纪星池记不清自己在雨中站了多久。老林到底跟她说了什么？最后自己怎么回的家？这些她都不想知道了。她只知道，那几个犯事的高中生并没有被送到警局，因为未成年，他们不需要为自己的行为负责，而她也不能因此发表任何言论。这就是作为公众人物需要付出的代价。网络上依然在无止境地谩骂她，甚至还有人恶毒地诅咒她去死，连遗照都修好了。一切的一切，她都不能发声，没有人在乎她的痛苦和委屈，她只能自己撑过去……

这最后的一片雪花，终于还是砸了下来，砸得她遍体鳞伤，已经没有反击的能力。

她太累了，累到不想再去计较什么，只希望这一切快点儿过去。

陈景行不知道从哪里得知了纪母墓碑的事情，来看纪星池。

纪星池在一片混沌的黑暗之中醒过来，她知道此时的自己很狼狈，没有洗脸，满脸泪痕，一定很丑陋，但是……也无碍。她拉开了一条门缝，看见他站在家门口露出一脸焦急担心的样子。

陈景行的出现，她没有一丝的惊喜。纪星池一直都是这样的，拿得起放得下，她爱他很深，但不爱的时候也能痛快放手，就算放不下，她精湛的演技也能伪装到像是真的。

她不想见任何人，尤其是他，所以她冷漠地下逐客令："你走吧，以后……我再也不会给你开门了。"属于她纪星池的领地，以后再也不会为陈景行敞开了。

"纪星池，我们做不成恋人、还可以做朋友的。墓园的事情，我可以帮你的。"陈景行不知道自己说出来的话，有多让人难过。那语调听上去，就像是他在施舍她。

"我不需要帮助，去帮助需要你的人吧。"她说完就关上了房门，隔绝了他的关心，这迟来的关心。曾经，她一个人孤独支撑的时候他不在，她一个人累到肠胃炎住院的时候他不在，她被粉丝谩骂的时候他不在，她被记者围攻被人推搡的时候，他跟文初在同一辆车上，看着她狼狈得像条狗。她对他没有任何的期待，连决绝的话也不想说了。

昨天从墓园回来后，纪星池就发烧了，她昏昏沉睡到现在，梦里一次又一次地回顾着过去。

高二那年，她在这世上唯一的亲人——她妈妈去世了。葬礼上，亲朋好友为了争夺保险金，对她使出各种不入流的手段，那时的陈景行像个天使一样站出来保护她，维护了她最后的生活和尊严。

她应该是从那时候开始暗恋他的。因为喜欢，她报以私心，利用陈景行的同情心让他陪自己一起去西藏，去完成妈妈最后的遗愿，约莫是出于同情，陈景行答应了，然而出发的那天清晨，她在火车站等了很久他也没有来。后来听说，是文初感冒了，他要留下来照顾。

他跟她在电话里说抱歉，说以后会补偿，而那时的她没有资格提要求，只能笑着说："好，等你的补偿。"只是后来，谁也没有再提起这件事。

梦里的自己很令人讨厌，怎么看，这段感情一直是她在强求，而陈景行不欠她什么。

陈景行在门口站了好一会儿，按了门铃，但纪星池再也没有出现过了。孟旭的催促电话打来，才让他惊觉自己应该离开了。

回到车上，孟旭看到他铁青的脸色，猜到他吃了闭门羹。孟旭无奈地摇了摇头："这种时候你还去做什么呢？她见了你不是更生气吗？"在她最需要的时候没站出来，现在做什么都无济于事，"景行，既然做出了决定就不要后悔，你的未来还很长，你的成长空间还很大，如果你一直拘泥于过去，我们很难在这条浮华的道路上走得长远。你知道我们现在在你身上花费了多少心血吗？"

孟旭虽然同情纪星池的遭遇，但出于工作上的考虑，他不建议两人再有瓜葛了，陈景行现在的势头很好，再努力一下，完全可以挤进当红流量小生的行列。

陈景行很久没有说话，只是点了点头。对于公司和孟旭的考虑，他心里都很清楚，别说现在是纪星池，就算是别人，他也不应该谈恋爱。只是……为什么心情这么差呢？

"叮。"

手机突兀地响起，一条微信内容弹出。

陈景行注意到发消息的人是纪星池，立即划开了手机。

她给他发了一条很长的微信，不知道是出于什么样的心情，她细说了从前的过往，如数家珍地将他曾在她家里落下的东西盘点清楚。

关于陈景行遗落在她家所有的物品，纪星池都打包好了，找物业帮忙寄出去。心情也整理好了，没有伤害，没有怨怼，更没有恨。她只希望，以后再见，他们不要做恋人，也不要做朋友了。看到他，她会很讨厌自己，讨厌那个一心喜欢过别人的自己。

"对不起啊景行，以前是我不好，耽误你这么久的时间。但是幸好，我们都各自回到原点了。希望你不要介意，我不太会说好听的话，但是我真心祝福你，未来，前途一片光明。"

这段话，一直在陈景行脑海里反复地响起。他不知道纪星池是什么意思，是彻底放下了，还是打算跟他和解了？听上去是放下了、和解了，但也没关系了。

"你怎么了，脸色这么白？"不明所以的孟旭抬手探了探陈景行的脸，发现他手心渗满了汗。

陈景行也不知道自己怎么了，他的心情太糟糕了，他忽然转头对司机喊道："停车。倒回去！"

如果今天不问清楚，一定会很难受吧？

司机还没有来得及反应，孟旭已经出声阻止了，他惊讶地看着陈景行："你疯了吗？你知道我们要去见的品牌负责人是我费了多大的力气才从白启手里抢过来的吗？你真的要开天窗吗？"

推门的手顿住了，陈景行扭头看向孟旭。

"景行，这是你的第一个高端产品代言，今天的试片会，产品公司的高管都会去，不出意外的话，他们今天就会确定下来最终的代言人。景行，现在是非常时期，我们必须要给资方留下好印象。"

孟旭的话，成功说服了他，他的手一点点地收回了。是啊，今天的碰面很重要，重要到关乎他未来的发展路线，相比之下，去见纪星池还不够重要，不至于让他赔上自己的前途。

陈景行没有再要求停车，他沉默地低下了头，然后默默地收起了手机。

这一天，纪星池过得很忙碌。

她将陈景行留下的东西打包，打电话叫了保安主任帮忙寄了出去。然后，她开始整理自己的房子，又找人帮忙修葺了城郊的墓碑，安排完一切后，她终于接到了艾文的电话。他是来通知她的，《海上城池》剧组已经确定换了演员重新拍摄她的戏份。纪星池很平静地接受了这个消息，然后一直捏着电话在地板上坐到了天黑。

最近，陈景行也过得很忙碌。他强撑着一整天的好心情，露出标准的假笑，拍完了第一次试片。他很敬业，折腾得摄影师和工作人员够呛，重复了一次又一次。最终，MJ确定了他代言人的身份，合同细则一敲再敲。一系列的事情结束，已经是几天后了，他收到了纪星池寄来的所有物品，其实没什么值钱的东西，不过是一些小玩意，还有偶尔在她那里落下的生活用品，她算得清清楚楚，没有落下任何物品。

陈景行不知道自己在气什么，还是驱车去了纪星池家。

她不开门，他就输入密码自己开门。

门开了，可是屋子里空荡荡的。

纪星池没有改密码，只是搬了家而已。搬去了什么地方他也不知道，知道她有多处房产，但他去过的地方只有这一处。

他们在一起这些年，与其说是恋人，不如说是合作伙伴，如果不是她撒娇要他陪，他恐怕也不会踏入她家半步，他总是在忙。知道他不想参与她的生活太多，所以纪星池从来不跟他报备自己的任何琐事，她善解人意过分，她尽可能地去帮助他，不制造麻烦，却一次又一次在他心里添加了无数的压力。

看着空空的房间，陈景行脸上的表情一点点瓦解。他没来由地笑了，扶着沙发笑得上气不接下气,笑得比哭还难看。

很好,这就是纪星池。

很好,这就是她。

第二卷／人生一世，草木一秋

世上只有一件事比别人议论你更糟糕，那就是没有人议论你了。

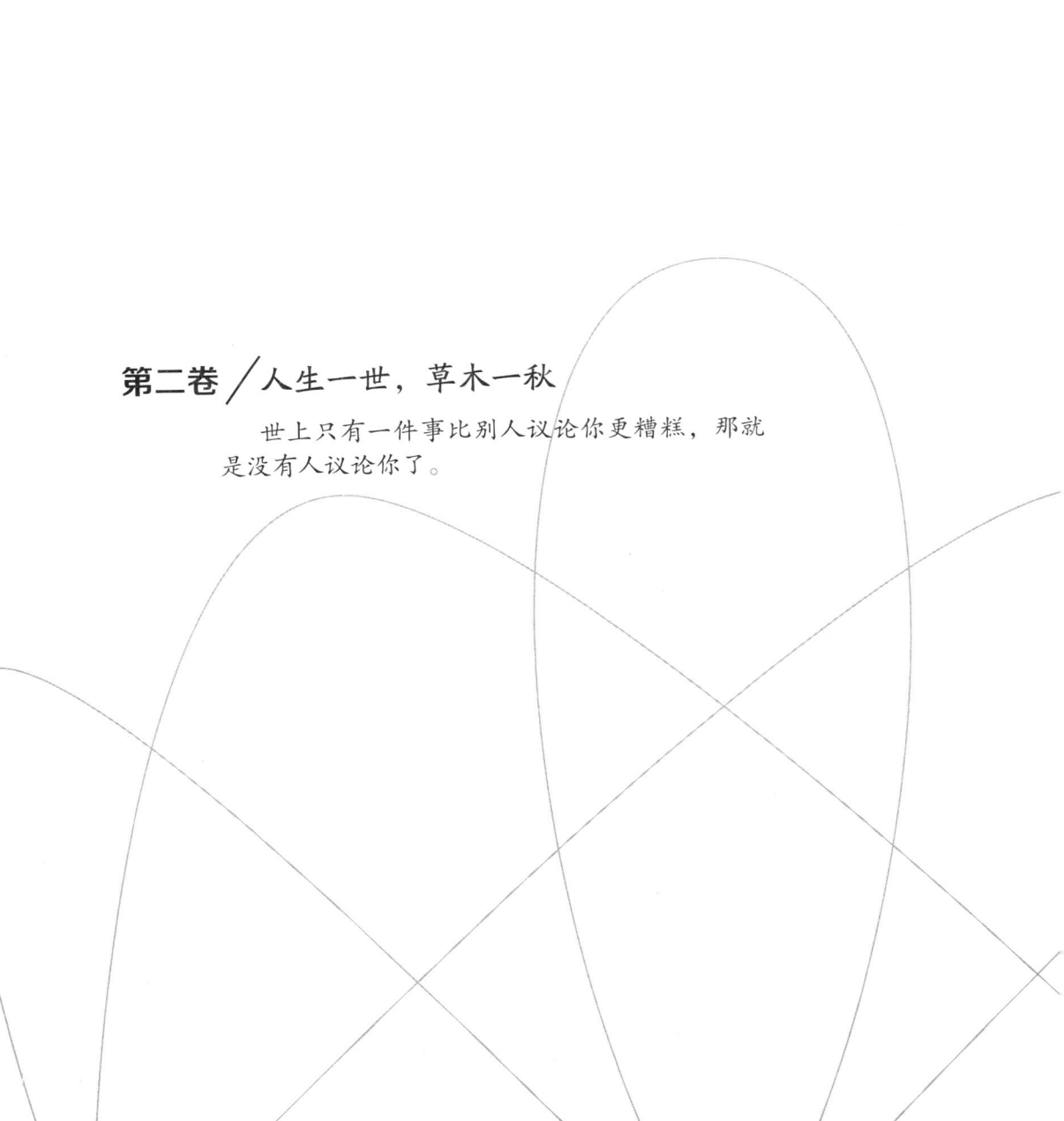

第十五章

阳城。

纪星池是被猫吵醒的。醒来后，因为无法接受现在的自己，她在散发着恶臭的客厅里坐了很久。

面前的镜子里映出了她肥胖的身躯，像是为了印证镜中人是否还活着，她被迫抬起了手腕，臂弯上随之颤抖的肥肉白得晃眼。所有的念想在顷刻间消失殆尽，她不得不承认，眼前的一切都是事实。而这满地的狼藉和恶臭，昭彰着她浑浑噩噩的这三个月有多荒谬。

纪星池挣扎着从地上爬起来，用劲拉开了尘封三个月的窗，天还是黑茫茫一片，窗外院子里的花草因为常年无人打理，早就形同枯草，荒废的院子和散发着恶臭的味道又一次提醒着她身处的环境有多糟糕。

三个月前，她为了逃避所有，搬到了阳城的废旧老别墅。这栋房子是她妈妈离开时留给她的唯一财产，房子不是特别大，就是那种隔绝了嘈杂的老式建筑，附近很久没有人住了，很是安静。她麻痹自己，把自己关了起来，谁也不见。隔绝了所有人，仿佛就远离了所有伤害，可是孤独与绝望依然无边无际地在她心里蔓延。

她在屋子里茫然无措，心里仿佛有一个巨大的黑洞需要填满，她开始吃第一颗巧克力，那甜蜜的满足感让她感到了莫大的安慰和温暖，仿佛世界对她都友好起来，她又吃了第二块、第三块……然后她开始喝可乐、吃薯片……这些年为了保持身材，她长年累月吃着白水煮蛋、开水烫青菜，然而即使是这样淡而无味的东西她都要控制分量。当她穿着礼服光彩照人地站在镁光灯下，身材经得住最不怀好意的镜头最近距离的特写，谁知道她饿了多少天呢？这么多年来第一次，她终于什么都不用管了，只是渐渐把日子过得乱七八糟，每天吃饱了只能睡，睡醒了又吃，活得像是行尸走肉。

一晃眼，时间就过去了三个月。纪星池觉得自己仿佛失忆了，她完全忘记了这三个月里自己是怎么过来的。不应该是这样啊。她不是这样的。她到底都对自己做了什么？这是一场噩梦吧？

有月光照进来，正好落在窗沿上，晃得她双眼酸痛。她伸手想掩住那一束光亮，光亮跃上了她的掌心，仿佛只要她轻轻一握，就能轻易将它攥在手心似的。

她的心情忽然变得很复杂。将自己静止的三个月时间里，世界仍然在转动。不管天有多黑，月亮始终都在，从没有消失，而她也依然活在这个世上，要面对这世上所有的非议和流言。没有死，就要面对现实的恶。眼前的一切都不是梦，是真的。

纪星池不知道自己是怎么从噩耗中清醒的，太阳洒下第一缕光的时候，她忽然意识到，自己或许是生病了。一定是因为疾病，才让自己变成了这副鬼样子。

纪星池是在下了车以后才发现自己迷路的。

出租车司机将她放到了一个被遗弃的施工地附近，她走了一段路才看到原来城西二路的路牌，如今路牌已经饱经风霜，多了很多锈迹。她记得，沿着这条路走，会找到以前常去的医院。

所幸的是，医院还在，只是老院长再见到她时，差点儿没有认出来，大概是怎么也没办法将眼前胖得没形的她跟小时候甜美可爱的"纪星"画上等号。

"你是'纪星'？"

那怀疑的眼神让纪星池很无措，她踌躇着不知道说什么好，只是尴尬地点头承认："林伯伯，我……我出了点儿事，您能帮我看看，我到底生什么病吗？"

其实纪星池很明白老院长的心情，就像她刚发现自己胖了以后不敢相信一样。就算是现在，她也不敢照镜子，总觉得这只是一场恶作剧。她不想看到如此丑陋的自己，更不想面对眼前的事实。她居然打从心底里厌恶如今的自己。尽管如此，她必须要面对自己生病的事实。

纪星池将这三个月以来发生在自己身上的事情一一告诉老院长，她怀疑自己得了一种跟肥胖有关的怪病。

"你先别着急，我找个医生先帮你做全身检查。一般这种急速肥胖的发生，都可能损害到你的身体，眼下你的身体状况更重要。"

大大小小的检查做完后,纪星池再次被请进了院长办公室。

老院长拿着手中的报告,犹豫地给了她一张心理医生的名片:"你的身体没什么大问题,我认为你很可能在心理上受到了一些伤害,或者是压力。我建议你去看一下心理医生。"

纪星池怎么也没想到,她没有得怪病,一切的罪魁祸首来自她的内心。她从小在妈妈的呵护中长大,虽然没有爸爸,却也甚少受到委屈,从小到大她的心理都很健康。只是后来妈妈走了,她不得不独自承当,又养成了独立坚强的个性,这样的她,怎么可能会有心理疾病?

但抱着试一试的心态,纪星池还是去了老院长介绍的心理医生那里。

经过一小时的了解和疏通,医生诊断纪星池患了"心理性肥胖"。

"什么是心理性肥胖?"纪星池问。

医生很无奈地摇了摇头:"长时间的压抑,并且深受夜间光的影响,加上暴饮暴食和不健康的睡眠模式,导致你的身体机能出现了问题,所以你才会在三个月之内迅速长胖了四十斤。"

纪星池捏着手掌心,语气迟疑:"那、那还有救吗?"

曾经的一线女星,如今的大肥妞,这种落差搁谁身上都难以接受,更何况,她还是纪星池。

医生看着她,轻轻地摇头:"其实这并不是麻烦的病症,但也不是简单的事情,往好的方向看,只要你心里的毛病调整好了,再正常减肥,是会瘦下来的。"

"那调整心理问题,您觉得需要多久时间?"

医生的话说得模棱两可:"这种病症我最多能帮你疏导,行不行还要看你的心态,现在你要做的就是放松心情,心态的不平衡会加重病情。时间的话,真的说不好。"

他的话没有安慰到纪星池,她很清楚,这其中的不确定因素太多。

长久以来,她早就习惯了独自去消化作为一个公众人物的压力。他们没有私生活,没有属于自己的时间,一举一动都在众人的眼皮子底下,有时候一个小小的举动和差错都可能会毁掉终其一生的事业,所以他们活得小心翼翼,没有放松片刻。而他们所要面对的流言蜚语也并非常人能承受的,他们早已经练就了一颗强大的内心,而纪星池这样总在风口浪尖的人物,早已经学会了不再因为别人的龃龉而受伤害。但就是这样强大的自己,自我折磨至此。

纪星池很清楚,她现在的问题关键不在于任何为抹黑她添砖加瓦的人,而在于她自己,是她不想撑下去了,是她放弃自己了,是她心态崩了,才放任自己。她甚至从路过的镜面里看到了自己浑身上下散发的死亡气息。她颓废得不像她自己。

纪星池勉强冲心理医生露出了笑容，她想，不管多难，先试试吧。

人生中的第一次心理疏导，并没有让纪星池的情况有所好转。

从心理咨询室出来后，纪星池一个人走在满是柳絮的人行道上，她摘掉了来时所有的伪装，墨镜和包裹脸颊的丝巾。现在，这些东西挂在她脸上，除了好笑外，并没有别的用处。

这条街上没有人认识她，谁也不会将这个大胖子跟纪星池联想到一起，这明明是曾经的她无数次梦想中的场景，但真的到来的这一天，却是无尽的失落。

纪星池不记得自己走了多远，只是走着走着，眼前的路开始变得熟悉了。时隔多年后，她没想到自己有一天还会回到这里。阳城一中，这所承载了她整个青春和对爱情充满幻想的学校。

吵闹路过的年轻学生们从纪星池眼前晃过，有学生们打闹着走出校门，也有偷偷恋爱的小情侣勾着小手指偷偷冲对方微笑。他们的青春，跟她曾经的一样，洋溢着的，都是幸福。

可是，这一切，都跟她没有关系了……吧。她回不到过去，也不想回到过去，错付的那些真心、喜欢陈景行的那么多年，如今看来仿佛只是个笑柄。

"喂，胖子你挡路了。"一道并不友善的提醒将纪星池彻底拉回了现实。

纪星池回过神，扭头看去，几个穿工装服的人正从一辆白色大巴车上走下来，他们抱着笨重的器械从她身旁经过，路过的人纷纷对她投来嫌弃的目光，甚至有人毫不顾忌地吐槽了两句"死胖子"。纪星池往后退了两步，让那几人先行，但在看见那些熟悉的摄影器材时，她又下意识地看向了不远处开来的面包车，那上头也陆续有人匆匆走下来。

戴大墨镜的男人一下就撞进了她眼里，纪星池的心脏蓦地一紧。

穆雨时。他怎么会出现在这里？

她下意识往后躲了几步，试图藏身在那几个搬运器械的工作人员身后。就在她挪动步伐时，不远处的穆雨时正好抬头看过来，一眼就看到了她。她也不知道出于什么心理，立即抬手遮住了自己的脸。她非常想逃，逃到一个能完全避开他眼神的地方，但穆雨时盯着她的目光并不友善，她只能紧张得像个木头人一样杵在原地。

很快，有人在穆雨时身后拍了拍，顺着他的目光看："导演，您在看什么呢？"

穆雨时回身，收回了目光，淡然地摇着头，往学校走："没事。"

其实他原本就没有注意到边上的纪星池，只是她的行为有些怪异，才让他多看了几眼，在确定对方并没有危险后，这才放心离开。

纪星池提着的心终于放回了肚子，她踮着脚看了看走远的几个人，收回了酸痛的腿。

学校门口又变得安静了，她望了望那些还在搬东西的工作人员，一时竟然觉得自己有点儿可笑。从小看着自己长大的林伯伯都没能将她认出来，她竟然还担心一个跟自己并不熟的人将自己认出来？她也不知道自己应该高兴还是失望，摇了摇头，无语地低头看了眼自己肥壮的身躯。她实在笑不出来，尽管这样的自己很可笑。

"抓紧时间，我们的时间不多，谁他妈敢给我耽误时间，就趁早给我滚。"一走进正在布置的片场，穆雨时便坏脾气地吼了一声。

他们这次来阳城取景，是不得已的选择，被逼无奈下，穆雨时的心情已经差到极致。原本他们在云城拍的戏份基本已经结束了，大部队也已经收拾东西离开云城了，只是临了查看片子时，发现有一部分在学校的回忆镜头出了问题，而学校的场景本来就很难获得批准，在云城他们已经很难再申请一次，为了节约成本和时间，剧组只好临时转到距离云城最近的阳城，选了新的场景重新拍摄。

制片人李想一早就领教过了他的坏脾气，也不敢说什么，只能催促着大家赶紧行动："快行动吧各位，我们还得赶在天黑之前回到住的地方呢。"

这次拍摄的戏份不多，但因为要获得当地审批，时间流程比较久，他们便在云城城郊住了下来，今天刚获得批准，大部队便立即搬运着东西赶来。为了避免出岔子，穆雨时盯剧组盯得紧，对任何一个陌生人都很警觉。

听了李想的话，众人也下意识地看了下天，这天阴沉沉的，看起来像是要下雨，于是他们手上的动作更快了，不出半小时，整个场景就布置好了。而一旁的穆雨时，早已在跟换好装备的演员说戏了。

整个片场一片忙碌，没有人在乎下车时在门口撞见的那个胖子是谁、发生了什么。

而这三个月来，穆雨时也并没有想起纪星池这号人物来，更加不会将她跟方才的胖子扯上联系，那个胖子，很快就从他的脑海中消失了。

第十六章

回到家后，纪星池颓废地将自己扔在沙发上，盯着天花板兀自冷静，看着窗外乌云密布，天空越来越灰暗，就像她的人生，变得破败暗沉。

不知道什么时候起，天边下起了大雨。这栋院子远离市中心，孤立地矗在路边，此时窗外的声响听得一清二楚。大颗大颗的雨滴砸落在院子的大理石地板上，发出令人心烦的声音，凄厉的雷声也像极了荒郊野外出现的怪叫声，纪星池感受着被恐惧声响包围的凉意，不得不怀疑自己此时正躺在一座孤坟里。没有什么能比坏天气更糟糕的了，因为坏天气会带给人绝望。

纪星池睡不着，将自己蜷缩成一团窝在沙发里，呼啸的雨声拍打着未关紧的窗沿，裹了一床薄被的她还是觉得冷，浑身颤抖个不停。一道惊雷落下，闪电一闪而逝，纪星池想起了妈妈去世的那个夜晚，也是这样的雷雨交加。

妈妈纪虞的工作很忙，她就像个女强人，独自抚养纪星池长大，将她教养成优秀的女孩，同时又能将公司里的事情打理得井井有条，那次去西藏是她攒了许久的礼物，因为完成了年度绩效，她带着团队去了西藏。

纪星池一直都知道妈妈对西藏的向往，据说她的爱情就埋葬在西藏——纪星池的父亲死在那里。纪星池从小就没有见过父亲，所有有关他的事情都是从妈妈口中听说的，妈妈口中的父亲有才华，会弹手风琴，会拉小提琴，帅气得一塌糊涂……就是这样的人，"死"在了那里。

小时候，纪星池真的以为父亲死了，只是长大了才明白，只是他们的爱情死了罢了。妈妈是个善良温柔的人，她不愿意诉说太多不堪的过往，也不想让纪星池对父亲充满恨意，所以给她编造了一个完美的故事。至于父亲如今在哪里，一点儿都不重要了。

去西藏之前，妈妈很兴奋。她告诉纪星池，这些年，她害怕那个地方，不敢去，但这次，她终于可以放下了，她要去告别了。纪星池真心为妈妈高兴，她支持妈妈去，所以帮妈妈挑选衣服，准备了很多好看的裙子去拍照。

却怎么也没想到，那会是她们的诀别。

去领取妈妈遗体的那天，也下了这么一场大雨。

纪星池从小就懂事到让人心疼。妈妈随着职位的攀升，工作越来越忙碌，有时候无暇顾及纪星池，纪星池上了高中以后就学会自己照顾自己了。那天，她以为会像往常一样，从补习班回家后，吃了晚饭就在家里做练习题，下雨的时候她还给妈妈的花花草草做了雨棚。做完这一切回到房间，电话就响起来了，铃声响得很急促。她莫名有了不好的预感。

果不其然，她最害怕的事情发生了。

妈妈在前往纳木错的途中遭遇了车祸。当时几个人都受了伤，妈妈为了担起领导的责任，选择了先救其他人，就这样，耽误了治疗她死在了前往医院的路上，遗体是在第二天运回阳城的。公司担心纪星池一个小女孩受不了，回了阳城后才通知她这件事。

纪星池匆匆赶去，被淋成了落汤鸡。她守着僵硬的遗体，流不出一滴眼泪，她不记得自己在冰冷的房间里坐了多久，起来后，已经有工作人员帮忙处理葬礼事宜了。

原本应该是宁静的葬礼，却因为一群自诩家人的陌生人的上门而变得吵闹、狰狞。纪星池捧着骨灰盒，被他们推搡、拉扯着，那些人为了钱差点儿要了她的命。是陈景行救了她，那也是她第一次脆弱得想要躲在一个人怀里痛哭。但她最终没能选择这么做，因为文初来吊唁了。她不敢僭越三人之间的关系。

这样的夜晚，总是会让她回忆起很多过往。

纪星池讨厌这样的记忆，每每回忆起来，都让她意识到自己活在这个世上有多孤单。她没有可靠的家人，没有可以依赖的爱人，她什么都没有……纪星池讨厌阳城，也讨厌这栋房子，尽管这是妈妈留给她的唯一东西，因为在这里有太多美好的回忆，当她每次想起来时，都会觉得自己很可怜。

她曾为了逃避这里做过许多努力，但一直都得不到缓解，直到高考结束后去了北辰，她才发现自己可以有新的生活，她可以用自己的努力去创造新的家人。比如她误以为总有一天，自己会跟陈景行成为超过恋人之外的依赖关系，就算陈景行不爱她，他们也会因为彼此曾经的相互依赖而变得亲密无间，她以为……以后自己再也不是孤单一人了。

大学毕业那年，她曾回来过一次，特地将妈妈的骨灰、墓碑迁到北辰，之后，她以为自己便跟阳城再无瓜葛了。这些年，她不曾见过阳城的任何故人，但再次回来，这座城市却成了她的避难所。曾经发誓再也不要回来的伤心地，成了她这只乌龟的龟壳。

纪星池厌恶现在的自己，不仅仅因为外表，更因为那颗怯弱的内心。她居然开始去想象那些人再见到自己时会是什么样？她想，如果文初知道自己现在变成这样，一定会很开心吧？甚至会嘲笑她。然后是陈景行，他会更讨厌自己吧。然后她想到了妈妈，妈妈如果知道她最引以为傲的女儿变成了现在的胆小鬼，会不会气得立马活过来？

想着想着，纪星池居然笑了起来，但笑容比哭还难看。她觉得自己现在的心情还挺变态的，满心的丧气无处发泄，还不如死了干脆。

纪星池应该是魔怔了，死掉的想法一旦冒出来，就一直缠绕在她脑海里，迟迟挥之不去。

惊雷闪过，她感觉自己脑子里绷紧的一根弦也断了。

她开始在房间里转悠，寻找可以让自己轻松死去的方法。家里没有安眠药，她在网上查看了购买安眠药的可能性，不过片刻又打消了这个念头，最终转到了厨房，找到了一把水果刀，刀片很锋利，只碰到指尖一下，就划开了一条小口子。

纪星池略微想了一想，又觉得她这么一位当红女明星不应该死得不明不白，就算死也要好看地死去对吧？可一看到镜中的自己，她又觉得什么都没有意义了……死了一了百了。

打定了主意的纪星池开始为自己的"自杀"事业做准备，她在房间里翻出没有用完的薰衣草香薰在浴室里点燃了，浴池里也放满了水，不一会儿，蜡烛的香味飘了出来，薰衣草的味道令她昏昏欲睡。

做完一切，纪星池在浴池边上坐了一会儿，四周太安静了，安静到能清楚听见她的呼吸声。

心里的声音在提醒她——开始吧，苦难就要结束了。

于是她换上了丝绸睡衣，迈开腿一脚踩了进去，浴缸里的水溢了出来，浇灭了一支燃着火光的蜡烛。看着那冒着黑烟的蜡烛，她有点儿泄气，临到这个节骨眼，为什么死都不能让她顺利点儿？

但这不是最可怕的，可怕的是，纪星池发现，到这个节骨眼了，她居然还很在意自己的体重。浴缸正对着一张玻璃镜，她一抬头就能看到那肥硕得完全跟灵魂分离的身躯已经将丝绸睡衣挤成了绷带，缠在她身上就像是木乃伊。要不要去换一件好看点儿的衣服再死？

这么想着，纪星池已经开始了迈开腿走出浴室的动作，但刚要抬起那条没入水中的腿，一阵水声再次响起，有再次溢出来的趋势。算了算了，就这样将就着死一死好了。再次打定了主意，纪星池一狠心，整个人没入了水中，只露出了一颗脑袋，然后伸手拿到了放在旁边的水果刀，对着自己白皙膨胀的手腕划了一刀，她还没太用力，鲜红的血已经冒了出来……再用力一点儿，就可以离开这个冰冷的世界了，再用力一点儿，就可以解脱了……

"砰砰！砰砰砰！"声音忽然响起。

隔着两个房间，魔怔一般的纪星池被砸门声惊动，她看着镜子里的自己，脸色苍白，别管了，再用一点儿力气就成功了，她再次用了用力……

"砰砰！砰砰砰！砰砰砰砰砰！"敲门声不停歇地再次响起，这次比上次还要用力一些，可以确定这个敲门的人脾气不是很好。

纪星池很想装死，但敲门声实在太吵，她只好暂时放弃了自杀的念头，从浴池中爬起来走到客厅。

黑夜风高，敲门声依然响着。纪星池踮着脚尖瞥了眼院子外，篱笆围墙外停着一辆打着光的黑色轿车，一个模糊的人影正站在铁门处不知疲倦地砸着门。

抱着必死之心的纪星池昂首挺胸，用卫生纸随便缠在流血的手腕上，手持水果刀出去开门。

大铁门嘎吱一声响起，早就淋成落汤鸡的穆雨时顿时收回了正要攀爬的双腿，一个帅气的落地，稳稳站好，一抬头就看到一个胖胖的女人正凶巴巴地看着自己。

穆雨时一惊，当即愣在原地，略尴尬地摸了摸鼻子："我以为没人。"

纪星池怎么也没想到，差点儿将她家房门砸出一个洞来的人会是他！还是在今晚，这个对她来说无比重要的夜晚。

穆雨时也吓到了，微微的亮光中他看清了主人手里的刀，他又尴尬地咳嗽了一声："那个，我路过这里，车子抛锚……不是坏人。"

纪星池终于反应过来，直愣愣地瞪他："你想到我家避雨？"

穆雨时注意到她愤怒的目光，下意识地避开了。为什么他隐约觉得这眼神很眼熟？他蹙着眉头仔细回忆了一阵，却半点儿痕迹也没找到，只能暂时收回所有的思绪，尽量让自己礼貌地展示着微笑。

"我会给报酬的。"说话时，已经连打了两个喷嚏。

纪星池这才注意到他整个人已经湿透了，原本想再次关门的念头一闪而逝。她抿了抿唇，无奈地叹了口气，最终还是被自己的善良给打败。

"进来吧。"

狼狈的穆雨时一改往日的嚣张跋扈，客气又疏离地道了谢，又说："您放心，等雨停了我就会走。"

纪星池听着他的话，撇了撇嘴，什么都没说，只是往房子里走去。

穆雨时跟着她来到客厅，环绕了一圈四周，这才发现房间里很干净，干净到没有人气。他几不可闻地蹙起了眉头，总觉得自己走进了一个奇怪的地方。一阵寒冷袭来，他也顾不得再多想了。他冒着被赶走的风险，看向胖胖的大婶，客气地询问："阿姨，请问你家有干净的衣服吗？"

刚要在沙发上瘫倒的纪星池动作忽然停了下来，她扭头，瞪大眼看他。

穆雨时也回看她，目光沉静，丝毫没有做客的慌乱感。

"谁是你阿姨？"

穆雨时一愣，疑惑地看她。

"我才二十多岁，你瞎叫唤什么。"

穆雨时眉心越皱越紧，看着她，不知道应该如何称呼。

纪星池头一次感受到作为陌生人，跟他交流起来有多痛苦。她皮笑肉不笑，无计可施地摆了摆手："算了，阿姨就阿姨吧。"将死之人，好像也没什么好计较的。她妥协地叹着气，指了指杂物间，以及通往杂物间的道路。

"杂物间里有一些比较旧的男装，要是能找到你就换上，厨房在那里，你要煮姜汤也好，烧房子也好，自己看着办。"她干脆一次性说完，免得穆雨时再问，说完直接窝进了沙发，手里的那把水果刀也没撒手。手腕隐隐作痛，伤口其实不深，但卫生纸还是被血黏在了伤口上。控制住了微跳的眼皮，将心中的不安掩饰得很好。

出于安全考虑，穆雨时率先在厨房里找了一圈，除了找到一堆速食产品以外，别的什么也没找到，于是他只好放弃了煮姜汤的打算，凭着记忆找到了那间杂物房。

黑漆漆的房间里，吹来一阵凉飕飕的风。他站在门边犹豫了一阵，还是没忍住回头看了一眼瘫在沙发上一动不动的胖大婶好一阵，才下定决心走了进去。

而一脸疲倦的纪星池压根没关注到他，她将脑袋缩在沙发里，不知道在想什么。

穆雨时叹了口气，在玄关处找到了灯的开关，还好，灯是亮的，房间里也比想象中简单整洁，虽然堆满了东西，但衣柜里的衣服却都用衣罩罩了起来。

"还挺讲究。"穆雨时嘀咕了一声，用视线搜索了一圈，找到一件大码的黑色上衣。

穆雨时取下衣服，却不料连带着将一侧的箱子给打翻，一堆乱七八糟的物品散落在地上。一张木质的相框翻了过来，两张精致的面孔忽然出现在眼前。

看着照片里那一张熟悉的面孔，穆雨时整个愣住了。

纪星池？不，准确地说，这是十七八岁的纪星池。照片里的她还非常青涩，婴儿肥也还没有褪尽，圆鼓鼓的脸颊处有浅浅的酒窝，清秀的眉目微微弯起，腼腆地笑着，半个身体靠在旁边的中年女人身上。

明明是可爱的笑容，跟那个一线女星纪星池完全判若两人，但他还是一眼就认了出来。算一算，约莫在十年前，在前往西藏的火车上，他就见过她了。

那时她不过是刚发育的小姑娘，瘦巴巴的，像只猴，穿着一身黑衣服，怀中紧紧地怀抱着一只白色陶罐子，这样奇怪的装扮想要不引人注目都难。因为无聊，他同她搭话，像极了电影里吊儿郎当的痞少爷，叼着烟斜眼看她，企图用眼神迷住这小丫头，却不料，火车开了七八个小时，这小丫头却一直低着脑袋，半句话都没接。

他觉得奇怪，隔近了看才发现她全程红着眼眶，一双兔子眼瞪着他，委屈巴巴的样子活像他就是个老流氓，那一眼直接把他给看得灵魂出了窍。穆雨时活这么大，泡了这么多妞儿，头一次觉得自己过分了，之后他也没有再闹腾，却鬼使神差地跟着她下了火车。他跟着她去了纳木错，途中遇到真正的老流氓都被他给解决了，她发现他人不坏，终于跟他搭了话。

后来他才知道，她一直抱着的那只白色陶罐里装的是她妈妈的骨灰。她妈妈是在自驾游西藏时出的意外，而这次旅行妈妈计划了多年才得以付诸行动，一直很期待，可是还没来得及走完梦想的旅程，生命就结束了。只可惜，纪星池最后仍然没有带着妈妈的骨灰走完整个西藏，她太年轻了，而这一路又太艰险，十天后，她不得不回去。分别时，两人并没有留下联系方式。

但是很奇怪，这么多年过去了，他身边经过了太多的女人，每个女人都很优秀、漂亮，他记不住几个，但她，他却始终记得清清楚楚。

穆雨时有点儿蒙，他看着手中的照片，迟迟才反应过来。难不成这是……纪星池的家？

那外面那个女人又是谁？为什么会在这里？

第十七章

纪星池不知道自己是什么时候睡着的，等她再次醒来的时候，却发现自己正被五花大绑地绑在自己的床上，嘴巴也被胶带给粘住了。惊恐之后，她迅速冷静下来，飞速转动脑子，很快便确认了绑架自己的人是穆雨时。不过她不明白，他为什么要绑架自己？

此时，穆雨时端着一碗泡面，边吃边走了进来。

纪星池全身上下只有眼睛能动，她只能鼓着圆眼睛死死地瞪着他："唔唔唔唔，唔唔唔唔唔唔唔！"你干吗啊？你放开我啊浑蛋！

穆雨时没有搭理她，他埋头吃完最后一口泡面才拉了一把椅子走到她跟前，面对面地坐下，顺手撕开了那张封住她半张脸的超大号黑色胶布。

纪星池的情绪还算稳定，她没有大喊大叫，只是平静地瞪他："穆雨时，你到底要干吗？"

穆雨时听到她自然地喊出自己的名字，原本正活动筋骨的手顿了顿，一双锐利的眼扫过她的脸："你怎么知道我的名字？"

纪星池张着嘴微愣，惊讶于自己居然毫无戒备心地叫出了他的名字。

穆雨时见她哑巴了，危险地眯起了眼："说，你是谁？"

纪星池咂巴了下嘴，脑子灵活地转动着，思考自己应该怎么逃过这一劫。然而早已看穿她的穆雨时却不给她更多的思考时间，他将在杂物间里找到的那张照片拿到她眼前："这张照片是怎么回事？"

纪星池原本还有点儿心虚，此时见他居然拿出了照片，顿时来了气："你变态啊？乱翻别人家的东西。"

穆雨时丝毫没在意她口中的谩骂，笑容阴森可怕："人家？认识纪星池吗？"他把照片在纪星池眼前挥了挥，"我才要问问为什么'人家'的家里会有纪星池的照片吧？"他一口气说完，突然顿了顿，目光灼灼地盯着她，"所以你到底是谁？"

室内短暂地沉默了，纪星池微张了张嘴，固执地做着最后的挣扎："我不知道你在说什么，这是我家，我也不认识什么纪星池……"话还没说完，穆雨时一张帅脸忽然凑近，整个脸贴在她五官前，让她愣在当场，"你……"

"纪星池？"他试探着。

"我不是……"她想也没想，当即否认。

"对，不可能。"穆雨时淡然拉开距离，"你不可能是纪星池，所以你到底是谁？"

纪星池的心快提到嗓子眼了，又在瞬间泄了气。对于他排除自己就是纪星池这件事，她好像也高兴不起来。

她没说话，穆雨时再次疑惑起来："你是小偷吧？知道这里没什么人住，就摸进来偷东西，被我发现了，所以才假装自己是主人。"

纪星池开始怀疑他的智商了。

"说话，你也不想我报警吧。"

纪星池忍不住翻了个白眼："我不是小偷。"

穆雨时盯着她，没说话，满眼写着不信。

纪星池叹了口气："这栋房子的主人叫纪虞。"她接着说，"我叫纪星。"

穆雨时皱眉问："什么？纪星？"

纪星池自嘲地苦笑："后来的名字叫纪星池。"她抬头，有点儿绝望地看着穆雨时，"所以，你现在可以松开我了吗？"

穆雨时倒抽一口凉气："你后来的名字是什么？"

"纪星池。你认识的那个。"纪星池声音没有波澜，冷静到让人害怕。

"怎么会……怎么会这样？"穆雨时震惊。

"胖了呗。"

穆雨时后退两步坐下来，手抚着额头慢慢消化这个消息。不、不可能啊，怎么会？眼前这位胖得连五官都模糊了的人，是纪星池？

纪星池为了证明自己，特意在网上下载了一张自己的照片，然后将那张脸放大了两个加号。加大两个号的"纪星池"跟眼前的胖子，简直就是一个模子里刻出来的。

穆雨时紧紧地盯着眼前图片，他不愿意相信，但事实就摆在他面前。三个月长胖四五十斤，这在娱乐圈历史上应该没有女明星能做到吧？

穆雨时还在阳台抽烟，一句话都没说。说什么他也不敢相信，纪星池一夜之间就这样了。

他回到屋子，欲言又止，好一会儿好不容易才从牙缝里挤出一句："这几个月，你是被竞争对手下了什么迅速长胖的降头吗？"

纪星池一个字都不想听，一句话也不想回答，只是紧紧抱着一个抱枕，好像一个抱枕的距离便将她和过去的自己划开了一道鸿沟一般。她开始思考，自己上辈子到底欠了穆雨时什么，不然为什么他总是在她最狼狈的时候出现？一个人倒霉，也应该会有底线的吧？怎么到她这里就是无底洞呢？

穆雨时忽然又觉得好笑，老天故意让他的车子抛锚，淋了一身的雨，是让他来见如今这般模样的纪星池吗？他看纪星池如今笨重的样子，眼皮微跳，无声地叹了口气，长手一伸，抓起桌面的纸袋子一把套在纪星池的头上。如果拿下袋子，纪星池还是这个样子，那他也认了。

眼前突然一暗的纪星池没来得及反应，整个脑袋已经被纸袋子罩住。愣怔片刻，她有一些自暴自弃地止住了想要扯开袋子的手。

"我也不想看到自己这副样子。"纪星池的声音从纸袋子里传来，嗡嗡的，让人听不太真切。

穆雨时拧着的眉越来越深，很多震惊和不知如何出口的安慰如鲠在喉。他抬手想要将她头上的袋子拿下来，但纪星池却如遭炮烙般一把抱住了头，她两只手用力拉着了纸袋子，不想让他摘掉。

"你干吗？！松开！"她的声音里带着怒气，"你不想看，难道我很想看自己这副鬼样子吗？"她颤抖着声音，说着丧气的话，"我比你更不想看到我自己！"

穆雨时见她这副样子，这才注意到她手腕上皱巴巴的卫生纸上干涸的血迹，暗红斑驳的一条，虽然看上去伤口不深，但看得他心惊肉跳。他咬着牙，抬手，哗啦一声一把撕开了纸袋子。

他瞪着她，两人四目相对，空气一度很安静。纪星池想避开他的目光，那目光让她芒刺在背，很不舒服，但他却强势地伸手捏着下巴一把将她的脸掰正，逼迫她正视着自己。

"放开我。"纪星池咬着牙，眸中是隐忍的怒火和藏不住的委屈。穆雨时这个样子，在此时的纪星池眼里更像是侮辱。

穆雨时手上的劲依然没松，一抬头，他才看到她白皙而胖乎乎的脸上已经被自己捏出了两道红印子，她那双还算灵活的眼里，不知何时已经蓄满了水汽。他一咬牙关，终于松开了手。

"我没有其他意思，你得先让我适应一会儿你的脸。"他嗫嚅半晌，只是说出了这么一句毫无价值的话，他也很懊恼，但他对着她这张陌生的脸实在不知该如何开口，他也不知道自己这句话会不会伤害她，但刚说出口就后悔了，转而回头看她，心中一凉，"我还什么都没做你就哭了？"

纪星池瘪着嘴，别开脸不看他，用力眨巴了两下眼睛，逞强道："我眼睛没红，我才没有哭。"

穆雨时愣了一下，语气总算缓和了些："但是你瘪着嘴巴的样子更丑了。"

"抨击一个人的外貌很光荣、很绅士？"

穆雨时不怒反笑，情绪也变得缓和了许多："你哪只眼睛看见我绅士了？"

纪星池不理他，自己一个人生闷气。

穆雨时一时半会儿也不知道要说什么，摸到厨房给她倒了一杯热水，拧了热毛巾扔到她头上。

纪星池擦干净脸，好一会儿才从沙发上爬起来："我这样的女人，让人很恶心吧？"

正喝水的穆雨时差点儿呛到，他放下水杯，平静看她："我还好。别人就不知道了。"

她的脸一下沉了下去。

穆雨时看着她，神情严肃："我的看法很重要吗？你既然已经成了这样，未来多的是人取笑你的长相，那时你怎么办？再自杀一次吗？你死不过来的。"

纪星池惊讶地看着他，把手往身后藏，做贼心虚道："我没有。"

穆雨时神情淡淡，看着她："我还没瞎。"他顿了顿，看她的目光不忍了些，"看过医生了吗？抑郁症还是别的？"他字字句句说出来，都觉得喉咙异常干涩，甚至有点儿发抖。

纪星池看着他，原本深皱的眉头渐渐冷了下来，过了好久，才缓缓点头。

其实，她从小坚强独立，但临到这个年纪却变得有点儿敏感了。她可以想象到，如今的自己变成这个鬼样子，外面的人见了，指不定会将她当成什么怪物，她不想面对，也不敢面对。但怪异的是，她明明已经有了离开这个世界的决心，却还是好面子的。在听见穆雨时说起轻生这件事时，她觉得很丢脸。在他面前谈论这个问题，让她觉得自己就像一个还在青春期的中二少年在无病呻吟。死，像个笑话吧。她不愿面对这件事，于是别开了脸。

长久的沉默后，穆雨时没有再提及这件事，在屋里随便搜罗了一点儿纱布啊药什么的，给纪星池的手腕包上。纪星池有些不自在，抽了两下，无奈穆雨时手劲太大，索性由他去。包好后，两人心照不宣地安静了下来。

第十八章

天微微亮的时候，一道光线射了进来，门外也响起了叮叮咚咚的敲门声，坐在沙发上的两人终于有了动静。穆雨时倏地从沙发上站了起来，惊醒了昏昏欲睡的纪星池，她茫然地看着处于逆光中的穆雨时，一时哑口无言。

穆雨时没什么心思理她，拿起外套直奔大门而去，他打开了栅栏大门。

纪星池透过窗户，看到有几个工作人员正在跟他交涉，不一会儿，那几个工作人员就朝着门内望了望，她立即避开了那些目光，转头走向厨房，在橱柜里翻箱倒柜一番，直到听见外面栅栏的大门关上，她才停下了手上的动作，长长地呼出一口气。

穆雨时应该已经走了吧？这么想着，她提起的心刚要落地。

忽然，穆雨时的声音再次在身后响起："你找什么？"

纪星池吓了一大跳，神经都绷紧了，转头就看到了他皮笑肉不笑的样子，顿时有点儿尴尬："你不是应该跟你的工作人员走了吗？"

穆雨时怀疑地看她："你很希望我走？"目光不由地就落在了她始终没撒手的水果刀上。

纪星池立即摆手就要解释："我没想再自杀……"

穆雨时却懒得搭理她，探身靠近她，吓得她一愣，将自己缩成了一团圆鼓鼓的肥肉。

"闭着眼干吗？怕我对你做什么？"他的声音中夹着冷笑。

纪星池睁开眼，看到穆雨时似笑非笑地盯着自己："我没、没这么想。"

穆雨时上下扫了她一眼："怎么换了一副面孔后，你反而矜持了？"

纪星池咂巴着嘴，很想叫他闭嘴。

穆雨时目光移开，略过她，抬手在比她高出一个头的顶柜里取出了一包泡面，略带嫌弃地皱了皱眉。没说什么，他转身拿起锅在燃气灶上打火，那熟练的样子仿佛是在自己家里。纪星池一直拧着眉头看他，不明白他什么意思。

穆雨时没解释，却没头没脑地问她："你喜欢吃软一点儿的，还是硬一点儿的？"

"啊？"

穆雨时睨她："算了，给你什么就吃什么。"

纪星池看着他，满脸写着莫名其妙。

"吃完后跟我去剧组待两天。"

"为什么？"纪星池怀疑地看他，看了看自己的手，瞬间有种被看穿的羞耻感袭来，就算再丑再胖的她都不如此时这般不堪，有点儿尴尬和局促，"其实你没必要管我死活……"

穆雨时淡淡地打断她："我剧组有几个演员，拍戏都不怎么样。拍摄周期一拖再拖，剧组耗费不起这么大的开销。"

说话的同时，面已经好了。

穆雨时半天没等到她的回答，也不着急，将一包泡面一分为二，递了一碗给她，自己则就着小奶锅吸溜了两大口，吃得满嘴油乎乎的，见她没动，还忍不住用筷子敲了两下："吃啊，不吃饱哪里有力气教人演戏。"

纪星池用筷子扒拉着泡面，没什么食欲："我没答应跟你去。"

穆雨时没把她的拒绝放在心上，自顾自地吃着东西，尤其淡定，一副胜券在握的样子，吞下最后一口面后，掏出手机，拨了一串号码："纪星池变成现在这副样子，不知道会不会在狗仔那里卖个大价钱？对了，你这个样子，那个叫陈什么的还不知道吧？"

"你！"纪星池气得差点儿被口水呛到。

穆雨时神情淡漠，只是盯着她。

巨大的压力仿佛从天而降。但她做不到若无其事地去那种熟悉的地方，她害怕，害怕别人异样的目光，害怕被认出来，害怕回到被流言蜚语攻击的日子，更害怕遭受更大的攻击，那些字字见血的日子她过怕了，她也不想再给任何人制造麻烦……

"你连死都不怕，还怕什么？"穆雨时冷嘲。

"我……我都说了，我不会再轻生了，为什么不信我？"她的声音很小。

穆雨时斜眼睨她，一眼洞悉她心里的小九九："不想跟我再去剧组看看？你不是很喜欢演戏吗？难道你还想像这几个月这样不人不鬼地活着？反正现在的你我都没认出来，你怕什么？"见她依然没反应，冷嗤了一声，"也对，我忘了，你为了男人连命都可以不要，对吧？死吧死吧，指不定这样，那个男人会怜悯你来送你最后一程。"穆雨时把话说绝了，盯着纪星池，目光冷漠如冰。

纪星池咬唇抬头盯着似笑非笑的穆雨时，呼吸急促，浑身颤抖。

穆雨时看着她的表情，看来网上说的那些事，八九不离十了。

良久，她问："为什么是我？"

"合适。你的演技不错，不用很可惜。不想再回战场上试试？"

再回去？是啊，过去的十年里，她只学会了演戏这一件事，除此之外，再别无长处。

纪星池云里雾里地就跟着穆雨时来到了拍摄现场。

拍摄现场的场景几乎已经搭建完成了。纪星池一路跟在穆雨时背后，引来不少目光，刚开始时，她还有点儿遮遮掩掩，生怕被人认出来她是谁。最终，纪星池也不知道自己是怎么上了剧组车的。

穆雨时看着她将自己的脑袋包成粽子的傻样，很是无语地翻了好几个大白眼，一把将她的围巾扯了下来，引来她一阵惊呼："你干吗啊？"

她这一声劲头十足，成功让低头跟穆雨时沟通问题的两个副导演李想和马未都停下了手上的动作，抬头直愣愣地看她，眼神复杂，其中充满了崇拜看好戏以及"你是谁"等问号。但穆雨时似乎没有要解释的打算，只朝她耸了耸肩。潜台词仿佛在说，你看，有谁能认出你来？

看着眼前两双陌生的眼睛，再看看其他人，好像真的没人认出她来。纪星池被他毫不留情地拆穿了现实，心里很不是滋味，仿佛自己在他眼里就是个笑话。一时间，心情更复杂了。

穆雨时没给她时间消化这个现实，他长手一指，便开始给她安排起工作来："马未，你带……"他想了想，给她安排了个还算尊重的称谓，"这位纪老师去化妆室，让她们好好跟着纪老师学学演技。""纪老师"三个字，他咬得格外重。

纪星池忍不住抬头看他，却见他戏谑地笑着，明显看好戏的样子，但也没办法，只能认命。

穆雨时没空搭理她了，背过身去监视器后面准备工作。

纪星池用力瞪着他的背影，仿佛要用眼神烧出一个洞。但转身，还是乖乖地跟着马未朝着化妆室走了过去。

马未也很迷茫，不知道导演从哪里找出来这么一号人物，上来就让她去给演员说戏。几个学校里的老师，他多半也认识，这位嘛，好像还真是头一次见。他上下扫过纪星池后，认为她不可能是什么隐藏的大佬，对她的态度就很敷衍了，按照穆雨时的指示，将她带到演员化妆处。

此时，几个演员正凑在一块聊天，文初正蹲在地上跟这剧的女一号陆悠在一旁说说笑笑。明眼人都知道，文初正巴结人家呢，找了女孩子感兴趣的话题，又是推荐防晒霜又是推荐养发秘方的。陆悠也算是见过世面的当红女明星了，全程笑吟吟地跟她交流着，尽力让自己表现出了一副大姐姐的亲和力，文初在她身边就跟甜甜的小姑娘似的一样讨喜。

纪星池老远看着两人，脸色越来越难看。她开始有点儿怀疑穆雨时叫自己来的目的了。将她和文初凑在一块？分明是想看她笑话才对。可赶鸭子上架已经到这地步，她就算是尿遁都来不及，强烈的厌恶感让她放缓了脚步，但就算这段路程再长，也有走完的一天。

马未招呼了聊天的两人朝她看过来。

纪星池一眼就看到了文初，心里五味杂陈。尤其是文初脸上的笑容格外刺眼，让她恨不得上前去撕破那张脸。一时她竟然有点儿摸不准穆雨时的做法了，新闻闹得那么大，他不可能不知道她们之间发生过什么。除非他是故意的，可是他又怎么可能料事如神？刚巧来这里拍，刚巧闯到她家……人与人之间的缘分，也是很恶俗了。

文初得知纪星池是来教两人演戏时，脸色或多或少有点儿难看，不过转瞬又露出了笑容，表示对纪星池的欢迎。

"老师，您怎么称呼啊？"文初露出一个无懈可击的笑容。

纪星池盯着她看一时没回过神，还是马未叫了她一声，她才机械地应了一声："哦，我姓纪。"

提及姓氏，文初立即认真端详起她来，大概是没在纪星池脸上看出什么来，这才放下戒心。但纪星池很快别过脸，没说话。

马未见气氛奇怪，接着往下说："纪老师，文小姐的戏份虽然不算多，但有些重场戏，你可要上上心了。"

纪星池听了他的话，目光飞快地扫过文初，见她眸中毫无异样，心里五味杂陈。好半晌，她用超高的演技平复好心情，冷淡地朝文初看了过去："嗯，知道了。"

文初一脸兴奋："纪老师您能来，真是太好了。我这些日子跟着陆悠姐学习演技，给她添了不少麻烦呢。既然现在您来了，我以后可就缠着您了。"说完还朝纪星池眨了眨眼，让自己显得单纯可爱。

纪星池看着她炉火纯青的演技，一阵恶寒，这么好的演技还需要教？她没再继续话题，低头就盯着马未给她的剧本看，马未贴心地将今天文初的戏标了出来。文初今天的戏份不多，纪星池心不在焉的，随便教了几下就想离开了，她不想见到这个让她厌恶甚至有点儿恶心的文初。

穆雨时看出她状态不佳，倒也没说什么，还自己开车送纪星池回去，离开时还因为害怕纪星池又想不开，在屋外的车子里守了大半夜。

纪星池半夜起来喝水的时候，透过厨房窗户看到了穆雨时的车，捏着水杯的手没来由收紧了。她知道，他是害怕自己想不开。穆雨时他为什么要做到这个地步？她无暇去想这个问题，只是难堪再次袭来，她感觉自己赤裸裸地被剖析在了他的面前，那么脆弱。

第二天一大早，穆雨时还是亲自来了，接她去片场。

纪星池不明白，憋了很久，还是没能问出口，只是乖乖跟着去了。到了片场，她和文初单独隔离了一小片区域，她像个花了高价请来的监工，坐在椅子上，偶尔指点一下文初的动作和台词。

文初比她想象中认真许多，她会无视纪星池的冷漠和不友好的目光，总有问不完的问题要问，嘴巴甜得跟讨要糖吃的孩子一样，在她面前老师前老师后地喊着。

纪星池认真打量了文初许久，仿佛眼前的人自己不认识。这样一来，她反而连发难的机会都没有，很憋屈，每次只好匆匆地去，敷衍两句书面知识便离开，反正文初的戏份不多也不重要，一连几天都是如此。穆雨时将她的反应都看在眼里，没说什么，好像就这样纵容了她一样。

重头戏那天，穆雨时比平日来得早些，纪星池一上车，穆雨时就跟她说了今天拍什么。

这一场是戏中两个相互扶持的好朋友决裂的一天，饰演女一号麦子的陆悠获得了回城的机会，嫉妒她的好友张子琪却只能长时间留在这个偏僻的深山老林，直到老死。为了回到过去，张子琪企图杀死这个曾经相互扶持过的好友，然而计划落空，害得自己成了落汤鸡，沦为笑柄。然而，善良的麦子在几经挣扎之后，还是将这个机会让给了她，只是后来她一生都背负着枷锁。而留下来的麦子，与这个荒原融为一体，不留余力地为这片土地付出，直到死去。

纪星池用半小时看完了电影的最终章。她觉得穆雨时看人的眼光很好笑，角色选得很精准，文初饰演的子琪，简直就是为她量身打造的，也不知道穆雨时是不是有意羞辱文初。

"还是没兴趣？"穆雨时在驾驶座问她。

冷不丁地听到他提问，纪星池有点儿愣，她以为他会继续放任不管。她半晌没说话，穆雨时蹙起了眉头。纪星池注意到他的表情，终于摇摇头："比之前精彩了些。"

穆雨时沉着脸，敲打她："那就认真点儿，我可是给了你薪水的。"

第十九章

纪星池盯着剧本又一次发呆了，文初在她眼前演了好几轮，每次演完，都殷切地上前寻求她的意见。她没什么精神，睨着文初看了又看，怎么都觉得不适应。她其实到现在都还觉得不真实，她做梦也没想到，自己有一天会成为文初的表演指导老师。

抬头的瞬间，她看到了文初不经意间流露出来的厌恶，那一闪而过的眼神让她很不舒服。如今这样的她，可是拜文初所赐啊。

纪星池无神的眼睛忽然清明了起来，她坐直身子，开始敷衍地挑剔着文初的演技。

"文小姐，你这个眼神不对，你应该阴险一点儿。"

"文小姐，你演得也太死板了吧，没灵魂。"

"唉，算了，你还是重来一次吧。"

接二连三被挑刺后，文初伴装的好脾气快要演不下去了，加上旁边还有一个大摄像机正对着自己拍，她又不能暴露自己的品性，只能强撑着情绪卖乖。

其实文初早在半年前因为牵涉进纪星池和陈景行两个大流量的事件，就成了当今娱乐圈炙手可热的人物，只不过说到底是她运气不好，偏偏在穆雨时这个周扒皮的剧组，日子不太好过，好几次因为戏过不了，惹得穆雨时大发雷霆。穆雨时凶起来整个剧组都闻风丧胆，她可不敢再演不好了。为此，文初只能在"纪老师"面前诚恳地表示自己对表演的一腔热血，千万拜托"纪老师"能好好教她，一起渡过这次难关。

纪星池看着她的样子，强忍着恶心，心里却开怀地笑了。原来，报复的快感是这样好。可惜，她不能以"纪星池"的模样看文初在自己面前如此强颜欢笑。不过既然有人撞上了枪口，她自然没有放过的道理。于是，她很是认真地问文初："你认真的？"

得到了文初肯定的回复后，纪星池也没辜负她，重新收拾好了心神，领着她到拍摄现场。

拍摄现场的池塘很脏，里面堆积了垃圾杂物以及死掉的植物，正常人路过时看了也要作呕一番。不用说,纪星池也猜到了文初频频被卡的原因。

"其实演戏不难,对演员来说,最大的难关是真实。这一场戏里,你对眼前的池塘有惧意,如果抱着这种情绪,是不可能演好戏的。"纪星池尽量让自己表现得像个见过大世面的资深老师,对文初循循善诱。

文初听着她的话,显然没听懂。

纪星池也不着急,指着池塘:"要不,我来试着演一演麦子,跟你搭戏。"

这话,文初听懂了,看着她,将信将疑地点了点头。

纪星池笑了笑,侧过身去:"我站在你前面,你来推我,记得使劲啊……你要发泄出你内心的恨意,所以你要用力往前面推。"说着话,纪星池已经站定。

文初不疑有他,按照她的指示,找到位置站好,但她做了做样子,往前一伸手就又犹豫了。

"可是纪老师,我要是太用力了,待会儿往前冲万一不小心推倒你怎么办?我们站在离池塘这么近的距离。"文初人畜无害地为"纪老师"担忧着。

纪星池在心里冷笑了两声,但脸上还是安慰着她:"你别担心,我这么胖,你推不动我的,我也不会错开身让你误摔的。"

在纪星池的再三保证和"真诚"的眼神下,文初也就不好再说什么了,按照她的指示开始说台词。

"麦子,你看前面。"说话的空当,文初眼神一变,手上立即动作,果真用力一推。

纪星池脚下一滑,整个身体一歪,正好与文初的动作错开。

"噗——"一声肉体砸到地面的声音响起,文初因为太用力,前方突然没了遮挡,她整个人向前倾,一个闷头就栽在了地上。

纪星池站直身体后,满脸担忧,三步并作两步,上前就扶起文初:"没事吧?摔痛了吗?"她一脸的自责,"对不起啊,我刚刚脚下打滑了,你快看看有没有受伤。你的助理呢?"

文初眼里闪过一丝狠厉,但很快恢复如常,佯装着不在意地摆摆手:"我没事,还好没掉进池子里,不然待会儿妆发老师又该急了。"

纪星池连忙再次道歉:"都是我不好,对不起啊。"

文初摇了摇头,没再提这件事,只是询问她自己刚才的表现如何。

纪星池犹豫了一阵,欲言又止:"其实吧,没什么大问题,就是我觉得你这个角色,是内敛性的,怨气不要表现得太明显了,笑面虎知道吗?要出其不意。"

文初听着她的评价,乖巧地点头,没说话。

纪星池又笑了笑:"其实你刚才的表现就很不错啦,感觉应该是对了!你再努努力,将对方想象成你最讨厌的人。"文初还是没说话，纪星池脸上依旧和蔼可亲，"要不，我们再试试？"

于是，新的一轮开始了。纪星池照样扮演麦子，文初再次上手，这次她留了心眼，防着"纪老师"再脚滑，身体故意朝她的方向靠了靠，却不料这次"纪老师"脚底不滑了，换成鞋带松了，文初不可避免地再次摔在了地上。一连试了几次，文初都因为各种"突发情况"摔了个狗吃屎，第六次的时候，文初终于提出了要休息的想法，看纪星池的眼神也从一开始的期望变得微妙了。

纪星池戏弄了文初一番，心里有点儿痛快，居然有点儿感谢穆雨时了。他怎么就这么巧，把仇人给送到自己手里了呢？简直就是个人才啊！

原本心里对穆雨时还有点儿不满的纪星池，越想越满意，对穆雨时的态度也好了许多。

回到片场的时候，穆雨时刚拍完陆悠的一场戏，转场休息的时候，纪星池找到了坐在监视器前的穆雨时，很想问他是不是故意的。

穆雨时在百忙之中抽空看她一眼，见她心情不错，他奇怪地蹙了蹙眉，直到看见拿着剧本拧着眉头研究的文初和她手上细微的伤，肉眼看不清楚，但镜头里却挺清楚的，冷不丁笑了一声："看来你这堂课上得不错，出气了，心情好了？"

纪星池听出了他笑声中的讽刺意有所指，沉默着。

穆雨时挑眉看她，再次勾起了嘴角："我不管你们有什么深仇大恨，你想做什么都行，但是我只有一个要求，不要影响我的进度，把她教好。"

纪星池吞咽了两下口水，知道他在警示自己，心里也有点儿虚，毕竟是借着人家的场子出了口恶气。

见她一直低着头没有说话，不知为什么，穆雨时目光闪了闪，冷硬的脸上渐渐收起了寒霜。

僵持了一会儿，纪星池总算动了，她有点儿不好意思地往后挪步子："那个，答应你的事情我做完了，我就先走了……"

"回来。"

纪星池奇怪地看向穆雨时。

穆雨时咬着牙，板起了脸："你借用我的场子泄私愤，然后想就这么走了？"

不然呢？纪星池站着没动，思考着自己要不要道个歉？毕竟……是她有错在先。

穆雨时似乎没想从她嘴里得到道歉，他顿了顿，捡起手边的耳机边戴边指了指他身旁的矮凳："你坐在这里看。"

纪星池顺着他的目光看过去，一张塑料凳孤零零地在他身边放着，四周有人宁愿站着，也不想坐下。她想了想，还是走了过去。

坐下后，穆雨时没再说话，转头专心地盯着监视器，拿起对讲机朝里面的人喊了一声"准备"，很快，现场的工作人员就布置好了镜头。

正在开拍的戏，正是方才纪星池跟文初说的那场。

镜头里，文初饰演的张子琪和陆悠饰演的麦子有说有笑地并肩走在湖边。监视器里听不见两人的台词，但光是看两人的表情，纪星池也大约猜到这里是张子琪打听麦子拿到回城名额的事情。

果不其然，两人将将说完，麦子背过身去，身后的子琪转瞬露出了阴狠的眼神，朝麦子伸出了罪恶的黑手。子琪想要将麦子推下池塘，而麦子似是早有觉察，立即侧过了身体。痛下杀手的子琪却因为自己的贪心，扑通一声摔进池塘里。子琪不会游泳，在池子里扑腾了几下，吃了几口脏水，麦子忽然反应过来，这才开始惊呼着四周的人救人。

"卡……"穆雨时的声音在安静的片场响起。

几个工作人员正要往池塘里跳，又一次听到了穆雨时的声音："前半部分很好，子琪落入池塘后的戏份重来。"

学校的池塘并不深，文初踮着脚站着，黑水将将没过胸部的位置，不至于让人淹死，一听到导演发话，工作人员也不准备跳了，只是有人隔着一段距离伸长手臂，递给文初一条毛巾。

穆雨时这边也没闲着，摘下耳机捏了捏鼻梁，神色晦暗地扭头看到纪星池认真地盯着监视器，嘴角微弯："看来你还挺有说戏天赋的，以后要是没戏拍了，我倒是可以收留你。"

纪星池撇撇嘴，嘟囔着"谁要被你收留啊"，手上却摆了摆："这不关我的事，是导演你挑人的眼光好，这个角色很适合她，而且……"她咬了咬下嘴唇，后面的话没说出来。

穆雨时嘴角一勾："而且什么？"

纪星池摇了摇头，脑海里回想起刚刚自己戏弄文初时的场景，换作其他人，大约没这种耐心吧，明知道她在整自己。穆雨时见她没脸说下去，替她说了："而且，你没想到文初还挺用心的，你觉得很不舒服。而以前那样高高在上的你却变成了这样，你觉得很不舒服？"

"不。"纪星池很用力地摇着头，"我只是羡慕她还有热情。"

她认真说话的样子不像在撒谎，穆雨时认真地打量了她几眼。

"哦。"然后，他就没再说话了。

纪星池也没下一步动作，她一直安静坐在原地，始终不发一言。她也没想走，很想留下看看，没有别的原因，只是想看看而已。

很快，第二次拍摄就准备好了，镜头里的文初匆匆擦过头发后将毛巾还给了工作人员。

镜头一推开，文初就又一次在池子里扑腾，但这次穆雨时没有很快喊卡，脸色却越来越难看。文初一开始在水里的动作还挺有力气，但渐渐地就没了力气，动作更加迟缓。

穆雨时终于喊了一声："停。"

这一次，他的脸色就没方才那么好看了，他直接站起身来，看向远处的文初："你没吃饭啊，都快死了，你还不会挣扎？"

纪星池坐在他身下，看着他唾沫直飞，显然是气急了。

但愤怒还没有结束。再次重来，穆雨时的情绪更加愤怒，但他很有耐心，一次又一次地喊停，紧接着又重新开始。直到这场戏来回下十次，穆雨时的表情已经没有了变化，众人看着他大气都不敢出。而泡在脏水里的文初明显体力不支，嘴唇泛着白，不停地颤抖着，只等着他喊停。

但等了半天，穆雨时却半句话都没说。他不开口，水里的文初就不敢动，只能僵持着。

一旁的马未头疼地拍着脑门，要说文初这些日子的表现，他在剧组看得很清楚，姑娘是挺努力的，就是没什么天赋还有点儿胆小，什么都不敢放开来演，再努力也白搭。只不过，好歹也是个女孩子，加上最近天气又不怎么好，泡在水里一两个小时，谁见了都于心不忍。

马未瑟缩地走到穆雨时跟前，声音小得可怜："导演，我觉得小文这场戏演得还可以……"

"可以是吗？那你来导？"穆雨时抬头，目光淡淡的，明显没商量的余地。

"不、不，我肯定不行，还是导演您来。不过，小文毕竟是女演员，这么在水里泡着也不是个事。"

"你的意思是说我欺负女人？"穆雨时笑了一声，"那你去给我找个演戏好的来演。"

马未听他这么说，也不敢再帮腔了，只是同情地看了眼池子中的文初，啧啧摇头，可怜是挺可怜的，但演技不过关也没什么好辩解的。

过了一会儿，穆雨时的表情总算松动了，拿起对讲机说："文初，最后再给你一次机会，这场戏你要是还拍不好，就给我滚蛋。"

文初抖了抖，远远地看过来，正好对上穆雨时的目光。他很严肃，是认真的，不开半点儿玩笑。她低下头，说："好的，导演。"

话音一落下，工作人员也只能重新来过。

这一次，所有人都屏住了呼吸，就连坐在穆雨时旁边的纪星池也一直拧着眉头盯着镜头。

镜头推近，池里的文初立即投身进了池塘，她奋力地挣扎了几下，但沉重的池水拖住了她的脚步，渐渐要将她拖入无尽深渊，她想要活命，更加用力地挣扎起来，胡乱挥动的手看得人揪心，想要活命的欲望呼之欲出。

纪星池看着她拼命想要"活下来"的样子，心脏越来越紧，似乎回到了想要自杀时的窒息感，就好像被什么人扼住了命脉，无法跳动了。那是绝望的窒息，但似乎也有什么东西在隐隐跳动。

"卡，过。"终于，穆雨时喊了停。

池塘里的文初唰一下从水里冒了出来，满脸的淤泥。因为吃了满嘴的作呕物，她脸色难看地拍着胸口呕吐，几个工作人员上前扶住了她，替她拍了拍背。

纪星池看着镜头里的文初，手指无意识地攥紧了，指甲掐在肉里，生疼。

耳机重重地砸在桌面上，纪星池大梦初醒一般，茫然又慌张地抬头，穆雨时正直愣愣地盯着她，但很快，他就转开了视线，仿佛刚没在看她。

远处，工作人员陆续收工。穆雨时面无表情地拿出一包烟，转身就想走到一旁去抽烟。

纪星池铁青着脸，看着他走远，下嘴唇越咬越紧。她也不知道是受到什么刺激了，立即站了起来，跟在他身后追了过去。她很想问问穆雨时，到底有什么话对自己说，才露出那样可怜的眼神？

但她一路追到了片场外，脚步却渐渐停了下来。一个熟悉的身影出现在校门口，与穆雨时抽烟的身影正好相对立，两人隔着一小段距离，望向对方。

第二十章

当红演员忽然出现在别人的剧组，自然引起了一小波的关注，整个片场变得热闹了起来。

纪星池在看清楚那人是陈景行后，脚步就一点一点地往后退，直到将自己成功隐没在了人群之中。

她的心，果然还是没有像自以为的那样平静啊，这个学校、这个场景，她和文初，还有陈景行，像梦。

一切回到了原点。高中时，她无法在他和文初两人之间有任何存在感，如今……同样没有。他的眼里只有文初，而她的眼里，却始终只能看到他。哪怕如今的她，卑微得像一粒尘埃，瑟缩在了角落，依旧一眼就能看到他。她有多痛恨这样的自己，像老鼠躲在下水道里，害怕别人看见，没人知道、默默无闻，最后，她是不是也只能脏脏地死在这个漆黑绝望的"下水道"里？

时隔半年，他没有因为她受到任何伤害，依旧光芒四射，让人无法移开目光。人们谈论他，四周的小姑娘也在为他尖叫，就像以前的自己一样。周遭的环境忽然就让她很恶心，她想吐。就没人不讨论他，跟她一起讨厌他吗？

"你是谁？"一道声音突兀地响起。

纪星池回过神，目光所触之处，看到了穆雨时。

穆雨时嘴边衔着一支烟，微眯着眼看陈景行，看他的表情，好像真的不认识这位当红偶像，也不怎么喜欢他引起的骚动。

不知道为什么，看着穆雨时，她那颗狂躁不安的心，忽然就安静了。纪星池蜷缩的背脊，渐渐站直了，仿佛在孤岛找到了同类的感觉，有一瞬间，她终于可以呼吸了。

穆雨时的询问没有让陈景行难堪，他礼貌地上前，朝他伸出了手："你好，穆导，我是陈景行。"

话还没说完，穆雨时就抬手打断了他，连装都懒得装，没什么好脸色地看着眼前的人："不好意思，我只认识演员，对偶像不怎么涉猎。"他完全没有要给陈景行面子的意思，说完就面无表情地朝众人挥了挥手："都散了吧，做自己的事情。"

他发话了，在场的工作人员也不敢逗留，只好一哄而散地继续工作。

陈景行被冷落，没觉得尴尬，他依旧温和地笑着，对穆雨时笑容可掬地又一次自我介绍了一番："穆导，我是来探班的。"

穆雨时最不喜欢自己的剧组里来些杂七杂八的人，听了陈景行的话，他那两道好看的眉毛皱得更紧了。关于外界传言文初和他的关系，他多少也听了一些。穆雨时下意识地就扭头看了眼刚从水池里爬出来、一身污迹的文初，微微蹙眉。

陈景行没有放过穆雨时的小表情，他也看到了文初可怜的样子，但没有说什么。其实他来片场已经有半小时了，因为是熟悉的地方，他在这四周转了一圈，回来时正好看到了文初的那几场戏。作为演员，他尊重每一个导演，所以没有出声打断。尽管他在看到文初遭遇那些事时，他的整条眉毛都拧成了弯曲状。毕竟是曾经爱过的女人，心里还是很疼的。

陈景行温柔地笑着，但言语却没有笑意："文初从小身体就不太好，还请穆导行个方便，让我看看她的情况。"

这话说得在情在理，穆雨时也没道理阻拦，只是这话从他口中说出来，让人不是很愉快就是了。穆雨时深深地看他一眼，好半晌，没有再说什么，算是默许了。

陈景行感激地笑了笑："谢谢。"

穆雨时没搭理他，转身就走，另一面的文初在看到陈景行后，立刻在工作人员的搀扶下走了过来。

穆雨时忽然停了下来，斜睨着文初："文小姐，保重好身体，出了什么事，我们剧组可担待不起。"

文初听着他的话，一愣，脸色煞白："导、导演放心，我没事的。"

穆雨时勾唇笑了笑："那就好。"说完抬脚离开，转身时他眼尖地发现了夹杂在工作人员之中的纪星池，他二话不说，迈开步子就朝她走了过去："喂。"

正帮着工作人员搭把手的纪星池忽然被叫住，抬头看他。

穆雨时蹙眉："愣着干什么，还要看好戏呐？"

纪星池看了一眼不远处的陈景行和文初——文初在面对陈景行的瞬间，委屈得掉了眼泪，一下扑进了他的怀里。纪星池没做他想，立即转头跟上了穆雨时的脚步，将那两人抛在了背后。

"我听说，你们之前是三角恋？"穆雨时抬脚钩起一张凳子，一屁股坐下。

纪星池看了他一眼，对他听说的事情拒不承认："没有，我以前很忙，哪里有空谈恋爱啊。"

穆雨时看着她死鸭子嘴硬的样子，也没拆穿，自顾自地拿起了耳机，戴上，检查方才拍摄的片段。看着看着，他忽然对着屏幕冷笑了下："哦，你搞成这个鬼样子，原来不是受了情伤啊。"

纪星池不明白他怎么回事，看了他好几眼。但穆雨时压根没有再搭理她，只是盯着监视器，目不转睛地看着。

剧组里的人因为陈景行的到来，工作热情降低了一大半。有年轻小姑娘一边收工一边用余光瞥着临时搭建的休息室里的动态。

陆悠跟陈景行也算认识，三人就在小棚子里说话，八卦的李想进出小棚子好几次，一来是想打听打听陈景行和文初的八卦，另一件事就是想着晚上怎么安排。毕竟剧组里来了一位顶流，多么蓬荜生辉啊！陈景行对外一贯是温和礼貌的形象，见李想进进出出几次，始终报以笑容，没有发怒的迹象。

最后李想站在边上也不得不笑得有点儿不好意思了，目光不住地往正卸妆的文初身上扫，试探道："小文命真好啊，男朋友又帅又贴心。"关键是正当红啊。

陈景行嘴角的笑容淡淡的，没有解释，眼睛却看着文初。

文初尴尬，这才半真半假地说："景行现在还不是我男朋友呢。"

陈景行微微蹙眉。

李想觉察到两人的反应，忙打着哈哈："这样啊，现在不是，不代表以后不是嘛，一样的一样的。"

文初没太在意地笑笑。有几个小姑娘已经偷偷捂着嘴窃窃私语了——这两人还说没关系，都大老远跑来探班了，怎么看都像有一腿啊！

陈景行不是空手来的，他让助理带了不少慰问品到现场。李想见到一堆一堆的东西送上来，双眼放着光芒扯着嗓子就喊："陈先生请大家喝东西。"

李想刚喊完，文初又跟他说："景行说晚上请大家到镇上的海鲜馆吃海鲜。"

李想又重复了一声，整个剧组都兴奋了。

外面热闹成一团，在导演室的纪星池也听见了。她一怔，不知道该笑还是该难过。以前她拍戏时，陈景行很少来看她，哪怕以同公司师弟的名义都没有来过一次。而文初的第一个综艺，他守在她身边保驾护航；文初的第一部电影，他眼巴巴地来探班，用尽心思，做给别人看。

纪星池很想克制自己的情绪，但嘴角的苦笑还是没能隐藏住，倒映在了黑色的监视器屏幕上。

"哗啦——"一阵推动椅子的声音响起，打断了她的思绪。

纪星池抬头看过去，穆雨时不知道何时取下了耳机，不虞地用余光睨着她。她不是很明白。

穆雨时嘴角挂着似有若无的嘲讽："前男友探前闺密的班，心里很不舒服？"

他好像特别喜欢气她。纪星池不想让他如愿，所以尽量让自己平静下来，咧嘴扯出一个并不好看的笑容："没有。"

见她这样，穆雨时索性中断了看样片，掏出一根烟，点燃后吸了两口，然后吐出烟圈。

纪星池见他一脸不爽，也很想刺激刺激他："陈景行很受员工们的欢迎，你心里也不好受吧？"

穆雨时掐灭烟头，咧嘴一笑，好奇地看她："你哪只眼睛看到我不高兴了？没准我心里特舒坦呢。"

纪星池狐疑地看他，不知道他葫芦里卖的什么药。

穆雨时没有解释，从小马扎上起身，冲着门外的马未喊了一声。

马未看了看被众人捧着的陈景行，顿时明白过来，立即小跑到门边用力咳嗽一声，冲大家伙喊了一声："闹哄哄的搞什么，都赶紧干活，导演还没发话让你们去吃饭呢，这一来一回的不要时间啊？"

吼完，外面顿时安静了。马未又屁颠屁颠地跑进屋里，笑嘻嘻地向穆雨时邀功。

纪星池见状，差点儿笑出了声。

穆雨时冷冷地瞥她一眼，又凉飕飕地看了马未一眼。马未还不自知，兴奋地说："导演，您瞅我表现得如何？再是个什么当红明星，也不能抢了您的风头啊。"

马未不说还好，一说，穆雨时刚吞下的那口气差点儿又冒出来。

"就你这脑子能知道点儿什么？"穆雨时无语。

马未的笑容凝滞在脸上："导演，您不是想抢风头啊？"

穆雨时狠狠地瞪他一眼："既然他要请客，你就去把今天客串过戏的群演以及借了学校给我们的校领导都叫上。"

马未"啊"了一声："那这不得开十几桌吗？"

穆雨时笑了一声："当红一线，还差这点儿钱？"

马未听见穆雨时的笑声，总算明白了过来，他猛地一拍大腿，立即对穆雨时竖起了大拇指："还是导演您有远见，得，我现在就去安排。"说完，转头就跑了出去。

不一会儿，外面再次传来了闹哄哄的声音。一堆群演在得知晚上有大餐后齐聚鼓掌，对着刚从棚子里走出来的陈景行就是一阵欢呼，热烈程度不亚于领导巡视时夹道欢迎的架势。陈景行和文初对视一眼，都不明白发生了什么。

马未兴冲冲上来，告诉今晚吃饭的人头数，整整一百号人的数字，让他身后的文初和陆悠都惊了。

"陈先生，你不会介意吧？"马未虽然有占便宜的心思，但脸皮倒是还不太厚，小心地观察着陈景行的脸色。

话已经说得如此明白了，明眼人顿时也明白了什么。但这点儿"下马威"不足以吓到陈景行，他依旧保持着一贯的笑容："马副导安排就行。"

陈景行刚说完，正好遇到迎面走来的穆雨时。穆雨时嘴角衔着看热闹不嫌事大的笑容，呵出一口气："陈先生出手阔绰啊。看来，做偶像赚得挺多的。"

他这话，让人没法接。但陈景行的忍耐力非比寻常，他笑了笑，丝毫没染上愤怒的情绪："穆导说笑了，一顿饭的事情而已，比起剧组对小初的关照，这算不得什么。"他看着穆雨时的脸，脸上假笑更浓，"穆导，小初是新人，对于演戏还不熟练，拍摄期间有什么不适，还请你多多担待。"

"我要不担待她，这会儿恐怕她就不在这里了。"

陈景行微愣片刻："是吗，那就多谢穆导了。"

穆雨时见他说得不痛不痒，轻描淡写地"哦"了一声，便没什么兴趣再说话了。他扭头看身后的纪星池，这胆小鬼正将自己整个人缩在他身后，尽可能地降低存在感。

陈景行没怎么注意到跟在他身后的胖女孩，只是将疑惑的目光落在穆雨时脸上，他不是很明白这突如其来的针对是为了什么？他从未跟穆雨时有过交集，跟华美影业也未曾有过不愉快的合作经历。

陈景行想不通的问题，穆雨时自己也想不明白。可能就是天生看不顺眼吧，毕竟他这样的人，没点儿脾气也对不住他的身份背景。穆雨时呵呵冷笑了两声，想起了什么来，看着陈景行和文初两人，冷笑一声，伸手将身后的纪星池拉了出来。

纪星池一下子暴露在人前，心潮骤落，尴尬得不知所措。

"对了，我还没给你介绍吧，这位是纪老师，她给文初说戏挺辛苦的，陈先生应该多感谢她才是。"

冷不丁地被推到了"舞台"上，纪星池有片刻的失神。她抬头看去，陈景行在穆雨时介绍了自己之后，便一直在打量她。纪星池顿时紧张地屏住了呼吸，无处可逃的她只能移开目光，视线乱窜。

陈景行下意识地蹙了蹙眉，但看了半响，也没看出端倪："纪老师辛苦了，晚饭的时候我一定要敬你一杯。"

闻言，纪星池慌乱得就要逃："晚饭我就不去了。"

话音刚落，穆雨时一把揪住她，说："去，怎么不去？难不成纪老师心虚，喝不得这杯酒？"穆雨时转眸，对着她笑眯眯的。

纪星池脸色难看。

"纪老师不会真的怕了吧？"穆雨时轻笑，"怕什么呢？该不会是怕陈先生吧？"

纪星池瞪着他，心里有一根弦突然发出了一声轻响，胸口一阵闷痛。半响，她终于松开了咬着的牙关，紧张的情绪一点一点瓦解："怕什么？我不怕。一杯酒而已。"

第二十一章

餐厅定在海州自助餐厅，这里的消费并不低。以前读书那会儿，纪星池他们三个人偶尔会偷偷地来一次，每次都要攒很久的零花钱，所以每次来的时候她和文初都很兴奋，陈景行则负责帮她们两个人做苦力，拿吃的。那时候纪星池不太敢使唤陈景行，每次都是文初替她使唤。

陈景行包了整家餐厅，在饭桌上示意大家随便吃，不要客气。众人看着他为文初如此大方，心里别提有多羡慕了。好几个小女生已经在私底下偷偷地议论，说这两个人也太般配了吧。

因为陈景行的出现，工作人员对文初的态度有了些许变化，热情了许多，吃饭的途中，不少人主动找到文初和陈景行敬酒聊天。这种饭局上的热闹，纪星池见过很多，也知道大家都是表面交情，她压根没有跟着凑热闹的心思，更何况，她实在不想看到那两个人，只能埋头苦吃。

陈景行主动找到了穆雨时，温和地示好。

毕竟拿人手短，吃人嘴软，穆雨时见他态度良好，嘴上就没有再毒舌了，只是偶尔参与一下饭桌上大家开陈景行和文初玩笑的话题。

前半场还没结束，文初已经喝得微醺了，双颊一片绯红，看得出来，她今天很开心，尽管在拍戏的时候吃了很多苦，但此时陈景行为了替她做足面子费了不少心思。她脸上洋溢着幸福的娇羞，一直乖巧地坐在陈景行身边，时不时跟陆悠等人讲话。

因为陈景行的关系，陆悠现在以文初小姐妹的身份自居着，时不时地凑在文初耳边说起悄悄话来，也不知道两人说了什么，一直咯咯地笑着。

陈景行举着酒杯上前要跟陆悠喝一杯，陆悠却故作姿态地掩了掩酒杯，笑着开起玩笑来："景哥，这杯酒我喝了，你可是要回答我一个问题的。"

陈景行依旧一副泰然的样子，笑着："什么问题？"

说完这话，陈景行当即就要一口喝下，却被陆悠抬手拦下："景哥别急，其实我就是想替我们家文初妹子来问问，你打算什么时候公开你们的关系啊？"

所有人都被陆悠大胆的话吸引了，包括陈景行本人，他微微一愣，有短暂的沉默。

餐厅内顿时有点儿安静。

一旁的文初似乎也没料到陆悠会当众问这个问题，着急起来："没……我们没有……那个陆悠姐你误会了！"这个解释很苍白无力啊，也不知道她是不是真心想解释。

陆悠似乎也觉得这个解释很苍白，笑着拍了拍文初的手背："哎呀，文初妹妹你别害羞了，这种事情当然要男生主动。"

"没，我们不是那种……"文初一副急得要哭出来的样子。

陈景行面露不忍，接过话头："我来说吧。"

说着，陈景行端着酒杯，冲饭桌上的众人笑道："我跟文初从小一起长大，她一直是我很关心的小妹妹，这次是她第一次担任重要角色，这些日子以来一直承蒙各位的关照，我这个做哥哥的，应该先敬各位一杯的。"

话音刚落，陆悠就立即爽朗地笑了起来："行了行了，别解释了，我们都知道啦，你们不就是纯洁的哥哥和妹妹的关系嘛。"

这话成功引起了大家哄笑。

"陈先生，你就别解释了，我们都懂的。"

"是啊是啊陈先生，我们都看得出来你对文小姐好，就等着未来吃你们的喜酒啦。"

众人七嘴八舌地说着讨喜的话，现场一时仿佛变成了大型订婚现场。

面对众人的贺喜，陈景行反倒不知道该如何说了，目光扫过文初，她一直低垂着脑袋，看样子却是一副无能为力的样子。

这帮人，睁眼说瞎话的本事，倒是一流的。几个月前占据各大热搜榜的八卦新闻，要说这些人没看见可就太假了。不过短短几个月的时间，纪星池就已经消失在了众人的视线中，娱乐圈更新换代的速度就是如此之快，一个人倒下，就有无数人落井下石。

纪星池没想掺和其中，但心还是不住地往下落，捏着筷子的手越来越紧。

穆雨时作为在场最大的"咖"，全程没在状态，不少人在他寒冷的目光下没敢靠近。于是，相较陈景行那边的热闹，他这边却反而安静得出奇。他的目光在三人间扫过，低头哂笑一声，弧度很小。

陈景行还是注意到了，冷不丁地蹙眉："穆先生，你笑什么？"

穆雨时睨了他一眼，脸上的笑意渐渐收起："哦，我只是想起前些日子在网上看过的新闻，我怎么记得陈先生和纪星池也有过一段。"

这话成功让现场的热闹冷了下来，大家都挺尴尬的，尤其是带头凑热闹的陆悠，脸上的笑别提多难看了："导、导演，景哥跟纪星池没关系。"陆悠成功将火力引到了自己身上，触到穆雨时看过来的目光，也不知道为何，感觉背脊一凉，她顿时收了声，不敢再说话。

提及纪星池，众人都安静了，视线都似有若无地看向两个正主，陈景行端着酒杯，半天没接话。

文初在短暂的慌乱后，很快恢复表情，跟纪星池撇清关系："我跟景哥从小一起长大，纪星池一直喜欢景哥，但两人真的没有关系。"

"哦，看来上次文小姐挨打那视频，想必是两人为了陈先生发生了争执。"穆雨时语气从容不迫。

文初没想到穆雨时将这件事了解得如此清楚，这会儿她也想起了视频里自己被纪星池打的那一巴掌，就算那次是她的故意设计，那一巴掌也彻底将纪星池拉下了神坛，但到现在，她的腮帮子还隐隐发痛。文初的眼神闪烁了一下："跟景行没关系，不过是我的存在让她不顺眼罢了。也是，我这种身份，怎么可能跟人家一线女明星相比。"

文初的话简短，但话里话外都在证实纪星池是个不择手段为爱疯魔的泼妇。

穆雨时目光似有若无地扫过她，又睨着一直没说话的陈景行："哦，听出来了，这个纪星池倒是真不懂事，陈先生，是吧？"

陈景行忽然被点名，回过神："你说什么？"

穆雨时不由得笑起来，瞥了瞥埋头的纪星池："我在问陈先生对纪星池的看法，毕竟……她对我来说，还挺重要的。"

现场的众人都屏住了呼吸，这是怎么回事？穆雨时这个大魔王什么时候跟纪星池扯上关系了？简直是瓜从天降！

陈景行沉着脸看他，而被点名的当事人却只是飞快地扫了他一眼，没有说任何话。

穆雨时一笑："纪星池是我的直系师妹，我的恩师一直对她赞扬有加。"

在一旁一直将自己当成背景板的纪星池下意识地抬头看了他一眼。她也是今天才知道，穆雨时跟她还有这层关系。

众人听了他的话也舒了口气，原来是这样。围观的人见自家导演如此维护纪星池，连忙也附和着。

"那是的，撇开别的不说，纪星池倒是真的很敬业，演技也好。"

"是啊是啊，以前在别的项目上遇到过，从来都是一条过。"

大家也没有别的可以夸了，只能拿演技说事。

"也是，可能一时走了歪路……"

现实就是这样，谁有地位，就帮衬谁说话。前一秒还可以附和着文初说纪星池的不好，转眼，都变成世界和平大使了。也难怪，毕竟是一线女明星，虽然人消失了，但人脉还是在的。众人一想到这些日子穆雨时对文初的态度，也都纷纷朝文初投去了同情的目光。看吧，这是撞枪口上了吧？

文初当初也是因为纪星池的关系才能进剧组，关于纪星池和穆雨时的关系，她心里也有点儿疑惑。这会儿听到穆雨时公然帮着纪星池说话，她心里明白了一些，但更来气了。凭什么纪星池能有如此好的运气，一炮而红就算了；就算现在销声匿迹，也还有人惦记着她？

文初虽然担心，但没有退缩，梗着脖子，对上穆雨时的目光。穆雨时压根没理她，只是看着陈景行。陈景行的表情不是很好看，一贯假装的温和笑容因为"纪星池"三个字，早就裂开了缝。

"陈先生，在想什么呢？"穆雨时又喊了一句。

陈景行沉吟了片刻，疏远地说道："我跟她不熟悉，没有什么看法。"

"我听说你当初进公司，也是她引荐的。"

陈景行看他一眼，避开他的目光："纪师姐很拼，演技很好，工作也很认真。"

穆雨时讥笑了一声："那比起文小姐呢？"

陈景行的目光冷了下去，不说话了。

场面一度变得很尴尬，众人都不敢再说话。半晌，文初接过话头："纪师姐是很厉害，但演员也是人，演技再好可如果人品不好又有什么用。"

陈景行有点儿生气地蹙着眉头："文初，够了。"

文初被他盯着，脸上的余怒没有消散："景行，你还要维护她到几时？这些年你在公司，被她打压得还不够吗……"

"我让你别说了。"不知不觉间，陈景行加大了音量，场面彻底变得混乱了。

穆雨时见两人争执起来，他不急不缓道："哎，看起来文小姐对纪星池敌意很深啊。"

文初捏着拳头，迟迟没有回答。

"文小姐，奉劝一句，在这个圈子过活，要认清楚自己的本职工作，作为一个演员，当然要以演技为荣，而不是别的。"

这话就有点儿重了，穆雨时这是全然不给文初面子了。在座的人听了，没有一个敢插话。

文初脸色大变，她怔怔地看着穆雨时，没想到他居然公然为纪星池这个人人喊打的垃圾说话。

但偏偏这个人又是穆雨时，别人是不敢得罪的。文初求救地看向其他人，没人敢帮忙说一句，就连陆悠都悄悄避开了视线。而陈景行正跟穆雨时僵持着，没有注意到她。她捏着杯子的手一紧："我只要比她更能吃苦，比她更努力。总有一天，我能超过她。她现在已经倒下了，而我会比当初的她更厉害，我会证明的。"

文初的豪言壮语，终于惊醒了一直坐在下首的纪星池。

整个聊天过程，她都将自己当成了背景板，一直面无表情地吃着盘子里的食物。她其实很害怕听到别人谈论她，现在的她更怕成为众人的焦点，索性装聋作哑。直到这一刻，她才微微抬头，朝着文初看了过去。

文初咬着牙，神色丝毫不慌张，脸也因为愤怒而涨得通红，脸颊上还带着今天拍戏时留下的伤痕，有两道口子将她白嫩的肌肤划红了。那池塘里的水不深，最多到人半腰，文初演戏时脸待在水里的时间很短，但就算是这样，她依然受了点儿伤，如果是这样，其实更可以想象到水下的杂物到底有多少，这会儿，文初的腿上的伤口应该不少。

想到这里，纪星池盯着她看了好一会儿，攥着筷子的手不知怎么加重了力道。她没想到，从前被小公主一样对待的文初如今也能为了留在这个圈子里吃尽苦头，她忽然就有点儿讨厌自己了，一闭上眼，就想到自己戏耍文初的一幕。纪星池，你到底有什么资格这样

Deadline

Title >>>

%

Tips >>>

拖延症是病，得治！

To Do List

Most Urgent

Somewhat

No Rush

Summary

凡事預則立，不預則廢。

去戏耍别人？

纪星池没有说话，也没接收穆雨时若有似无地瞟来的眼神。

穆雨时忍不住蹙眉，抬手夹了一筷子菜到她碗里。这才引起了她的注意，她回头看他，却在不知道何时偷偷红了眼眶。

穆雨时一怔，纪星池却什么都没说，飞快地低头继续吃东西。面前是整整两个空盘子，穆雨时不由得顺着往下看，看到了她胖嘟嘟圆鼓鼓的肚子。他的眼神过于直白，让她都不好意思再继续吃了，只能僵持在原地。

众人看着两人的互动，很是奇怪，怎么话说着说着……就给人夹菜去了？不过导演的心思，谁也捉摸不透。

好一会儿，没人再继续这个话题。就这样，一直持续到了饭局后半截。

酒过半巡，陈景行开始挨个敬酒了，他很少喝醉，就算喝醉时也不会脸红，身上没什么太大的酒气，看上去依然是温润如玉的样子，他的礼数做得很周到，饭桌上的每一个人他都要说两句话感谢一下，停留一下，喝两口。走到纪星池这里时，他忽然犯了难。

"纪老师，我敬你。谢谢你对文初的关照。"

纪星池被迫中断了进食之路，她抬头看他，却没有端起酒杯。陈景行捏着酒杯，有点儿尴尬。

"纪老师？"见她目光涣散，陈景行又喊了一次。

纪星池依旧没有理他，只是冷漠地别开脸。

被当众甩脸，这虽然不是第一次，但眼前的人看他时，那轻飘飘的眼神让他的心莫名一紧。陈景行被晾着，脸色不太好看。再看纪星池，依旧如丧尸一样，继续低头吃着东西，一言不发。

正僵持着，觉察到这边情况微妙的马未立即凑了过来："哎呀，陈先生，我还没给你介绍吧？这是咱们北辰影视学院的老师，我们导演专门请来帮文小姐的。"

陈景行有些意外："是吗？穆导之前倒是没介绍过，没想到我们这么有缘分，只是不知道纪老师以前是上什么科目的？"

听他这么一说，原本还在有说有笑的其他人，也朝他们看了过来。

纪星池其实早就吃饱了，筷子一直在饭碗里来回拨动，根本没往嘴里送。听到陈景行的话，她的手顿了顿，尽量让自己平复了情绪。

坐在她旁边的穆雨时虽然也在其中，但他似乎没打算掺和，只是瞥了她一眼。纪星池也没指望他能解围，她暗暗咬了咬牙，这才搁下手里的筷子，回头露出一个明显的假笑，直面迎上陈景行的目光。

"马导应该是记错了。"

马未尴尬地看两人一眼，顿时明白过来："哦哦，不好意思哦，是我搞错了。"

纪星池摇了摇头，不太在意，她拿起桌边的水杯跟陈景行碰了一下，仰头喝了一口白水："陈先生，不好意思啊，我酒精过敏，就不喝酒了。"

她学穆雨时，叫他陈先生。

陈景行似乎对这个称呼很反感，微微动了下嘴皮，仍然只是客套地说着："没关系。"

纪星池摆摆手，并不愿意多说。陈景行端着杯子，短暂的尴尬后，他又看了她一眼，纪星池被他看得浑身不舒服，借口去了洗手间，便匆匆走开了。

第二十二章

纪星池从洗手间出来后，餐厅里已经没人了，她无声地苦笑了一声。

深吸一口气，安慰着自己，不过就是被落下，学生时期早已经习惯过了，不过就是几年后再次经历而已，有什么好失落的？这样想着，她深吸了一口气，重新收拾心情准备离开。

转眼，却在走廊撞见了拿着外套、似乎在等人的穆雨时。

穆雨时看到她走过来，目光从她还带着些许水迹的脸上扫过，没什么表情地哼了一声，自然而然地说道："走吧。我送你回去。"说完也没等她的意见，自顾自地转身进了电梯。

纪星池看着他的背影，终于反应过来他是在等自己，愣了好一会儿没动作，直到穆雨时不耐烦地又喊了一声，她才后知后觉地抬脚走了进去。

电梯是直接到地下停车库的，司机早早就将车开到了电梯口，没让他们多走路。纪星池和穆雨时并排坐在商务车中间的位置，车子一路出了车库，但并没有直接汇入马路，而是开到了餐厅的大门口，停在了待停区。

餐厅大门口此时还稀稀拉拉地站着几个人，李想和马未一直在同陈景行说话，陈景行被围在中间，不时皱眉点头，尽管今晚在饭桌上不算愉快，但他也尽量让自己保持着微笑。

纪星池见车子半天没发动，有点儿担心地收回了目光："我们不会是在等他们吧？"

穆雨时看见她担忧的眼神，很小弧度地撇了撇嘴，解释着："李想跟我晚上还有工作，等送完你，要一起去机场。"

纪星池紧张的表情渐渐放松了下来。穆雨时一直观察着她，见她为了另一个男人情绪如此波动，他脸上的表情不是很好看，讽刺地问道："你就这么害怕见他？"

纪星池对上他的目光，默然了一会儿，却意外地摇了摇头："我不怕见他。"

穆雨时好整以暇地等她继续说。

"我只是觉得丢脸，比起他们，我好像更差劲。"她垂下了眼，让他看不清神色，只是两只交缠的手指出卖了她焦躁的情绪，"我从来没见过文初那么认真的样子。年少时，我曾羡慕过她，她总是很轻易就得到一些我得不到的东西。后来，我们的身份有了改变，我得到了很多，便不再羡慕任何人。只是渐渐地，我也忘记了最难过的日子是什么样的了。"

穆雨时一直安静地听着，时不时会看她的脑门一眼。

"今天其实我很意外，她的那些豪言壮语、想打败我的心那么强烈，我却……早就缴械投降了。"

她一直低垂着脑袋，穆雨时看不清她此刻脸上表情有多痛苦，但光是听声音，不免还是有一些心疼，他锁着眉："想回去吗？"

纪星池愣住："什么？"

"回到巅峰。你可以的，不想试试？"

纪星池没回答，她抓住裤腿的手紧了紧，心脏有个封闭的地方隐隐松动，好一会儿她才笑了笑，说："不管你这话出于什么目的，还是谢谢你。"

穆雨时将她的小动作尽收眼底，没再说话。看着她胖胖的脸，在狭小的空间里他忽然有瞬间的失神，她笑起来真像一团可口的糯米糍啊，他无奈地轻笑一声，强迫自己压下了内心的胡思乱想："别谢我，放弃还是重新开始，那都是你自己的事情。"说完噌一下起了身，因为闷，他推开车门走了下去，靠在车边，掏出了一根烟，目光出神地望着外面，不知道在想什么。

纪星池不清楚穆雨时心情的转变，她偷偷看他的眼色，摸不准。还是……只是因为嫌她丑，所以话都懒得多说。想来想去，也只有这一个原因了。穆雨时是出了名的颜控，她早在北辰影视学院时就听说了。这些年他们没什么交集，直到半年前，两人才真正熟悉起来，如果不是在石屋的那一晚，她也不会将他跟好人画上等号。总体来说，穆雨时人不坏，这次意外被他撞见自己现在的样子。两人之间，好像也有了什么不可告人的秘密。这种感觉……真是太奇怪了。

忽然，穆雨时动了动嘴唇，拿掉了烟头，喊她的名字："纪星。"

纪星池愣了一下，一时没反应过来："啊？"

穆雨时的眉头皱得更紧了："你的真名不是叫纪星？"

纪星池反应过来，忙点了点头："是纪星没错。"

穆雨时没说话，纪星池觉得奇怪："所以你叫我做什么？"

穆雨时撇了撇嘴，淡淡地道："没什么，就是想问你，是我好看还是陈景行更好看？"

纪星池诧异地张着嘴，一时不知道他这话里，是否还有别的意思。只是顺着他的目光看过去，她终于看清楚他到底在看什么。

不远处，陈景行和文初刚送走了陆悠等一众演员，陈景行明显喝得多了，走路时有点儿虚浮，被他的助理搀着。今天他穿了一身轻便简练的衣服，发型也很随意，不像是吹过的样子，明明是很清爽的样子，却依然无法阻挡浑身的光芒，让人总是一眼就注意了他。

相反，比起他的简单，此时的穆雨时显得更随性了，他穿着随便，脚下还踩着拖鞋，头发也乱糟糟的如同鸡窝，浑身上下没有一处值得赞赏，但与生俱来的贵气却无法掩饰。能这么糟蹋自己的帅哥不多见，像穆雨时这样邋遢却还帅得一塌糊涂的人更是少见到可怜。

纪星池嗫嚅了半天，不太情愿地承认了事实："你其实挺好看的。"

穆雨时没有因为她的回答而满意，他不耐烦地扒拉一把自己的头发，瞪了她一眼，没有再找话题。

不远处，人群散了个差不多，李想和马未留在最后，代表傲娇的穆雨时向东道主陈景行聊表今晚的谢意。李想抓破头才想了不少说辞，酝酿了半天，终于逮着空，趁没小姑娘跟陈景行求合影后，大步抢上前，激情昂扬地握住了陈景行的手："陈先生……"

陈景行被一双突如其来的大手握住，愣了一下，抬头才看清楚来人，见李想正要开口说话，他忙客气地打断他："李先生，什么都不用说了。"

李想的一腔热血顿时泄了下去，从善如流地闭上了嘴。

"文初在剧组里的这些日子多亏了你照顾，剧组的工作很辛苦，请大家吃饭也是想让大家暂时放松放松。"

李想没想到陈景行这么个当红流量居然没什么架子，说话也很稳重平和，目光扫过文初的脸，小姑娘因为喝了酒，脸还有点儿红，正含羞带怯地看着在灯光下无比帅气的陈景行。

好一对郎才女貌的年轻男女。李想看得很是羡慕，他呲巴了下嘴："今晚陈先生应该会暂时留在阳城吧？要不，小文你也留下陪陪陈先生，明天早上再安排车来接你回剧组。"

文初两颊红晕，羞涩地看看陈景行，见他没说话，她半推半就："这样会不会太麻烦司机了？"

李想豪迈地摆摆手："不妨事，剧组福利嘛。"

话音刚落，陈景行就似笑非笑地问："穆导那里恐怕不好交代吧。"

经他这么一提醒，李想脑海里立即闪过穆雨时大发雷霆的样子，表情有点儿难看，颇为为难，但话已经说出去了，于是拍了拍胸口，信誓旦旦地说："我们穆导是通情达理的人，怎么会因为这点儿事生气呢，就这么办吧。"说完就冲不远处等着的司机挥了挥手，示意他先走。司机见状，也没多停留，很快就踩着油门消失在了夜色之中。

另一边，陈景行的车也开了过来。

"走吧走吧，没事的。"李想八卦又急切地将文初送上了陈景行的车，目送两人离开后，这才安心地回头找穆雨时。

李想一路小跑到车边，一拉开车门就看到了车后排坐着的纪星池和不知道什么时候已经坐回车里的穆雨时。李想没想到车里还有外人，微微一愣，忙说："纪老师也在啊。"

纪星池也有点儿尴尬，勉强地回了一个笑。

李想慢吞吞地坐在了副驾驶上，穆雨时全程没说话，也没多解释一句，只交代着："先送纪老师回去。"之后就没再说话了。李想觉得奇怪，时不时用后视镜偷看身后，只见镜子里的两个人待在一块，画面十分不协调。总觉得这两人待在一块是很奇怪的事，但又说不上哪里奇怪？

车内的气氛压抑，后排两人都不怎么说话，李想如坐针毡，为了打破这种沉默的窒息感，他自认为很嗨地跟穆雨时说起刚才自己擅自做主让文初留在市区的事情："没想到文初这个小姑娘还挺害羞的，我让她留下来陪陪陈先生，她还担心你生气呢。"此时的李想觉得自己就是在世月老，嘴上一直叭叭个不停，"我也是好心啊，我看人家两个小情侣这么久不见了，肯定有很多话要聊嘛，但这两个人也太小心了吧，他俩的事情，明眼人都能看出端倪，也不知道装什么兄妹。"

"嗯，你还挺懂的嘛。"穆雨时不咸不淡地开口，心不在焉地看着窗外。

他不说还好，他一开口，李想真以为自己这事干得漂亮，越发滔滔不绝起来，又说了一大堆"很看好两人啊""陈先生一定爱死了文初了，不然大老远来请大家伙吃这么一顿，又费时间又费钱的，多不容易啊"之类的话。

纪星池在后排听着，说不上多刺耳，但不太舒服就对了。她想了想，找了一些委婉的措辞："也许，他们还真是兄妹关系呢。"

只是这话，她自己说出来都不信，但她这么说，也只是想让李想闭嘴。

李想也是个实诚人，非但没闭嘴，反而一本正经地摇头："我看不像，纪老师，你是没看到文初那小眼神，这哪里是看哥哥的眼神啊，分明是看情哥哥的样子。那欲说还休，咦，好腻。不过这么一看，这两人郎才女貌，还真挺配的，又是从小一起长大的，知根知底，多好啊。"

纪星池欲言又止地看了他一眼，最终没有打破他美好的幻想。

很快，车子快到一个岔路口的时候，纪星池忽然坐了起来，指着前方："我家往左边走，跟你们不顺路，把我放在附近就行。"

李想因为纪星池跟他聊了两句八卦，顿时熟了起来，张嘴就说："嗨，没事，我们晚上的飞机还早着，送你到家还有时间……"

穆雨时突然开口打断了他："那就开去你家，我有东西落你那里了。"话一说出口，车内都安静了，李想没明白过来话里的意思，侧头盯了穆雨时好几眼："导演，你刚说什么？"

穆雨时目光淡淡地从他脸上扫过，看向纪星池："我是说，我有东西落在你家里了，正好送你回去的时候，我去取。"

纪星池这才明白过来穆雨时是在跟自己说话，她没意识到这话听在李想耳朵里的暧昧含义，连忙点了点头："哦哦，什么东西啊？"

穆雨时撇嘴："外套。"

纪星池这才想起来，他的确有外套落在她家里了："那你们去机场来得及吗？"

穆雨时想也没想，说："来得及。"

纪星池便没有再说什么，点点头，见车子转弯进入了小巷子，于是她抬手给司机指路。

说完，两人都没注意到坐在副驾驶上的李想的表情有多震惊。他全程听着两人交流，明明是很稀疏平常的对话，但他却是怎么听都觉得不对劲，李想忍不住又奇怪地看了穆雨时一眼。不对劲，真的不对劲。又看了看纪星池一眼……越发不对劲了。他跟穆雨时认识多年，大学时就混在一起了，穆雨时现在明显不对劲，这个妞的长相，也不像是……他会泡的呀？

"导演……"李想踌躇半晌，还是想当面问清楚。

可他刚开口，仿佛提醒了穆雨时这车里还有一个多余的人，穆雨时嫌弃地盯着他："你想说什么？"

李想嗫嚅了会儿，还是认了："那个……我就是想说，其实陈先生跟文初小姐真的挺配的……"

穆雨时的眉头越皱越紧，冲司机喊了一声："停车。"

刹车声响起，司机及时停住了车。李想震惊了半晌，穆雨时已经探身打开了车门，跳下了车走到副驾驶位置上，帮李想拉开了车门。

李想拽着安全带，一脸的不明所以："你、你开门干什么？"

穆雨时努了努嘴，视线扫过车门："下车。"

李想一脸迷茫地下车，穆雨时没多解释，一把重重地关上了车门，李想刚要说话，他已经灵活地跳上了后排的车，一把重重地关上了车门："开车。"

司机一脚油门踩下去，车子一溜烟地开远，留下李想愣在原地一脸迷茫。

纪星池看着后视镜——迷茫的李想渐渐回过神，追着车子跑了一路。虽然觉得好笑，但仍然有点儿担心地蹙起了眉头："就这么把人丢下……不太好吧？"

穆雨时摆摆手："有什么不好的，你不是不想听他逼逼叨吗？"

纪星池愣愣地看他，他是为了自己？

穆雨时烦闷地掏了掏耳朵："别多想，我是为了自己。耳根总算清净了。"

纪星池半晌才回神："哦。"

要回纪星池家，车子会再次路过今天的拍摄地点，阳城一中。

夜晚的阳城一中光线很亮，有高年级的学生在上晚自习，学校门口的小吃摊也摆出来了，出门散步的附近居民会来这里闲逛打发时间，所以这个时间，这里反而比白天更热闹。

纪星池出神地望着，想起那时候上完晚自习，陈景行总会提着两份臭豆腐等她们的情景，文初总是会很欢快地冲到他面前，他也总是很宠溺地揉着文初的脑袋。而自己，通常是礼貌地谢过他，什么话也不说，就跟着两人往公交车站走。那时候虽然很遥远，但现在回想起来，好像都是单纯的快乐。

"我饿了。"穆雨时不知道哪根筋不对，忽然说道。

纪星池下意识地回头看他，只见他一手放在肚子上，一双眼睛盯着前方的司机，他没有看她，也没有注意到她方才小小的走神。纪星池小小地松了口气，但沉默两秒后，她不得不回头看这位少爷脾气的导演："不是刚吃完晚饭吗？"

"晚上的东西太难吃了。"穆雨时嫌弃地蹙着眉头。

纪星池："……"

在被穆雨时的半胁迫下，纪星池陪他走到了学校门口的夜宵摊。

这条狭窄的小道上人来人往，他们这样的一胖一瘦、一个大帅哥和一个胖妹子的组合引来了不少人的侧目。所有人都在猜测两人是什么关系，甚至有嗓门大的小姑娘大声猜测两人有不正当的关系。

异样的目光搞得纪星池很不自在，走着走着，她就故意放慢了脚步，落下他一段距离。

穆雨时明显注意到了她的举动，没说什么，一回头，一把就将她拉到了自己身边："脚上绑铅球了？蜗牛都没你慢。"

纪星池看着他说着凶巴巴的话，却很温柔的举动，嘴角小小地勾了一下，渐渐放松下来。

穆雨时找了一家鸭血粉丝汤店，老旧的棚子餐厅外坐了不少人，人们熟练地自助处理小菜和茶水。纪星池也没指望穆雨时，鞍前马后地帮着他拿了水和小菜才入座。很快，热乎乎的汤上桌，香气四溢，引得人口水涟涟。

纪星池闻着香味，馋虫也被勾了出来，她没忍住，咽了咽口水。正想背过身去，不看他吃东西，就见一只白皙且指骨分明的手将粉丝推到她面前："你吃吧。"

纪星池一愣，别扭地道："我不饿，我晚上吃了很多。"

穆雨时斜眼睨她："是吗，你晚上不是躲在洗手间吐了很久吗，肚子还没吐空？"

原来他知道？纪星池一时不知道要说什么。

见她发呆，穆雨时烦躁地扒了一下脑袋，将筷子塞到她手里："吃吧。"说完，也就没再关注她，低头大口大口地吸溜自己眼前的粉丝。

纪星池拿着筷子，看着眼前冒着热气的鸭汤，心里五味杂陈，但渐渐地，那些空虚的地方都被冒着的热气占满了，从心里到身上，都暖洋洋一片。

第二十三章

黑色轿车一路平稳地行驶到附近酒店。文初先下了车，走了两步回头看，陈景行没有下车的意思。

陈景行扭头看着助理："谭卓，你去帮文小姐开一间房。"谭卓奇怪地看他，又听见他说，"我们还有别的地方要去，晚点还要连夜赶回拍摄地。"谭卓这才会意，赶紧推门下车。

文初站在车外，脸色略难看，沉默了许久才动了动嘴唇，低声道："景行，我们谈谈。"

陈景行侧着身子，抬头看她，半晌才点了点头。

文初坐进车里，眼眶已经红了些许："你来探班不是来看我的，对吗？你特意去学校，是不是在想有没有可能会遇到她？"

陈景行还是一脸泰然，没说话。

"大老远跑来就为了看她在不在？景行，我有时候真的搞不懂你，你对她……就那么恨吗？恨一个人才需要花更多的时间……"

没有过爱，就不会有恨。

陈景行总算回头看她了，嘴角微凉："你讨厌她，我帮你出气不好吗？"

说这话的时候，连陈景行自己都没意识到自己的声音在颤抖。他还记得，当初他跟纪星池决定要公开那天，她冷静地给了他再一次选择的机会，也就是那时，他犹豫了，做出了遵从内心的选择，他以为关于分开这个决定他会做得很轻松，但没想到，到现在他还会想，当初的选择真的对了吗？

这几个月，陈景行过得很不好。他的情绪时常不稳定，早已经不是文初记忆中那个宠爱她的邻居哥哥了，尽管他在表面上没有什么不同，但文初就是微妙地感觉到了不一样。这种感觉让文初惶恐，她不想给陈景行任何回忆起纪星池的空间，她一再地向前，就是想逼着他赶紧回到从前。

"景行，忘掉她，我们重新开始，求你了。"

陈景行一只拳头攥了起来，声音低沉："文初，你不要再试图惹我了，好吗？"

"我……"

"你下车吧。"陈景行抚着额头，终于对她说了重话。

文初咬着下嘴唇，不甘心地看着他，但陈景行眼底的淡漠让她不敢再说话。她气冲冲地摔门下车，头也不回地走远了，但她走了一会儿，还是不争气地回头去看，企图能看到陈景行留恋的身影，然而黑夜里，陈景行的车却越走越远。

陈景行没有停留，他很急，迫不及待地想要去一个地方，或许……纪星池会在那里，虽然概率很渺茫，但他还是想去看看。

吃饱喝足后，纪星池见已经距离自己家不太远，便提议走回去。穆雨时吃得很撑，很快就同意了她的意见。两人散步回家，路边偶尔会有车辆经过，但整体还是很安静的。这四周的房子不多，隔一段距离会有一栋独立的小别墅，都是老别墅了，所以没有现代小区管理那么优化。

纪星池家正好就挨着两盏路灯，老远她就能看到院子门口挂着的小夜灯，夜灯下拉长着一道黑影子，不远处停了一辆黑色的轿车。这个时间，怎么会有人在她家门口？

纪星池下意识地就想到了陈景行，抬眼望过去，果然看到一道熟悉的身影靠在篱笆围墙边，低头玩着打火机，微弱的光忽明忽暗，衬得他的脸在黑暗之中若隐若现。

纪星池迟缓的脚步引起了穆雨时的注意，他顺着她的视线看过去，也看到了站在门口的陈景行。

穆雨时冷不丁地笑了一下："看来这位还……"话音刚落，纪星池就慌乱地将他往墙后一推，没有来得及反应的穆雨时一个趔趄，差点儿摔倒，整个人紧贴着纪星池才站好。

以前纪虞在世的时候就喜欢种点花花草草，院子外她也会种上一两株八重樱，到春天的时候，樱花就开了。纪虞种的那些花花草草大多数已经死了，但院子外的这两株八重樱却活得很好，初春的天，上面已经长满了花苞，有淡淡的花香飘来。

穆雨时背贴着墙壁，右手还被她肉乎乎的手抓在手心里，意外的，他居然觉得她皮肤很细腻，比他触碰过的任何女人的手都软。

穆雨时的双眼在黑暗中尤其亮，他感觉自己的呼吸都急促了："你……要抓我的手到什么时候？"

纪星池这才受惊一般扔开他的手，有些尴尬地张了张嘴，想解释。

"人已经走了。"穆雨时忽然说。

经他提醒，纪星池才抬头望去，一辆黑色的车从左前方开过，但她没有立即走出角落，而是伸长着脖子，眼看着车子走远，这才大大地松了口气。

穆雨时被她的样子刺到，不满意地撇嘴："不是说不怕见他吗？"

纪星池低着脑袋，有点儿烦闷地拉了拉身上有点儿脏的衣服："我不是怕他，我只是……觉得现在我这么胖、这么丑……还是不要见他好了。"

穆雨时盯着她垂得跟鸵鸟似的脑袋顶，毛茸茸的，其实有点儿可爱。他捏了捏手心，克制住了自己想要抬手的动作。

"你不丑。"黑夜里，穆雨时悄悄红了耳根。

纪星池没听清，诧异地抬头看他。

"在我看来，你跟以前没区别。丑的是人心，不是你。"穆雨时淡淡说完，见她没反应，又说，"我知道，以前的纪星池即使只剩一口气，也会爬起来的，不是吗？"

纪星池没想到他会忽然说这种话，愣住了。只剩一口气，也能爬起来……

好一会儿之后，纪星池"哦"了一声。穆雨时用余光瞄了她好几眼。这就说完了？

等了几秒，穆雨时叹了口气，语气很快恢复到平日："愣着干什么？我飞机快要赶不上了。"

"啊。"纪星池反应过来，这才起身去开门。开门的时候她很小心，总担心有人埋伏在四周，一旦有动静她就如惊弓之鸟一样，东张西望。穆雨时站在旁边，看傻子一样看她。

好不容易打开了门，纪星池直奔院子，走了两步发现穆雨时没跟上，她奇怪地看他："你干吗？"

穆雨时站在门边一动不动："我就不进去了，你帮我把衣服拿出来吧。"

纪星池不是很明白他突如其来的矜持，但她没太在意，只说："你等着。"

不一会儿，纪星池就找到他昨天穿的那件休闲西装外套，隔着篱笆门将外套还给了他："你还有什么事没？"没有的话，她就要关门了。

穆雨时看着她的手放在门把上，迟疑着动了动嘴，半响才说："我有东西给你。"

他从衣服口袋里掏出了一个白色信封，递给她。纪星池很意外："这是什么？"

穆雨时没敢看她，别开了视线："给你的酬劳。"

纪星池立即明白过来，这是他当初说好要给她的薪资，但她却没脸收。对提高文初演技这件事，她没有做什么，反而借用他的场子让自己出了口恶气。她推了推："不用了，我没资格拿。"

穆雨时却锁着眉头，将信封塞到了她怀里："不是钱。"

纪星池愣了愣，拿着信封在路灯下照了照："不是钱那是什么？"

穆雨时有点儿泄气地看她一眼："算了，你这么笨应该什么都不明白，进去吧。"说完，他丧气地放下了挡门的手，纪星池深深地看他一眼，抬手正要关门，他忽然又像是想起了什么一样，再次一把抵住了门。

纪星池奇怪地看他。穆雨时瞪了瞪眼睛，也不明白自己到底要干吗，于是抬手，自己一把将篱笆门给合拢了："你快进去，我要走了。"纪星池被他反关进了院子，一愣一愣的，笑了一瞬。这才低头看了看手中的信封，往屋子里走去。

门外，穆雨时在门边站了好一会儿，掌心似乎还残留着她的温度和柔软触感，似有若无。

而回到房里的纪星池拿着信封在灯光下照了半晌，也没猜到这里面是什么，看起来像是钱，又不像是。她犹豫了会儿，还是打开了那个信封。

一张写了字的纸条从一张叠好的文件里掉了出来，上面有一道好看的字迹。

——安阳区 77 号，酒仙国宾 1107。

纪星池看着纸条，眉头越皱越深，心里仿佛猜到了什么，但她仍然不敢相信，只是颤着手将那张文件纸摊开，一张内部招募演员的手写文书出现在眼前。

她不明白。穆雨时是怎么知道的？明明要重新回北辰的念头，只是她在心里默默做好的决定，也不过几个小时而已，他却仿佛早已经看穿了她。

纪星池失眠了。这个晚上，她睡不着，脑海里一直徘徊着穆雨时走时说的那些话。

"你不丑。"

"在我看来，你跟以前没区别。"

"丑的是人心，不是你。"

"我知道，以前的纪星池即使只剩一口气，也会爬起来的，不是吗？"

……

越想她越睡不着，干脆从床上下来。

那些话，就像有魔力一样召唤着她，她似乎在暗夜里见到了隐隐的曙光，而曙光中，好像有穆雨时。心里那个松动的地方原本重生的激情也如春生的藤蔓破土滋长，朝着阳光疯狂而去。

她朝着衣帽间走去，在门口来回了踱步了几次，终于还是走了进去。衣帽间里有一面很大的镜子，她一走进去就看到了镜子里硕大的身影，在黑漆漆的房间里显得有点庞大，也有点儿可怖。

纪星池低头，咬了咬牙，给自己加油打气："加油啊，纪星池。"她鼓足了劲儿，松开揪住的两手，摸到了墙上的开关。

狭小的衣帽间里顿时亮堂起来。镜子里的人影清晰了起来，依旧是宽大的身形，但其实并没有那么糟糕，还是那副身形，只是胖了一圈，而原本秀气的五官因为脸上徒增的肥肉变得小了一号，但圆圆的脸最多也就是放大版的汤圆，还是那么白，增添了些许软乎乎的感觉。这张脸比起从前，其实更添了一丝讨巧，没从前瘦时那股薄命的感觉。

她勉强让自己挤出了一丝笑，嘴角的梨涡比以前小了，但配在这副圆圆的脸上，反而增添了不少亲和力。仔细看过后，好像也不是那么难以接受了。

内心逐渐平静下来后，纪星池也没闲着，她将纪虞衣帽间里自己能穿得上的衣服都找了出来，拿着衣服一件一件地在眼前比画，最后挑选了一些大码裙子塞进了行李箱里。

天差不多亮的时候，她才提着行李出门。

这是她的重生。

第二十四章

文初也是今天启程，纪星池在机场大厅遇到了她，她戴着大墨镜走下保姆车的样子，十足的明星架势，自然也就没看到穿着大卫衣戴着鸭舌帽、胖得像一颗牛肉丸子一样的纪星池。两人都是回北辰，没意外地在同一班机，只是一个在头等舱一个在经济舱。

走红以后，纪星池就再没有坐过经济舱了，但最近的她已经有意识地开始省钱，她不知道自己什么时候能有新工作，以后的日子只怕会越来越苦，能省则省。她没有理会头等舱的文初，找到座位不久，打算直接睡过去，刚刚关了手机，就听见旁边一个穿着碎花衬衣的女孩子跟另一个女孩说话。

"我刚好像看见头等舱有明星。"碎花衬衣女孩有点儿兴奋地说着。

戴眼镜的女孩一听，也很激动地问："谁呀谁呀？"

"叫什么来着，我就觉得眼熟，你等等让我想想……好像叫文什么来的，就是前段时间跟你老公曝光恋情的那个！"

"啊！文初啊！她啊。"戴眼镜的女孩瞬间泄气，"她啊，她算什么明星，也不知道打哪儿来的野鸡，天天蹭我们家陈景行的热度。"

"你们家陈景行不是对外宣称两人是青梅竹马的关系吗，就你们这些老婆粉啊，还死不承认！我说你们这些粉丝，也是善变，新闻刚爆出来的时候你们个个下场去撕纪星池，说她出了事拉陈景行出来做挡箭牌，结果撕了几天人家一句话都没出来回应，怎么现在连你们家老公亲自盖章认可的青梅竹马也不认了？"

"瞎说！我们景行以前就回应过，他可是单身。"

"单身是吧，那你们这些去骂过纪星池的人是不是应该道歉啊，人家纪星池不也什么都没干。"

戴眼镜的女孩被怼得一时不知道说什么，抬了抬眼镜死鸭子嘴硬："你还真以为纪星池是什么好人？打人的视频铁板钉钉，再说，她那么多负面新闻又不是我们鸽粉捏造的。"

"说得也是。"

飞机快要起飞了，两个女孩的讨论声却没有减小。

纪星池闭着眼翻了个身，视线正对着窗户外的阳光，她抬起手腕遮住了眼前的光亮，将脸埋在臂弯里，嘴角在没有人看见的角落，讽刺地勾起。

她深谙娱乐圈的生存法则，也很熟悉这样的言论。没有人会因为自己在网络上的一句话而心生愧疚，更不会有人因为别人的看法毁掉一生。这个世界没有改变，必须要做出改变的人，只能是她自己。

纪星池沉沉地睡了一觉，醒来时飞机已经到了。

三个月后，小区外总算消停了不少，最近网上几乎没有人议论她了，现实的娱乐圈就是如此，失去价值的速度永远比走红的速度快很多。纪星池一路畅通无阻地回到了自己家，三个月没人居住的房子里窗帘紧闭，黑漆漆一片，灰尘也落了薄薄一层。她简单收拾了一番后就出了门。长胖后，唯一的好处就是她可以不用伪装大摇大摆地走在路上了，所以她也没开车，直接打车到了约定的地点。

约好的律师准时跟她在咖啡厅里见面，律师在看了她的证件三遍后，终于开始正式跟她洽谈工作。

纪星池跟耀星娱乐的合约纠纷问题很简单，不到一个下午的时间，事情就谈得差不多了，艾文赶来的时候，正好在门口撞到准备离开的律师。

三个月不见，艾文没什么变化，办事雷厉风行，走路也英姿飒爽，他是从工作中偷跑出来的，没耽误一点儿时间，可站在咖啡厅门口张望半天，也没见到半个疑似纪星池的人，倒是有个胖得几乎要流出油来的肉丸子在跟他挥手。

高傲的艾文直接无视了手快挥断了的纪星池，从她身边走过，绕了一圈，然后又绕了一圈……

"那个……"

"我家艺人不签名。"艾文直接打断了纪星池还未说出口的话，并且有点儿嫌恶地绕开了她。

纪星池尴尬地摸了摸鼻子，只好自报家门："蚊子，是我，纪星。"

艾文一听她的声音，几乎像个傻子一样呆愣了几秒，过了很长时间，他才颤着手指了指她，又指了指自己："是我瞎了，还是你疯了？"

纪星池知道他一时半会难以接受，也没有急着证明，等他抓着脑袋来回踱了几步后，终于安静地坐在了她的对面。艾文颤着音问她这三个月到底经历了什么。纪星池简单地将过去三个月的生活概括成了自我放纵。艾文听完整个过程，除了发出嘎嘎嘎嘎的声音外，再也找不到别的说辞。

其实，今天纪星池找他来有两件事。

"第一件事，我想问你愿不愿意跟我一起跳槽？"纪星池直接说明来意，对面是自己多年的战友，她没什么好扭捏的。

但艾文顿了顿，没有立即回答她这个问题："第二件事呢？"

纪星池耸耸肩，也不急着等艾文的回复，慢悠悠地边喝水边说："第二件事，我刚见完律师，打算跟老史解除合约了。"

艾文立即炸了："你疯了？你这合约可没剩下几个月了，你现在跟他闹，得不偿失。"

纪星池当然知道，两个月的时间弹指间便过去了，那时候双方没有撕破脸面，和平结束合作关系百利而无一害。但是……

"我咽不下这口气，他收走了我所有的公众平台的账号。"

艾文咂巴了下嘴，知道纪星池决定的事情自己再怎么劝说都没用。

"好吧，这件事我们暂时不谈。我们谈谈第一件事。"他小眼睛上上下下地扫过纪星池整个身形，"你是已经找到下家了？"

纪星池诚实地摇头，但她心里已经有了目标，只是这件事还需从长计议。

"没有？"艾文简直不敢相信，"那你现在这么胖，凭什么复出？"

纪星池也有点儿尴尬。她最近一直有遵从医嘱，放松心情，外加不乱吃东西，但失眠的毛病还是没什么改善，最近她甚至感觉到自己有越来越胖的趋势。但就算如此——

"我想从头开始。"

像最初她还在学校时那样，因为一个机会改变人生。她清楚地知道,这个圈子缺少什么。

艾文听了她的话却直摇头，显然并不认可，语重心长地叹了口气："池子，我知道你现在很着急，但以你现在的情况，不是我不相信你，我也给你交个底，我现在虽然在公司干得不愉快，可它也没让我喝西北风啊。"纪星池安静地听着，他还没说完，"三个月前，我是铁了心要跟你一起走的，就算那时候你绯闻缠身，哪怕再难，但你硬件条件还在，我们就还有翻身的机会，但现在呢？"他顿了顿，给了她一个忧伤的眼神，"你照过镜子，亲眼见过你现在的样子吗？"

纪星池捏着水杯的手僵住了，这是她胖了以后听过的最真实中肯的评价，她半晌没有说出话来。艾文也意识到自己话说重了，心里也有点儿后悔，但这就是事实，与其她试过之后再放弃，不如现在就放弃好了。

"我们都很清楚这个行业的现状，你为什么要去撞南墙呢？"

纪星池知道艾文说的每一句话都是真心的。

"可是，没有人去撞南墙，就没有人知道南墙后面是什么。"

艾文惊诧。他盯着她看了良久，纪星池没有退缩，像多年前两人第一次见面时的场景。但如今的两人却跟几年前颠倒了过来，那时候她是潜力无限红极一时的新人女演员，他只是在别人手下打杂的助理，是他当初那个一心相信她会成为一线女星的眼神打动了她。但如今……反过来，就算是多年好友的艾文仍然不能相信她。

"对不起，池子。我真的帮不了你。"

最终，艾文也没有答应留下来继续帮她。

是意料之中又很意外的结果，纪星池没有多失落，最多只是失望罢了。作为多年的朋友，艾文虽然没能留下来，但为了心里好过，他又不得不"出卖"公司，向纪星池透露了不少公司如今的变动。

听说她消失后不久，陈景行就把文初引荐给了老史，他还主动提出来要带文初出道，这些都作为陈景行跟公司续约的条件，一一被写进了合同。

这些，都是她曾经为他做过的事情，如今，他转头，便如法炮制了另一个属于自己的附属品。

纪星池有点儿不明白陈景行了，明明是他那么讨厌的手段，却用在了心心念念要保护的人身上。

艾文说完这些事，不出意外地，再次痛快地骂了一通陈景行。他对陈景行积怨已深，没比纪星池心中的愤怒少多少，但有时候他更恨纪星池，如果不是她当初一意孤行，也不至于落到这般田地。但纪星池听着他的骂声，已经不想再纠正什么，也不想辩解了。

送走艾文后，纪星池没有停歇，她一直在搜罗最近的试镜通告，筛选符合自己的角色，但换了身份和身形的她，简历一片空白，实在有点儿难以拿出手，加上如今市面上有关特型演员的招募又很少，所以忙碌了一阵，也都是白忙。

如今，她唯一的希望就是穆雨时那晚留下的那张字条。

纪星池打听过了，那个时期在酒店选角的项目只有一部，就是宁崇的新电影，具体内容暂时还不知道。她回到北京后，副导演那边已经来了电话，正式试镜是在一周后，纪星池心里有了谱，暂时就没忙着找活，专心处理合约的事情。

两天不到，律师这边就敲定了关于诉讼耀星娱乐侵权的事情。律师反馈的意见不错，所以纪星池选择了一个良辰吉日，以律师行的官方账号对外发表了关于起诉耀星娱乐的律师函。

律师函一发出，就在网上引起了轩然大波。

这是纪星池事件发生以来，网上首次出现以纪星池本人的名义发出的声明，众人没想到，她沉寂了将近半年，首次"露面"便扔出了炸弹。

在网上吵得热火朝天的时候，耀星娱乐的老板办公室里正有客人。

林建宇是来找老史提要求的，想要他回到公司没问题，但他不能接受带文初这样的新人，如果是有潜力的新人也就罢了，但文初是跟纪星池闹出过问题的人，他虽然怨恨纪星池，但同样也很清楚，对经纪人来说，艺人是谁更重要。

老史因为这件事犯难了。林建宇是他亲自请回来的，当年也正是他一手带纪星池出的道。

那年，纪星池阴差阳错地演了梁声的戏，一炮而红，林建宇是第一个找到纪星池的经纪人，但渐渐地纪星池越来越红，林建宇也动了歪心思，明里暗里地帮她安排饭局，第一次被她觉察后，两人大吵了一架。那时，有着无限潜力的纪星池果断选择了跟林建宇分道扬镳，老史也支持了她的做法。

虽然林建宇的手段不怎么光明，但手里的资源却不少，他离开纪星池后带着另一个女明星刘丹也红了几年，后来刘丹运势好，嫁给了圈子里有名的电影大佬，连带着林建宇的资源也好了不少。

如今耀星娱乐没了纪星池，老史心里也着急，一心想捧文初上去。林建宇倒是答应回来了，只不过事情却没老史想得那么简单。

林建宇是冲着陈景行来的。

关于这件事，林建宇事先已经找过陈景行了，这是两人商量后的结果，陈景行没有提前跟孟旭商量过，因为他知道林建宇能给他更大的平台，出于前景的考虑，他选择了背叛。

林建宇的工作做得很足，他已经计划好了陈景行接下来的工作。

"接下来，我会为景行接一些一线卫视的综艺，增加曝光度。影视方面，我手上有不少好的电影本子，电视剧也都在接洽，目前势头很不错。"

耀星娱乐手上的资源，确实能让他在流量和曝光量上持续发展，但显然，陈景行并不满足于此，纪星池能做到的事，他也可以做到，所以，他需要林建宇的扶持。

老史听了林建宇的规划，半晌没有作声，目光却询问地看向陈景行。如今，这个公司最当红的艺人就是他了，只要陈景行点头，这件事差不多就定下了，至于孟旭，他希望他能帮忙带文初。

不管出于什么原因，陈景行还是想帮帮文初的，希望她能有好的发展。

孟旭今天才得知这件事，但此时坐在办公室里的他，却早被剥夺了发表意见的权利，只能冷漠地围观着这一场闹剧。

事情还没盖棺论定，助理秘书就敲门进来了，手中拿着iPad，一脸的焦急。看情况应该出事了。

第二十五章

纪星池的律师函一共状诉了耀星娱乐三条罪状：首先，丑闻发生后一段时间，耀星娱乐非法掠夺了她所有公众平台的账户，甚至包括个人微博也被非法占有；第二，耀星娱乐并没有遵守双方的合约规定，在没有获得当事人的同意下，擅自处理当事人的第三方工作合约；最后，利用舆论引导，故意隐瞒公众事实，制造话题炒作，对公众造成不良影响。

律师函发出来后不久就上了热搜。前两条罪状都是既定的事实。众人这才得知，纪星池在出事以后就被公司雪藏，当初那些所谓拉陈景行垫背的说法就有点儿立不住脚了。但第三条罪状，就有人说了，是你自己不检点，惹出那么多事情来，怪得了谁？

纪星池没有刻意解释，却用微博小号"撑死不胖"转发了律师函。起初小号还乏人问津，但很快，白启等人就在她小号后面转发了微博，微博小号总算得以露面。

纪星池看着手机屏幕还挺意外的，她在这个圈子里的朋友本就不太多，这个时候还站出来帮她转发微博的人就更难得了。只是，她哪里会知道，白启这条微博也发得冤枉。

白启原本只是去华美影业谈个项目，刚到会议室坐下，就撞见了百年难得遇见一次的少东家穆雨时。穆雨时一个人坐在会议室里刷着手机，鬼使神差地打开了多年不用的微博，然后就发现了特别关注列表里的账号转发了一条微博。穆雨时琢磨了半天，正想着到底去哪里抓个壮丁来帮忙转发微博，一抬头就撞见冲他挥手正要上前来寒暄的白启。白启是华美影业的艺人，少东家私下找他帮忙，他说什么也推脱不了，只好转发。

因为白启的转发，纪星池的小号引起了众人的注意。不到半小时，"撑死不胖"的小号名字相继上了热搜榜，而纪星池的那条声明也一直飘红在前排，一眼就能看见。

@撑死不胖：一直以来有两件事想说明，第一件事，我与某男演员同为校友，在校期间并无交流，关系疏浅，仅工作期间偶有接触。男演员是一个努力且有天赋的演员，如今事业也正处于上升期，更多精力应专注在作品上。三角恋之说根本是子虚乌有，更不可能利用男演员做挡箭牌。至于打人事件，系个人私事，我在此为喜欢我的人致歉，我辜负了你们的喜欢。但是就"受害者"文初女士与我的恩怨而言，希望各位能给我们私人空间解决问题。

这条微博已经转发到了两万次，但点开热门评论，舆论趋势却并不好。有骂她的，也有嘲讽她的，其中最瞩目的评论她还亲自点了赞。

@lure：我来翻译一下，我有自知之明，不会跟上升期的男流量炒作，也不会蠢到拉流量来做挡箭牌。

这条翻译的评论被点赞到了热门，纪星池并没有针对这条有所回应，而是独独挑选了其中一条依然质疑她的人回复。一个叫小小星人的网友质问她为什么不解释陪酒视频的事情，是不是自己做了不敢承认？敢做不敢当？却厚着脸皮来状告经纪公司？

纪星池的回复很简单粗暴——没有过的事情，有什么好解释的？

这条傲慢的回复很快被点赞上了首页。渐渐地，下面骂她的评论越来越多，众人不理解她骄傲的资本是什么，明明做错事的人是她。舆论并没有向着纪星池，但也没有向着耀星娱乐。在吃瓜群众看来，这些新闻无非是狗咬狗罢了。

老史看清楚了网上的风向后，心里也百般不是滋味。这些丑闻虽然不至于影响到公司，但短时间内他想扩充公司的计划恐怕要搁浅了，几个正在洽谈的当红艺人恐怕也要延迟签约。

老史扔下iPad，脸色铁青："老钱，你联系艾文，看他能不能联系到纪星池。"

然而他这边还没找到人，纪星池那边居然再次爆出了重大消息——纪星池退出娱乐圈！！！

热搜红字在首页爆了，点进去后，一眼就看到了"撑死不胖"以身体欠佳为由，发布了退出娱乐圈的新闻。众人在看过微博后，都露出了一脸问号。这不对啊，这不是绿茶婊黑红的套路啊，怎么刚黑就退圈了？不一起玩了以后还怎么为娱乐圈的八卦事业添砖加瓦？

"纪星池是狠人啊，这是真的要放弃演艺生涯了不成？"

"所以纪星池到底还有什么脸出来说退圈啊，请问这个圈现在还有她的位置吗，并没有啊！"

不管路人和粉丝怎么说，纪星池都没有再发消息。发完这最后一条微博后，纪星池再次销声匿迹，无论什么平台私信联系，都石沉大海，没有得到过任何回复。

艾文的手机在同一时间被打爆了，接到公司电话时他正在跟通告。出于对纪星池的感情，他并没有出卖她，假装两人早已没了来往。

老史在办公室里急得团团转。而陈景行则在一旁翻看了纪星池微博小号里所有的内容，他的目光一直落在她今天更新的那两条微博上，纪星池仅仅用"关系疏浅"四个字就阐述了他们之间的十年。

陈景行一直不说话，老史连喊了他几声，他才恍然抬头："你说什么？"

老史见他如此，长叹了一口气，试探性地问："你们还有联系吗？"他也知道，上次陈景行临时反悔那件事后，这两人恐怕早已不复当初了。

果不其然，陈景行只是摇头。

她在躲他，这三个月来，他找了不少地方，但她毫无踪迹，她是铁了心要跟他分道扬镳。她总能做到如此果决，这是他认识的纪星池没错，正因为对她的了解，他也知道，她如果不想被他找到，他就一定找不到。

陈景行情绪低迷，老史和林建宇对视一眼，便默契地不打算在他面前提这个名字。

出了办公室，陈景行三人脸色凝重。孟旭在办公室里一直没有说话，加上后来出了纪星池那件事，他就更加没有插话的余地了，如今，转经纪的事情已经没有转圜的余地，他也没有话要说了。

陈景行叫住了他，想跟他聊两句，但孟旭只是笑了笑，婉拒了最后的交流："既然你已经做出了选择，就一往无前地走吧，不必回头同情你踩过的'尸体'。"孟旭的表情很平静，脸上的笑容很淡。

陈景行看了许久，他忽然意识到，他身边的人一个一个都离开了，而这一切，都是他自己选择的。从选择放弃纪星池那刻起，他的野心就在日益壮大，他不知道这样的选择是对是错，但人往上爬总不是坏事。

陈景行的犹豫和为难在林建宇看来都是没必要的，他并不认可他的优柔寡断。

林建宇冷着脸看向陈景行："我不管你跟纪星池到底是怎么回事、你现在是怎么想的，但既然你跟我达成了合作协议，我们就是利益共同体。"

林建宇不是一个好说话的经纪人，他自视甚高，对艺人也有一种凌驾的优越感。但显然，他也低估了陈景行，陈景行比他更清楚两人现在的关系，利益共同体没错，但产生利益的人却是他。

陈景行面无表情地扫他一眼，语气淡然："选择你的人是我，而不是我被你选择。"

林建宇脸色一变："你什么意思？"

陈景行冷哼："既然你明白我们是利益共同体，那请你接下来好好服务我的工作，别让我们的利益有损害。其他的，用不着你操心。"

林建宇傻眼地看着陈景行。

陈景行的目光再次扫过他的脸，这次明显带着威胁的意味："我既不是纪星池，也不是你从前带的任何人，我不会成为你的傀儡。"自然也不会跟你反目成仇。

林建宇听着他的话，紧绷的脸一点一点松动，终于，他笑了起来。他好像现在才明白，他给自己找了个大麻烦。

就在所有人都没办法联系到纪星池的时候，纪星池的律师主动联系了秘书室。

老史一听到是对方律师打来的电话，立即明白了对方的来意——纪星池想要解约，并且拿回属于自己的所有公众平台账户。

这个要求不过分，但让耀星娱乐主动让步，就是变相承认打压艺人了，以后还有哪个当红艺人敢跟他们合作？但如果不妥协，上了法庭，双方都很难看，纪星池已经有了退出的心，不惧怕任何一桩黑料了，而耀星家大业大，不能有半点儿损失。这事，只能谈，谈一个双方都满意的结果出来。

老史思来想去，觉得找纪星池去谈判这件事还得交给艾文，以两人的交情来说，也只有他去最合适。艾文其实并不想掺和到这件事中，他不想利用自己跟纪星池的交情去说服什么，但老史亲自开口了，他不跑一趟还真不行。

从老史办公室出来后不久，艾文就去找了纪星池，但他没想做说客，只是绘声绘色地又将陈景行如何一脚踹开孟旭的事情复述了一遍。

纪星池听了这个重磅消息，倒是一点儿反应都没有，破天荒地半句话都没说。

艾文看她这副样子，纳闷了："你该不会真的已经放下陈景行了吧？"要是以往，但凡他提及陈景行的事情，纪星池都不可能这样无动于衷才是。

纪星池懒洋洋地蜷缩在沙发上，一脸疲倦地翻看着宁崇副导演发来的剧本截取，心不在焉地"嗯"了一声，就没再说话了。

艾文瞪大眼看了她好一会儿，直言她这是开窍了啊，要是早这么开窍也不至于落到这步田地。

纪星池听他的话听到耳朵起茧，实在不是很想听了，便表示自己要看剧本了，让他先离开。

艾文一听她居然有剧本，更吃惊了："什么剧啊？这么认真。"

宁崇这部新戏的角色，是特殊人群，一个生活在最底层的小人物，在"美发店"历经沧桑，被客人嫌弃，还染上病的三陪女。就不到三句话台词的配角，却也让人抢破了头。

作为朋友，艾文听了故事却没什么好脸色，冷不丁地又扎了她一刀："这种角色虽然有记忆点，但很容易把你的形象搞坏。在影视圈，丑角就是丑角，观众看了也只当是耍猴的。"

纪星池好不容易燃起的熊熊野心被他一说，又有点儿倒回去了。

艾文说了两句话，终于意识到纪星池的脸色越来越难看了。后知后觉的他，终于发现了自己在自讨没趣："那个，我还有事我就先走了。"意识到情况严重的艾文不敢再逗留，飞快地溜之大吉。

艾文人虽然走了，但他的话也成功将纪星池气病了。

这天晚上，纪星池就做了噩梦，梦里她被文初和陈景行逼到了河里，差点儿溺死，醒来后就满身大汗地发起了高烧。为了能顺利在下周参加试镜，一大早，她把自己裹成熊，送到了医院急诊室。刚到医院不久，她就撞见了一起"自杀"事件，事件的主人公居然就是当年红极一时的小童星徐凡彤。

因为对圈内人的关心，纪星池打着点滴，特八卦地去打听了事件的始末。据说，徐凡彤是因为偷吃过期减肥药出了事才被紧急送来医院的，到医院的时候已经只剩下半条命了。

纪星池很是诧异，现在估计没有多少人还记得徐凡彤，但她却记得很清楚。纪星池的出道电影里，徐凡彤就是她小时候的扮演者，那会儿她也不过是二十一二岁的年纪，徐凡彤十三四岁，两个小年轻很快就成了朋友。徐凡彤在纪星池面前，却算得上前辈，演技也好，在演戏上帮助过纪星池不少，只是后来她一直在发展自己的演艺事业，而徐凡彤回到了学校上课，她们的交集就少了。

没想到，时隔多年再见，居然是这样的光景。徐凡彤是著名童星，演过不少电影里的名角，都是经典人物，然而本以为星途一片光明的她却也没逃过命运的戏弄。随着年龄的增加，徐凡彤在成长过程中越来越胖，成年后，她也定格成了一个"死胖子"。

一个人输液有点儿孤单，纪星池想了想，决定提着食物去看望徐凡彤。

第二十六章

举着输液瓶的纪星池身体还很虚弱，扶着电梯一直低垂着脑袋，站在角落里。电梯里人很多，总有人上上下下，不一会儿她就被挤到只剩下一小块空间，整个人都往电梯壁上撞去。

纪星池本以为会一脸撞上冰冷的电梯壁，却不料被一堵热墙给护住了。

肉墙的声音从头顶传来："小心点儿。"

这熟悉的声音和语气……纪星池抬头看去，正好看到穆雨时低头看自己，他勾着嘴角，露出了好看的下颌。

"你怎么会在这里？"

说话时，站在他旁边的女人也回头看了纪星池一眼，纪星池顺势看过去，顿时惊讶得快说不出话来了。迟景之……居然是她！什么时候医院也成明星的常驻场地了？尽管对方戴着硕大的墨镜遮住了大半张脸，但纪星池还是认出了这位叱咤娱乐圈长达二十年的影后。纪星池是圈内人，自然知道迟景之这位顶级影后嫁给了著名大导穆周，也就是穆雨时的父亲。

　　正想着，穆雨时冷不丁地就抬手接过了她的输液瓶。纪星池一愣，还未说话，穆雨时飞快地上下扫了她一眼。注意到了她身上的病号服，他不太满意地撇嘴："生病了就好好待着，瞎跑什么？"

　　他语气里关心多过指责，成功引来了迟景之的再次打量。但显然纪星池这个粗神经是没听出来的，她还在为突然在这里遇到穆雨时而震惊，她想，迟景之和他同时出现在医院，应该是家里有人出什么事情了吧？

　　当着长辈的面，穆雨时也毫不顾忌地帮她拿着输液瓶，见她手上还拿了两包吃的，他好看的眉头皱得更紧了，一只得空的手朝她伸了过去。

　　他没说话，纪星池却猜到他要做什么，穆雨时这人在家多半也是个大少爷，她怎么敢劳烦他帮忙提东西，就将手往后缩了缩："我自己能提。"

　　话还没说完，电梯门开了，纪星池一眼瞄到楼层，是自己要去的那层，赶紧走出电梯，抬手又去接自己的输液瓶："我自己拿吧。"

　　穆雨时瞥她一眼，也知道迟景之在看他们，便没说什么将输液瓶还给了她。

　　纪星池没说话了，低着头就往前走，刚没走两步，发现这人还在身后。

　　穆雨时指了指走廊前方："我也来这层。"

　　纪星池看了眼他身后跟着的迟景之，挪开了道让他先走。

　　穆雨时也没有多余的表情，抬脚拐到了一间VIP病房前，纪星池出于好奇，伸长脖子看了看，这间病房门外站着不少人，其中有多数都是娱乐圈里举足轻重的前辈，其中一个熟稔地跟穆雨时说话的男人，就是宁崇。

　　宁崇是穆周的学生，这些年虽然独立拍电影了，但外界的人都知道宁崇很尊敬自己的这位启蒙老师。这么想来，穆雨时让她去试他的戏，也说得过去。

　　纪星池没有要上去套近乎的意思，她没再停留，转身继续往前走，上次好像听见护士跟人说起徐凡彤是在702号房，也不知道有没有记错。

　　纪星池走后，全程没说话的迟景之却盯着她的背影看了好一会儿："谁啊？"没见过大少爷对谁脾气这么好的。

　　穆雨时动了动嘴皮："没谁，路人甲，跟你没关系。"

听听这是人说的话吗？迟景之才不相信，但看他这副样子，她心里更加好奇了。要说是个漂亮妹子，她也就懒得猜了。穆雨时什么德行，她这个做后妈的人是很了解的，嘴巴上说不要，心里指不定什么样呢。这些年他也是在女人堆里混出来的，可惜啊，真正上心的还真没有。还替人家拿东西呢。不过，这姑娘……看着也不像小时会喜欢的样子啊。迟景之越想越觉得怪，琢磨着等老穆手术做完了，还是得跟老穆说说看。

宁崇等人其实都是来看穆周的，穆雨时看到他们还挺意外。穆大导演这次就是来医院割个阑尾，穆雨时这个亲生儿子听了都没多在意，这些电影界后辈跑得倒是勤快。

既然来都来了，还是要招呼两句的。穆雨时也没着急进去看老穆，站在门边跟几个师兄们寒暄了一阵，边说话边瞄向远处的纪星池。

纪星池摸到了702号房门口，轻轻叩门。

一个三十来岁的男人来开的门，满脸的胡茬，看上去很是憔悴。不知道为什么，纪星池总觉得他有点儿眼熟，但一时也想不起来是谁。

"请问，徐凡彤住在这个病房吗？"

男人打了个哈欠，奇怪地看眼前的人："是，你是？"

"我是纪星……"话刚说到一半，纪星池忽然想起自己现在的身形来，忙又改了口，"我是凡彤以前在剧组遇见的朋友，好些年没见了，听说她在这里住院就想来看看。"

男人扫了一眼她手里的礼物，放下了戒备心，退开一步让她进了病房："小彤这会儿麻药还没散，昏迷着，可能没办法起来跟你打招呼了。"

纪星池一眼就看到了病床上吊着输液瓶的徐凡彤，壮硕的徐凡彤占据了病床的大部分空间，但她的脸色却苍白无力，唇色也很惨白。

男人还挺自来熟，接过纪星池带来的水果，很自然地开始剥香蕉，然后兀自找了个地方坐下："她刚洗了胃没多久，醒了估计也就能喝点粥。"意思是，水果这些就要进他肚子里了。

纪星池还没见到一个人看护这么自来熟的，忍不住多看了他两眼，越看越觉得眼熟，是眼熟啊，到底在哪里见过啊？

"这位先生，我瞧着你有点儿面熟，我们是不是在哪里见过啊？"

男人听见她这么问，愣了一下，当即收起了跷着的二郎腿："不才，不才，在下就是个不太著名的演员，冯老先生最疼爱的弟子，我叫李魁。小姐怎么称呼？"

这个名字有点儿耳熟，纪星池在脑海里思索了一会儿，终于想起来，这不就是之前在周深剧组里遇见的那个群演吗？是了，林子木说是自己师弟，可不就是冯老先生的徒弟吗？

李魁看纪星池若有所思，大概是记起什么了，他咳嗽一声，"谦虚"道："我这人不怎么好名利，也就在很多电影里打打酱油，你应该也见过我……"

"你和徐凡彤很熟？"李魁话还没说完，就被纪星池打断了。

李魁愣了一会儿，才反应过来，赶紧解释："当然啊，小彤跟我一起在老剧场那片演话剧，她出了事还是我给送来医院的呢，唉，这都不是第一次了。"

纪星池没怎么听李魁咋咋呼呼的话，只抓住了关键点——徐凡彤现在在演话剧？

话剧演员吃的苦多，出头率还低。倒是有不少老艺术家在专心演话剧，可老艺术家和普通演员又不同，普通演员再红都很难跨界到话剧界，倒是也有一些对艺术还有追求的当红演员专门去尝试，成功的例子也有，但话剧毕竟不比荧幕热闹，门槛又高，靠演戏吃饭的当红艺人多半也不会坚持话剧，除非是走投无路了。

看来徐凡彤的处境很艰难了，从前是人人追捧的童星，不过几年光景，就已经变得乏人问津，落差感确实很大。难怪她会自杀。

李魁见她没回话，又自顾自地嘀咕："唉，毕竟以前那么红，现在这副样子多少有点儿落差感吧。"

这话纪星池听进去了，感同身受。李魁见她动容，又叹了口气："唉，你是小彤的朋友，要不等她醒了，你也帮着劝劝吧。瘦不下来就不瘦了吧，去做特型演员也没啥，明星这条道就这样，谁不是起起落落的。"

纪星池看着躺在病床上奄奄一息的徐凡彤，心暮地一紧。如果那天晚上没有遇到穆雨时，她是不是就跟徐凡彤一样了？不，或许她现在已经死了。

"你怎么了？脸色不好看。"李魁见她半天没说话，挥着手在她眼前晃了晃。

纪星池回过神，忙摇头："医生有没有说过她什么时候能醒过来？"

"就这一会儿吧，该醒了。"李魁又拿起一根香蕉，咬了一口，"我没吃饭饿了，你不介意吧。"纪星池刚想摇头说不介意，李魁又猛地一拍脑门，想起什么来，"糟了，医生让我去找他来的，那个，你在这里守一会儿啊，我马上就回来。"说完就火急火燎地出了病房。

李魁走后，纪星池搬了一张凳子在病床边坐下。

徐凡彤醒了。出乎纪星池意料的是，徐凡彤醒来后一直也没问她是谁。她无神地看着天花板，整个人很没精神，好不容易有了动静，却想伸手拔掉针管，被纪星池制止了。

她的制止终于引起了徐凡彤的注意，幽幽的目光落在她脸上，纪星池看着她惨白的脸，不知为什么，仿佛看到了早前的自己，哗啦一下就从椅子上站了起来。她深吸了好几口气，总算平复了心情。

纪星池压着她的手背，有点儿心疼："适可而止吧，徐凡彤。"

徐凡彤总算有点儿反应了，木讷地看着眼前这个举着吊瓶样子滑稽的人："你是？"

"十年前，我们在《宫变》剧组认识的，那个时候我还不叫纪星池，叫纪星。"

徐凡彤的思绪飘远了很久，起初她还很迷茫，但渐渐地想起了什么，再看纪星池的时候，她眼里满是震惊和惊恐："你……你怎么会变成这样了？"

纪星池原本想将这件事瞒下去，她要让所有人都将她和"纪星池"分裂开，可是，如果说出这些能挽救一条生命的话，就说出来吧。

"我也不知道为什么变成了这样，但一开始我也很害怕、很惶恐。"

徐凡彤的眼神暗了下去，她没精打采地摇头："你不懂，被人叫肥猪，被人嘘声轰下台的窘境，这些我都受够了，我很努力地减肥，医生告诉我，不吃激素，我就会死，可是我这样还不如死了算了。"她痛苦地哽咽起来。

纪星池想起曾经作为"瘦子"的自己。曾经有个造型师在她面前公然鄙视体重超过一百的女生，那时候她站在造型师那边，并坚信着那套如果你连自己的体重都控制不了，如何控制自己人生的理论。曾经的她，也跟许多人一样鄙视过胖女孩子的存在，可是，曾经作为"瘦子"的她，就没有面对流言蜚语吗？

"可我以前那样，也有人天天说我整容，明明我什么都没做过，却骂我有心机。胖和瘦真的那么重要吗？还是说，你瘦了，这些字眼就会消失了？"

不会的，他们不会善良，永远不会。

第二十七章

纪星池没有在病房里多待，李魁一回来，她便提出要走了。

李魁送纪星池出门，走到门边听到隔壁闹哄哄的，忍不住就开始八卦："听说是穆周导演，穆周你知道吧，那个有名的超级大大大导演，来动个手术，也不知道是割痔疮还是割阑尾的，反正阵仗搞得很大，我今天下午已经见两拨人来看他了。"

纪星池虽然嘴上没说什么，但心里却在想，果然不愧是穆雨时的亲爹，浮夸的个性还真是一模一样。可刚没走两步，就又一次在走廊上遇到了穆雨时。

宁崇应该是要走了，穆雨时出来送他。穆雨时一抬头就看到了她，直接冲她喊了一句："过来。"

纪星池原本想绕道，假装没听见，但穆雨时却没打算看不见，皱着眉头又喊了一句："纪星，你要不过来我就过去了。"

话音刚落，纪星池立即调转方向朝他走了过来，气冲冲的样子，活像一坨生气的糯米糙，引来一旁的宁崇发笑。穆雨时没笑，他一本正经地冲宁崇指了指纪星池，互相介绍了一番："这位是纪星，这位是宁崇导演。"

这没头没脑地被点名，搞得宁崇也是一愣，不明白他什么意思。

穆雨时也怪得很，没解释什么意思，低头看了一眼气鼓鼓的纪星池："好了，你可以走了。"

纪星池愣住，这就走了？

"愣着干什么？难不成你还想顺道进去探病？"

纪星池收到他的眼神暗示，抬头看过去，正好看到迟景之从病房走出来，立即尴尬地摆手："不了不了，我先走了。"说完，急匆匆地走了。

直到瞧着这个胖姑娘的背影消失在电梯口，宁崇都没回过神来。穆雨时这小兔崽子几个意思？

宁崇纳闷的情绪一直持续到了三天后。直到在《我不是大人物》的选角现场，再次见到了那道熟悉的背影，以及阴魂不散的穆雨时。

纪星池没想到一个配角的试镜人都这么多，而且和她竞争的人大多是耳熟能详的黄金配角之流的存在，甚至有两个上了年纪但如今依然活跃在演艺圈的老戏骨。她们这些人都是瘦骨嶙峋的身形，唯独她夹杂在中间，身形格外引人注目。

"怎么回事？没听说这个角色要找特型演员啊？"

"对啊，不是演妓女吗，怎么还来个胖子啊？"

"哈哈是啊，这么胖是想压死谁啊，还好意思来演戏？"

走廊两边的人窃窃私语着，纪星池全然当作没听见。

纪星池仔细看过这个故事的剧本，私心里是很喜欢的。故事讲述各类小人物的群像，她要争取的那个角色花玲就是群像之一，一个非常具有代表性的可悲的女性角色，台词不多，但她的故事很有韵味。不过这个角色，在剧本里的设定是个很瘦弱到病入膏肓的人物。一开始纪星池也很怀疑穆雨时是不是推荐错了，但后来她仔细一琢磨……好像琢磨出一点儿味道来了。加上，自从在老家发生了那些事之后，她没来由地相信穆雨时，既然他让她来，一定是知道她跟这个角色有那么一点儿像的吧？

酒店房间里，宁崇一干人坐在沙发上，中间留出来宽敞的位置给演员们试演。

宁崇有点儿烦闷地喊了暂停，一个瘦弱的中年女演员退了出去，副导演齐东见他的状态不是很好，立即叫停了外面的人："导演，是不是累了？要不要先休息一下。"

宁崇摆摆手，他累什么累，开戏前的准备早就进入连轴加班的状态，他是铁打的身体，哪里会这么娇气。他是被烦的，这屋子里杵着这么一尊赶走也不是供着也不是的玩意，让他有点儿难以施展啊。

但这尊玩意好像并不觉得自己是个困扰，他挺悠闲自得地喝了口茶，一脸天真地看着宁崇："怎么不继续了啊，继续啊。这不好好的吗？"

其实穆雨时是奉命来探班的，宁崇即将拍摄的新电影《我不是大人物》，穆周挂了监制的名头，但老头子最近在准备阑尾手术，不便过来，他便代老头过来看看情况。

当然，如果他乖乖地当个背景板，宁崇也不会这么头痛了。这少爷也不知道哪根筋不对劲，从开始到现在都在找碴，对女演员的演技品头论足，挑剔得很，他这个正头导演还没开口说话呢，他那边就啧啧着开始摇头了，搞得宁崇一点儿威严都没了，这还怎么让他摆导演的谱？

宁崇没办法了，将手中的演员目录表一扔："下一个可是业界前辈，黄金配角，这你要还不满意，我也没人了。"穆雨时看人眼光很毒辣，不过，就算他会看人，到底谁才是导演啊？！

穆雨时听他拿话压自己，也不觉得恼，还挺高兴："行啊，我倒要看看你都有些什么王牌。"

宁崇其实对这个角色的期待不比穆雨时低，只是他也试了好几轮了，确实也没找到多合适的，现在，只能寄希望于黄金配角身上了。

不一会儿，女演员过来了。是业界前辈于丹，这位女演员的演技一直都很有口碑，神形跟纪星池也相差很大，比起纪星池来，她简直是瘦骨嶙峋了。近看的话，发现她是一点儿妆都没化，这倒是让宁崇和穆雨时两人都很意外。

"那么，于老师，麻烦您开始吧。"副导齐东说了一声，演员便开始调整状态准备入戏。

残花败柳的妓女花玲在街上站街，被中年地痞流氓男主调戏了两句，她便笑得花枝招展，试图将对方发展成下一个冤大头。

"停一下。"这一次，穆雨时还没开口呢，宁崇就率先喊了出来，好像生怕穆雨时抢了他的活一样。但喊停之后半晌，宁崇也没下文，搞得穆雨时都侧目去看他了。

前方，女演员等了一会儿有点儿急了，工作人员只好发话让她先休息。所有人都不知道宁崇要干吗，离他最近的穆雨时却清楚地看见他的手一直在摩擦那本目录表，表情甚是委屈。

"宁师兄，你该不会在琢磨你自己还有没有别的王牌吧？"

这还真被穆雨时说中了，宁崇对方才的表情其实是非常不满意的，眉头皱得都快夹死蚊子了。副导演立即凑了上来，眼睁睁地看着导演将纪星池的简历略过，翻到了最后一页。

宁崇显然对手上的简历很不满意，叹了口气一把扔下了："浪费时间。"

"导演是觉得都不合适？"齐东很会察言观色，见宁崇一皱眉头，他就知道不好了。

宁崇看他一眼，说道："现在这个女演员太瘦了，没有我想要的那种风韵。"

齐东立马捡起本子翻到纪星池那一页给他看："那要不试试看这个？这个胖。"

宁崇又瞥了一眼："这也太胖了吧，哪里像吃过苦头的样子。"

齐东深深地叹了口气，起初找演员的标准都是按照导演的要求来找的啊，怎么现在大家都来试镜了他又嫌弃人家太瘦了？哎，导演心，海底针。

正为难时，坐在边上的穆雨时自顾自地捡起了目录本："要不，我给你出个主意？"

他这幸灾乐祸的样子，让宁崇很不高兴，宁崇两只手抱着头靠着椅子："什么主意？"

剧本穆雨时是看过的，对花玲这个人物也有一点儿了解，他知道宁崇想要什么感觉，这种感觉跟人的外形没关系，关键还在韵味，花玲这个人物有很多面，世俗、媚俗，但她身上得有故事。不是谁都能演出来的，如果是她的话……说不定可以试试。

穆雨时不太走心地翻开目录本，翻到纪星池的照片放在宁崇面前："试试看？"两双眼睛诧异地看向他，穆雨时笑了一下，"你不是让我说想法吗？"

宁崇觉得穆雨时简直在耍自己玩，不是很想理他。

"这位试镜花玲的演员是最后一位，导演不如还是先看完吧？"齐东也说着。

宁崇头痛地揉着太阳穴："让她进来吧。"

关于花玲这个角色，纪星池准备了很久。花玲是可怜人，虽然整个电影里没有给她一个全方位立体的描写，但就她目前的几场戏而言，已经足以让人联想到她遭遇过什么样的故事。

破碎的原生家庭，加上抛弃她的丈夫，为了养孩子，花玲不得不走上这条路，但她的孩子长大后，却嫌弃她的身份，到了中年没了客源的她为了活下去，既尖酸刻薄又死皮赖脸，是一个可恶又可悲的角色。电影里，花玲一直是街坊邻居嘲弄的对象，风骚卖弄勾引男主不行后，反而挤对上了新搬到这一片的年轻小姑娘林琪，经常给小姑娘使绊子，搞得左邻右舍的人更加厌恶她。

纪星池试的这场戏，就是花玲在勾搭男主陈勇未果后，被众人嘲笑，气不顺的花玲站在街口对着林琪泼妇骂街，台词里多半是上不得台面的粗言秽语。以前纪星池没有演过这类角色，所以她特意在家练了两天，对着镜子对自己放狠话。

齐东比她还没底，这已经不知道是换过的第几个演员了："纪星，你可得争点儿气啊，机会难得。"

纪星池眨了眨眼，这还是她长胖以来首次接收到善意的提点。

两人没有再多说什么，纪星池跟着他到了房间里，这会儿房间被简单布置了一下，跟方才有点儿不一样的地方。

宁崇也是在穆雨时的建议下，决定将玻璃门隔间的位置让给女演员的，而他们就在玻璃后面看，这样可以让演员的注意力更集中一些。宁崇原本也没打算陪他搞这么多么蛾子，想着反正是最后一个了，今天就收工了，于是也就懒得插话，任由他安排了。

开始之后，四周很安静，纪星池看不到导演的位置，不知道穆雨时也坐在玻璃后。

穆雨时沉着脸，面无表情，严肃认真地盯着玻璃。

"怎么？"宁崇见他这副样子，冷不丁就想起来了，这不是在医院遇到的那个胖姑娘吗？

这么一想，宁崇好像明白什么了，冷不丁地笑起来："哎哟，原来是这么回事啊。我说呢……唉，穆雨时，你是不是担心自己推荐的人演不好，怕丢脸啊？"

穆雨时冷嗤一声，没说话，只是踢了踢腿示意他快开始。看他这样子，宁崇像是逮着什么把柄一样，笑呵呵地看他："你放心，要是不行，我会毫不留情地立马让她滚蛋，不会让你为难的。"

穆雨时被他说得更噎气，冷哼一声："谁怕了，要是演不好我亲自让她滚蛋！"

知道他的脾气，宁崇也不跟他闹了，招招手，让现场准备。

纪星池一秒入戏。

穆雨时立即捕捉到玻璃门后的纪星池，她化着大浓妆，穿着不合身的旗袍，对着陈勇卖弄风骚。

"勇哥，你什么时候来玩？人家给你打八折呀。"

"玩什么呀？"陈勇挑眉，露出一个流里流气的表情，斜着眼看她。

花玲一听他这话，立即捏着肥硕的拳头敲了一记陈勇的胳膊，耸肩娇嗔着："哎呀……勇哥，你想玩什么就玩什么……人家配合度很高的。"

陈勇立即抖了抖，露出恶寒的表情："得了吧您嘞，您还是自个儿玩吧。"

陈勇骑着摩托车走了，花玲气急败坏地望着他的背影跺了跺脚，余光瞥到对街嘲笑她的林琪时，忽然画风一转，目光顿时变得凶悍。花玲对林琪骂了一通，骂完后心里仍然不平静，上了楼，源源不绝的脏话接踵而至，明明没有楼梯，但大家的视线还是跟着她"上了楼"，进了房，不见了人影，但骂声依然还在。楼下的林琪被她刺耳下流的脏话骂得哑口无言，干脆闭嘴什么都不说了。

而画框外的纪星池虽然没有入镜，但依然很认真地沉浸在角色中，终于说完了所有的骂词。

"好，停。"宁崇终于喊了停。

众人见他和颜悦色，都暗自松了口气。齐东立即凑了上来："那导演……是定还是没定？"

那边工作人员已经在请纪星池从角落里出来了，刚走了两步的纪星池听到这个问话，止不住停下了脚步，想听清楚。工作人员立即朝她使眼色，示意她快点儿走。

纪星池尴尬地摸了摸鼻子，只好抬脚走了出去，最后的结果还是没听见。她走的时候，全程目不斜视，根本没抬头看屋子里的人。

穆雨时一直目送着她的后脑勺消失得差不多了，这才扭头看向宁崇，一副得意炫耀的样子："怎么样，还行吧？"

宁崇虽然不是很满意穆雨时这副小人得志的嘴脸，但撇了撇嘴还是老实承认："这新人还不错，有做演员的潜力。"宁崇在知名导演中算得上是佼佼者，能让他开口夸奖的人不多，如此说也是因为纪星池如今占着一个新人的身份。说完，宁崇还沉浸在刚才那个片段里，思索着，想了想，又说："嗯，好像花玲胖点儿更有意思了。"他终于咂巴过味道来了。

"妓女化浓妆应该的嘛，她可是对自己死了心了。"穆雨时也接茬。

宁崇继续回味，拍了拍大腿："是这么个理。"

宁崇刚因为找到了合适的演员而欣喜，没有注意到他的表情，心情不错地又夸了一句穆雨时："没想到你小子很会看人嘛，你怎么知道这胖姑娘可以演出我想要的风格？"

穆雨时嘴角勾着笑："我自然是知道的，再多面复杂的人物她都能演好。"

"嗯，这个角色是挺多面的，微胖，尖酸刻薄，卖弄时对男人有额外的需求。其他人演的花玲也不是不好，就是太尖锐了，太扁平了，不立体。"

宁崇所说的正是纪星池演出来的部分，她的眼里有对需求的欲望，她渴望有人能附和她或者爱她，所以她可以对任何一个男人和颜悦色，但对自认为给自己造成威胁的林琪无比尖酸。

下了戏后，纪星池心里还是很忐忑。齐东走过来，下意识地对她竖起了大拇指："表现得不错。"

纪星池的表情依旧谨慎："那这个角色……"

齐东却是一笑，并没有立即给她答复："你回去等通知，有结果后我们会立即通知你的。"

纪星池虽然有点儿着急，但也很清楚，这并不是那么容易得到的角色，这么想着，她也就平复了。礼貌地跟工作人员告辞后，她也就准备回家了。

酒店外人太多了，她拦了许久的车，不是被拒载就是被跑得快的人抢了先，而她只能像一颗长了两条腿的牛肉丸子一样追在后面跑。

这后面的形容词，是后来让她上车的穆雨时说的。他说："我当时就隔得老远看，看你能跑出个什么形状来，越看越好笑，哎，不过失策了，早知道你这么不懂感激，我就不应该让你上车的。"

埋头努力系安全带的纪星池撇着嘴，在心里嘀咕，说实话，她并不是很想上穆雨时的车，但架不住老天爷总是让她偶遇他，还让他看到自己那一面。既然是熟人，有免费的车干吗不坐啊？但穆雨时开的小跑车身空间小就算了，安全带怎么还这么短？

穆雨时叹着气，不耐烦地倾身靠了过去，嘴里还不停地鄙视着："看来脂肪不仅填充了你的身体，还填满了你的脑袋，智商也太低了。"他长手一拉，立即稳稳当当地帮她扣好了。

纪星池整个人贴在椅背上，只感觉耳边一直在嗡嗡响，压根没听清楚他说了什么，方才，他压过来脸，差一点儿就贴到她鼻尖上了。狭小空间里突如其来的亲密举动让她很不适应，连呼吸都不会了，全程只能屏息着。

穆雨时回身，刚要坐好，就见她瞪圆了眼珠子，一副呆呆傻傻的样子，没忍住，就想逗逗她。

"一直盯着我看干吗？"穆雨时的声音轻微沙哑，说话的时候他的身体依然倾斜着，只与纪星池的脸拉开了一点点微小的距离。

纪星池能清晰地看到他脸上的微表情，他衔在嘴边的笑意带着嘲弄和戏谑，总之，让人看了不开心。纪星池抬手，将他推远了一点："谁看你了，自恋是病。"

穆雨时见她如此无趣，撇撇嘴，坐直身体发动了车子。

车子呼呼地开在路上，两人都没有说话的意思，车内只听得见风吹过的声音。

纪星池瞥了他一眼："你怎么在这里啊？"其实她很想问的是，你怎么又在我附近转悠啊，但担心这句话问出来太自恋了，她还是稍微改了改措辞。

但这话的潜台词，穆雨时还是听出来了。他有点儿尴尬，直愣愣地说："我就顺路，你别多想。"

说完，纪星池安静了半秒，好一会儿才说了一句："哦。"然后就没下文了。

惹得穆雨时心里很不是滋味，哦一声？啥意思啊？明明有一百句话在嘴边绕了一圈，但总不知道怎么开口，最后还是穆雨时没忍住，漫不经心地问她："你最近有戏拍吗？"

这是一个礼貌性的问句，类似于吃饭了吗？纪星池冷不丁地想起方才的试镜，总觉得……穆雨时这个幕后推手，不是单纯来问问而已。不过老实说，她也只能摇摇头："没有。"

穆雨时开车空隙回头看她一眼："哦，那种跑龙套的戏接了不觉得憋屈？"

"跑龙套？"

穆雨时点点头："嗯。"

"一天两百块那种？"

穆雨时愣了愣，才淡淡地接话茬："四百吧，价格还算可以。"

纪星池瞥了他一眼，被他这话给惹笑了："你就明确地说我试镜通过不就行了嘛，拐什么弯啊。"

她才不信，算了，她也不想拆穿他。

穆雨时听她的话，一顿，脸色立马就不好了。一眼就被看穿了？唉，他心里越来越不是滋味了。

纪星池难得见他吃瘪的样子，心情不错地笑了笑："放心啦，我不会把你当变态的。我知道这部戏你爸爸是监制，你参与其中很正常啦，而且我也知道你可不是那种徇私舞弊的人，才不会为我徇私，所以我不会多想的。"

她说得轻快，穆雨时忍不住回头看她，抿着唇线。纪星池啊纪星池，我就是那种徇私舞弊的人啊。

第二十八章

正式得到《我不是大人物》的通知是在晚上，通告提醒她两天后前往影视城，纪星池一口答应了下来。挂了电话，她心情不错地开始整理行李，不知道是不是运气爆棚的缘故，没过多久，又接到了艾文的电话。

艾文告诉她影视城那边最近有一部贺岁片在赶时间，缺一个特型演员，问她有没有兴趣。

这年头，特型演员不多，尤其是贺岁喜剧片这种要求不太高时间又赶的，基本是能演就上的类型，也就没那么多弯弯绕绕了。

艾文在电话里问得小心翼翼，生怕刺激到她，却没料到纪星池一口答应了下来。

"你……你真的不介意去跑龙套啊？"艾文在电话另一头满脸的惊恐。

纪星池翻看着时间表，心情很好地发现贺岁片与《我不是大人物》的时间并不冲突，心里想着艾文还真是送来了及时雨。

"这有什么好介意的，谁不是从龙套过来的。"停了快半年的工，她都快发霉了。

艾文还是很震惊，如果现在他还是纪星池的经纪人的话，一定会劝告她最好不要去这种电影里打酱油，毕竟这种丑角，演多了很容易被定型。凭纪星池的演技，突破自然不是问题，但毕竟没有哪个当红演员愿意拉下脸去赚这份钱。

纪星池没多跟艾文解释，以她现在的处境，属于有戏找就要感动得哭天抢地了，哪里有她挑剔的份啊。挂了电话没多久，就收到了艾文发来的本子以及电影方的联系方式。

纪星池看了看时间，不得不提前去了影视城。影视城就在市郊，也不是很远。她原本想开车过去的，但想到车牌号还没换，而且开车也不符合一个落魄的龙套的定位，最终还是决定坐大巴。

一路上两个小时，纪星池都用来研究剧本了。她要演的角色正好符合她的体形，饰演剧中丑而不自知的公主一角，是名副其实的喜剧片里的丑角，从外形到内涵都丑陋不堪，丝毫没有可取之处。这种戏好演，难就难在现场的配合，如果搭档配合得不好，多半是要吃苦头的，尤其这里面还有打戏。

不过现在也不是纪星池挑戏的时期，她稍微给自己做了心理建设之后，便没再多想。到片场的时候，天已经快黑了，群众演员剧组是不管住的，她只能在附近随便找了一间旅馆将就了一晚。

第二天一大早，天还没亮，纪星池就去了片场等戏开。

片场陆续来了其他演员，纪星池第一个撞见的人就是文初。文初见到她还挺意外的，主动跟她打招呼："纪老师，你又来做演技指导啊？"她特意跟纪星池打了个招呼。

纪星池当然听出文初这句话里的讽刺。早在半小时之前，她就知道会跟文初有一场对手戏了。

文初在这部戏里饰演女二号，女扮男装入宫为父报仇，却被又丑又胖的刁蛮公主看中，点名要求她陪自己去柔然和亲，在送亲途中跟随主角团升级打怪，最终和剧中的男二号凑成了一对。

为了符合自恋刁蛮公主的人设，纪星池的妆容和服装道具都很夸张，头上顶着三四朵颜色艳丽的大花，额头正中央还戴着一个硕大的鸡冠子饰品，她一晃动脑袋，周边的鸡毛也跟着飞扬，这浮夸的装扮在片场格外瞩目，见过的人都对她记忆尤深。文初不可能看不出来她身上的这身装扮。

既然如此，纪星池也就没客气，笑道："指导说不上，但我看了下剧本，我们应该会有一场对手戏，文小姐待会儿可要好好表现，要是不小心被一个龙套指导了可就不好了。"

纪星池刚说完，副导演就走了过来，谄媚地问文初："两位认识啊？"

文初撩起一丝发，说："算不上认识吧，就是以前在别的剧组遇到过。"

上次她被纪星池整了后，心里就一直窝着火。之前两人因为穆雨时的关系位置不对等，她不好发作，现在不一样了，她也没打算再装好人。

那副导演没听出来文初的弦外之音，却欣喜地看向纪星池："艾文说你是个不会演戏的，没想到你还挺有经验的嘛。"

纪星池冲他笑了笑："经验说不上，只是上次有幸'教导'过文小姐。"

"教导？你教文小姐演戏啊？"那人明显不相信。

纪星池但笑不语，文初在一旁听着，冷哼一声，转头问副导演："化妆老师来了吗？我应该上妆了。"被这么一打岔，那不懂看眼色的副导演立即领着文初去了化妆室。

纪星池看着两人走远的背影，一张笑脸瞬间垮了下来。没想她和文初还有这缘分，上一部戏做她的指导老师，这一部戏直接就跟她搭档演戏了。上次是自己挑衅在先，她很清楚，文初那样的人不可能看不明白，但这次，就算文初要趁机报复，她也会奉陪到底。

正式开拍。

这场追逐戏里，纪星池饰演的刁蛮公主在和亲途中遇到了流匪，为了抢她身上值钱的东西，匪徒动作粗鲁、行迹过分，恨不得扒掉她一层皮。光这一条，因为群演的水平参差不齐被导演喊停了两次。一哄而散后，纪星池脑袋上的大花已经被扯掉了两朵，头发也乱糟糟的。

妆发老师上来帮忙整理的时候脸色很难看，拿着梳子和化妆用品用力地在她头上捣鼓："拍摄的时候小心点，我们妆发不要时间啊？"

纪星池忍着头皮上的痛，嘴角还是挂着笑："辛苦老师您了。"

人在弱势的时候，任何人都可以欺负，这个道理她明白。

妆发老师并没有因为她的隐忍变得好脾气，横眉冷对地瞥了她一眼："下一条小心点儿，再弄乱你就自己看着办。"

做完这一切，文初也差不多要上场了，另一边，场务也将需要的景给布置好了。喊了准备后，就有人给纪星池送上了冰块。

推近景的时候，镜头会放大人脸的周边环境，而冬天在拍摄夏天的戏时，为了防止演员开口说话时呼出热气，会让他们在嘴里含冰块。纪星池立即将冰块放进了嘴里。

文初走到镜头里后，就冲着远处的她笑了笑。笑容意味深长，以纪星池对文初的了解，绝对不会有什么好事。她大约已经猜到文初想做什么了，因为在接下来的这场戏里，送亲的队伍被流寇抓去做人质，香香公主要在婚礼之中被杀，死在泥潭里。这就意味着，在这场群戏里，如果其中有人表现不佳，那么她就很可能会在泥潭里死上多次。纪星池虽然猜到了文初的心思，但很清楚这不是她能控制的情况，深吸了两口气后，努力让自己平静了下来。看来，只能兵来将挡水来土掩了。

不一会儿，坐在监视器后面的导演黄竟就喊了开始。

演员各就各位。

穿着破烂大花袄子的纪星池被几个流寇押到山上，这时候女扮男装的女二号流萤也被识破了身份，露出了绝世容颜。香香公主刚刚得知自己爱上的竟然是个女人，顿时化身为没有节操的大反派，为了活下去，不惜将矛头转嫁到流萤身上。流寇想要侵犯流萤，流萤抵死不从。而香香公主在一旁看着流寇扒掉了流萤的外衫，露出了香肩，一种报复的快感让她的笑容变得狰狞，镜头扫近，她的眼里有期盼后的绝望和即将暴戾而起的阴霾。

"3号机位，别动。"坐在监视器后面的黄竟微愣了片刻，很快说道。

原本要移动的3号机位没有动作了，镜头一直聚焦在纪星池的脸上。而此时的1号机位上，流萤被五大三粗的流寇压在身上，凄厉地尖叫着。黄竟皱着眉头，却没有喊停。

与此同时，流萤的救兵忽然杀上了山头，一阵喊打喊杀的声音中，双方发生了激烈的厮杀。香香公主被吓得东躲西藏，整个人缩进了桌子底下，忽然，一把刀架在了她的脖子上，有人将她抓了出来。

"好汉别杀我啊！"香香公主大叫着，狡诈的眼珠子一下转到刚刚得救的流萤身上，"你要杀就去杀她呀，这些人不是我招来的！"香香公主不停地摇晃着两只手，双腿也不受控制地打着战，完全就是一个怕死的小人。

那流寇在奋战中不耐烦地拎着她，愣神间，一道剑影唰地落下，流寇头子反手一把扯起纪星池肥硕的身躯，挡在剑雨下。香香公主腹部中剑，她弯曲着腹部，双手捂在伤口处，绝望地凝视着前方，带血的手颤巍巍地向前伸着，血盆大口微张，有话要说但没说出口，嘴角流下一滴肉眼可见的丝状血迹，很快，吧唧一声倒在泥潭里，溅起了泥花。

纪星池整个脸埋在泥潭里，这时，流萤走过来一脚踩在她手掌上，吃痛的纪星池闷哼了一声。

"卡！"纪星池还没从泥潭里抬起脑袋，就听见黄竟一声震耳欲聋的吼叫声响起。

黄竟气得摔了本子："流萤你怎么回事？你是刚刚得救，能不能不要那么愉悦？还有，你跟香香公主有仇啊？你到底怎么演戏的？会不会演戏？"

被点名的文初正想说话，黄竟已经调转矛头指向别人："还有你，你怎么演戏的？要死的时候不要做小动作，给我死干脆点儿！"

纪星池以为他在说自己，正想回答，身后一个闷闷的声音响起。

"可是我觉得我死得太快了，发挥不出我的演技……"一个跟纪星池差不多时间死掉的龙套演员同样将脑袋埋在泥潭里，一张泥脸茫然天真地看着黄竟。

"发挥个屁，你一个群众演员谁要你有演技。"

但那人好像不服气，又嘀咕了一句："可是导演，我还是觉得我死得太潦草，就不能抢救一下吗？"

"抢救个屁，让你死干脆点儿！"

"哦。"那人无奈，抱歉地说，"那我下次尽量死快点儿？"

"滚蛋。"说完，黄竟又转头看向文初，脸色稍缓："文初啊，我们再来一条，这次好好演。"

文初点头，化妆师立即上前，打算替文初清理脸上的污迹。

其中一个小助理正递给纪星池纸巾，又听到黄竟的声音："那个谁……对，她，那个死胖子，不用化妆了，她的戏接着来，这一条主要拍流萤的近镜。"

黄竟的话成功吸引了众人的眼光，纪星池正在和自己的一身泥泞缠斗，抬头正好看到黄竟看过来的眼神，他的眼神短暂地在她脸上停留了一会儿，随后便面无表情地转开了。

文初看纪星池的目光更难看了，她原本就没打算一条过，目的就是让纪星池多吃两口泥水，但没想到黄竟会让自己接着拍第二条。

文初的目光扫过纪星池，但纪星池根本没理她，她老实地离开了镜头，在拍单人镜头的时候，不需要入镜的演员可以休息。

因为方才导演给了纪星池好脸色，工作人员对她的态度也客气了许多，她找了张小马扎坐下，也没有人上来赶她了。

不一会儿，文初再次站好位置。黄竟正想喊开始，突然，方才那个埋在泥水里的龙套演员又出现了，吐出了一口泥水，冲导演咧嘴笑了笑："那个……导演，你觉得待会儿我死的时候，是要悲愤着哭出来呢，还是含笑着哭出来带点对人世间的留恋呢？"

黄竟无语抚额："哪那么多戏，你就给我倒地，然后死！"

那人还想说话，被一个工作人员摁回了原位，嘴里塞满了泥水，就没空说话了。

场务重新打板，拍摄终于开始。而没人注意的镜头之外，有人发出了笑声："哈哈，一个龙套演员不知道这么认真干吗，真当自己是明星？"

"你说他啊，我知道他，在好几个片场混过，每次话都很多，烦死了。"

"那下次叫阿杰不要再让他上了。"

纪星池听着两人的对话，忍不住站起来看那人，剑尖刺穿了他的腹部。这次他学乖了，吧唧一声直接摔入了泥潭里，死得无比干脆。纪星池观察了他很久，他真的如同死尸一样泡在泥潭里，他穿着破烂的流寇衣服，整张脸看不到任何五官，但他很平静，演得很投入。

其实他的样子真的很滑稽、很好笑，但纪星池笑不出来……她比任何人都清楚，这个人内心对演戏的憧憬有多热忱，就算没有机会露脸，就算只是演一秒钟的死尸，他对自己也有要求。

然而，那拿着女二号剧本的文初，却只能用自己歇斯底里的叫声展现她零星的演技。

厮杀中，镜头落在文初身上，一个流寇对她下手了，打斗中的文初摔倒，她应该要挣扎着站起来，但她却突然像贞子复仇一样，披头散发，阴森森地走到镜头前。

黄竟和镜头前的摄影师吓得一哆嗦，谁知她扒开两边的头发，一脸的抱歉："对不起啊，导演，我刚刚好像出镜头了，这一条可能要重来了。"

现在黄竟脑子里只有三字经，他无语地看了看面前的文初，又看了一眼坐在不远处的纪星池。忽然，他冲纪星池招了招手，纪星池诧异之余，小跑着上前。

黄竟咂巴了下嘴，从善如流地喊她："那个小纪啊，刚才那场戏你看清楚了吗？"

纪星池立马点头。文初也奇怪地看导演，不明白他要干什么。

黄竟还算和颜悦色，对着纪星池提出了自己的想法："小纪，要不你帮下忙给文初演一遍刚才的戏，她可能有点儿找不到感觉，你帮帮她呗。"

黄竟的话一说出口，不仅文初愣住了，纪星池也有点儿蒙。什么意思？是要她免费教学，并且还是亲身试演那种？那……刚刚那个泡在泥潭里的演员呢？他又要重来一次是吧？

"导演，您是觉得我演得不好吗？"文初的脸色也不太好看，似乎是她的自尊心受到了伤害。

黄竟依然冲她笑得和颜悦色："小文啊，是这样的，不是你演得不好，是刚刚那几个感觉，我觉得都不太对，你可能还没入戏，没关系，让小纪先演一遍，你看清楚之后，没问题了我们再来。"

"可是我觉得这样很浪费时间。"文初勉强笑着，做最后的挣扎。

黄竟现在满脑子都想着怎么赶紧拍完这场戏，管对方是谁，演得好不好，但他还是尽力表现得和蔼可亲："她当然没有你演得好，只是找找感觉而已。"

既然导演都这样说了，文初也不好再要求了，只能点头同意让纪星池来一条。

导演似乎并没有要询问纪星池的意思，文初一走开，他便指挥纪星池如何站位，如何拿捏流萤这个角色的情绪。纪星池全程垂首听着，记好了导演说的每一个点，她会演好这场戏，让文初看到差距，更为了那个被迫三次喝泥水的龙套演员。

纪星池照着导演的要求，从头开始——

"流萤"被匪徒拖到角落，匪徒粗壮的身躯压下去，扯开一大片衣襟，一阵凉意袭来，"流萤"眼里闪过一丝绝望，但很快，她就闷声咬着牙开始反抗，抬起的手肘被大汉捉住，她便猛地挥出另一只手砸在大汉头上。大汉吃痛，一受刺激，手上的动作更加粗鲁。"流萤"双眼愤恨，激烈地反抗，甚至张嘴去咬，大汉连忙躲闪，脸上的表情也更加狰狞。

镜头外的人认真地看着两人的对手戏，现场很安静。起初大家都很为跟纪星池对戏的那个演员担心，因为她的样子实在太狼狈了，脑袋上硕大的头饰滑稽地挂在脑袋上，加上她那一张喜庆到不行的脸，应该会让人笑场吧。然而，这场戏里没有人笑场，包括围观的群众。

"流萤"眼里的倔强和脆弱一览无遗，纪星池每一个眼神和动作，都让人将她的身形遗忘了，有人甚至误以为她就是那个弱小、正在被欺负，但一身傲骨的"流萤"。

"好，就到这里。"黄竟的声音在安静的片场很洪亮。

这场戏，黄竟其实是有要求的。他虽然拍摄的是喜剧片，打斗戏中会加入很多搞笑元素，但这场戏却是可以塑造流萤内心的一幕。女扮男装、为父报仇，这是关于流萤的背景设定，这样的人物，必然是内心强大的，在面对侵犯时，她眼里有骄傲和倔强，更有不服输的那股劲。

短短的一幕，应该要给纪星池鼓掌的收尾，但导演黄竟却没有多看她一眼，只是笑脸相迎地看向文初，认真地说起戏："小文，你刚才都看到了吗？形式还是按照你的来，但那些细节动作，你应该都明白了吧？"

文初安静地听着，似笑非笑的目光扫向了一旁如同垃圾一样被丢弃的纪星池。

这个回合，文初不战而胜。

纪星池没说话，只是看了她一眼，默默走回原来的位置。她的戏份拍得差不多了，妆发老师很快来替她整理，好准备下一场戏。

那是香香公主出场时的戏，因为场景原因，要留在晚上去棚内拍摄，拍完这一场后，就会立即转场，所有人都在等这一场能顺利拍完，但好像……并不是很顺利。文初在拍摄期间突然摔倒了。

工作人员排查了一遍，发现是因为文初踩到了地上的冰块才摔倒的。

拍摄被迫暂时中断，大家都很烦躁，尤其是导演黄竟，直接在现场发起了火来："到底怎么回事，道具、场务都在干吗？不知道地上有障碍物啊？"

众人也不知道这冰块是怎么进去的，只能你看我，我看你，一问三不知。但纪星池记得，上场时，文初曾特意让道具老师多给她上了两块冰块，为了报复，她不惜让自己受伤，用这样恶毒的把戏耽误整个拍摄进度。这种做法，简直匪夷所思，但纪星池知道，文初是做得出来的。

最终，文初如愿以偿，香香公主最后的那一场戏挪到了明天早上开拍。如此一来，纪星池身上的头发和衣服都成了大麻烦。纪星池踌躇再三，只好又硬着头皮去找了妆发老师。

"这套装扮太麻烦了，拆起来要几个小时呢，我还有急事要赶回城，你自己先想想办法吧。"说完，妆发老师就不耐烦地走了。

纪星池又无语地去找了副导演，但大家都忙着收工，根本没人搭理她，最后她只能咬咬牙，决定先带妆坚持一晚上。

一身的狼狈，加上头饰太夸张，一路上都被人指指点点。她的心情，简直糟糕到极点了。演戏以来，以前也曾遭遇过或多或少的不公，但就算最不红的时候，在片场大家也会看在她是小姑娘的分上对她宽容些许。而如今，她这样胖，又无足轻重，当然只会人见人厌。突然，她有点儿怀疑自己了。她曾以为能收复一切的雄心壮志，在一瞬间瓦解崩塌，顷刻，她感觉自己陷入了无尽的黑暗中，她伸着手想要抓紧它，不让它沉沦，但它坠落的速度越来越快……

"纪星。"突如其来的声音响起。

是很熟悉的语气，搅乱了她慌张的心。黑暗的世界强行照进了一束光，追着她，落到了她手心。

纪星池看着眼前挡住了自己的黑影，很恍惚。

她抬头，一眼就看见穆雨时那张英俊的脸在冲着她笑，那笑容在逆光下映入眼帘，看得人发晕。

第二十九章

"去吃饭吗？"

也不知道他是打哪儿冒出来的，第一句话就是约饭。纪星池一下被他的笑脸给惊醒了，从那一圈光晕中回过神。为什么……他总是在她满身疲惫的时候出现？毫无征兆，但又充满了生机的模样。

她一直没说话，穆雨时脸上的笑意却渐渐淡了："饿了吧？泥巴水应该很难吃。"

纪星池愣愣地抬头，看他："你怎么知道的？"

"路过，看见的。"他说得好像是真的一样，语气轻松。

如果是其他时间，纪星池还有心情反驳他撒谎，但现在她累到完全不想说话。

穆雨时却没有放过她的打算，不依不饶道："真不饿？"

纪星池摇了摇头，穆雨时半低着头，脸上的笑容早就烟消云散，他一本正经地看着她："纪星池，你穿这一身戏服的样子，有点儿好看。"

明明是一句算不上好听的话，但纪星池望着他认真的样子，眼眶忽然就红了，酸涩胀满了眼，快要溢出来了，最终眼泪开始大颗大颗地往下滚。

穆雨时这辈子都没哄过痛哭的女人，也有点儿慌了，一面胡乱地抹着她脸上的眼泪，一面嘴里结巴个不停："怎么、怎么了啊，怎么哭了啊？夸你好看还不行啊？"

纪星池看着他惊慌失措的样子，止不住的眼泪往下掉得更厉害了。她知道，自己现在一定丑死了，脸上廉价的粉混合着眼泪，一定留下了很多奇怪的痕迹，但每一条，都被穆雨时抬手抹掉了。

"你别哭了啊，我真的是怕了啊……"穆雨时有点儿委屈了，他都不知道自己是怎么惹到她了。

却没想，这副委屈巴巴的样子，居然逗笑了她。

纪星池边哭边笑，简直控制不了自己："我是不是好丑啊。呜呜。"

穆雨时没想到她这个时候还在关心自己的颜值，微愣了片刻，立即不太走心地摇着头："不、不丑。挺好的啊。哪里丑了。"

她想，他一定没有哄过女孩子吧？这么不走心的表演谁看不出来？可是……这世上，应该也只有他才会在她又丑又狼狈的时候，还夸她好看了吧？

纪星池依然没有拆穿他为什么会路过，也没有再去深究他为什么会好巧不巧地出现在这附近。哭够了，她的心情就变得轻松了，肚子也饿了。所以，她还是穿着戏服，跟他去了附近的餐厅吃饭。

那是一家川菜馆，纪星池爱吃，整盘酸菜鱼都是她一个人吃掉的，鱼肉的味道很好，但太辣，她边吃边流眼泪，解决了最后一片酸菜叶。

穆雨时敲着筷子震惊地看她："就这么好吃？"

纪星池非常认真地点头："嗯，很好吃。小的时候我妈虽然很忙，但她总会抽时间给我做饭，酸菜鱼是她唯一拿手的菜，其他的菜，她都做得很难吃。"

她第一次跟人说起母亲，没想到对象是穆雨时。更没想到的是，穆雨时听得很认真，他没有嘲讽她大胃王，还大发善心地让老板又做了一份酸菜鱼。其实她已经吃不下了，委婉地想要拒绝他的好意。

穆雨时却说："没事，喜欢吃的东西在能吃到的时候要尽量吃，指不定你吃撑了后会不喜欢了呢？"

纪星池有点儿想放弃和他好好说话的念头了。最近她为了减肥确实没有好好吃过一顿饭，今天破天荒地吃了一碗白米饭，放下碗筷后，心情也莫名其妙地变好了很多。

吃过晚饭后，天色已经晚了。

穆雨时步行送纪星池回旅馆。她住的实在不算什么好地方，但这附近经常会有剧组的人来住，路过的人最多偷偷笑她一身乱七八糟的打扮实在够奇葩，除此之外，倒是很安全。

离开旅馆后，穆雨时没有开车回北京，他在附近转了几圈后去了《我不是大人物》的剧组，剧组今天刚到影视城建组，正是忙碌的时候。

原本他也只是奉命来看剧组情况，偶然间得知纪星池在《我不是大人物》这边开拍之前要去跑个龙套戏，他鬼使神差地就奔了过去，倒是没料到会遇到那样的情况。其实在剧组群演的遭遇并不好，这已经是常态，他早就习惯了。但看她那副样子，他的心情总是受到影响。

他去的时候，剧组正在拍今天的最后一场夜戏，晚上的戏拍得很顺利，很快大家已经在准备收工回酒店了。

宁崇刚收工就见到他，冷着一张脸杵在角落，也很意外："你最近不是挺忙的吗？自己的电影不管，跑来别人剧组瞎晃悠。"

穆雨时心情不佳，敷衍地解释："我今天太累了，不想开车了。"

"你做什么了？这么累。"宁崇摸着下巴笑他。

穆雨时无奈地笑道："还是我师兄聪明，一猜就中，我就是想赖在你这里偷师。"

宁崇了解他，见他这么说也就懒得再开玩笑，只是试探地问了一句："那你要不要在剧组住两天？"

穆雨时倒是没推脱。宁崇脸色一变，心里琢磨着这小王八蛋到底要干吗，他剧组里可没漂亮女演员，这么殷勤难不成还真是为了自己？这么想着，宁崇看穆雨时的眼光……就变得疏远起来。

纪星池回到旅店后，因为满脑袋的头饰，一直不敢躺床上休息，只能找了一堆事情来做，刷了会儿北京的房价情况后，已经是后半夜了，她实在困得不行，又在床头找了一会儿角度，尽量不让自己睡觉的时候将衣服睡皱了。

好不容易躺下，一阵电话铃声又把她吵醒了。纪星池无奈，只能挣扎着爬起来接电话。

电话是顾律师打来的，纪星池在听他说了跟老史的谈判结果后，瞬间精神了。

"对方答应和解、但提了一个要求。"纪星池捏着电话，有点担心。

老史的原话是，双方要和解没问题，跟纪星池正常解约归还她所有的账号也没有问题，但是因为她个人形象问题，公司赔了不少第三方违约金，这些钱，纪星池要补上。如果不补上也可以，那么他们要求纪星池在网上就诋毁耀星娱乐的事情公开道歉。

老史的狮子大开口在预料之中，但在情理之外。

"我调查过了，对方提出来赔偿违约金的事情确实存在，但这笔违约金我可以帮你申请由双方共同承担。"也就是说，老史提出来的要求在法律上是站得住脚的，而她不赔钱不行。

"好的,我明白了。顾律师,麻烦您再跟对方谈一次,顺便替我转告对方,我希望好聚好散,并不想大家弄到鱼死网破的地步,相信史总也不想。"

不到万不得已,纪星池也不想跟老史闹到这种地步,相信老史也会明白这一点。违约金,她可以赔偿一半,但不属于她的那一部分,她一分都不会给。

顾律师答应再跟对方见面谈一次。

挂了电话,纪星池也考虑起了赔偿的事情,她现在手上还有一点儿钱,赔偿应该问题不大,加上她手上的房产,生活上应该也不会有太大的问题。但最近她也在考虑要不要卖掉一部分房产?有一些地方,充斥着陈景行的影子,这些……她统统都不想要。

纪星池没有因为钱的事情伤神多久,第二天天还没有亮她就去了剧组。中途,妆发老师匆匆来看过她一眼,确定她没有弄乱妆发后这才满意地离开,也总算给了她一点儿好脸色。

最后一场戏拍得不算顺利,好几次 NG 都是因为没找到感觉的文初,但她是女二号,除了剧中的一番外,其他人大多都耐着性子陪她重来了几次。直到午饭前,黄竟才松口过了这场戏,纪星池立即奔回化妆间,拆掉了她戴了近二十个小时的妆发,等她一身轻松地走出片场时,这才感觉整个人都活过来了,差点以为要断掉的脖子也能灵活运用了,忍不住当场活动了一下。

纪星池边做伸展运动边走出片场,场记在片场找了她好一会儿,才把她给找到。

"喏,这是导演说一定要给你的红包。你辛苦了。"场记递给她一个厚厚的红包,上面还放了一张名片,"名片也是导演给你的,说以后要是有合适的角色会找你的。"场记难得给了她好脸色。

纪星池很是意外,接过厚厚的红包,捏在手里的触感很不错。原来……付出是有回报的。一想到昨天自己还因此哭了鼻子,她顿时觉得有点儿好笑。看来,是她太着急了。

纪星池大方地收了红包,笑着答应了下来:"好,下次还有戏,李哥你多想着我。"

场记满口答应,说什么她戏好,以后有机会肯定会多多找她的。两人客套一番后,便要分道扬镳。

纪星池拿着黄竟给的红包,思前想后,给穆雨时打了个电话。

电话响起的时候,穆雨时刚跟宁崇等人从酒店吃过午饭出来,虽然是陌生号码,但直觉就猜到了来电人会是她,果其不然,纪星池是来约他吃饭的,说是拿到了红包,她想回请他一次。

穆雨时摸了摸自己刚吃饱的肚子,迟疑了下,还是点头答应:"在哪儿?"

挂了电话,宁崇问他大中午的还要去见谁?穆雨时噘着嘴,揉着肚子说:"你们剧组伙食太差了，我刚没吃饱，现在要去加餐。"

宁崇见他如此不要脸，差点儿一个拳头落在他头上："伙食差？刚刚也不知道是谁又让小厨房加了几个菜。"

"还不都被你吃了。"穆雨时嘀咕着，不跟他多废话了，赶紧找了个借口就溜之大吉，宁崇在背后让他准时到片场，他可是要让他亲眼看看下午的戏的。

穆雨时不耐烦地挥着手，满口答应着，不一会儿，人就跑没影子了。

第三十章

影视城附近的餐厅不多，好巧不巧，纪星池跟宁崇都挑选了同一家。

刚吃饱饭不到半小时后，穆雨时又一次回到了方才的餐厅，还找了一个差不多靠窗的位置，服务生在这附近久了，见的明星多了，头一次见长得这么好看还不是明星的男导演，对他的印象很是深刻。

递菜单过去的时候，他便热情地推荐起菜来："这位先生，您中午吃的油焖鸡就很不错，要不要再来一份？还有您今天中午不是还加过一份鱼香茄子吗？味道也很不错。"

穆雨时听得太阳穴直跳，为了阻止服务生继续说下去，他立即合上菜单，冷着脸说："要一份油焖鸡和鱼香茄子，赶紧上菜吧。"

终于将服务生打发走了，穆雨时就注意到了纪星池奇怪的眼神，欲盖弥彰地解释："这个人眼神不好，认错人了。"

纪星池狐疑地看他，并没有被他胡乱编造的说辞给骗到。穆雨时有点儿急了："你可别多想啊，我才不是因为想跟你吃饭……"话还没说完，穆雨时就自知失言，愣住了。这简直是此地无银三百两，不打自招了好吗？

纪星池见他还想要解释的样子，冷不丁地笑出了声。穆雨时一脸尴尬，气鼓鼓地不再开口说话。纪星池立即收起笑意，也摆出了一本正经的样子："好好，是我硬拉着你陪我吃饭总行了吧？"

穆雨时更气了，从鼻子里哼出了一丝气。

见他那样子，纪星池也不逗他了，心情甚好地吃起东西来。

穆雨时见她不说话了，脸色稍微好了一些，余光窥到了她嘴角的笑意，他也深深地松了一口气。

《我不是大人物》的剧场在小镇上，相比影视城来说要热闹许多，四周的铺子都是当地人开的，不少当地人也就自然而然地做起了电影里的路人甲乙。

纪星池到片场的时候，正好撞到一个男演员在和宁崇说着什么，老远她就听见了那演员熟悉的腔调："导演，我觉得这里啊，男主演跟三轮车司机说的这句台词不太对味。"

她觉得声音很熟悉，特意伸长脖子去看了看。这不是昨天那个一直试图跟黄竟探讨死得干脆还是不干脆的龙套演员吗？那龙套演员此时洗干净了脸，露出了五官。她"啊"了一声，惊讶地发现，这不是徐凡彤的朋友李魁吗？他怎么也来这里了？

就在纪星池打量李魁时，李魁也注意到了她。

"嗨！是你啊！"一见到纪星池，李魁立即露出了惊喜的表情，他也记得她，昨天就想打招呼了，但一直在装死尸就没来得及，不过经过昨天的事情，他对纪星池的印象很深刻，今天再次遇见很是激动，有一种找到知音的错觉，"我昨天看了你演的香香公主，你演得真好，不比我们话剧演员的底子差。"

纪星池诧异地看了看他，又看了看在一旁跟穆雨时说话的宁崇："你认识宁导？"

李魁不置可否地点头："我以前演话剧，宁导也导过话剧，我们有过一两次合作。"

谁又能想到，昨天被那样对待的一个群众演员居然跟宁崇这样的大导演合作过，而看宁崇对他的态度，也不算差。能被宁崇这样的人物和颜悦色地对待，应该也不会是什么泛泛之辈。

李魁以为她也是来跑龙套的，特意拉她到角落说话："我跟他们这剧组的副导演可熟了，你想要什么角色，我可以帮你去说说看，但超过三句台词的就别想啦。"

纪星池笑了笑，还没来得及告诉他自己已经有角色了，就被匆匆赶来的齐东拉去了化妆间。

齐东跟在纪星池身后，对她跟李魁认识这件事还挺意外："你怎么跟他熟起来了？"

纪星池一脸莫名，李魁不是说自己跟齐东很熟吗？

齐东撇撇嘴："他啊，喜剧演员，话剧也演得不少，本来大好的前途，后来得罪了林子木，这不就遭到了打压嘛，现在每天都混在各大剧组里，跑点儿龙套，但他话多，总喜欢指手画脚地指导，没少被人嫌弃。也就我们导演看在他是冯老先生徒弟的分上，对他还算客气。"

纪星池听着齐东的话，忍不住又回头看了一眼李魁，只见他低着脑袋看手中的剧本。冯老先生的徒弟混成这样，也是没谁了。

冯老先生是上一辈娱乐圈里著名的笑星，以前各大舞台上都有他的影子，他创造过许多著名的娱乐小品。搁现在来看，那就是大师级别的老艺术家。只是冯老先生近几年身体不太好，也就没怎么出山了，而喜剧的舞台史上也多了一些新人，林子木就是其中最为耀眼的那几个人之一。

齐东也顺着纪星池的目光看到了李魁，无奈地说道："你别看他这么认真，其实他一句台词都没有,这次演的就是一个拉三轮车的司机。"

"较真也没什么不好。"说完,纪星池收回了目光。

但另一边的李魁早注意到两人在看自己了,有点儿不好意思地避开了两道目光。

今天拍的就是上次试的那一场。有了上次试戏的经验,这一次,纪星池带妆上戏,很顺利就结束了。从片场出来的时候,她没有再看见穆雨时,不知道他是什么时候走的。

纪星池原计划在影视城五天的行程也要延长了,她计划等这边的戏拍完了后,去黄竟介绍的剧组看看。要想快速地在这个圈子冒出头,她除了要演好每一场戏之外,还要大量地出镜,她早做好了要长时间扎根剧组的准备。

而《我不是大人物》就是她重新起航的开始。

齐东是个不错的副导演,得知纪星池自己找了一家不怎么好的旅馆后安排她进了剧组包的酒店。

这次,她的戏份有四五场,拍摄日期算下来有三四天,许久没有过剧组生活的纪星池意外地很适应,不久便和组里的特型演员们混成了一片。

特型演员之间,是会互相交换资源的。纪星池很顺利通过两位上了年纪的演员介绍,得知了一些专门推荐特型演员到剧组的机构,纪星池联系后,对方一听说她最近在上宁崇的戏,都挺满意的,但见了人后,又都没什么兴趣了,只让她留下简历,并表示会尽快通知她。

纪星池也不是很着急,她知道自己现在的情况不是一朝一夕就能火起来的,很快也就收了心好好准备手上的戏。

很快,花玲的戏份也到了最后一场。这场戏里,花玲死在了自己破旧不堪的出租屋里,她为了多赚几个钱得了病,她的孩子不能理解她的付出,为了抛弃这样丢人的母亲,选择再也不联系她。垂垂老矣之时,就连平日里隔壁那个总用言语占便宜的糟老头子也对她避而不见,连一杯水都不肯帮她倒。

花玲死的时候才四十出头,并不老,但她死时的样子,沧桑得仿佛瞬间步入了老年。

纪星池早早就来了片场,化了一个四十来岁又乱糟糟的妆,病容在她虽然肥胖但毫无血色的脸上痕迹斑斑。中途宁崇过来看过一次,他似乎很看重这场戏,对纪星池这个配角中的配角格外关心。

宁崇对刚化完妆的纪星池很满意,在扮上花玲的一瞬间,她就入戏了。

她的情绪很不稳定,从看到镜子里的自己后,她已经止不住地颤抖。她感受到了花玲在临走之际的绝望,狭小的房间里竟然空旷得很可怕,仿佛世界只有她一人,其他什么都是虚妄。她仿佛瞬间被拉回了那绝望的三个月里，四周一片漆黑、寂静，她坠入无底的深渊，在无尽的绝望与灰暗中陷下去，陷下去，慢慢窒息……

她知道死亡，她曾与它擦肩而过。

纪星池从来没有想过有一天，自己会有机会演这样一个人物，这对当红一线女明星来说是不可能挑战的任务，就算她肯自降身价来参演，她的团队和粉丝恐怕也难以接受吧？这样肮脏不堪的人，会让她掉粉。但对现在的纪星池来说，这一切都不再是问题了，她只是一个纯粹的演员。

花玲的最后一场戏，纪星池完成得很好，不少人在她结束起身后鼓起掌来。

"小纪，你这样的演员，很好。"宁崇在她演完最后一场戏的时候，没有立即转战下一场，而是来到她身边，跟她说了一会儿话。他看着她的眼神，再也没有最初她去各大剧组时的那种如芒在背。

"谢谢导演，能跟您拍戏我也感觉很好。"

宁崇因为她的客套笑了笑，拍了拍她的肩膀："继续保持这种态度啊，不过，我觉得你可以适当地减减肥，咱们这个圈子，毕竟还是要点儿外形的。"

这是宁崇给她的建议，他不希望一个好苗子因为外形而被忽略。

关于减肥这件事，纪星池也很头痛，但她没有跟宁崇多说，只是虚心地接受了他的建议："嗯，导演您说的我记下来了，如果要朝着这条路发展，我会想办法瘦下来的。"

宁崇点头，转身想要离开，忽然又想起什么来，叫住了她："对了，小纪，你有兴趣去演话剧吗？"

纪星池没想到他会突然问自己这个问题，半响才反应过来宁崇这是要给自己机会，赶紧欣喜万分地点头："有兴趣，大学的时候我们常演，我对话剧一直都很感兴趣。"

她在很早之前就有这个想法，但当时因为有合约在身，每次有话剧邀约，公司都不会通知她，久而久之，她离演员就越来越远了，名副其实地成了一个人造明星。

纪星池从宁崇口中得知，息影多年的费明奇要准备话剧巡演了，话剧名叫《分身》，阵容十分强大，是费明奇花了多年心血重金打造的剧本。虽然现在外界还不知道他重新出山后导的第一部话剧是什么内容，但费明奇三个字在业界引起了巨大的反响，对新人来说，这是个非常难得的学习机会。

宁崇思量再三，还是推荐了她去面试："不过这是公开招募，我推荐过去的人，老费也不一定会当真。"言下之意，纪星池还是要凭自己的实力去争取。

但纪星池还是很高兴，能得到宁崇的推荐这已经是一种肯定了，她如今只是个乞讨的人，对每个施以援手的人都感恩戴德。

第三十一章

《分身》的面试地点在太阳剧院的剧场厅,这一天,剧院门外聚集了很多人。纪星池到的时候,门外早已经排起了长队。为了在见费明奇时显得自己没有特别胖,她特意穿了一身黑来面试,但此时排在人群最末尾的她却格外引人注目,这一身的黑配上她雄壮的身躯,有一种参加葬礼的即视感。

刚从车上走下来的陈景行一眼就认出了她。但两人隔着一道很长的队伍,纪星池压根没注意到那如狂风呼啸的人群是怎么出现的,只听到了爆炸的尖叫声。

"啊啊啊啊景神!景神!"

"真的是陈景行啊,天哪,我看到真人了。"

"哎呀妈呀,陈景行长得好帅啊!路转粉了!"

陈景行被几个工作人员簇拥着,直奔大剧场,纪星池被耳边尖叫声刺激得耳膜发痛,她也顺着人群看过去,只看到了一个黑乎乎的脑袋。陈景行?他来这里做什么?有传言说陈景行也是来参加《分身》面试的,但这话怎么听上去那么让人不信呢?

"他一个流量跑来凑什么热闹,以为凭自己那点粉丝就能演好话剧了?"

"简直是笑话。我看他是来演隔壁那个什么《把手给我举起来》的吧。"

这里毕竟不是陈景行的粉丝见面会,有人喜欢,自然就有傲气的人不喜欢。

有两个年轻的男面试者就站在纪星池身边,两人丝毫没有顾忌其他人,大嗓门地对陈景行这等流量明星表达着不满。

纪星池听着两人的聊天,心里也不太相信陈景行没事会来演话剧。按照他那追逐名利的个性,话剧可不适合他。心里一边祈祷陈景行不要凑这份热闹,纪星池一边准备着接下来的面试。

这时,一个戴着工作牌的工作人员走了过来,手里拿着一个小本子,那工作人员眼皮都懒得抬一下,冲她伸手:"简历先给我,然后排号。"

纪星池立即将简历递了过去。工作人员面无表情地翻看了纪星池的简历几眼,看到上面的名字时,又忍不住抬头看纪星池一眼:"你就是纪星?"

纪星池点头,那工作人员立即收起了小本本:"跟我来。"

纪星池不明白怎么回事,但还是跟在那人身后,七拐八拐地到了剧场后台,来到一间仓库般的形体室外,抬眼望去,门外坐了几个人,都表情各异。

纪星池视线瞥见最角落的位置居然摆放着一个巨大的冰柜。那工作人员走上前,推开冰柜从里面取出来一张小椅子……纪星池使劲地瞪大眼珠看了看,确定自己没看错,那的确是一把钓鱼用的椅子，被放在冰柜里太久，上面已经布满了雪花。这种阵仗是纪星池没见过的，她不明白是什么意思。

"请坐吧，既然你是宁崇导演介绍来的，是我们这一批关系户里最有分量的，号码牌我给您发一号，导演忙完第一个见你。"

这也太奇葩了吧。纪星池惊得怔住了，那工作人员显然不太耐烦："你到底坐不坐？"

纪星池瞧着那小凳子散发出的寒意："我能问，您是认真的吗？"

那工作人员没说话，只是撇嘴指了指靠墙坐着的另外几位，看来费明奇这关系户名额是被批发出去了。其中有好几个还是小名气的女演员呢，都算不上熟面孔，但其中有几个空了的凳子，估摸着是受不了这份气走人了。

"凳子我就放在这儿了，要去要留你自便。"说完，工作人员转身就走了。

纪星池犹豫好半晌，最终还是乖乖坐下了。不过这凳子是真凉，寒冷顺着尾椎往上直冲脑门，纪星池只觉得大脑一阵刺痛，忍不住抖了抖。

这大约就是传说中的冷板凳吧，原来坐冷板凳就是这种感觉啊。费明奇这奇葩的路数不就是想告诉他们想要走捷径，就要做好坐冷板凳的准备嘛。

纪星池没坐多久，就被叫到号了。

正式面试之前，工作人员让每个人抽了签。纪星池抽到了经典话剧剧目《狗儿爷的涅槃》里的角色，给了她十分钟的准备时间，随后她便被带到了剧场内。

太阳剧院将整个大剧场都空出来做面试用了，这真实的舞台效果，简直是给上场的表演者们增加了无形的压力。剧场内很空，偌大的舞台下坐了五六个人，坐在正中间、头发花白、穿着轻便、戴着黑框眼镜的老人就是费明奇本人了，而他的左右两边，坐着的也都是在话剧界享誉盛名的老前辈，左侧看起来挺年轻的那个人是享誉国际、刚拿了金奥奖的新晋影帝张弛。再往后看，最角落的一个位置上，居然还坐了一个人。那人戴着鸭舌帽将帽檐压得很低，从舞台往下看，光线偏暗，她看不太真切那人的长相，偏偏在她正要转开视线时，那人像是发现了什么新奇的东西，抬头看了过来。

两人的视线在空中交会，纪星池愣住了。陈景行怎么在这里？还担任打分的评委之一？

注意到剧场小门角上的林建宇，纪星池才算反应过来，以林建宇现在手里握着的资源，想帮陈景行这种已经跻身一线的当红偶像拿到一个话剧卡司的名额不是难事。只是不知道，要演话剧这件事，是陈景行要求的，还是林建宇提议的？

陈景行其实没怎么将这位"纪老师"放在心上，这人除了看他的眼神格外不善外，其他倒也没什么了，他也不至于为此去为难一个不会给自己造成麻烦的小角色。只是……偏偏跟她的名字一样?

手中翻看着"纪星"的简历,演艺生涯处相当简单,也不是科班出身,出生地北辰,也不是他熟悉的阳城。陈景行的心莫名就放松了下来,随手扔下简历,大大方方地看向舞台,舞台上胖胖的身影走起路来都显得笨拙。

呼,想什么呢。陈景行为自己某一刹那的紧张而自嘲,很快就从舞台上移开了视线,继续做个背景板评委。毕竟,在这样强大阵容的评委列席里,他一个偶像明星哪怕再红,也得学会谦虚。

舞台上,纪星池不愧是经验丰富的"老戏骨",压下了差点儿没忍住拧起的眉,没有当场惹出什么无法挽回的祸事。她平视着前方,很快就清楚地认识自己身处舞台之上。强光打下来的时候,她免不了紧张了一下,但丰富的演出经验让她很快冷静下来,直视着舞台下强大的评委团。

坐在中间的费明奇首先注意到一身黑的她,看清楚她脸上的表情后,他的目光在她脸上停留了一会儿才低头翻看着她的简历。

"介绍一下自己吧。"惯常的开场白。

纪星池点头,大方地介绍起自己:"各位老师好,我叫纪星,北辰人。是刚刚踏入演员这行的新人,因为长相的限制,没能拍很多作品。在这么多实力派前辈面前表演的机会难得,所以我很珍惜这次的机会,我会用我最大的诚意去完成接下来的表演。"

她声音洪亮,不卑不亢,其他几个低头看简历的老师也不由得抬头看她。

纪星池全程保持着微笑,安静地等着几位的示下。但费明奇看着她的简历,迟迟没有下一步,反而是轻轻笑出了声音,然后拿着钢笔,认真地打量她:"宁崇给我推荐你的时候说你这样的孩子,放在片场可惜了,但我今天见你,好像也没有什么三头六臂。"

可能是关系户太多了,众人听到宁崇的名字时也并不惊讶。

唯独陈景行意外地竖起了耳朵。宁崇?华美影业势力范围的人,看起来这位"纪老师"深得穆雨时的信任。心中认定眼前人纯粹关系户的陈景行倒是没多说话,他侧头看其他几位前辈,这几位倒是很安静地等着她的回答。

纪星池抿着唇顿了顿,才答道:"宁崇老师是位和蔼的导演,我请他帮忙推荐,他大约是碍于情面,所以才推荐我来这个舞台,想让我知难而退吧。"

费明奇哈哈笑了两声,跟身旁的旁人说道:"小姑娘还挺会拍马屁。"

几个评委也都笑了笑,没有人再为难她。不一会儿,坐在最边上的张弛宣布她可以开始表演了。

纪星池挑选了《狗儿爷的涅槃》里的地主爷祁永年的角色。以她的外形来看,其实更适合出演精神失常的刘秀英，但上学的时候她演过许多次刘秀英，那样苦情的人物，她不想再重演一次。

这幕剧的情景在纪星池脑海里早就滚瓜烂熟，她挑选了最熟悉的三场剧情。

门楼烧起来前，地主爷祁永年出现在喝醉酒的狗儿爷的幻想里，幻想中的祁永年和狗儿爷对峙，狗儿爷依然痛恨地主爷祁永年，但同时他又很向往成为另一个祁永年。

这次的表演形式很特别，因为纪星池要演出的人物是幻想出来的，而真实存在的狗儿爷就难办了。

所有人都很好奇她会怎么表演这场戏，已经有人偷偷地替她捏一把汗了，因为他们都知道，面试里没有助演。随着一声"表演开始"的示下，舞台上的灯光也暗了下去。纪星池整个人隐没在黑暗中。

突然，舞台上响起了夹带着口音又得意的说话声："都是属孙猴儿的。可阎王爷说啦，再怎么变，那高门楼也姓陈，也不能把他变回来……"

随着声音渐入，一道黑影子也出现在了薄薄的幕布后，看不太清楚五官的影子却发出了两人的行路声。随着脚步声越来越清晰，一道看不清五官，却可以清晰地感受到影子生气了的人样出现了。

"哟，他还真的来了。"狗儿爷的声音里透露着张狂。

紧接着，幕布上的五官露出了狰狞的表情，一道幽幽的声音响起："荒郊野外的，孤得慌，来蹭口酒喝。"幕后的人影一个虚晃，差点儿跌倒，"去！"

人影站稳，幽幽的声音再次响起，乍一听好像还真是孤魂野鬼，引得人头皮发麻："咱们可是儿女亲家，你陈家娶了我闺女。"

狗儿爷醉醺醺的声音再次响起："那不假，不光娶了，我孙子都有了。可有一宗，咱这亲戚不走动。"话音刚落，一声巨响，晃荡一下，幕布上的人影哗啦没了。

随之而来的是整个舞台的灯光，霎时骤亮。一场不超过两分钟的独角戏戛然截止了，评委席上的人还未回过神，纪星池已经从幕布后走了出来，而她脚上还绑着一个木棍一样的东西。

费明奇皱着眉头看着她，看表情似有话要说，但不知道从何说起，不过，他还是选择将自己的疑问问了出来："你一人分饰两角？"

纪星池点头，有点儿不好意思："嗯，因为这场戏有难度，所以选用了这样的形式来表现。"

费明奇没有再说话，倒是整个剧场里最年轻的评委、流量演员陈景行冷不防地开口了。他双手放在了椅子上，轻松地露出了笑意："话剧舞台什么时候变成了皮影戏现场了？"

纪星池心里咯噔了一下，心里有不好的预感，连带着看向陈景行的眼神，都有点儿莫名的敌意。

又来了，就是这种感觉。陈景行明显感受了来自舞台上的一股视线，倒是令人不生气，只是邪门地想要逗逗她。但话都说出口了，难不成还以为是吃进嘴里的饭吐出来就可以了？

纪星池面色难看，其他评委倒是没什么表情，各有异色。这还是今天陈景行开口说的第一句话，不开口时让人觉得这个后生倒是谦逊有礼，一开口，就连费明奇都忍不住多看了他两眼。

费明奇的目光在两人间扫过，笑了笑，却只是用笔杆子抬了抬鼻梁上的眼镜，扭头跟同伴们窃窃私语了一番。下首的陈景行也靠了过去，但他参与讨论的时候很少，大多数时候，他只是听费明奇在说，等其他人发表完意见后，众人都看向他，他这才沉吟了会儿，开口说了什么。这几位老师的表情各异，有皱眉的，也有微笑的。

纪星池还是第一次在现场等结果，有点着急，但她听不见他们说了什么，只能干等着。

好一会儿过去了，他们总算讨论结束。费明奇忽然问她："你为什么会选这样一幕戏来演？既然知道有难度，理应避开才对。"

纪星池咬着唇略迟疑了片刻，才一五一十地解释："选择这一个片段的原因很简单，这幕戏里这一场是我最熟悉的片段，在即兴演出上，我可能欠缺了点准备，所以选了这一段。至于这个形式……我考虑到，在舞台上演出，对声音演技的要求很高，我想展现我在这方面的优势。另外，利用幕布做出五官表情，视觉效果上更有冲击性。"

"投机取巧。"费明奇对她的解释只用了四个字做评价。

听到这里的纪星池已经隐约有了失落的情绪。但费明奇却没有让她立刻离开，而是提出了另一个要求："既然如此，你还有没有其他的才艺可以表演一下？"

这还是第一次听说坐完冷板凳，紧接着还要看才艺表演的。纪星池心中也大约明白，这费老师就是故意想整她的，也不知道自己到底是哪里得罪了他们，一上来不是为难就是加试。可是……她又不能什么都不做。这下纪星池可真的犯了难了，她也不会跳舞什么的，最擅长的东西也就剩下演戏了。

思前想后，纪星池凝重地说道："不如……我给你们表演吞灯泡吧？"

费明奇和几位老师都扑哧一声笑了出来。

纪星池有点儿着急，想当初她考北辰影视学院的时候也没怎么准备，那时替导师来协助考生现场的一个学长就给纪星池出馊主意吞灯泡，误打误撞地，纪星池还真过了才艺这一关。说起来这事很扯，但后来有考官老师解释录取她的原因，据说是因为考官老师没见过这么漂亮的小姑娘还自毁形象的,是演员该有的性子。

几位评委没有再说什么,纪星池小心翼翼地说着:"我……没什么别的才艺。"

最终还是费明奇看不过去,冲她挥了挥手又摇头失笑:"行了,不为难你了。"

纪星池正要松口气,费明奇又一本正经地严肃起来,他盯着她看了一会儿,问道:"你知道我们这次招募的演员之中是没有 A 角的吗?"

纪星池有点儿蒙,什么意思?

"我们这次公开招募,只招募配角和 B 角。"

纪星池后知后觉,忽然惊喜地看着费明奇:"老师的意思是……我可以吗?"

费明奇和蔼地笑了笑:"准确地说,我们愿意给你这个机会,你可能会得到其中一个 B 角的机会,但是我们已经有很好的 A 角了,不出意外的话,是轮不到你上场的。"

纪星池仍然很开心,她不知道此时的脸上有多欣喜:"没关系,能跟各位前辈学习,我很高兴。"

费明奇点点头:"好的。你愿意的话,我只能说,你很幸运,我的其他伙伴原本是不同意给你这个机会的,但我觉得,你的形象意外地符合我们的一个角色定位。这或许就是宁崇推荐你来面试的原因吧。"

纪星池感觉自己真正被幸运砸中,也就是这一刻了。

第三十二章

作为今天第一个当场拿到角色的关系户,纪星池下了场后,就立即有人过来问她要更详细的资料。

"话剧正式排演时间,我们会通知你。"

纪星池对话剧没那么熟悉,只能听着工作人员的吩咐,茫然又乖巧地点头。

工作人员公事公办,也不嫌弃她木头一样,将打了水印的剧本递给她:"这是剧本,回去好好熟悉一下。第一次排演时,最好不要给其他人制造麻烦。"

纪星池捧着剧本,用力地点头:"好。"

她很兴奋,没想到这天降的机会会落在自己头上,整个人在离开剧场的时候都飘飘然。她很想将这个好消息告诉谁,但拿出手机,翻到通讯录里,最终指尖却停留在了穆雨时三个字上。好像,从她变得倒霉以来,只要遇到了他,所有的事情又会变得很好。

纪星池觉得自己应该有必要打这通电话过去跟他"炫耀"一下。但是,他那样的人,接到自己的电话会不会觉得……她事很多啊?没准还会嘲讽她一番。也是,人家不过就是帮了一次忙,她怎么好厚脸皮地黏上去?

"喂……"一道熟悉的声音突然在空气中响起。

纪星池惊诧地一低头,发现拿在手里的手机屏幕居然发着光。

"纪星,你找我什么事?"穆雨时的声音从电话里传来。

纪星池愣住了,刚应该是不小心按到了拨打建,而此时的手机屏幕上也显示着通话时间为一分钟。她尴尬地敲了敲自己的脑门:"没、没什么事。"

电话那头停顿了一秒,穆雨时带笑的嗓音通过电话线传了过来:"哦,听出来了。"

纪星池有点儿难堪地闭了闭眼,明明穆雨时不在眼前,但此时她也能想到他那得意的笑脸。她更尴尬了,捏着电话没说话。

"你在哪儿?"穆雨时倒是很自然地问了一句。

纪星池马上接话:"我?我刚试镜完。"

穆雨时轻笑:"宁崇推荐你去试镜的话剧?"

"嗯。"

"拿到角色了吗?"穆雨时问得理所当然。

纪星池咬了咬嘴唇,有点儿犹豫:"算拿到了吧。"

如果现在能看得见的话,她一定会看到他脸上喜悦的笑意,连说话时都透着轻快。

"嗯,我在忙电影的后期。"

纪星池愣了愣,没反应过来。穆雨时又说了一句:"等我忙完这一阵,我去看你话剧。"

"哦哦,好。"挂了电话,她失神地看了看手机屏幕,通话时间两分半,所以她刚是真的跟穆雨时打电话了?穆雨时还在跟自己报备行踪?是她疯了,还是穆雨时疯了?半晌,她失笑着摇了摇头,不明白自己为什么突然有了这种奇怪的念头。收起电话,纪星池转身要离开。

"纪老师,稍等。"身后突然传来清冷的男声。

纪星池回头,看到戴着鸭舌帽的陈景行,微诧,立即收起脸上的笑意:"陈先生,有什么事?"

陈景行确定自己没有看错,她有一双好看的眼睛,可惜却从来不给他好眼色。他笑笑,没太在意,视线一瞥,看到左侧的小剧场门口的售票处正在卖话剧票:"这里不方便说话,不如我请纪老师看话剧如何?"

纪星池也注意到了售票处的海报,没细看,只觉得陈景行没事找事,她也懒得扮客气,冷冷地回绝:"我没空,陈先生还是自……"

话未说完,陈景行打断了她:"上次纪老师在穆导的剧组帮忙指导文初,我还没来得及感谢你呢。"

纪星池睨着他，不明白他什么意思。

陈景行一笑："上次在剧组的时候，听说有平台在拍摄宣传花絮，正好把这一段拍了下来。不过纪老师运气好，听说视频已经被穆导买走了。"

纪星池这次听明白了，他是来敲打自己的。这么看来，话剧是一定要一起看的了。

挂了电话后，穆雨时又给迟景之打了个电话。迟景之正好在家料理刚从医院回来的病人穆周，见到来电显示是穆雨时，便走到偏僻的角落讲话。

"迟姨，你投资费老的那部新话剧，资料能发我一份吗？"

迟景之觉得意外，穆雨时连华美影业的项目都不怎么上心，怎么忽然关心起她的话剧来了？总觉得有阴谋！迟景之戒备地捂住了手机："你要干吗？"

穆雨时无语地翻了个白眼："我有一个朋友，他想看看。"

迟景之也不是好忽悠的，一听他这口气，好像明白了什么："你该不会是想塞个女演员进组吧？谁啊？女朋友啊？哎呀，小时不是我说你，你是个男人，能不能别这么小气，既然是女朋友，你怎么不把人家塞进华美最近的那几部大片里，塞个话剧剧本多没意思。"

迟景之一连十问，直接将穆雨时给问迷茫了："我就看看，没想往里塞演员。"

迟景之信了八分："真的？"

穆雨时再三保证，迟景之思考再三，还是将资料发给了他，末了还叮嘱他不要外传，这小心翼翼的样子也是没谁了。穆雨时没理她，大致浏览了话剧资料，在看到演员资料时，他滑动手机的手指明显迟疑了。陈景行，怎么这么阴魂不散？

相比大剧场的热闹，小剧场里就显得冷清很多。纪星池和陈景行进去的时候，话剧已经演到一半，但台下零星的观众却已经睡着了两个。看这凄凉的情况，也难怪陈景行不担心会被人认出来。

陈景行找了最冷清的后排角落，率先坐了下来，见纪星池半晌没动静，他抬了抬鸭舌帽看她。

纪星池想，为了自己的生命安全着想，还是不要闹出动静了，只好坐下。

剧场里很安静，加上纪星池又有点儿近视，便没怎么认真地看台上的演员，坐下后，她就一直低着脑袋，等着陈景行的公开处刑。

陈景行见她的样子，觉得有点儿好笑，像一颗垂头丧气的牛肉丸子，还不时叹口气："纪老师，你是不是特别不喜欢我？"他没有刻意压低声音，只是很轻地询问着。

纪星池愣住了："你又不是人民币，我应该喜欢你？"

陈景行倒是没生气，笑了笑："我倒是不讨厌纪老师。你的名字，好听。"他顿了顿，表情像是在回忆那个人，"很像我一个认识的人。"

纪星池张口结舌。她不知道怎么接话，心里很清楚他说的是谁，她的名字，很像一个人，就算路人甲乙也能听出来那个人是"纪星池"。何必呢，装出一副感情深厚的样子给谁看？他没必要在一个"陌生人"面前扮演自己的温柔。纪星池只感觉，心中有一万句王八蛋想要骂出口。

"王八蛋，受死吧！"这句台词被舞台上的女演员抢先喊了出来。

纪星池诧异地抬头看向舞台，这时才看清楚，舞台上那两个正卖力表演的两人……不正是徐凡彤和李魁吗？舞台上的徐凡彤穿着抗战服，正在给敌人挖陷阱，但反被自己挖的陷阱给坑到摔倒，纪星池一抬头就看到她四仰八叉地倒在舞台上的样子。

"噗……"纪星池没忍住，笑出了声音。

这一声笑，也惊醒了左边歪着头睡着的观众，那观众还以为话剧结束了，迷迷糊糊就拍起了手来。舞台上的徐凡彤和脸被黑炭抹得只剩下一双眼睛的李魁都愣了一下。但很快，那鼓完掌的观众又一次沉沉睡了过去。

纪星池尴尬地收回目光，又扭头看舞台上的徐凡彤和李魁，徐凡彤表情痛苦，有好一会儿没反应，还是李魁拉了拉她的袖子，她才总算反应过来，继续演出。

"纪老师认识那两位演员？"陈景行也注意到了她的异样。

纪星池想起来，她的身边还坐了一尊瘟神。

陈景行一点儿也不介意她瞬息万变的脸："扯远了，其实我是想跟纪老师聊一聊关于话剧的事情。"

纪星池心里也觉得奇怪，今天他出现在这里，还作为《分身》的评委之一，该不会，他真的要参演吧？她被自己这个想法吓到："你演男主？"

"嗯，纪老师也觉得我不合适？"

纪星池不出意外地点了点头，陈景行不合适，他的身份、他身上所有的流量标签都跟话剧违和。

但陈景行自己却不是这么想的："我也是北辰影视学院毕业的，从进学校开始，我每一年都在为演戏做准备。"

"所以你想证明自己可以，你能从偶像转型为实力派，才选择了演话剧？"说着说着，纪星池也笑了。

不知从何时起，这个圈子里开始有一些奇怪的风向，大多数想要证明自己的演员，都会选择尝试演话剧，有的人确实做得很好，但也有的人……失败了，落得一身负面枷锁。陈景行多年的怀才不遇，终于在踩着"纪星池"一路上位后得到了证实，如今没了纪星池，他自然就有了更长远的念头。其实论演技他不差，但想要演好话剧，却又是另一回事了。有一种人天生受长相的限制，只能局限在某一个画框。陈景行拼了命地想要证明自己，以前是，现在也是。还真是不嫌累。

"可你不是说我演的是皮影戏？"纪星池笑了笑，眼底都是讽刺。

陈景行脸上的表情微变，很是难看："纪老师，你对我很有敌意。"

纪星池没说话。

陈景行一脸寒霜："虽然不知道你为什么这么讨厌我，但我希望在跟你合作的时候，你能配合我，我不希望带着情绪工作。"

这下纪星池听明白了，原来他绕这么大一圈，就是来警告自己不要影响他证明自己实力。

纪星池也不打算再跟他继续兜圈子了，此时，台上的故事也进行到了尾声，纪星池随着谢幕的空当从椅子上站了起来："我听懂了陈先生的意思，工作是工作，我还能分清楚。"说完，她也不等陈景行的回复，转身就往外走，走了两步又忍不住看了一眼舞台上正谢幕的徐凡彤和李魁。

前排的观众依旧没有醒来，两个演员都似没看见一般，匆匆退了场。

"陈先生，如果你想得到我的尊重，还希望你能像他们一样，起码，他们是个演员。"而你，最多只是跳梁小丑。纪星池说出了自己的心里话，也不怕再次得罪这位当红的流量小生。

陈景行没有追上去，只是顺着零零落落的人走出了剧场。刚走到门口就遇到了找遍整个剧场也没找到他的林建宇。

林建宇正在气头上，脸色好看不到哪里去："你跟她废什么话？"不过就是个小替补而已，"难不成你还真以为演出的时候，她上得了场？这种B角，十年都难以混出头。"

在林建宇看来，如今陈景行的地位，还不至于向一个小替补求和。但陈景行没有解释这其中原因。

他莫名地不喜欢被这位纪星讨厌的感觉，他想弄清楚，她为什么对自己有敌意？又为什么跟那个人拥有同样的名字？甚至有时候，他还会觉得，她们长得有些相似，但怎么想……他都觉得很荒谬。亲自接触、试探，是他唯一能想到的方法，只是，没想到的是，反而是他轻易地先吐露了许多不曾与人说起的心声。

纪星……这两个字，一直刻在他心里，对他的影响太大，一时还难以改正。

第三十三章

纪星池没有马上离开剧场，方才舞台上的徐凡彤和李魁两人落寞的身影一直让她很介意。转个弯，她还是去了后台。

稀稀拉拉的后台有几个演员在卸妆，将脸化成黑炭的李魁卸妆卸到一半，见到纪星池进来，惊讶得半天说不出话来："纪星，你怎么也来看话剧了？"

"临时起意来看的话剧，也没带花。你们这边结束了吗？"

李魁有点儿不好意思，自从上次在宁崇的现场见过她真正的实力后，他就有点儿难为情。这是让贵客看了一场多么粗制滥造的话剧啊，同样作为演员，他很害臊。

"啊，哦哦不用，带什么花，我们这也只是糊口饭吃。演得不好，让你见笑了。"

对于李魁的不安，纪星池没说什么，只是笑了笑，目光看向一旁的徐凡彤，约莫是出院不久的缘故，肉眼看她的状态还行。见到纪星池，徐凡彤没李魁那么惊讶，只是略略点点头，便算打过招呼。

"你们晚上有时间吗？想请你们吃饭。"纪星池想了想，还是决定约两人吃饭。

徐凡彤倒是没拒绝，她看了纪星池好几眼，最终点了点头。

李魁边卸妆边惋惜："我肯定不能跟你们吃饭了，我晚上还有一个角色要去跑，你们去吧。"说着话，他匆匆忙忙地卸完妆就离开了。

到了餐厅，两人却只是各要了一盘沙拉，点餐的服务员看了两人的身形一眼，倒是没说什么。

徐凡彤答应来吃饭，其实是有话要问纪星池的。关于纪星池长胖这件事，对她的冲击力不小，上次在医院的见面时间太短，她有很多话没来得及问。但见到人了，她又不知道怎么开口。

纪星池嚼着食物，看着徐凡彤眉头锁成三条线的样子，无奈地摇了摇头："小彤，你有告诉李魁我的身份吗？"

徐凡彤终于松展了皱紧的眉头，摇头，吐字如金："没。"她看了纪星池好几眼，终于开口，"星池姐，你怎么会变成这样的？"

纪星池笑了笑，没有隐瞒，大方地将事情的前因后果说了出来——自己如何遭遇背叛，被公司雪藏，最后自暴自弃变成这样。如今，这些事再说出口时，她也不觉得难为情。这一点让徐凡彤很惊讶，听了后，她半晌没有说话，手无意识地搅动着盘子里的食物，迟迟没有下一步反应。

纪星池看着她纠结的样子，暗暗叹了口气："小彤，你是不是有什么话想问我？"

被看穿心思，徐凡彤颇难为情："你不害怕吗？变成这副样子，以前的一切都没了。"

被问到这个话题，纪星池早有准备。她当然害怕。如果不害怕，也不会想要一了百了，但连死都不怕了，她还有什么好怕的？

纪星池轻轻摇了摇头："不活在过去，就不难了。"说着深深地看了徐丹彤一眼，"你呢，你在怕什么？"

活在过去的光环里走不出来，一直在经历被人奚落，却也一直学不会习惯。

"人们总是这样，对小孩的喜爱很宽容。小时候你被人捧着，但你成年了，没有人有义务再喜欢你。但即使再好看的人，也会被人讨厌，也会被人挑拣。"

如果要做演员，这就是不得不面对的事情。

徐凡彤沉默半晌，她怕什么……没有人问过她这个问题，大家只是同情她的遭遇。知道她的情况后，那些人也都只会小心翼翼地对待她，生怕她有一天想不开，时间久了，渐渐地大家也不想跟她相处了，觉得和她在一起很累。

"我没有朋友。"徐凡彤的声音很小。

但纪星池还是听清楚了，她很诧异："你有李魁啊。"就像她遇到了穆雨时一样，她突然笑了笑，"其实我们很幸运，对不对？"

徐凡彤想了想，好像是的。每一次她出事，醒来见到的第一个人就是李魁，虽然她总觉得他叽叽喳喳，吵死了，但还好，总算有一个人没抛弃她。

"魁子……他是很好。"徐凡彤淡淡地笑了笑，心情好像变得好一些了。

说起李魁，纪星池对他很好奇。

"魁子他缺钱，所以很多角色不管给多少钱，有多苦多累，他都接。"

李魁早先和林子木一起拜在喜剧大师冯老先生门下，比起李魁，林子木更有天赋，冯老先生年纪大了以后便将衣钵传给了林子木，资助他成立了自己的剧团。那时李魁也是剧团中的一员，但他就是那种笨学生，上不了台面，赚不了钱，尽管他很努力。后来，话剧团渐渐打出了名号，有人投资拍电影了。两人便组合一起演戏，齐心协力将第一部电影做好了，电影意外地大火了，两人如果能一直这么发展下去，倒也能在圈子里独树一帜，开辟出一条康庄大道。

但冯老先生却出了事，突发脑出血，醒来后再也不能登台了。此时在影视圈小有名气的林子木作为话剧团唯一的支柱却选择了离开，而李魁一心想利用电影的热度将剧团发展起来，两人因此决裂。之后林子木便经常出演电视剧、电影，名气也随之上涨。李魁为了冯老先生的心愿，变卖所有的家产支持话剧团，林子木却用高价挖走了剧团的核心演员。于是李魁的话剧团便因为缺乏好剧本和好演员一直萧条着，连那间小剧场演播厅，也是他费了很大的力气才租来的。

纪星池想起跟李魁的初次见面，林子木对李魁的态度让她很不适应，但李魁却始终笑着接茬。

这样的人，不管多难都在坚持做自己。纪星池心里的触动不少。

"我们买不起好剧本，更没有好演员。你是不是也觉得我们今天的演出很差劲？"

纪星池有点儿尴尬，想了想还是诚实地回答："我没认真看，下次我会再去的。"

徐凡彤倒是意外地没有生气，其实她并没有大家想象得那么脆弱，反而勉强地笑笑，说："下一次我请你。"

见过徐凡彤后，纪星池失眠了。

纪星池半夜爬起来看《分身》的剧本，越看越觉得讽刺。她才知道，《分身》是根据荒诞黑色经典喜剧片《飞越长生》改编的，故事里，女主人公被闺密横刀夺爱，经历了长胖变丑的漫长煎熬后，继而重生归来复仇的故事。

原版里的海伦仿佛是为她量身定制的，遭遇跟她的像极了。她却没有海伦那般强烈的复仇欲望，她不恨文初，甚至不恨陈景行，她并没有想过翻红后去复仇，她想重新开始，一切都只是为了证明自己存在这个世界上也是有意义的。哪怕她已经不再拥有美貌了。演戏，是她毕生唯一学会的技能，如果不演戏，她根本不知道自己会做什么。

电视机里播放的喜剧电影一直吵吵闹闹。纪星池也不知道自己是从什么时候养成的这个习惯，到了晚上，总会翻出一堆喜剧片，就算不看，光是听着声音她的心也会逐渐平静。

但今天晚上，显然连喜剧片都拯救不了她，她一坐下来，脑袋就止不住地疼。

纪星池还是决定去楼下便利店买能助眠的食物，比如牛奶。最近为了减肥，她已经将自己逼到了绝境，家里除了矿泉水，什么吃的都没有，事实证明，人在吃不饱的情况下，情绪会很不稳定。

便利店门口，一直有两盏路灯。每次纪星池路过时，心里都会觉得很温暖。她跟穆雨时依然这么有缘分，再次在超市门口遇到他，她一点儿都不意外了。

穆雨时跟上次一样，在工作室加班到现在，肚子饿了就来这里了，他像以前一样坐在玻璃窗前一个人吃着泡面。他吃得很慢，像在等人，不慌不忙，喝完最后一口汤，纪星池就来了。她比在影视城见面时瘦了点儿，脸没有那么圆润了，以前他怎么看都不习惯的双下巴，如今看来也清秀了不少。

他们忽然变得很默契。她没有打招呼直奔便利店，拿了两袋牛奶，付了钱，自己喝一袋又递给他一袋："喝吧，香蕉味的。"

他喝不下，但还是接了过去，学她用牙齿咬开，插入吸管慢吞吞地喝。

喝完一袋牛奶，纪星池主动打趣他："你该不会是在这里等我吧？"

纪星池想，漫无目的地等，傻子也不会这么干的吧？更何况眼前的人还是穆雨时。

穆雨时满眼带着笑："是啊。在等你。"

纪星池差点儿噎住，猛地咳嗽了两声，穆雨时赶紧伸手帮着她抚了抚背："被吓到？"穆雨时笑得越加欢快，"就你这种胆子，还敢来打趣我。"

纪星池明白过来，他这是故意吓唬她呢，又不好生气，只能瞪他一眼，挥开他的手："我回去了。"

穆雨时收起笑意，没让她立即走，反而拦了拦她："既然都到你家门口了，要不……"

"我家没咖啡。"纪星池一慌，立即抢答，怕他还有说辞，立即又说，"我家也没泡面，我不会煮泡面。"

穆雨时因为她没头没脑的说法愣了片刻，随即反应过来，没忍住，笑出了声音。纪星池看他这副样子，恨不得咬掉自己的舌头。

"你是不是……"傻那个字被他咽了回去，"算了，我送你到楼下。外面的灯熄了。"

纪星池一脸的尴尬，不知道说什么好。

穆雨时也不计较，抬脚就往小区走，纪星池暗暗咬着牙，还是跟了上去。

到了楼下，穆雨时也没有立即走，而是拿出了一张门票递给她："我的电影首映会，如果有时间，就来看吧。"

这张票被他在口袋里放了蛮久，纪星池捏在手里还能感受到一点儿温度，她微微有些诧异："你其实可以发电子票给我。"

穆雨时怔了怔："你别多想，我就是突然摸到了一张票，想着送谁不是送。"

纪星池看着票根上的 VIP 位置，没再说什么："那我走了，再见。"

穆雨时点点头，挥手："走吧。"说完，他转身就离开，脚步快得像是被人追债。

纪星池盯着他看了一会儿，觉得有点儿滑稽，差点儿没笑出声音。

第三十四章

纪星池想了想还是去了《归途》的首映发布会现场，穆雨时给她的位置很好，能清楚地看到聚光灯下的陈景行有多受欢迎。他礼貌地接过主持人递过来的话筒，温柔的声音立刻传遍了整个现场。

陈景行会来，纪星池并不觉得意外，他是为了文初才来的。主持人也果不其然地大方爆料了他会来的原因，为了给自己这位"青梅竹马"撑场面，千山万水他都会来。果然啊，如果这个世界上只有一个人能让陈景行不顾一切，倾其所有，那就是文初，也只有文初。

而站在陈景行身边的文初，一字肩星空长裙完美地展现出了她姣好的身材，聚光灯下的她，好看得发光。她安安静静地看着陈景行，眸光柔情似水。即使没说话，但现场的人都已经捕捉到了两人之间似有若无的暧昧。

纪星池轻轻捏了捏自己腰上的肥肉，叹了口气。以前的她也是这样光鲜靓丽，站在那里，就是全场的焦点。此时的她感到从未有过的格格不入，看台上光鲜靓丽的所有人都跟自己不一样了。曾经她是他们中的一员，而今……她什么也不是。一股窘迫和失落开始升腾，台上的主持人还在说什么，但纪星池已经听不见了，她此刻突然很想离开这个地方。

纪星池移开目光，不想再看，却正好撞到穆雨时投来的目光。目光相接的瞬间，在台上一直没怎么笑的穆雨时嘴角扬了扬。

相比起陈景行，穆雨时显得慵懒随意了很多，身上也少了平日的暴躁，裁剪合身且挺括的西装穿在他身上，让他整体看上去更加挺拔修长，左胸口袋里的口袋巾又中和了整体的严肃感。此刻的他，很温柔。

好不容易熬到发布会结束，纪星池终于舒了一口气想要逃离，但出去的路已经被各路媒体挡得水泄不通，陈景行被围在中间。原本没什么热度的文初因为半年前的被打风波如今也成了话题人物，而新闻发生后，纪星池就出现过一次，然后就直接消失了，这实在太奇怪了。

狗仔们想要找出一丝蛛丝马迹，只能从他们两人下手，他们怎肯罢休？

纪星池站在媒体圈外，听着媒体话里话外对纪星池的鄙夷，深切感受到自己就是一个被血泡发的馒头，被人一脚一脚踩下去又弹起来又被踩下，谁都能踩着她上位。

电影的监制兼副导演李想笑眯眯地围观着被媒体围着问话的两人，仿佛已经看到红红绿绿的票子从天而降，他抑制不住激动地偷偷拉了拉穆雨时的衣袖，凑过去想要邀功，不料却迎来穆雨时一双骇人的眼刀："这种劣质的炒作手段以后再敢在我面前显摆，我他妈第一个剁了你。"李想撇嘴不知道自己做错了什么，扭头想找制片马未求救，一向狗腿的马未早已经退后几步，表示跟他划清界限。

人有点多，纪星池刚想挪动步子，迎头被撞了一把，好不容易才稳住身体，就听见一个粗犷的男声劈头盖脸地骂："死胖子，挡着我镜头了。让开点儿。"

一个扛着摄像机的大块头站在纪星池面前。

纪星池左看右看，那声音又响起："没错就是说你，死胖子，别看了。"

一根指头指过来，纪星池反应过来的确是在说自己，忙又退了一步。她尴尬地捂着胸口，一种长久的压抑让她呼吸困难，这种感觉让她想逃离，别开头的她没有注意到不远处的穆雨时正冲自己招手。

穆雨时眼神凶恶，皱着眉头看着不远处被人推来推去的纪星池，身上的戾气似乎又加重了，同他站在一起的助理小安大气都不敢出。

穆雨时挤进人群，在推搡的人群里一把就准确地抓住了纪星池的手。纪星池看着他的脸，一愣。

"傻愣着做什么，跟上。"穆雨时说完就朝着会场外走去。

纪星池颇为尴尬地低下头，生怕被人认出来。穆雨时虽然不是公众人物，但长相不输男演员，又有无数闪闪发光的背景加持，一直就是整个圈子的焦点。她担心自己再多待会被注意，忙小跑着跟上。

进了电梯，穆雨时从镜子中瞥见她苍白的脸色，说："被吓到了？"

纪星池一面摘口罩一面摇头："就是有点不真实。"她苦笑道，"前不久，我还跟他们一样呢。"

穆雨时打量着她："所以呢？"

纪星池没有反应。其实她的脑子里现在还是一团乱麻，她只是有点不舒服而已。

"所以？所以什么？"穆雨时一巴掌按在纪星池头顶，半强迫着让她面对镜子，"所以就不要去想了，不如去吃饭,我请。"他停顿了一下忽然想起什么来，拿出车钥匙扔给纪星池，"你来开车。"

纪星池一头雾水："嗯？"

"我今天站在台上讲一天话了，快累死了，难不成还要我给你当司机？"

"那你也没给我发工资啊。"纪星池的心情好了些，伸出手心来递到穆雨时眼前。

穆雨时哼了一声："你要求别过分啊，我出钱请你吃饭，你出力替我开车，公平至极。"

纪星池："……"

"你不想吃？"

纪星池撇嘴："那倒没有，我今天也算为你辛苦，帮你凑了个发布会的人头，你请我吃饭是应该的。"

穆雨时拉开车门坐了上去，冷哼一声："那你这颗人头还蛮壮观的，抵得上人家三个头了。"

纪星池拉开驾驶位的车门，又重重地关上，捏着方向盘咬牙切齿地对手机说道："帮我导航到黄浦江，我他妈要跟这个人同归于尽！"

"想跟我殉情？还没到时候。"穆雨时在旁边冷笑。

纪星池无语:"我没眼瞎。"

"你没眼瞎?陈景行那种小白脸你都能跟个哈巴狗似的。"

纪星池被穆雨时说到痛处,一脚油门一脚刹车。没来得及系安全带的穆雨时脑袋磕在车窗上,但连遭两次重击的他居然没发火:"我都还没说什么你就急成这样?"他的语气带着嘲讽。

纪星池决定还是别跟这种人废话,她叹了一口气,慢慢驶出停车场。

奢华的餐厅里,烛光熠熠。

穆雨时依旧穿着今天发布会上的那套西装,主动为纪星池拉开了座椅。这绅士的样子装得还挺像。

纪星池规矩地坐好,正想抬手点单,侍者端着银盘上了前菜,纪星池对餐包半点兴趣没有,只等着海鲜上桌。菜上得很快,空运的澳洲大龙虾和极品鲍鱼还没上桌就闻到香味了。

纪星池食指大动,拿了刀叉正在心里夸奖穆雨时有良心,就见穆雨时指了指将餐盘往她这边送的侍者:"等会儿,你过来。"

穆雨时让侍者将两份龙虾和极品鲍鱼都放在自己面前,用银制刀叉细细切了分成两份,少的一份推给纪星池之后吩咐侍者:"让大厨再弄点儿绿色食品给她减肥。"

纪星池捏着叉子愤怒地瞪大眼珠,但她还是个要脸的人,在这等场合只能压低声音诅咒穆雨时:"噎死你得了。"

"你在减肥不是吗?"穆雨时笑眯眯地看着纪星池咬牙切齿。

"所以你就准备饿死我?"纪星池恶狠狠地又说了一句,这一声中气十足,引来不少人频频回头。这些人中,包括隔了两三桌的徐凡彤和李魁。

李魁看到是纪星池,立即上前打招呼:"嗨,纪星,你怎么在这儿?"他的目光扫过穆雨时,立马认出了穆雨时,愣了愣,笑着喊了声:"穆导也在啊。"

穆雨时的表情恢复了冷漠,只是礼貌地点了点头。

"你们怎么也在这里啊?"纪星池说完,就看到了徐凡彤,她有点儿诧异地跟坐在原处看着这边的徐凡彤挥了挥手,徐凡彤轻轻笑了一下,转过脸继续吃东西了。

"噢,这不带她出来逛逛,成天关在家里,对她的病不好。"

纪星池若有所思地看了看远处的徐凡彤,她的脸色比以前好了很多,如今也愿意出来透风,想来应该是好了很多。她心里突然松了一口气,欣慰了许多。

穆雨时抬头看了看纪星池,顺着她的目光看到了那边的徐凡彤,猜到了她的心思,说:"想过去就过去吧,聊完了再回来,反正菜还没上完。"

纪星池看了眼穆雨时，笑了笑，说："我马上回来。"见穆雨时点头，她就起身去了徐凡彤那边。

李魁知道穆雨时是出了名的不好相处，见纪星池走了，他也不敢再留，赶紧溜回去了。

纪星池拉开一个座位和徐凡彤聊些有的没的后，又开始聊徐凡彤和李魁之前在剧场的那出话剧。

徐凡彤对纪星池很有好感，也愿意跟她多说些话，听到她说起这个，说："其实也是没办法，之前魁子想办剧团，都因为我和老冯给耽搁了，现在话剧又……"

"办剧团？"纪星池震惊地看着李魁。

李魁尴尬地笑了："开玩笑的，别当真。"他细心地给徐凡彤夹了菜，徐凡彤笑了笑，没再说话。

纪星池心里忽然有点儿不好受，问："你还缺多少钱？"

李魁见纪星池这样问，连连摆手："开玩笑呢，不办。"大约是触碰到了李魁的自尊心，他转移话题道，"橘子卫视要举办《喜剧人生》的事你听说了吗？"

纪星池见李魁这样，也不再继续之前的话题，摇了摇头，随便问了句："是什么？"

《喜剧人生》是橘子卫视最近几年的重点综艺，声势很浩大，这档节目聚焦在喜剧演员身上，每期出现的飞行嘉宾不是顶流就是国际大咖，助演也都是实力派演员，简直双管齐下，收视和口碑都要占全。

纪星池很久没注意过这些信息了，摇了摇头。像这种综艺如今很多，她不是很在意。她的脑海里还盘旋在李魁要办剧团的事情上，直到穆雨时过来叫她，她才回过神来起身准备往回走，走到半路，她突然又停下了，看着李魁，说："或许，剧团的事我能帮得上忙。"

李魁和徐凡彤皆是一愣，李魁眼里的震惊迟迟不散，他说："你说什么？"

纪星池叹了口气，她也觉得自己很可笑，明明如今的她什么都没有，还想着帮别人。她想了想，还是说："就当我入股了。"

李魁做梦都没想到纪星池会说出这种话，反复确认了几遍都得到相同的答案后，他全身兴奋得有点发抖。

"那就这样吧，具体的后面再说。"纪星池说完跟穆雨时回到座位上，看着穆雨时盯着自己，她突然问："你是不是觉得我刚刚疯了？"

穆雨时突然笑了笑，点头。纪星池抿了抿唇，叹了口气，低头吃着盘子里的减肥餐，忽然听到穆雨时说："你应该也想有个自己的剧团吧。我猜。"

纪星池愣了愣，心事被猜中，她心里的石头反而放下了，那就这样吧，她可以的。

回到家后,纪星池进了房却睡不着,一直想着答应李魁的事情。她在房间里踱着步子,思考着自己手上还有多少存款,于是她又查了各大银行卡,在生活方面她手上的钱应该问题不大,只是前不久跟耀星娱乐和解的事情基本谈妥了,她答应会赔偿一半的违约金,这笔钱绝对不是小数目,她的存款就会去掉大半。

有了这个决定后,纪星池一大早就联系了还在睡梦中的艾文。艾文凌晨就被吵醒,心情很不好,他穿着睡衣,挂着两个大黑眼圈就来砸门了。以前关于房产和私人置业这方面的事情,纪星池都是交给艾文打理的,这些事情她一窍不通,现在要处理了,只好麻烦他了。

"你就为这事一大早把我从床上挖来?"艾文盘着腿,已经打了十三个哈欠。

纪星池决定了的事就一定立马办到,一精神了就开始东翻西找,把家里所有的财产都翻了出来,一一核对,最终挑选出了现在住的这套房子和城郊一套空置的别墅,打算出售。

"你疯了要卖掉现在的房子?你不是住得好好的吗?"

其实纪星池早就动了要卖掉这套房子的念头,这里是唯一有过她和陈景行两人记忆的地方,有时候想起来也不知道那些回忆是美好还是难过的,总……很别扭。

"我看你也不是那么缺钱,还是别卖了吧,你这些年一直住在这里,也熟悉了,你现在这个样子别人也认不出来你,干吗没事给自己找麻烦。"

纪星池本来就很犹豫,听艾文这么劝说,又纠结了。其实他说得对,她对这栋房子最熟悉,也都习惯了,搬到新的房子里又要适应一阵……

"那就别卖这里了,就卖一处好了。"纪星池从给艾文的资料里抽出来一份,递给了他另一份,"那剩下的这个,你帮我处理了吧。"

"唉,行行,你就是我祖宗,我不帮你谁帮你呢。"艾文见她势必要卖一套房,嘴上骂骂咧咧个没完,已经懒得再劝说。最终看都没看,卷起资料就走。

第三十五章

穆雨时最近忙得焦头烂额。《归路》正式上档,他为了给自己的第一部电影造势,亲自带队挨个城市去路演,面对各大高校女生们有没有女朋友、择偶观是什么等各种与电影无关的问题,依然保持着风度翩翩大度有礼的精英人设。

假笑在穆雨时脸上挂了近半个小时,直到有记者在台下提问:"穆导,关于您的第一部作品,您的父亲给过什么帮助和建议吗?"

穆雨时脸上的假笑瞬间垮了下去,他耐着性子回答道:"没有。"

"可我听说您拍这部电影,您的父亲给了不少的支持。"

"是吗？那我也不知道你们媒体是从哪里看到的假新闻。"

穆雨时语气冷淡，他已经努力在克制自己不生气了，但站在他身边的李想依然感受到了他的低气压，隐约预感到了不妙。那女记者继续不怕死地说："既然如此，那你对你自己的作品打几分啊？你觉得你的作品上映后会得到你父亲那样的成绩吗？"

"这位记者朋友……"李想正想开口岔开话题，那边的穆雨时已经毫不留情地黑了脸："不能。就像你学不会闭嘴一样，我也无心给自己的电影打分。"

话音一落，原本气氛还不错的现场顿时鸦雀无声，随即爆发出一阵闹哄哄的声音。

完蛋了！绝望的李想只好立即示意工作人员收走记者的话筒。

与此同时，机智的主持人也马上岔开话题，说起了总结词："不好意思啊，各位记者朋友和各位同学，我们今天的路演到这里就暂时告一段落了，电影《归路》已于昨日正式上映，各位感兴趣的小伙伴们要去看哦。"

主持人的话还没说完，穆雨时已经没有耐性地下了台，现场顿时变得热闹起来，那女记者还不依不饶，想追上去，被李想和马未两人挡住了。

穆雨时直奔后台，一路上都铁青着脸。

李想在心里暗暗将那女记者骂了十遍，但脸上仍然赔着笑："导演，我知道你讨厌有人拿你跟你父亲比较，可你好歹也给点好脸色啊……我们毕竟在宣传期……"

穆雨时忽然停下来，冷着脸看李想。

李想心里也委屈，嘀咕着："咱们这电影本来就宣传得够辛苦了，昨天电影上映，排片还不到百分之二十。原本想靠着路演积攒点人气……你这倒好……"

"你的意思是排片低怪我？"穆雨时问。

李想脸色一急："这肯定不能怪你啊，我的意思是，电影刚上映没多久，网上的评价就……我们就不能好好宣传宣传，最少电影还能保个本。本来上次请来的那些看首映会的影评人，就因为我们没出车马费的事情已经得罪他们了，尤其是那个可恶的严铁嘴，你也知道他嘴巴有多贱，咱们可不能再得罪记者了。"

穆雨时从小在导演圈长大，人是清高的，自然不屑去干收买影评人的事，但电影是费了大家的心血来做的，他怎么也该忍着，好好宣传电影的。

想到这里，穆雨时咳嗽一声："我下次尽量克制。"

能得到他一句保证已经不容易了，李想见好就收。可上次的首映会，他们已经得罪了严铁嘴，尤其这电影的风评又大多掌握在他们这群人手里，得罪了一个，就等于得罪了一个圈子，也不知道接下来会有什么风评走向，但可以想象，应该不会好……

果不其然，路演结束后不久，网上就有一篇关于电影《归路》的影评上了热门，发帖子的人不是严铁嘴还是谁？严铁嘴一向以严厉的影评博主标榜自己，所以在给《归路》的打分上，他毫不客气地打了差评，通篇懒得评论的架势，三三两两的评语都是在指责穆雨时这类二代导演不熟悉业务，套个文艺片的外皮就想获得尊重。从演员到剧本到拍摄手法，无一幸免地被批评了一通，最后看在穆周导演的面子上，勉强给了两星。

纪星池是在回家的路上看到穆雨时的采访视频的，刚要为他拍手叫好，转头就看到恶评上了热搜。虽然她总是嫌弃穆雨时，觉得他脾气差又自恋，但读着帖子，心里怎么也不是滋味，操起手机就回帖。

"博主乱喷负责不？通篇没看到对电影的评价，反而对导演本身各种人身攻击，这还是影评吗？不如改名叫我是柠檬我酸了，谁让人家有爸爸撑腰。"

发了消息后，纪星池心里依然不爽，于是她又换了个名字自导自演地去顶帖："支持楼上，博主简直丧心病狂，什么电影都要喷粪。""博主傻吗？"

一连发了几条帖子后，纪星池觉得还不够，又在网上下单了电影票，上次去看首映会她全程都在看陈景行和文初，压根没注意电影里演了什么，这次她一次性买了不少场次的票，可以看个够本，让她好好看清楚文初脸上有几条皱纹。

《归路》上映期间，纪星池卖房子的事情也有了着落。在合同上签字画押后，她的账户里忽然多出来一大笔钱，看着那些数字，她心里很不安全，第一时间就约了李魁来商议投资剧团的事。最后，他们约在电影院见。纪星池作为剧团的第二大股东，入股第一天，便豪迈地请剧团所有人看了《归路》。

徐凡彤已经很久没去过电影院了，进去之前，李魁和纪星池轮番给她做心里建设。

"我觉得要是里面人多，咱们就坐最后一排，大家都看电影，不会回头看你。"李魁说。

纪星池也点头称是："对对，我买的票位置管够，你想要坐那儿都可以。要不，把咱们四周的位置都买了，就空着。"

徐凡彤渐渐被说动，李魁忍不住向她竖起了大拇指，点了一个豪迈的赞："果然，还是有钱好。"

三人摸黑进了电影院，却发现之前做的所有心理建设都白做了，文艺片的票房确实很惨淡，整个电影院里根本没什么人，到电影开场，整个场次才坐了不到十分之一。

剧里的麦子决定留下，而子琪却选择回到大城市。一双姐妹花，就因为不同的选择错开了人生，麦子去送子琪的那一幕还是让人很动容。

尽管很讨厌文初，但纪星池也很想夸一夸穆雨时，他很会捕捉镜头。

看了电影的三人心情都挺复杂的。李魁不爱看文艺片，全程睡了过去，完全听不懂两人在讨论什么。徐凡彤好不容易看了一场电影，哭得稀里哗啦，比纪星池还走心。

"电影很好看，为什么网上的评价这么差？"

纪星池摇摇头，她能想象其中的原因，穆雨时在路演时的采访得罪了不少媒体人，有人针对他是华美影业太子爷的身份进行攻击，就是不知道穆雨时为什么没有利用公司的资源压新闻了。

"池子，电影里的子琪就是之前那个人？"徐凡彤知道她的身份，也看了网上的一些新闻，在电影里看到文初，她很意外。她记得上次见到穆雨时，穆雨时对她的态度还不错，他的电影里怎么会有纪星池讨厌的人？不过想想她也能理解，无非是利益的事情，没有永远的敌人，也不会有永远的朋友。

纪星池笑了笑，没有解释这其中的缘故，只淡淡地说了一件客观事实："嗯。她演得还不错。"

李魁不知道两人在说什么，好不容易清醒了脑子，摸摸肚子，饿了："得，别聊电影了，走，哥请你们撸串。"纪星池送了钱来，他高兴，就想着也庆祝庆祝。

于是，三人又打车去了烧烤店，纪星池最近减肥，没什么胃口，一直在喝水。徐凡彤学她，也没怎么吃，最后满桌子的食物，全部都进了李魁一个人的肚子。

"关于咱们这个剧团的分配呢，我是这样想的，我们现在既然不缺钱，首先要做的就是招募演员，然后买点好本子，排一出经典的好剧目出来。"

"嗯。"纪星池认同他的想法，他们要做的是话剧，既然开始了，就想好好做。

"哎，不过好可惜啊。你还记得我上次说橘子卫视的那个综艺吗？"

纪星池想起他上次说起的《喜剧人生》："那节目怎么了？"

李魁立即拍了一把大腿根，有点儿懊恼："听说橘子卫视今年要大力推出这档节目，已经接触了多个上头的人。我还想问他们要个参赛名额，不过估计没戏。"

"为什么没戏？"徐凡彤也好奇了。

纪星池蹙了蹙眉头："这种节目都是邀请制的，我们一没名气二没关系，没有人会邀请我们。"

节目组为了保证节目质量，不会随便什么人都能上，哪怕是海选，也是经过精挑细选的。

徐凡彤了然地点头，天真地说："既然没人邀请我们，那我们先找他们，不试怎么知道不行呢？"

纪星池摇了摇头，却是不建议李魁在这种时候学林子木："我知道你想将我们剧团的名号打响，但我既然做了决定要做好话剧团，就先做好眼前的事情吧。"

李魁也知道自己天真，叹了一口气："梦想总是要有的，从长计议吧。"话虽如此，但他很清楚，这现实问题他们解决不了，心里不免也有点儿失落。

"对了，你说要买本子排演新话剧，心里有人选了吗？"

全程没什么主意的徐凡彤忽然开口了："我想起一个人，我觉得他挺合适的。"

李魁双眼一亮，立即询问："是谁？"

徐凡彤沉吟了下，才说道："张小鱼，你还记得他吧？"

李魁顿时沉默了，好半晌才点了点头。张小鱼曾经也是剧团的一员，后来跟着林子木在外面做了几部喜剧电影，倒是火了一些，这两年也算是炙手可热的大编剧了。

"他怎么会愿意给我们写……"

"我上次见过他，听说他在林子木那里过得不太顺心，或许，你找他试试？"

李魁犹豫半晌，最终还是点了点头。

酒足饭饱后，剧团的事情也聊得差不多了。

纪星池一个人回家，在路边等了半天也没等到车，最终她决定走路回家，这里离她家不到一公里，走回去也不用多久。

夜晚的小区格外安静，纪星池每走一步心都跳一下，走着走着，她就感觉好像有人跟在身后……越走越心惊的纪星池干脆拔腿就跑。一口气跑到了小区楼下，正要去保安室，就见到一个熟悉的身影，拖着一个大行李箱从黑暗中走了出来。

"穆雨时？"纪星池看着他手中硕大的行李箱，惊讶道，"你大半夜的拖这么大的行李箱尾随着我要干吗啊？"

穆雨时看着她一脸惊恐的样子，很鄙视地翻了翻白眼："你怎么还在这里？"

纪星池莫名其妙地瞪他："这是我家，我怎么不能在这里？"说着话，她一脚踏进了电梯，按下了楼层，想要快速地关门，穆雨时一条长腿已经跨了进来，一把挡住大门，人也挤了进来。

"干吗？"纪星池瞪他。

穆雨时没说话，在电梯里站定："你家是不是住在17层？"

纪星池瞪他，难不成他这么晚了是打算去她家做客？

"门牌号1701对不对？"

纪星池继续瞪他，这才发现他没有按电梯的楼层："你调查我？"

穆雨时笑了出来："你在拍什么戏？我看起来是那么闲的人吗？"

"那你……"

穆雨时无奈地道："你该不会忘记你已经把房子卖掉了吧？"

"你说什么？你的意思是……我卖掉了我现在住的这个地方？"纪星池不敢相信，"买家该不会正好就是你吧？"

穆雨时点头："恭喜你，你得到了一大笔资金。"

她当然记得几天前艾文委托的中介打电话过来告诉她房子价格的事情，当时她大概听了价格和签约条款后就点头同意了，委托艾文带着自己的印章去跟雇主签合同。因为她卖掉的那套房子是一年前新买的，房子原本就是空的，也不用去处理，她也就没放在心上。但是，她卖的不是现在住的房子啊！

"我不知道你们之中出了什么问题，但是我的合同上写的是月亮湾 A 栋 1701 没错，所以，今天晚上我就按照合同约定正式搬家了。"电梯门一打开，穆雨时已经自来熟地往她家门口走了过去。

纪星池傻愣了一会儿，才动作迅速地先一步跑到自己门前，快速地输入了密码。

看她那架势就是要耍赖，穆雨时一早洞悉了她的想法，一只骨节分明的手很快抓住了她关门的手："呵呵，小样，敢跟我耍赖皮？"

纪星池挤在门缝边上，有点儿为难："那个……这其中肯定有误会，我原本就没打算卖掉这套房子的，要不你今天先回去，你肯定还有别的地方可以住，你先回去住两天。等我们这边找到问题的源头，再重新签合同。"

穆雨时单手抵着门，冷哼一声："想赖账？纪星池，合同是盖了你的印章的，还有你委托人签的字，这其中有任何问题都是你们自己的事情，我凭什么要为你的失误买单？"

纪星池都快哭出来了："可是你让我大晚上的去哪儿啊……我另一套房子还没装修，又在郊区，根本没办法住人。"

"那是你的事情。"穆雨时冷漠地表示。

"你那么有钱，应该不差住的地方吧？"纪星池试图用另一种方式继续说服他。

但穆雨时根本不吃这一套："我有钱是我的事情。今天晚上我就要住在这里也是我的事情。你要实在没地方住，我也可以勉强让你住几天，按时交房租就行了。"

"时哥哥……"

"撒娇？呵，也不照照镜子看你自己撒起娇来是什么样子，还以为自己是以前的纪星池？"

"穆雨时，你就不能做个人吗？"

"现在我可以勉强让你住下，但你要继续说下去，别怪我连夜叫人来把你的东西丢出去。"

纪星池无语，只能妥协让他登堂入室。

纪星池住的地方挺大，两间卧室挨在一起，另一头才是书房，家里她也没养什么活物，唯一有生气的东西就是每天自己转悠自己充电的扫地机器人，这会儿它已经安静地待在充电区域了，所以整个房子里显得异常安静。

穆雨时一进门就拿起了沙发上的衣服和内衣，纪星池刚躲在房间里跟艾文打完电话，一脸绝望地走出来，一眼就看到他嫌弃的样子。纪星池老脸一红，一个箭步冲上去，将他手中的衣服抢了过来，一股脑地塞到了自己的怀里。

穆雨时满脸写着嫌弃地擦了擦手，在几个房间里都转了一圈，脏倒是不脏，就是太冷清了，一看就没有第二人生活过的痕迹。对于这一点，穆雨时还是很满意的，但满意归满意，还是改不了爱挑剔的本质："啧啧，你家就这鬼样子？"

"对啊，我家这样子，你没看实物就买是不是后悔了啊？"纪星池一边塞东西一边试图继续说服他放弃这里。

但穆雨时显然自动屏蔽了她的话，走到她房间门口，犹豫了一下，最终没有走进去，转而在沙发上坐下了，跷着二郎腿，一副大爷的样子："说吧，你打算在我家蹭住多久啊？"

纪星池："……"

半小时后，纪星池谄媚地给他送上了茶水，又送上了切好的水果："穆师兄，喝点水润润嗓子。"

穆雨时很满意她的服务，勉强啄了一口茶水："嗯，态度还不错，看来你是打算住一星期以上了。"

纪星池也不明说，继续为他服务，见他扭动着脖子，立即小跑到他身后："师兄，脖子酸了吧？我给你揉揉。"

纪星池拿出了自己平时在SPA馆体验过的经验来为他一阵胡乱揉捏，原本还挺享受的穆雨时已经感受到了来自她的怨念，甚至怀疑自己的脖子会被她掐断。

"算了算了，你有什么需求就提，别做以前没做过的事情，真可怕。"

纪星池立马又乖巧地在沙发上坐好，将艾文反馈回来的合同推到他面前："那个……穆师兄，这其中真的有误会……"

"想收回合同？"穆雨时不等她说完，就已经猜到她接下来的话了。

纪星池果不其然地狂点头。

穆雨时沉下脸，一字一句地说："没门！"说完，就从沙发上站了起来，拖着行李箱找到客房，"作为这套房子的主人，看在你可怜的分上，主卧室还是让给你吧。客房的家具我今天也将就一晚，明天我会让人来换。哦，对了，你的密码锁我也打算换了，换了后我会告诉你密码的。"

"你……"

"怎么，你还有什么不满意的？"

纪星池没话可说了。

"行吧，没意见我就睡了，晚上不准骚扰我，我会反锁的。"

到底谁骚扰谁啊？

穆雨时见她不说话，挥了挥手："行吧，你可以跪安了。"说完，他转身直接关了客房的门，气得纪星池差点儿没骂娘。

回到房间，纪星池忍不住又在电话里把艾文骂了一通。艾文只好又找中介的麻烦，可这事情能怪谁，拿错房子资料的人是纪星池本人，能怪得着谁？

"我看啊，你要不再跟穆小少爷磨一磨，他那么有钱，也不差房子住啊……干吗非要在你家啊，他该不会对你有什么想法吧？"艾文立刻又否定了自己的说法，"不过……你现在这样子，我都下不去口，别说他了。"

"有事吗？会不会好好说话？"纪星池已经心力交瘁了。

艾文也没话可说了："不过我最近倒是听说了点儿事情，听圈内人说他那电影扑街还挺严重的，他自己就是电影的主投，是不是赔钱了啊？中介的人说，他好像也挂了你们小区附近的一套房子正准备出售。"

纪星池一脸诧异："不能吧，华美影业一年投资那么多电影，他拍电影还要自己投资？"

"谁知道这些富二代是什么心思。"艾文在电话另一头重重地打了个哈欠，"太晚了，这事我们改天再说啊，我要去睡了。"说完，也不等纪星池回答，艾文直接挂了电话。

挂完电话的纪星池整个人泄气地在床上滚了两圈，已经不想再去深究穆雨时到底发生了什么事情，疲倦地打算闭眼休息一会儿。

另一边，穆雨时洗完澡出来，手机就响了。

电话是李想打来的，汇报了今日的票房成绩，依然是不怎么满意的成绩。但他也不是差这一部电影投资的人，之所以挂牌出售那栋附近的别墅主要是因为他偶然发现纪星池要卖房子的事情，不知道为什么，他就动了想要买下来的念头。

华美影业影视部的人已经找过他表示要投资，但他依然拒绝了。自他打算做导演开始，他就没靠过家里任何人，现在更不可能要华美影业的钱。而且，穆雨时是享受掌控全局的人，关于《归路》这部电影，他因为决策失误，引进了部分投资，导致后期很多事情超出了他的预期，所以未来他可不想再犯此类错误。财务一合计，发现新电影距离开拍还需要一段时间，但这钱也差得远，于是，他一咬牙，决定也卖一套房子吧，这才连夜搬了过来。

只是不知道纪星池那个女人卖房子做什么？这么缺钱？

想着想着，穆雨时的脚步不由自主地就往她的房间走去了。

纪星池迷迷瞪瞪地睡了一会儿，被一阵敲门声吵醒，她耐着性子去开门，穆雨时站在门口，刚洗完澡的他没穿衣服，就裹着浴衣，敞着胸前的一大片肌肤。

纪星池无视了他的肉体，不满地看着他。

"客房里没毛巾，找条新毛巾给我。"穆雨时说。

纪星池不想理他，直接关了门。过了一会儿，又响起了敲门声："你家有新牙刷吗？"

被烦得不行的纪星池只好将东西找给他，刚消停没一会儿，她洗完澡从洗手间出来，他就出现在她门口，手里拿着个吹风机："给我吹头发呗。"

纪星池已经无语了，恨不得将吹风机给他砸过去，抬手就想关门，房门却被穆雨时从外抵着，她费了吃奶的劲儿推了推，门丝毫没动，一抬头就看到穆雨时好笑地看着她。

纪星池气得一把抓过他手上的吹风机："就你金贵是吧。这么金贵，要我吹也可以，一根头发五十块。"

穆雨时舔了舔嘴唇，笑道："你要是能给我把头发数出来，我命都给你。"

纪星池嘀嘀咕咕抱怨了两句，还是无可奈何地拉他到沙发坐下，穆雨时乖宝宝一样坐在沙发上，支着个脑袋配合她的身高。吹风机轰隆地响，纪星池毫不客气地用手扒拉了两下他的脑袋。

"哎哟，你轻点儿啊，你想让我秃头啊？"

纪星池面不改色地冷哼："有本事你自己吹啊。"手上的力道又加重了一些。

穆雨时吃痛地龇牙咧嘴好一会儿，终于忍受不了了，一把拍开她的手："算了，算了，指望你这种废物我可能会提早短命，我自己来。"

纪星池冷不丁被打了一下，正想发火，穆雨时顺势接过了吹风机，一把将她拉着坐在沙发边，刚坐稳，纪星池就感受到一股热风从头顶传来，几根指头轻柔地扒过她的发丝。

纪星池愣愣地抬头，穆雨时不知道什么时候站了起来，半弯着腰，一脸认真地用手帮她梳理头发。

"看什么看？"穆雨时嫌弃地嘟囔，不知何时耳根已经红了。

纪星池一听到他的声音，就撇嘴收回了视线："这么殷勤，也不知道有什么阴谋。"

穆雨时气结："你这人怎么这么不识好歹，还不是担心你感冒了，本来就够事儿了，万一感冒了不还得我照顾你。"

穆雨时的话纪星池一个字都不信，但她没反驳他，安静地任由他服务。没想到，穆雨时平时拽得跟二五八万似的，吹起头发来还挺周到的。

第三十六章

纪星池不知道自己是什么时候睡着的，等她醒来的时候，房间里很安静，穆雨时早就不见了人影，但客厅的餐桌上摆放着热气腾腾的豆浆和油条。纪星池撇撇嘴，虽然不敢相信穆雨时这么好心，但还是吃了一顿心满意足的早餐。

《分身》的第一次彩排，她需要到场，所以一大早就去了太阳剧院，剧院门口这次聚集了不少媒体，还有一些陈景行的粉丝，直接导致剧院门口的交通有些堵塞，纪星池不得不下车步行到剧院。

关于陈景行要参演《分身》话剧的新闻昨天网上就官宣了，费明奇出山的第一部作品居然是跟一线流量合作，针对此事，网上自然吵翻天了，有不少人认为剧方只为了热度而不要质量，什么"费明奇晚节不保""制片方为卖票没下限""流量祸害话剧圈"等等各种说法都冒出来了。陈景行的粉丝一面为自己的偶像自豪，一面舌战群儒，终于把这件事炒上了热搜。

当然，这些跟纪星池这种B角演员都没关系，如果女主角状态好，她全程也就是个陪练，可万一撞上大运了……纪星池不敢多想，只能带着虔诚的心情到了剧场里。

纪星池到剧院的时候，费明奇已经到了，张弛也在，旁边还有一个女演员。纪星池认识那个女演员，是一直走青衣路线的唐梦。

唐梦在圈子里一直很低调，演的戏以主流题材为主，而她这种演员大部分时间都泡在剧组，鲜少参加综艺，虽然没什么曝光度，但只要提及她的名字，那么这部剧一定是精良制作，口碑好又卖座。费明奇能请到她来做玛德琳的扮演者，给这部原本就很有热度的话剧又增加了不少热度。

海伦的扮演者今天没来，但听费明奇的助理介绍，那是圈内一位不可说的大佬。看过剧本的纪星池不难想到，这位真正的女主角应该是一个不会太年轻的女演员，加上整个剧组的用心程度，也足以想到，对方一定大有来头。

助理让纪星池暂时待命，因为海伦的A角今日并未出现，暂时就没有排关于海伦的戏份，纪星池没事可做，就找了个安静的角落看舞台上的排演。

因为是第一次排演，两位演员正处于磨合期，两人总是试一段停一下，然后凑在一起说戏。纪星池看他们讨论看得认真，至于费明奇是什么时候走到她身后的，她都没发现。

不做评委的费明奇看上去就是个和蔼可亲的老头，他友善地打量着纪星池："刚看了排练觉得如何？"

忽然被询问，纪星池也不敢妄论，只好谦虚地道："我、我其实不是太懂话剧。"

费明奇似没想到她会如此直接，笑着说："无妨，搬上舞台的东西原本就是给观众看的，懂不懂话剧不重要。"

纪星池意外，她以为费明奇会有长篇理论诠释话剧的与众不同。

费明奇见她手上拿着剧本，又问："剧本熟悉得怎么样？看后有什么感想？"

昨天晚上她花了一个晚上看完了剧本，看完后有很长一段时间没有回过神。剧本在电影的基础上改动很大，完全脱离了《飞越长生》原来三角恋的关系。

话剧中的海伦是一位身形肥胖、事业低迷、一无所有的中年女人，和玛德琳的相遇是她人生中最特别的日子。玛德琳是新搬来的漂亮邻居，她善良大方，深受周围邻居的喜爱，海伦很喜欢这个小姑娘，总是以姐姐自居，帮助玛德琳解决生活上的麻烦，而玛德琳教会她化妆，使用女人的魅力，她们互相吸引，成了好闺密。但是一场意外，让海伦和玛德琳交换了灵魂。海伦拥有了玛德琳的完美身材，而玛德琳失去了所有，两位不同年龄层但同样善良的女主人公因为美丽的皮囊和欲望，变得猜忌、嫉妒和阴险，她们掩饰着内心的黑暗面，故作大方地为对方考虑，实际上是为了获得自己想要的一切。她们使尽了手段，展现出了人性最深处的恶意，最终两败俱伤。

这个故事听上去并不喜剧，掺杂了许多黑色幽默元素，每一次荒诞的举动，都隐喻着人性的本来面目，两位女主人公逐渐露出的真面目，又何尝不是现实生活中的我们。

纪星池很喜欢这个故事，坏女人，其实很有魅力。

"我很喜欢这个故事，海伦和玛德琳的对手戏很精彩。真的很希望有一天，我能有机会上台演出。"她已经词穷到不知道如何表达自己迫切想要进入海伦人生的心情。

费明奇听了她的话，笑得很和蔼："你会有机会的。"

纪星池这才发现，费明奇居然是个很善良的老头，虽然听上去仅仅只是在客套地鼓励她而已。

张弛和唐梦正演到高潮部分时，门外忽然变得热闹起来，陈景行匆匆赶来，带着一层寒霜。

纪星池早上已经从助理那里听说了，费明奇因为热搜的事儿，加上女主角今天并不会出现，所以特意通知了陈景行今天不用出现，但不知为何，他还是来了。

"打扰了费老师，但我想尽量参加每一次的彩排。"陈景行的态度很诚恳。

费明奇还挺意外，原本对片方硬塞进来这个卖座的男主不怎么满意的他，听了这话也满意了三分。

男主角来了，但女主演不在，彩排搭戏的任务当然就落在了纪星池身上。

纪星池没想到，这一天，来得这么快。

她和陈景行第一次对戏，居然是在如此正式的场合。以前在学校的时候他们少有见面机会，有时候暗恋也会让人产生距离，从前她不敢轻易靠近。后来两人在一起了，聚少离多，陈景行也不太愿意跟她搭戏，为了不让人看出来两人的关系，他们也有特意避开在工作上的相遇。

　　费明奇第一次见两人站在一块，也不知道出于什么目的，忽然决定亲自帮两人导戏。这对在"演戏"事业上都是新人的两人来说，无疑是一件天降喜事。

　　但陈景行却是真的紧张，正式排练之前他便一个人躲在角落里记台词，一副生人勿近的生冷模样。跟前些日子他特意来找她，信誓旦旦地要求她配合的样子大相径庭。比起配合，陈景行更担心的是自己能不能做好。

　　纪星池从来没见过他这么紧张过，多数时，她见他的样子都是沉稳内敛的，这样的慌乱，她还是第一次见。也不知是该高兴还是该难过，一个她认识多年，自以为将对方当作这辈子的依靠的人，却在她面前活成了一个过于完美的样子，她不知道这样的人到底是以一个什么样的心态存在的，仿佛真的将她当成了一个"客户"。但这些，现在的她已经无暇顾及了。

　　纪星池试图在正式彩排之前跟陈景行做简单的沟通，演员之间的配合很需要默契，眼下，她根本不知道以过往那些年的相处，她对陈景行的了解是否还作数？

　　为了能将这份她也很珍视的机会把握住，她还是决定拉下脸主动配合。再三犹豫后，纪星池拿着剧本去找了陈景行，却被他的助理给拦了下来："不好意思啊，我们老板现在要看剧本，可能没空。"

　　短短的一句话，便将纪星池拒于千里之外。

　　纪星池站在原地等了一会儿，陈景行都没有抬头来看她一眼。没辙，只能暂时放弃。

　　正式彩排在半小时后，陈景行胸有成竹地走上了舞台。

　　此时的剧场内很安静，因为费明奇的亲自上场，大家已经暂停了手上的工作，都在屏息等待这一段戏的效果。唐梦也拿出了十二分的专业精神，尽量配合两人。

　　这一段，纪星池扮演的是还没与玛德琳交换灵魂的海伦。而其中最重要的戏份，正是她发现，她那能力出众又才华横溢的外科医生丈夫跟她的大明星"闺密"玛德琳一起鬼混的场景。

　　舞台的画面展现是夸张的，没有经验的演员很难把握那个度，过于夸张时便虚浮无力，而过于从荧幕视角演绎，又无法展现情绪。

　　在这一点上，纪星池比陈景行强多了。她非常擅长这一段的戏，毕竟这些故事都似曾相识。

当海伦冲进自己家门，看到那样狼狈的一幕时，她完全体会到了那时的心情，而眼前的人……陈景行，他此时的表现，也像极了当初两人决裂的那一幕。其实纪星池也想过很多，她想，如果能重来，她一定不想要再做个沉默的"哑巴"。

舞台上的海伦终于爆发出了内心里所有的不堪、委屈、不甘以及愤怒。渐渐地，所有人的目光都被她吸引了，她的一举一动，她的每一个眼神，都让人深陷其中。

场面被纪星池抢走了，整个表演过程仿佛是她的独角戏。陈景行从未有过这样的压迫感，哪怕是他在跟影帝影后演对手戏时，都不曾有过的慌乱和无力，此时却是那么强烈。他有点儿失神地看着眼前的海伦，她好像换了一个人，这时候让人完全忘记了她的身形和身份地位……每当她说出下一句台词时，他都有一段时间的缓冲，回忆自己应该用剧本里什么样的情绪去接戏。

沉默的间断，忽然，台下的费明奇打断了两人："你们先停下。"费明奇的脸色不太好看，他冲纪星池招了招手，"纪星，你来。"

纪星池指了指自己，有点儿意外。这场戏她演得很好，几乎是零失误。有眼睛的人也都知道，刚刚的那一幕戏，陈景行的表现有多糟糕，是他接不住她的戏。纪星的表现，简直让他们目瞪口呆。然而被费明奇叫走的人却是她，对她表现出了太多不满。

"纪星，你错了。"

纪星池从戏中回神，怔怔的，不知道自己错在哪里。

"如果这是你一个人的舞台、你的独角戏，你可以去演独舞，但这里不是，你不应该在这里演话剧。"

纪星池听着费明奇的话，满腔的自信都被扰乱了。她不服气地死咬着下嘴唇，直接面对费明奇的责备："我只想演戏，不想表演什么个人秀。"

她不知道为什么就连费明奇这样的老戏骨，也会站在陈景行那边，忍受那些糟心的演技。就因为他红，而她只不过是个替补，好欺负？

费明奇注意到她的委屈，对她失望地摇了摇头："你不用觉得委屈，我认为你比陈先生更差劲。"

纪星池铁青着脸，惶惶地张了张嘴，又闭上了嘴，犹豫再三，一句话都没说出口。

其实，在纪星池心里，她认定费明奇不是这样的人。她不相信费明奇会是非不分。

费明奇却不管她，继续说着："你有能力引导，但你没有选择这么做，这不是演戏，只是个人秀。即使你再有演技，在我这里依旧是零分。"

话落，纪星池的脸色都变了。而陈景行的脸色比她还要难看，费明奇对纪星池的批评，看似是在维护陈景行，往深了想，却不是这样。这场戏两人的表现如何一目了然，看客们也不是傻子,他们当然知道费明奇盯着纪星骂,不是为了给陈景行面子,而是他陈景行压根不配得到他的评价。

"费老师,是我的问题,我没提前跟纪老师沟通……"

费明奇抬手,打断了他接下来的话:"陈先生,我在跟我的演员说话,请你不要打断我。"费明奇平复了下语气,表情也很礼貌。

陈景行被噎住,再也没话可说。

陈景行当场吃瘪,众人都惊了,但一想到那人是费老啊,谁敢质疑?

纪星池没想到费明奇那样和蔼的一个老头,发起火来这样有攻击力,有了陈景行的前车之鉴,她也不敢再说话了,全程只能保持和沉默。尽管她有很多的不甘,但费明奇也没说错。她在排演时,一直抱着完成任务的心态,炫技也好,嫉妒心作祟也好,不管出于什么心态,那都不是她应该有的态度。

费明奇见她脸上没有了倔强,长久地叹了口气,总算和颜悦色了些许:"你这样下去,是做不了好演员的。"

第三十七章

"老费,你这心也太偏了点儿。是不是看人家小陈能给你带来票房,就欺负我的替补啊?"忽然,一道清丽的女声在剧场里响起。

纪星池抬眼望去。迟景之不知道是什么时候出现的,她戴着大墨镜,众星拱月地站在人群里。往她身后看,穆雨时居然也跟在她身后,提着大包小包,活像个小长工。

纪星池鼓着眼睛瞧,穆雨时没理她,假装不认识地别开了脸。

迟景之瞧见了两人的反应,在心里差点儿笑出声音来。也不知道今天是谁,一大早就屁颠屁颠地跑回家,买了一堆东西,就为了将她拖来现场的?现在在这里装什么正经,臭不要脸。算了,这个榆木脑袋还得她这个做后妈的来推波助澜一下。

这么想着,迟景之便主动朝纪星池挥了挥手:"别愣着,我给你们送来了吃的喝的,都来拿吧。"

众人高兴地立即去接过穆雨时手上提着的东西。

费明奇也没兴致再说下去,兀自找个地方坐下。他这种上了年纪的人不爱喝什么奶茶,迟景之见他不动,便主动拿了一杯热咖啡走过去,费明奇没接,心里有气。

"老费,你这什么意思,嫌弃我?"迟景之笑道,又看看纪星池,"哎,你跟小姑娘置什么气。"

费明奇冷哼一声，还是接过了那杯咖啡："我没置气。"

费明奇的声音不大，周围的人都能清楚听见。纪星池心里是明白的，就是再傻她也知道费明奇是在提点自己，迟景之和老费这么多年的交情，自然也是知道的。打抱不平的话，却是说给别人听的。

迟景之原本没打算来现场，如果不是穆雨时这个臭小子，她也不会见到这么精彩的现场啊，这不是上次医院里见的那个小胖姑娘吗？穆雨时的这个小姑娘，应该是有两把刷子的，不然也入不了费明奇这个挑剔鬼的眼，更何况她还是来给自己做替补的。堂堂影后的替补，难道是谁都能做的？老费这个老东西，还敢欺负她？

费明奇叹了口气，都懒得解释了："你今天怎么来了？"

"我怎么能不来看看？我的话剧都成什么样了，我当然要来看看。"

费明奇压根没将她的话当真，对众人招了招手："今天就先散了吧。"

"别啊，我来都来了，正好大家都在，还是再排练一会儿吧。"

迟景之主动要求排练，在座的人哪里有不陪的理。

费明奇还没发话，迟景之直接朝着舞台走去："不用熟悉剧本了，直接来吧。"说着话，她看向陈景行和纪星池："小陈跟我就来刚才那一段，小胖子你在旁边看着，可不许偷懒。"

"小胖子"纪星池愣了一下，反应过来她是在叫自己，还未说话，迟景之已经拉着陈景行的手到一边开始说戏。

陈景行铁青着脸，就算对面是影后，他也没能挤出一个笑容。方才跟纪星的那一段，压得他喘不过气来，让他有了一点儿小小的阴影。

迟景之见他这样子，笑了笑，和蔼地道："小陈，你不用紧张，等会儿跟着我的节奏来。"

迟景之穿着厚道具服，一次次不厌其烦地跟陈景行对着戏，陈景行一开始还有点儿慌手慌脚，后来逐渐放松了下来，跟着她的节奏渐入佳境。

《分身》第三幕。海伦愤怒地指责着恩格斯的出轨，她绝望得恨不得杀了这个狗男人，但她再看看如今丑陋不堪的自己，愤怒被自卑代替。她要复仇，带着这个念头，她一口灌下了女巫给的药。

迟景之的感染力很强，别说她对面的陈景行，就连站在一角的纪星池也被她的一颦一笑给惊到了。这不像一个多年不演戏的演员，她对海伦这个人物信手拈来，了解她的每一个小动作小癖好。

纪星池攥紧了手心，有点儿期待她怎么表演灵魂互换的那一幕。

穆雨时不知道什么时候走到了她旁边，看到她紧张地盯着台上的样子，他有点儿不满地在心里哼了一声："就他这演技，还想证明自己，我看倒是更像个笑话。"话里的他，自然就是陈景行了。

"你小声一点儿。"纪星池小心地回头看了看四周，见没人注意，她才放下心来。

但穆雨时毫不在意她的紧张，依旧我行我素地撇着嘴，评价着陈景行的表现："舌头都捋不直，还学人家演戏？"

"费明奇年纪大了，眼神不好吧。千挑万选，就选了他？"穆雨时毫不客气地说着，也丝毫没有压低声音的打算，一旁的人大多听见了都很尴尬，但也没人敢上前来让他闭嘴。

离得最近的纪星池恨不得在两人之间划开一条鸿沟，表示两人不认识。穆雨时没给她机会，时不时地还会回头来跟她讨论："陈景行这演技，该不会是你教的吧？"

纪星池脸黑了，压低声音："跟我没关系。"

穆雨时这才算放心了："哦，还好不是你，不然我都要劝你放弃演戏了。"

纪星池无语地叹了口气，发誓不再接茬，专心致志地看迟景之如何演戏。而她刚准备好，台上的迟景之接了个电话回来，表示要先离开了。纪星池的期待落空。

穆雨时见迟景之要走，立即迎了上去："车钥匙给你，你自己回去，我还有别的事情。"

你能有什么事儿？她一眼瞥到纪星池，当即明白过来这小子想什么了。

"嘿，你这臭小子，拖我来的时候怎么不见你服务态度这么差，怎么，现在利用完了，就要把我给扔了？"迟景之忍不住敲了一记他的脑袋，"我不管，既然是你接我来的，你就得负责把我送回去。"

穆雨时撇嘴，他这么一把年纪了，居然还要被敲脑袋。

"车钥匙给你，要么你自己回去，要么我让费老派人送你。"穆雨时给了她一个"你自己选"的眼神。

迟景之不想麻烦人家，最终还是选了车钥匙。她拿了车钥匙，心里却憋着气，正琢磨着要怎么让他难堪，目光就扫到了一边的纪星池，方才下台时还匆匆忙忙的迟景之忽然就不忙了，仔细地打量了一番纪星池。

纪星池被她露骨的眼神看得一阵脸红："迟前辈。"

"小胖子，你叫什么？"

纪星池看了穆雨时一眼，又看看她，怎么都觉得有一种丑媳妇见公婆的样子？

"我叫纪星……"

"问这么多干什么，你不着急吗？赶紧走吧。"穆雨时打断她的话，推着迟景之就要走。

迟景之被他推着，时不时回头："唉，你别推我啊，你让我看看我未来儿媳妇。"

"谁是你儿媳妇，你赶紧走。"穆雨时被她说得老脸一红，尴尬地咳嗽了两声。

迟景之没管他说什么，哈哈大笑："哟，还害羞了。"

纪星池很尴尬，想掉头就跑，可眼下所有人都在看着她。一眼就扫到人群中陈景行也在看她，她更觉得难堪了。谁敢相信她会是穆家的媳妇啊……迟景之这话，也就是打趣打趣……可现在的她否认不是，不否认更不是。她焦急地解释："迟前辈，我……我不是穆师兄的女朋友。"

迟景之可不是闹着玩的，她还特有谱地拍了拍纪星池的手背："噢，迟早都是一家人，你也别这么生疏地叫我了，不如你就跟小时一样喊我迟姨吧。"

纪星池恨不得找个地洞钻进去，这……她可喊不出口。

费明奇不知道他们还有这层关系，也愣了下，但看纪星池脸都要急红了，他无奈地摇了摇头，怎么说穆雨时也是他看着长大的，这小子的脾气可不好相处，他和纪星的事情还很难说。迟景之这一声"儿媳妇"喊出来，别说其他人，就连费明奇都不信。不是他小看纪星，实在穆雨时这小子，从小就是颜控……

"人小纪脸皮薄，哪里经得住你开玩笑。"费明奇发话了，认证这是玩笑。

迟景之倒是没多解释，知道自己在这场合这样说不合时宜，见着穆雨时吃瘪的样子，她心里也痛快了，憋着笑离开了剧场。

现场被搅得一团乱，费明奇也没什么心情让大家继续排练。穆雨时和纪星池最后离开，两人刚走到走廊上，就再次遇到了陈景行等人。

陈景行在林建宇和助理的簇拥下离开，几人打了个照面，他什么都没说，只是瞥了一眼便转头离开了。小助理倒是对两人很感兴趣，上了车，还忍不住回头看："刚才影后说的那事应该不是真的吧？这穆家大少爷的眼光也太……奇怪了。"

林建宇收回目光，冷哼了一声："一个小替补，长成这样，能抱上穆家这根大粗腿？怕是在做梦。"

听着两人的对话，陈景行微微蹙起了眉头。不知道为什么，他心里不太舒服。他虽然也觉得穆雨时不可能找纪星这样的女人，但……他还记得之前碰见那两人时的场景，穆雨时对纪星……跟别人想的不一样？好像还真有点儿那么回事。忍不住，他转头看了一眼后视镜。

林建宇注意到他的目光，面上一冷，他对陈景行今天的表现很不满意："你今天怎么回事？"

陈景行回过头来，脸上的表情也不是很好看。想起纪星全程压着他的场景，他心里堵得慌，无法相信自己的演技还不如一个替补。

"之后的排练都帮我排上时间。"

他不能输给一个替补。

林建宇其实不赞同他这个做法，但既然现在已经上了话剧这条船，他就不能让陈景行在这里砸了，于是他点点头，勉强算同意了陈景行的做法，转头也吩咐助理："把后面的商演活动能取消的都取消。"

林建宇又问陈景行："需要我给你找个指导老师吗？"

陈景行沉着脸摇头："不用。"

纪星就是他最好的老师。

第三十八章

穆雨时和纪星池一道回了家，在楼下超市买了点儿食物，一起进电梯，一起进家门。穆雨时大爷一样，进门就窝进沙发，等着纪星池将晚餐准备好。

关于做晚餐这件事，两人产生过分歧，纪星池不想做个免费保姆，而穆雨时是个大爷这谁都知道，想让他动手，他能给你把厨房所有的蔬菜塞进泡面里一锅炖了。纪星池在减肥，泡面是万万不能吃的，最终为了自己的减肥大业，她只能勉为其难地亲自动手。相比她的不满，穆雨时倒是觉得这小日子有点儿美。

玩手机游戏有点儿累了，穆雨时哼着歌蹿进了厨房。闻着饭菜的香味，他摸着咕咕叫的肚子，忍不住就给纪星池竖起了大拇指："不错，很有小媳妇的样子。"

不提还好，他一开口，纪星池就想起今天迟景之的那一声"儿媳妇"，彻底把纪星池给叫傻了。

"你、你瞎说什么，什么小媳妇小媳妇的。"

穆雨时偷食的手被她猛地一拍，也愣住了。见纪星池脸涨得通红，他恨不得抽自己一个大嘴巴子，怎么就这么沉不住气，什么话都给说出来了？

"你想哪儿去了，我是说你现在这副样子，跟个小媳妇似的……"

纪星池拿着锅铲，差点儿怼到他脸上："你闭嘴，不准提这两个字。"

穆雨时原本还想顾及一下她的脸面，但看这情况，他也不想顾及了。他气呼呼地咂巴了下嘴："怎么还说不得了？不想我说媳妇媳妇，你倒是想做谁媳妇啊？陈景行的？呵，臭不要脸……"

"你有病啊。"

穆雨时也窝火了，凭什么"媳妇"两个字他还不能提了？

"我没病，你才有病，你是不是觉得今天我后妈叫你一声儿媳妇耽误你了啊？怕谁听见，陈景行？"

纪星池怎么感觉有一种自己出轨被抓，跟自己"老公"吵架的感觉？但这不对啊……

"穆雨时，你说什么呢。"

"我说什么你心里不知道？彩排就彩排，两个人凑那么近干吗？我今天看见了，你瞧见陈景行那样子，眼珠子都快长到人家身上了。"

纪星池无语了半天，才憋出一句话："我跟陈景行怎么样，关你什么事。"说完，她自己愣了，穆雨时也沉默了。他深深地看了她好几眼，这是气话，但也让人心里憋着疼，心里再急切，但有些事他也知道自己不能反复追究。算了，不提就不提吧。

"得了，吃饭吧。谁乐意提那小白脸似的。"穆雨时悻悻然地回到客厅，整个人也不知道怎么回事，始终蔫了吧唧的，后来一整个晚上都没什么精神。

不过纪星池也委屈，她跟他非亲非故，两人什么关系也没有，总提陈景行，她听着也不舒服，就算知道穆雨时不开心，她也没打算哄他。就这样，无言地吃了晚饭，两个人各自回了自己的房间。连着几天，两人都没怎么交流。

后来几天，纪星池照例去剧场排练，每回都会遇到陈景行。但穆雨时也没闲着，不知道他哪根筋不对，每天也往剧场跑。费明奇看他来得也太勤快了，冷不丁就笑他："穆小少爷是要住在我这儿？要不，我给你找个位置，让你每天在这里睡得了。"

每回穆雨时都拿出自己是迟景之这个投资商儿子的身份出来说事，说什么帮忙盯梢啊，可不就得每天都来嘛。纪星池懒得搭理他，每次都假装不认识。后来，穆雨时也觉得没意思，但每天还是照来，但来了也不说话，看两眼就走了。

演出时间迫在眉睫，纪星池变得更忙了。为了节省时间给主角，群演配合她排演的时间很短，所以她只能抓紧时间早早把属于自己的戏份给排了，等其他主演到了的时候，她便沦为了助演。

最近的彩排，迟景之都没有再来过，倒是陈景行一天不落地来了现场。所以，纪星池也就理所当然地成了他的助演。

陈景行来之前，纪星池正在排演海伦出演舞台剧的那一场戏。

这场戏对身躯肥胖的海伦来说至关重要，她一面渴望回到舞台，一面又苦于肥胖的身躯，被拒之门外。这天晚上，她偷偷来到大剧场，她想跳以前爱的桑巴，找回回到舞台上的骄傲感，但满身的肥肉随着她的舞步引发了不少笑点。但跳着跳着，她找回了自己的感觉，只是一首舞曲结束，她才发现方才经历的一切不过是大梦一场，海伦绝望地晕倒在舞台上。

一进门，陈景行就看到在台上手脚并用着跳舞的纪星池扭着屁股，样子很滑稽。

台下一阵哄笑，有人在台下喊："纪老师，别人跳的是桑巴，你跳的这是什么啊，肥猪蠕动吗？"那人开着玩笑，众人也跟着笑了笑。

陈景行几不可闻地皱了皱眉，他没有掺和其中，甚至有点儿反感这样的场景。曾经不红的时候，他在剧组的日子也不怎么好过，那时的卑微，跟如今的纪星如出一辙。

但纪星池却是没怎么放在心上的，早在几个月前，她可能还会不适应，但现在，她已然习惯了。她一看到陈景行，就从舞台下来了，将位置让给他。

有了上次的教训之后，陈景行开始主动跟大家交流，他表现得很谦虚。

陈景行虽然演技不行，但态度还可以，费明奇也乐意指导，在现场教了几次后，他也渐渐能接住纪星池的戏了。

"纪老师，能不能帮忙对个戏？"陈景行拿着本子，刚接受完费明奇的教育，转头就来找她了。

纪星池好不容易才休息会儿，屁股还没坐热，不是很想理他："陈先生还是找别人吧，反正替补一大把，找谁不是找。"没有外人时，她对他向来没什么好脸色。

陈景行也不恼，看着她，依旧是笑眯眯的样子："但我看，你距离女主角也没多远了。"

将替补的活干成了正版女主角，也没别人了吧。费明奇对纪星池的要求不比迟景之低。迟景之没来的时候，大家搭戏的时候只能找她。就算迟景之来了，也没几个人敢找，渐渐地，整个《分身》剧场的人都对纪星池熟稔了起来。后来，在现场大家都叫她海伦。但这种事大家开开玩笑可以，当真就没必要了。陈景行这样说，让她不怎么开心，脸色更难看了。

"陈先生还是找别人帮忙吧。我真的没空。"

陈景行知道她这是当真了，也沉下脸："你要做什么？"

纪星池拿出手机，戴上耳机："看视频。"看视频都不想搭理你，你快给我滚开吧。

但陈景行压根没听见她的潜台词，厚脸皮地在她身边的位置上坐下来。

"你干吗？"

陈景行冲她笑了笑："我在这里背剧本，纪老师你不用管我，你先看视频，看完后我们再排练。"

纪星池有点儿不耐烦了，摘下耳机："你很闲？"

陈景行摇头，他当然不闲："我推了好几个工作，才挤出时间来排练。"

纪星池冷笑："那你还挺敬业的。"

陈景行没说话了，低头安静地看剧本。

纪星池拿眼睛瞅着他，很是无语。忽然，她站了起来："你要排哪一幕？"

陈景行笑着看她，不知道为什么，明明跟她不算熟，但在了解她这点上，总是超乎预想。

看过剧本，纪星池有点儿后悔刚才的决定了。陈景行要让她搭的这段戏，是玛德琳的灵魂进入她身体后的第一幕，玛德琳无法接受这副身体，向恩格斯证明自己才是玛德琳，但渣男恩格斯依然只选择有一副好皮囊的"玛德琳"。为了留住恩格斯，玛德琳下跪祈求，将自己的自尊扔在地上，任由他践踏。

"陈先生，你该不会是在报复我才故意挑的这一幕戏吧？"

陈景行倒是很淡定："纪老师是做了什么对不起我的事情吗，以至于我要报复？"

纪星池没话可说，催着他尽快。

排演到一半的时候，穆雨时来了，正好看到纪星池苦苦哀求着陈景行，痛哭流涕的画面。

"浮夸。"穆雨时冷不丁地评价了一声。

中场休息，纪星池和陈景行都停了下来。纪星池下了台径直朝着他走过去："你怎么过来了？"明明一大早就不见人影的人，跑剧场倒是很勤快。

穆雨时撇撇嘴，指了指费明奇："来帮迟姨请假。"

又请假？纪星池可以想到，费明奇的脸色有多难看。

"这次，她是真生病了。她前些天跟我爸去海边玩疯了，也没考虑自己的年纪，肺炎挺严重。"

纪星池愣了愣，眼看首场演出在即，女主演这么病下去可不是办法。不过，这事儿还轮不到她一个替补操心，她也就没多想。

说话间，陈景行也从舞台上下来了，他没有绕开两人，直面穆雨时的冷嘲热讽，满脸挂着温和的笑意："穆导，天天来剧场报到，该不会是有什么不放心的吧？"

穆雨时见不得他这么装，不咸不淡地撇嘴："奇了，原来陈先生知道我担心你欺负我们纪老师。"

他如此直接，陈景行脸上的笑意有所松动："穆导想多了。"

穆雨时笑了笑："想没想多，看陈先生不就知道了。天天纠缠着我们纪老师的人，可不就是你吗？"

这话说出来，可就醋劲十足了。

陈景行忍不住看了纪星池两眼，他是怎么也很难将两人凑成一块的，尽管迟景之都那样半开玩笑地说了，他忍不住笑了笑："穆导维护自己人，还挺有自我牺牲精神的。"

这话听上去就很没风度了，什么意思？纪星池忍不住看了他一眼。

陈景行抿着唇，也意识到自己这话说得有多没气度，但也没掩饰这话里或多或少对纪星的轻视。

穆雨时盯着他没说话，眼神渐渐凌厉。

陈景行控制着自己没说话，再说下去就真有失风度了。他心下微跳，良久才重新在脸上染上笑意：“穆导自便，我先去忙了。”

他走后没多久，助理就通知费明奇来了。穆雨时对纪星池说：“等我一起回去。”说完，他立即去了后台找费明奇。

两个小时过去了，剧场的人都走得差不多了，穆雨时和费明奇才从会议室出来，老费的表情不太好看，一直沉着脸。纪星池揉着发麻的腿走过去，费明奇看到她过来，脸色更难看了。

"你说的事情我会考虑，行了，今天也晚了，你们先回去。"老费说完，转身就走了。

纪星池看着费明奇走远，好奇地问穆雨时："怎么了？迟老师那边还真出问题了？"

如果迟景之上不了戏，这对纪星池来说当然是天降喜事，但她没敢这么想。

穆雨时看着她急得整张脸皱成了包子，觉得有点儿好笑："迟老师要是演不了，你不应该高兴吗？"

纪星池脸色一沉："我高兴什么啊。"

如果迟景之忽然不演了，那整个剧场，那么多人连日来的辛苦都会付诸东流，老费的复出之路可就不是几个热搜的事情了。

"老费得气死，演出得开天窗，大家的努力都白费了，这么多人，怎么能因为我一己私欲就期望这种事情。"

穆雨时见她义正词严，盯着她看了好一会儿，竟然感觉有点儿可爱，忍不住伸手揉了揉她的脑袋："放心，没你想得那么可怕。"

纪星池被他这突如其来的温柔给整蒙了，愣愣地看他。穆雨时反应过来，也有点儿别扭，假装自然地收回手："不是你想的那样，走吧，我送你回去，晚上我还要去工作室。"

纪星池"哦"了一声，这才跟上他的脚步。两人一前一后走出剧院，刚走到大厅，就撞见刚从小办公室里走出来的陈景行，他的身后还跟着一个熟悉的身影。

艾文？纪星池一眼就看到了两人，艾文正好抬头，看到了她和穆雨时。

"纪……穆导，你也在啊？"艾文脸色骤变，话锋一转，就转了口风。

穆雨时跟他不熟，但知道他曾是纪星池的经纪人，对他没什么好脸，冷漠地扫过他，没有回应，只是看了看纪星池——她眉头紧蹙，显然也没料到这种场景。

艾文尴尬地收回手，小心地扫过纪星池，但没敢太大幅度，怕露了馅。

这时穆雨时说话了："杵着干什么，没看到挡路了？"

他的话顿时打破了尴尬的气氛，艾文赶紧绕过两人朝外面走去。穆雨时也搭着纪星池的肩膀大摇大摆地绕过两人走出了剧场。两人路过时，艾文脸上的慌乱一闪而过，但很快就恢复如常，他转头，发现陈景行在探究自己，立即又扯出一个笑脸。

第三十九章

回到家，纪星池还没从见到艾文和陈景行的震惊中回过神，她不相信艾文会出卖自己……但是，陈景行和艾文这俩势同水火的人，怎么会在一起？

穆雨时见她一直闷闷不乐，也没去打扰，一直在厨房里捣鼓吃的。

艾文来的时候，两人刚刚吃过晚餐。穆雨时开的门，艾文对穆雨时有点儿怵，站在门口踌躇半天，也没敢搭腔，只是扭捏地问：“那个……我找纪星，她在家吗？”

穆雨时用激光眼扫了他一圈，听见纪星池的房门有了声响，他才让开位置让艾文进来。关上门，穆雨时就回了房，他想给她和艾文留下单独空间。

艾文这次到纪星池家里来，其实挺急的：“那个，今天的事情你为什么不问我？”

纪星池"嗯"了一声，她也不是刚入圈的傻白甜了，多年的默契还是有的，更何况，遇事越急越出错这个道理她也懂。

"我想先听你解释。"

艾文叹了口气，心里的大石头总算放下了。他想了想，便将见陈景行的事情详细说了："陈景行不知道从哪里知道了你打算卖房子，来向我打听情况。"

"嗯？"纪星池应了一声，表情古怪。

"噢，还有，他妄图收买我，让我跟他报备你的行程。"

纪星池愣了："我的行程？"

艾文见她表情古怪，立即摆手："不是，他在找'纪星池'，不是你。"

纪星池这才松了口气，不过她更奇怪了，陈景行什么意思？之前去阳城老家找她也是，现在怎么还在寻找自己的行踪？找到她了，又要干吗？她对他还有其他利用价值吗？

"还有呢？"

"我听他的意思，不像是要害你，他就是想知道你去哪里了。"

"咣当！"艾文的话才说完，纪星池就听见自己的书房里发出了一阵声响。她起身想去看看穆雨时到底在搞什么鬼，就见他靠在书房门框旁，盯着艾文，手里掐着纪星池的布娃娃的脖子，对着艾文阴森森地笑："知道两面派的下场吗？"

艾文摇头。穆雨时狞笑一声，使劲一捏，娃娃的脖子仿佛被扭断般，脑袋歪向一边。

纪星池和艾文吓得互看一眼，艾文忙说："我当然没有答应他，我抵死不从。"

"很好。"穆雨时收回了自己的脑袋，回到书房里不知道在捣鼓什么。

艾文看了看他,又看了看纪星池,一脸惊恐:"你们……什么情况啊?"他做了纪星池这么多年的经纪人,也没听说两人关系这么好啊,就算阴差阳错地住在了一起,他穆雨时管这么多做什么?

纪星池没回答艾文的话,她还在想陈景行:"陈景行到底是什么意思?"

艾文摇着脑袋,心有余悸,瞥了瞥书房的门,小声凑近她耳边说:"毕竟你们在一起也有一段时间了,再没良心的人也知道感激吧。没准,他是真的想要弥补你呢?"

纪星池摇了摇头,她也拿不准陈景行具体是什么想法。哪怕他们认识的时间很长,但她从没有了解过陈景行。

"随他去吧。既然你要卖情报,我给你一个做双面间谍的机会如何?"

艾文的声音都发抖了:"还是不要了吧。我没想卖情报。"

纪星池笑了笑,安抚地拍了拍他的肩膀:"我是认真的,你给他卖假消息,我想看他到底有什么阴谋。你现在没得选择,你已经是我贼船上的人了。"

"好、好吧。"

"你现在发短信告诉陈景行,许多公司知道我解约后,送上了更多的剧本让我挑,然而我暂时想休息,所以推掉工作去旅游了。"

艾文按照她的话打字,末尾好像还听见她嘿嘿笑了两声。

"这些消息看上去好假啊,你确定他真的会信?"艾文有点儿担心。

纪星池撇嘴:"信不信无所谓。反正你明天再转告他。"

艾文收起手机,觉得这么做有点儿无聊,但又觉得算了,她怎么开心就怎么做吧,他可不敢再惹到……书房里的那位大火龙了。

送走了诚惶诚恐的艾文,纪星池心情大好,打算突袭书房的穆雨时。穆雨时不知何时打开了她放在书房的电脑,一门心思在刷网页。纪星池走近,却被他先一步手快地关掉了网页。

"你藏什么呢,是不是在用我的电脑看什么不可描述的东西?"

穆雨时从老板椅上回过头来看她,目光森冷:"先管好你自己再关心别人的事情吧。"

纪星池冷不丁地被怼了,一脸的莫名其妙,正想说什么,穆雨时已经从椅子上站起来走了出去,气压好低,纪星池莫名地打了个寒战。

他一走,纪星池就开始翻看电脑,翻到浏览痕迹时发现了上次严铁嘴的热帖,而帖子下面有几条她披着马甲回怼的消息,她拿出手机一看,才发现电脑上已经自动登录了她当时的账号。纪星池看着电脑,觉得自己真是挺无聊的,没事多管什么闲事啊?

其实穆雨时发现纪星池在网上帮自己说话的时候明明很开心,但一想到这样不堪的自己被她目睹了，他又很生气，他是在气自己。踌躇良久，穆雨时还是去敲了敲她的房门。

纪星池的房间里响着音乐，她正跟着音乐跳今天排演时被嘲笑了的桑巴舞。没有什么舞蹈功底的她只能对着镜子纠正着自己的动作。

穆雨时从门缝中看着她扭动屁股的样子，不免觉得好笑。她真的不适合跳舞，动作实在太笨拙了，他已经看到她撞了好几次的床脚，但她毫不气馁，很快就继续研究上一个动作。那些胳膊和腿上的瘀青在灯光下格外醒目。

穆雨时脸上的笑意渐渐消失，他沉着脸，缓缓关上了门。他还是决定不打扰她了，默默地站在门口听了一会儿，房间里很吵，音乐声中时不时传来她摔倒的声音，那声音听着……很痛。

第二天一大早，还没习惯这个房子里有另一个人的纪星池一开门就对上了穆雨时那张有点儿颓废的帅脸。穿着轻薄睡衣的纪星池顿时回过神，脸唰的一下就红了，转身就想缩回自己房间。

"站住。"穆雨时一把拉住了她。

纪星池别扭地被他按到沙发上坐下，一脸局促，不自觉地就拿起了一个抱枕遮在了胸前："干吗？"

钢铁直男穆雨时根本没注意到她的小动作，抬手抓起她的脚踝——

突如其来的举动惊得纪星池一脚踢了过去："穆雨时，你大清早的耍什么流氓？！"

被脚掌招呼了的穆雨时没好气地看着她："谁耍流氓了？"

纪星池瞪着他："不是你是谁？"

穆雨时看了看她的脚，又晃了晃自己手中的擦伤膏："你没病吧，也不照镜子看看你这样子值得人耍流氓吗？"

纪星池看清楚了他手中的药，顿时老脸通红："你、你怎么不早说？"

穆雨时冷哼一声还是将她的脚给扯过来放在自己的腿上，挖出一大坨药膏在她腿的瘀青上涂抹："脑子里多想想正事，别一天到晚瞎想。"

被猜中心思的纪星池脸一红，动了动脚趾："你、你怎么知道我脚受伤了？"

连轴排练桑巴舞，这几天，她每天都要在舞台上摔好几次，但她都没怎么在乎，自己也没怎么放在心上。这样的情况，也不知道他是怎么发现的。

腿肚子传来冰凉的触感，让纪星池没再继续深究那个问题。她顺着脚踝，低头看。此时的穆雨时动作很轻柔，指腹揉着肌肤麻麻痒痒的，看着他垂着脑袋的样子，心里蓦然升起一种奇怪的感觉。

气氛不知为什么开始变得燥热和暧昧，她想抽出自己的脚，但穆雨时的手掌很大，紧紧地扣着她的脚让她动弹不得。好一会儿，他擦完药，又抓起了她另一只脚。

纪星池下意识地想要躲，但他动作更快，一把就将她的脚踝捏在手心："别动。"

纪星池果然就不动了，只是她明显听到自己的心在怦怦直跳。恍惚间她听到穆雨时压低了声音说："其实瞎想也没关系的。"

纪星池咬着下嘴唇，没听太清楚："你、你说什么？"

穆雨时有点儿气闷地加重了手上的力道，引来她一阵痛呼。

"哎呀，痛，轻点儿。"

穆雨时撇嘴，手上的动作轻了点儿："还知道痛？我还以为你就知道装傻呢。"

轰隆一声，心里有处地方轰然摇晃，纪星池感觉自己的心脏都快跳出来了。

穆雨时终于上完了药，他看了她好一会儿，目光最终移到她的手臂上。

纪星池立即反应过来，立马拿过他手中的药："这里我自己可以，我自己来。不用麻烦你，你、你，那个，你去忙你的吧。"她口不择言地咬着舌头，痛到低低嘶了一声。

穆雨时表情一暗，垂着手，深深地看她一眼。

纪星池假装认真地在给自己的手上药，一直没敢看他。

穆雨时最终叹了口气，转身收拾东西准备出门："我晚上有事，可能会回来很晚，晚餐你就自己先吃。"交代完，见纪星池没回应，他又忍不住回头看她。

原本正盯着他的背影发呆的纪星池猝不及防地撞上了他的视线，手上的药管落在沙发上："啊，哦，我知道了。"

穆雨时控制住了自己翻白眼的冲动，又叮嘱她："首演快到了，这个时候你更应该保护好自己的身体，别再受伤了。"说完放心地走了出去。

纪星池盯着关上的房门发呆。什么意思？首演跟她一个替补，好像也没多大关系吧？

迟景之约了费明奇在家里吃晚饭。破天荒地，老穆家这位傲娇少爷穆雨时负责了接送和鞍前马后的工作。更让穆周奇怪的是，今天家里这场饭局来得突然，谁也没给他打个招呼，他正在花园里吃着茶闭目休息着呢，不一会儿不仅老费来了，就连宁崇也来了。

屋子里忽然就多了几个人，穆周奇怪地找上了自家媳妇，却见迟景之也在忙前忙后，像是早就知道了今晚自家有饭局的样子。穆周看着大家聊得热络，心里好一阵嫉妒。他怎么感觉，他们之间发生过什么连他这个老父亲都不知道的事情？

"臭小子今天怎么转性了？他跟老费的关系有这么好吗？"穆周望着花园里跟费明奇聊得热火朝天的穆雨时，以及刚到没多久就霸占了自己老人椅的徒弟宁崇，心里很不是滋味。

迟景之虽然病了，但也只是嗓子不舒服，整个晚餐过程还是她在操持，厨房里忙得不可开交，她没空理老穆，只敷衍地说着："谁让你儿子有事儿求人家，可不就得收敛收敛少爷脾性嘛。"

老穆这一听，就不得了。什么叫有事求老费？他堂堂一个大导演，还有替儿子办不成的事情吗？

"他那电影的事儿说什么都要自己干，干得不好，不求他现成的老爹，反倒是去找老费？难不成老费还能去给他投资几个亿？"

迟景之冲老穆翻了个白眼："看你，平时不关心自己儿子吧。"

"怎么的？不是因为电影的事儿？"

迟景之懒得跟他多说，收拾了一番，端着水果和茶就走了出去，她可是要去给便宜儿子助攻的。

穆雨时的确有求费明奇，不是为了自己，而是为了纪星池。

迟景之的身体出了状况，她这一病虽然没大碍，但嗓子没个小半年是不能狠用了。她不用猜，就知道穆雨时打的什么主意。可想要说服老费和资方，事情就没那么简单，臭小子怕是要出点儿血了。

果不其然，方才花园里还其乐融融的景象，现在可不美好了。老费的脸都绿了，显然很愤怒。但穆雨时没退缩，他心中有打算，不管怎么样，他都觉得自己能说服费明奇。

宁崇，就是他叫来的说客。他这次来，可是带来了一个天大的好消息。

《我不是大人物》的片子剪出来后，就被宁崇率先送去了金奥奖的组委会参赛，虽然电影还未正式上映，但组委会那边很快就传来了好消息，片子入围了！

"这跟纪星有什么关系？"费明奇不是很明白，宁崇的片子入围金奥奖根本就在情理之中。

宁崇笑呵呵的，也没卖关子："当然有关系了，纪星是新人，第一部电影就入围了最佳女配角，你说牛不牛？"

"什么？"这下不仅是老费，就连刚从厨房出来的迟景之也惊呆了，"宁崇，你是说纪星演了你的片子，还入围了最佳女配角？"

宁崇兴奋地点头，满脸的自信："对，不是新人奖。"

啥？你们说什么？女配角谁啊？纪星又是谁啊？

穆周一头雾水，不知道媳妇在高兴什么，忍不住拉住了迟景之的袖子："媳妇，纪星是谁啊？"

迟景之瞪老穆一眼，恨铁不成钢地叹了口气："没谁，过些时候你就知道了。"

穆周更迷茫了，虽然不知道媳妇和儿子在说什么，但好像……他们都在等费明奇的答复。最终，不明所以地看向了费明奇。

可就算是这样，老费的脸色依然没有变好看，他还是蹙着眉头："是这样没错，但这件事我还是要想想。"

穆雨时也不着急，心里很笃定："没关系，费老您慎重考虑，只是演出没几天了。我看迟姨这嗓子，估计也好不了。您要能在这期间找到比纪星更合适的人选，我也没话可说。"

费明奇听着他的话，气不打一处来，敢情这小子就仗着自己现在一时半会找不到人，在这里等着赶鸭子上架啊。

"那你说，欺骗观众这事，你要怎么帮我挽回？"想来想去，费明奇也找不到别的法子了，最终也只能顺着穆雨时的思路去想。

关于这件事，穆雨时显然早就做了准备，他气定神闲地看了老费一眼："这件事，可能就要麻烦迟姨了。"

迟景之一愣，没想到这事儿还跟自己有关系？她当即就有点儿不乐意了，可很快，穆雨时又说："今年我准备拍一部新戏，想跟华美影业合作。"

迟景之看了穆周一眼，又看看穆雨时，一咬牙，只好点了点头。

最后这顿饭吃得也不怎么愉快，老费差点儿给气走。穆雨时和宁崇倒是都很高兴。

宁崇在得到组委会的消息后，当即就把自己当成了纪星的伯乐，心里那个美滋滋啊，觉得要不是自己眼光好用了纪星，也就不会有后来的事儿了。所以，站在这个角度，他是很想帮穆雨时说服老费的。路已经铺好了，不过这条道走得怎么样，还是得看纪星的造化。

第四十章

关于自己凭借《我不是大人物》入围了最佳女配角提名这件事，纪星池感觉自己真的是被砖头砸出来的好运，她坐在沙发上，有点儿晕乎乎的，一脸呆滞，不敢相信。

没想到，这个提名会来得如此之快。

纪星池又捏了捏自己的脸，给软乎乎的脸上捏出了一道红印子："这是真的，我真的没有在做梦？"

穆雨时看着她傻乎乎的样子，一直没说话，但眉眼弯弯，心情也很不错的样子："嗯，真的。"

纪星池终于有了反应，激动得从沙发上跳起来，一把就抱住了他。

穆雨时一愣，刚想要抬手去回抱她，结果转眼她就松开了手，高兴得不知所措，一会儿拿手机一会儿抽出一张纸巾。

"妈呀，我入围了！"纪星池又激动地叫了一声，"谢谢你啊，穆雨时。"

穆雨时撇嘴："谢我干什么，关我什么事。"

纪星池深吸了好几口气，好不容易才平复下心情，按下了激动颤抖的手："当然要谢谢你啊。要不是你，我也不可能拍这部电影。"

哪怕只是个配角，如果没有机会，她再怎么努力，都不会这么快获得提名。

穆雨时心里也很为她高兴，但他可不能表现出来，依然故作镇定地说："哦，不就是个提名，又不是真的拿奖。"

纪星池被他这一盆凉水泼下来，瞬间冷静了一些："嗯，说得也是，我不能高兴得太早。不过，反正……提名及认可，我还是要谢谢你。"

"如果真的要谢我，那就请我吃饭吧。"穆雨时想了想，说。

纪星池爽快地点头："你想吃什么？"

穆雨时笑了笑："你做的。"

纪星池歪着头看了看他，有点儿没理解他话里的意思。

"我是说，让你亲手做给我吃，不要煮泡面，我最近吃太多了，难受。你想想看，给我做点儿什么大餐，我要吃大餐！"

纪星池一愣，纠结半天："那你总要告诉我你想吃什么菜吧？而且我很久没有亲自动手了，也不知道能不能入口，你要不怕被毒死的话，我就试试？"

穆雨时原本只是想逗逗她，却没想她竟然真的答应了。

"只要是你做的我都吃。"

纪星池听着他的话，心脏漏跳了一拍，那种奇怪的感觉又来了，她咳了两声："好吧，我试试看。"

这么好的事情，她的确应该好好庆祝一下。纪星池思前想后，觉得就他们两个人庆祝，好像有点儿冷清，于是……她很快就在穆雨时不知情的情况下做了决定，邀请了李魁、徐凡彤和艾文来她家吃饭。不知不觉间，大餐计划就变成了聚餐。

当穆雨时打开房门看到门口的三个人时，顿时黑了脸。艾文和徐凡彤李魁两人也是在门口遇到的，对方都不知道谁是谁，只知道都是纪星的朋友，但三人见了穆雨时，都很默契地惊了。

艾文看徐凡彤，徐凡彤看着李魁。

"什、什么情况？穆、穆……"李魁结结巴巴地开口，感觉空气冷飕飕的。

纪星池走了过来："你们都站在门口做什么，快进来啊。"

穆雨时冷着脸扫了纪星池一眼。

纪星池没意识到他为什么要这么盯着自己，也瞪大眼回看他。

穆雨时无语地翻了个白眼，觉得自己简直是在对牛弹琴，他叹了口气："说好的大餐感谢，什么时候变成了幼儿园聚餐？"

纪星池这才反应过来他在不满，于是急忙解释："人多热闹嘛。"

穆雨时冷笑一声："是吗？那没我事了，你们自己聚会吧。"说完，毫无待客之道地转身就走回了沙发，根本懒得搭理来的几个客人。

纪星池抽了抽嘴角，瞪了他好一会儿，见他当真没打算招呼自己的朋友，只好赔着笑脸，赶紧热情地邀请三人到客厅坐下。

厨房里也很热闹，纪星池不敢跑太久，只好踢了踢他："你帮我照顾我朋友啊，我要去忙了。"

穆雨时用背对着大家，闷哼没说话。

三人见状，齐齐摆手："不用，不用，我们自己照顾自己就行。"说完，三人一个自己拿零食，一个拿出遥控器要开电视，纪星池见他们的确能自己照顾自己，也就没说什么，转身回了厨房。

纪星池一走，一个人霸占了沙发的穆雨时才猛然回过身，面对三人。三个人简直如坐针毡、如临大敌、如避蛇蝎……场面尴尬至极。

穆雨时看了他们几眼，眼不见心不烦，从沙发上站了起来，警告道："好好给我坐着，别在我家来回走动，看着烦。"说完，也掉头进了厨房。

三人频频点头："是是是，好好好……嗯？我家？他家！"

天降大瓜？

李魁回过神来震惊地看看徐凡彤，小声道："他们……住、住一起？这不是纪星的家吗？"

徐凡彤沉着脸，也严肃地点头："看来是有一腿。"

艾文看着这两人，露出了一副知情者的尴尬神情，解释着："我觉得你们可能都误会了……这个穆雨时是出了名的难搞，怎么可能会喜欢纪星？"

李魁扭头看艾文，总觉得对方有点儿眼熟，但一时想不起来是谁："哎，我说这位兄弟，你这眼神也太不好了点儿。他们两人，一看就有问题好吗？"

艾文摸了摸额角，很想说出真相，但想了想还是闭嘴吧。

这时，厨房里传来一阵噼里啪啦的声音。三人不约而同地看向厨房。

厨房里没有预想中的慌乱，食材都准备得很好，只是面对这条活蹦乱跳的鱼时，纪星池却犯了难。她握着一把菜刀，正在酝酿是不是该手起刀落直接剁头。

穆雨时已经抽走了她手中的刀："你这么笨手笨脚的，不知道什么时候才能吃上饭，还是我来吧。"

"你会吗？"纪星池开始怀疑他。

"等你学会？这条鱼孙子都长大了吧！"他说话间已经麻溜地将鱼处理好了。

纪星池撇撇嘴，看他熟练的样子，也就没阻拦他，刚要离开，又听到他哼唧了两声："你等等。"

纪星池看他。穆雨时努了努嘴："围裙给我系上。"

纪星池看了看自己身上淡黄色的围裙，摘下来，就往他头上套。穆雨时个子高，她一伸手他便立即配合地弯腰，套上后，他又很自觉地侧着身让她帮他系带子。

纪星池看着他翘起来的屁股，有点儿无语地看了看他的背。因为半天没有等到她的动作，他下意识地蹙眉回头看她，纪星池在心里暗暗叹了口气，妥协地帮他在背后打了个蝴蝶结。

"你要不行就叫我。"她嘱咐道。

穆雨时点头："出去等着。"

纪星池深深地看他一眼，这才放心地离开厨房。

她一走，穆雨时挺着的背立即缩了回去，趁着没人发现，穆雨时拿出了手机，翻出了美食食谱。

李魁收回目光，有理有据地看向艾文："要说这俩没一腿，打死我也不信。堂堂的大少爷为了给我们做一顿饭，抛弃工作就来了，真爱好吗？"

"也有可能是因为他票房不好，没工作……"艾文的声音颤颤巍巍。

"我看你还是闭嘴吧。"对于跟自己持不同意见的艾文，李魁很是不满，立即叉了一块西瓜塞到他嘴里，干脆地堵住了他嘴。

艾文觉得自己苦啊，以前做纪星池经纪人的时候为她和陈景行操心，现在她胖了，换了个身份，他更操心。

正当艾文垂头丧气时，正主纪星池来了。

李魁是个不嫌事大的，主动找到纪星池询问："纪星，你和穆导是什么时候的事啊？"

纪星池眼角抽动："什么什么时候啊？"

李魁窥着她，一副"我都知道了，你还是老实跟我交代"的神情："那人家大导演，怎么不工作来给你做饭？"

纪星池皱了皱眉，努力找词语解释："他闲得慌，票房毒药谁找他拍戏啊。"

艾文嚼着西瓜，差点儿喷到纪星池脸上，她一愣，立即发现事态不对。一回头，穆雨时正似笑非笑地握着把带血的刀。

纪星池尴尬地摸了摸鼻子："鱼杀好了吗……那个……杀、杀人犯法。"目光扫过他手中的菜刀，声音颤抖。

穆雨时继续冷笑，手掌在她肉乎乎的脸上拍了拍："放心，我最多毒死你，不会砍死你，太血腥了。"说完冷笑了几声，转身回了属于他的厨房。

他一走，纪星池就松了口气，尴尬地咳嗽一声，岔开话题："对了魁子，你今天不是带了剧本来让我挑选吗？"

李魁立马反应过来，拿出了准备好的剧本递给纪星池："差点儿忘记正事了。这是最近招募到的本子，你看看。"

纪星池接过剧本扫了一眼，没有立即看："对了，咱们的招募工作准备得怎么样了？演员和导演都有了吗？"

李魁一五一十地汇报工作："演员招募得差不多了，就是好的导演难找，问了一些人，都不愿意来我们剧团。"

纪星池也知道他们剧团小，没什么名气，确实招揽不到什么优秀的人才。

正失落着，李魁突然灵机一动："咱们不是有现成的导演吗？"

话音一落，纪星池下意识地扭头去看厨房。

穆雨时正挂着围裙端着两盘黑乎乎的东西走出来，显然他也听到两人的对话了，沉着脸走过来，放下手中的两个盘子，目光扫过纪星池。

找穆雨时做导演？纪星池从来没想过这个问题，所以很快她就摇头拒绝了："他很忙的。"

听她这么一说，李魁也露出了失望的表情。其实找穆雨时这个建议李魁自己都觉得不可能，冷静下来一想，怎么可能？堂堂一个电影大导演，怎么肯来小剧场做导演？

"谁说我没空了，我最近很闲。"穆雨时冷眼扫了纪星池一眼。

纪星池皱眉，穆雨时看向李魁："不过，我的要求很高。"

"啊？"李魁猛咳了两声，好不容易才平复了激动的心情，"真、真的？"

穆雨时指了指餐桌上两盘黑乎乎的东西："真的。不过我有个要求，就是今天我做的所有东西，你们都要采取光盘行动。"他顿了顿，笑着说，"我这个人很不喜欢被人质疑，不管做什么。"

哪怕是不擅长的厨艺……

纪星池已经注意到他做出来的东西很可能是会致命的毒药了，无比头痛地抚着额，她就不应该将做饭这么重要的事情交给他……也不知道自己是哪根筋不对，居然相信他？

穆雨时的厨艺实在很烂，饭还没吃完，三个人都相继找借口离开了，只留下纪星池独自面对他。

"你看我干吗？吃啊。"穆雨时端着一碗饭，享受地看着纪星池难以下咽的样子，她的筷子抬一下，他的目光就紧跟而上。

纪星池被他看得全身发麻，顿时有了扔筷子的冲动，她也没打算委屈自己，啪的一声放下筷子："穆雨时，你做这顿饭就是为了毒死我吧？"

穆雨时哼哼两声，阴阳怪气："谁让你不通知我就随便叫人来家里，还有，你明明答应了要做饭给我吃，叫那些牛鬼蛇神来做什么，我看下次他们还敢上咱家来不？"

纪星池听着他理直气壮的话，顿时哑口无言："谁、谁跟你咱家。"这明明是她家。

穆雨时自动忽略纪星池的反驳："你记着啊，你还欠我一顿饭，加上这次的，你得给我做两次。"

"穆雨时你幼不幼稚。"

穆雨时显然不觉得自己幼稚，他乐在其中："不幼稚啊，就这么定了，等首演结束，你就给我做。"

第四十一章

《分身》首演在太阳剧院拉开了序幕。纪星池是被临时通知，要顶上Ａ角的。这个消息被通知时，整个剧场都沸腾了，纪星池却蒙了。

"哎呀，你不用操心那些。费老说了，你只要好好演出就够了。"工作人员安抚着她，也不知道她到底踩了什么狗屎，运气会这么好。

傻掉的纪星池被人推着去化妆，看着镜子里的自己，她还不敢相信，这个角色真的让自己顶上了。

半小时后，后台有序而匆忙地运转。纪星池坐在化妆室上妆，听着周围的人来人往，心跳更快了。她没想到迟景之会在首演时就出状况，她更没想到自己这个Ｂ角这么快就有机会上台。而这场演出，慕名而来的观众将会塞满整个剧场，这还没到演出时间呢，就已经开始有观众在排队等待进场了。

但纪星池知道，那些人不是为了她来的。她心里有许多说不出的滋味，不知道应该高兴还是难过。

"纪星，有你的花。"

正在化妆的纪星池睁开眼睛，看见工作人员抱着三束花进来。

"给我的？"纪星池不相信地指着自己。

工作人员点头，看了看几束花里的小卡片："嗯，那我放这儿了啊。"

纪星池伸手拿过花里的卡片，有两张上落了徐凡彤和李魁的名字。最后一张上面没写名字，只有一句话："祝纪星首演成功。"

纪星池愣了愣，看这字迹她实在想不出是谁送的，不过这束花却让她神奇般地冷静了下来，好像没有之前那么紧张了。

至少，有人是为她而来。不知怎的，她忽然想起了穆雨时，这一束没署名的花，不会是他送的吧？

这样想着，纪星池渐渐放松下来。她盯着镜子里的自己渐渐变成了海伦的模样，先前那种慌张的陌生感逐渐消失，取而代之的是熟悉。

渐渐地，服装造型做完之后，纪星池彻底变成了那个人物，她就是海伦。

快开始了，纪星池出去时遇到了已经准备好的陈景行，两人微微点头算是打了招呼。

所有演员整装待发。大幕拉开，戏，开始了。

整个剧场塞满了人，在台上大幕缓缓拉开的时候，原本嘈杂的现场瞬间安静，所有人的眼睛都盯着台上，想要将舞台上的一切看清楚。

舞台灯光骤然亮起，打在纪星池的脸上。

只是片刻，台下喧闹起来，人群里开始有人嘀咕："这……这不是迟景之吧？怎么看也不像啊？"

"我看着也不像，不是吧。"

"演海伦的不是迟景之吗？难道我看错了？那我票不是白买了，我就是冲着她才来的。"

……

台下的质疑声越来越多，声音也越来越大，顿时汇成嘘声一片，甚至已经有观众开始喊退票了。

这样的局面，众人早就想到了，但所有的工作人员都没受到影响，纪星池却难以像他们那样平静，她脸色煞白，有一瞬间差点儿没敢踏上舞台。

"没关系的，你可以。"不知道是谁在耳边说了一声，她扭头看过去。

是费明奇，他插着手正盯着她看。

纪星池能听见自己耳边急促的呼吸声，她用力地吸了口气，终于开口说出了第一句台词。

然而就在她开口的瞬间，台下的质疑声差点儿掀翻了整个舞台。声音淹没了她的台词，就在纪星池紧张到不知所措时，台下忽然响起一阵掌声。

这掌声太突兀，引得众人都扭头去看。只见台下，一个小伙子正专注地看着舞台上，他冲舞台上的纪星池喊了一句："加油！"

隔着许多人头，纪星池看得不是很清楚，但猜到了是穆雨时。他不知道是什么时候到观众席上的，身边还坐着一个戴鸭舌帽的女人，看身形……是迟景之。

纪星池望着两人，大口喘息，终于，慢慢地平复了狂跳的心。她迅速稳住了波动的心神，她告诉自己，现在的她，是海伦，不是纪星池或者迟景之，她很清楚。

故事终于开始。

陈景行进入观众的视野，台下的吵闹声因为他的出现稍稍平复了些。

但纪星池的气场很强大，她在台上的一举一动都是这个人物鲜活的证据，故事缓缓进入正轨，再到高潮——

她扮演的海伦在舞台上掌控全场，悲伤、难过都演绎得淋漓尽致。她全身颤抖且坚毅，眼神绝望却似乎有隐隐的暗芒，她要复仇，带着这个念头，她一口灌下了女巫给的药……那一刻，纪星池成了整个舞台气场的来源，在她面前，观众似乎已经忘记了陈景行的存在。

舞台音乐随之响起，台下不知是谁爆发出第一声掌声，随之而来的，是排山倒海的掌声。台下掌声经久不衰。之前对纪星池的质疑声也被淹没在雷动的掌声之中。

演员谢幕时，迟景之来到台前，台下顿时人声鼎沸起来。

迟景之笑着挥了挥手，示意大家安静，现场渐渐安静之后，迟景之的声音才响起，声音沙哑："首先，我想对大家说一声抱歉，因为临演出我的嗓子出了问题，所以不能上台，我在这里给大家道歉。"她说着朝观众席深深地鞠了一躬，起身后又说，"对于这个问题，话剧团可以给大家全额退票。"迟景之顿了顿，看了看纪星池，将她拉上前来，"其次，我还有一件事要宣布，《分身》之后的演出，都会让今天这位海伦的扮演者纪星来担任 A 角，我相信以纪星的实力，完全可以。"

此话一出，全场哗然，台下的观众交头接耳，纷纷看向纪星池。

纪星池没想到迟景之会说这样的话，此刻脑子还有点儿转不过来，看台下的目光汇集到自己身上，她刚准备说话，就被迟景之轻轻拍了下手，说："谢谢大家的支持。"说着鞠躬，算正式完成谢幕。

直到下台之后纪星池也还没有从刚刚的震惊中缓过来。

"迟老师……"纪星池叫住要离开的迟景之。

迟景之停下，说："这是我和老费商量之后的结果，你可以，不是吗？你看，你今天的演出很成功。"

"可是……"纪星池话尚未说完，迟景之已经打断道："你难道想一直做个B角？"

纪星池顿住。

"小时为了能让你上这个舞台，费了很多钱，你应该珍惜。"

穆雨时？

纪星池不敢置信地看着迟景之，对方笑了："全场退票的钱，他一力承担，这是他跟老费的约定。"

"所以，要加油，我们都很看好你。"迟景之说完就打招呼离开了，留下纪星池一人没缓过神来。

陈景行不知何时走了过来，说："恭喜纪老师。"

"啊？"

"我说，恭喜你。"陈景行的笑容依然淡淡的，"你遇到了对你很好的人，有了很好的机会。"

这话，听上去不像祝福，反而像是在提醒她，如果没有穆雨时，她什么都不是。但陈景行脸上的表情真诚，没有她想象的讽刺。

陈景行见她盯着自己，叹了口气："我没有嘲讽你的意思，我只是觉得这样挺好。"

纪星池愣了下，诧异地看他。从前，陈景行不是最讨厌她为他做的那些，擅自做主吗？

"有人铺路，没什么不好。"

"谢谢。"纪星池勉强笑了笑，应了一声，转身离开。

陈景行微微笑了一下，其实他很清楚，他在台上已经完全被她碾压了，她的光芒太过强大，似乎天生为舞台而生，他知道这不是比赛，但他不得不承认，他技不如人。

观众陆续离场，坐在最角落的穆雨时这才慢慢起身。

他本来想去后台看看纪星池，想了想还是算了，他去了，只会让她压力更大，他知道，以纪星池的脾性，得知是自己在背后帮忙后，她一定会觉得自尊心受挫。唉，要强的女人。

最终，穆雨时看了看空了的舞台，那里似乎还有那个绝望的纪星池的身影，他微微叹了口气，才挤进人群里消失了。

纪星池走出剧场时，天已经黑了。她收到了艾文发来的祝福短信，她点开，回复之后，一条推送突然蹦到了眼前，她忽然觉得脑子嗡嗡响了一下。

自从今天迟景之宣布以后都由纪星池担任A角之后，网上抨击纪星池的新闻就遮天蔽日地出现了——《〈分身〉消费、欺骗观众，挂羊头卖狗肉》《费明奇眼光不如当年，多年积攒口碑毁于一旦》《"海伦"扮演者系几十线野鸡新人》……

文章下的评论更是不堪入耳——

"幸好我没去，不然白白被骗。"

"这个纪星是哪里来的野鸡啊，竟然连迟景之都被她挤走了，后台得多硬啊？"

"后台？这么胖的人都有后台，天哪，啧啧啧，不知为什么有点儿恶心呢。"

"费明奇真的老了，《分身》吃枣药丸。"

"这谁啊我的天，不认真看还以为是头猪呢哈哈哈哈。"

"本来还准备去看，看来以后都不用去了。"

"众筹一双没看过纪星的眼睛。"

……

纪星池看着那些文章和评论，狠狠地吸了一口气。当初那种感觉又回来了，这些谩骂她早该想到的，她坐在床上苦笑，忽然觉得全身散架一般酸痛，她疲惫地倒在床上，把手机丢在一边不想管了。

纪星池迷迷糊糊醒来时，才凌晨三四点，她睁着眼睛望着天花板，听见客厅有动静。

穆雨时回来了？纪星池神经紧绷，迅速坐起来，下床蹑手蹑脚地走到门口，耳朵贴在墙上，因为没听到太大的动静，她缓缓打开房门，猛地撞上了一个人。

两人都吓了一跳，客厅的灯骤然亮起，是穆雨时。

纪星池舒了一口气，吼了声："你干什么？三更半夜吓死我了。"

穆雨时没想到纪星池这个时候还没睡，怔住了，片刻才恢复冷静，见纪星池脸上没有什么异样，他默默地舒了一口气，说："有点儿事，回来晚了。"

他其实是怕纪星池看到网上那些评论之后情绪崩溃，特意这么晚回来，留了空间给她。但现在看来，还好，还好。

纪星池这才注意到穆雨时脸上的黑眼圈，她看了看晚上带回来插在花瓶里的花，轻轻叹了口气，破天荒地问："吃饭了吗？"

穆雨时皱眉："什么？"

"我问你吃了没？"纪星池无语。

穆雨时忽然轻轻笑了笑，说："没吃，你给我做饭？"

纪星池点头，穿着睡衣钻进厨房煮面。

穆雨时乖乖地坐在客厅，看着被纪星池精心插在花瓶里的花，他嘴角的笑意更浓了，冲着厨房喊了声："加个蛋。"

"知道了，屁事多。"纪星池翻着白眼，但还是加了个鸡蛋。

把面端给穆雨时后，纪星池坐在饭桌对面捧着脸等着他吃完。穆雨时觉得奇怪，看了她好几眼，但纪星池什么都没说，他也就没敢提。

"你怎么不来后台恭喜我啊？"纪星池问得很直接。

穆雨时夹面的筷子顿了顿，诧异地看向她："我以为你会觉得我多管闲事。这种事情，其实挺招人烦的。"

纪星池动了动嘴，没说话。她知道穆雨时在担心什么，她现在拿到的一切，都是他在背后推波助澜，一开始得知的时候，她确实觉得自己挺没出息，居然事事都要靠他。但现在……心里好像没那么烦了，她曾为陈景行做过的一切，穆雨时现在都在为自己做，她知道那份心意，没有恶意。

"嗯，我觉得不烦，你在帮我啊，我为什么要讨厌你，我感谢你还来不及。"

穆雨时吃完最后一口面，怔怔地看着她。

"我这人，自尊心其实没那么要强，是你高看我了。"纪星池又说。

穆雨时好半响才回过神，轻轻地摇头。他了解她，从十年前开始，他就知道她是个自尊心强的小姑娘，现在她变了，是因为她吃过太多生活的苦，学会了接纳。挺好的，不矫情。

只是这么看着她笑吟吟的胖脸，又有点儿小可怜样了，他忍不住抬手揉了揉："嗯。"他心里莫名觉得柔软，"网上的事情，你别担心。"一切都有我。

第四十二章

纪星池第二天一大早醒来，穆雨时已经离开了，碗洗干净放在了原处。想着昨天看到的那些评论，她的脑子又开始有点儿疼了，她摸出手机，却没想到风向在一夜之间变化得如此之快。

昨天那些如洪水猛兽一般的恶评在今早瞬间被掩盖了。一条关于电影《我不是大人物》的消息爬上了热搜。《纪星——最新的金奥奖最佳女配角提名者》这条新闻爆出以后，很快电影的主创也受到了采访。一向不怎么夸人的宁崇头一次跳上了微博，对纪星表示了高度肯定。

翻看下面的评论，一水的不敢置信，甚至有人觉得宁崇是被绑架了，让他眨眨眼证明自己没被胁迫，宁崇还回复了那条评论，表示自己是真情实感地在夸纪星。

随着宁崇的消息上了热搜，很快，网上也传出了众多的影评，就《分身》的海伦一角仔细分析了纪星的演技——《纪星的演技，竟让顶流陈景行沦为配角》《〈分身〉纪星实力不可小觑》《纪星，未来可期》……这些影评人不同于之前的那些评论，文章中条理清楚地分析了纪星神演技的地方，甚至还有现场截图，纪星的一颦一笑、她不经意间的一个眼神，处处透露出她的非凡实力。

"天哪，只是一个眼神都能感觉到一出大戏，纪星也太厉害了吧。"

"这个演员太牛了，不得了啊。"

"所以昨天那些黑别人的好意思吗？"

"新人？确定是新人吗？感觉她的气场好强。"

"她真的好厉害，你是没看到昨天的现场，观众都被她的神演技所折服。"

"楼上加一，人在现场，简直震撼。"

……

一时间，纪星的演技被推向"神坛"，众多人扬言要去看《分身》。网上的抨击和谩骂也在排山倒海而来的"演技分析"中渐渐销声匿迹。

纪星池震惊地看着手机，忽然觉得这也是一场梦，但梦里传来穆雨时的声音："网上的事情，你别担心。"一切都有我。

这些……都是他做的吗？她笑了笑，刚关手机，手机信息提醒就响个不停，她打开，看见了李魁和徐凡彤发来的信息，一张网上称赞她"神演技"的文章标题。艾文也发来了消息："池子，恭喜你。"

纪星池觉得鼻头发酸，她深呼吸，然后一一回复："谢谢。"

陈景行坐在车里看着网上的评论，说实话，有点儿触目惊心。他没想到他会输给一个新人，看着网上那些分析他和纪星演技的文章，他突然就想起了以前纪星池还在的日子。

是的，那种感觉又回来了。被纪星池碾压，永远活在纪星池的光环底下，只要有她在，他就永远是个配角。

他盯着手机，突然有些好笑，如果真的是纪星池就好了，至少……他不用像现在这样……想她。

一旁的林建宇看着陈景行的模样，冷笑一声："一个纪星就把你搞成这样？"

陈景行收起手机疲惫地闭上眼睛，没说话。林建宇被冷落，索性掏出手机，看着手机上纪星的照片，目光阴晴不定。

很快，《分身》的第二场演出如期开幕。这一次的观众数量比预计的多了不止一倍，许多人都是因为纪星才来的。工作人员看着外面拥挤的人群，震惊道："天哪，人也太多吧。"

纪星池已经收拾好了，就等时间一到就上台。

大幕拉开，第二场开始了。

在纪星池眼里，这一场的意义非同一般。故事开始，纪星池说着台词，完全沉浸在角色里。她的每个动作、每句台词，甚至是每个眼神，都是海伦的命运书写。

现场很安静，纪星池从来没有遇到过如此安静的现场。台下的观众很多还是抱着看热闹的心态，但依然没发出太大的声响。他们被台上的海伦吸引，被她的命运感动，为她的悲剧宿命动容，也看到了这个叫纪星的人的实力。

不知过了多久，演员开始谢幕，台下的观众还久久没能缓过神来。掌声全场响起，经久不绝。纪星的演技似乎在这一场中被承认、被证明，所有人都在夸纪星，他们不吝赞扬，为纪星折服。

纪星，这个新星，被推到了大众的视野中，似乎是一夜之间，她就已经火遍大江南北。命运多相似啊，不管她是纪星池还是纪星，她，都是一个光芒四射的存在。

纪星的走红是有预谋的，这一切其实都带着操控的痕迹。但不管怎么样，她还是红了，不算大红大紫，但热度已经炒起来了，就没有停下的道理。

纪星池收到《喜剧人生》的邀请函，也是在费明奇的授意安排之下。拿到邀请函那天，节目组的人很明确地跟她透露了其中的缘由，橘子卫视和华美影业有合作，而华美影业推荐她上节目，其中还有费明奇的一些缘故，最终节目组决定让她参加比赛。只是，纪星池没想过参加这个节目，她更没想到费明奇会亲自来找她。

费明奇请她坐下，给她沏了一杯茶，说："节目组的人说你不想参加？"

纪星池不想参加的原因一目了然。她接受了穆雨时的一次次帮助，这一次，她不想再接受了。

"这个节目请的都是实力派演员，评委阵容也很强大，我是觉得，如果你真的想走这条路，这个节目会帮助你成长很多，你难道不想提升自己吗？"费明奇继续劝说，表情和蔼，"光靠《分身》是不够的。"

纪星池的手紧了紧："费老师，您说得很对，但我现在只想演好话剧。"

费明奇见她认真的样子，不认同地笑了笑："喜剧和话剧都是艺术，也都是表演，同样源自生活，我觉得你不应该这么快就下决断，你应该好好想想。"

纪星池低着头，没说话。她知道，参加节目会更快让她回到原来的位置，可是……

"你想演戏，但以什么样的形式参加又有什么关系？在节目上用喜剧的方式呈现，同样能证明你自己。"

纪星池深吸了一口气，她承认，她被费明奇说服了。她现在刚接触话剧，就已经发现了自己的众多不足，她喜欢表演，但以她现在的能力，想要走长远还远远不够。她想了想，问:"个人赛吗?"

费明奇见她松了口,笑道:"团队赛。"

纪星池瞬间就想起了徐凡彤和李魁,她点了点头,算是应下了。

回家的路上纪星池就给李魁和徐凡彤发消息说了这个事情。李魁考虑了好久,他们和纪星池组团其实是有优势的,再加上办剧团也需要人气,也就答应了纪星池。

李魁也知道徐凡彤不想参加这种比赛,单独给徐凡彤聊了好久。徐凡彤知道李魁想把剧团办起来,如果不是因为自己拖着李魁,他的日子也不会像现在这样辛苦,如果拼一拼能让李魁的日子好过一点儿,她也愿意。最终三人达成协议,决定组团参加《喜剧人生》。

《喜剧人生》报名时,纪星池三人决定以"吃嘛嘛香"的队名参赛。纪星池和李魁站在电视台门前,看着人来人往的大门,都跟做梦一样。

"我有认识的人在电视台工作,据说这个节目是电视台的年度重点,会在评委上大做文章,每期出现的飞行嘉宾不是顶流就是国际大咖,助演也都是实力派演员,简直双管齐下,收视和口碑都要占全。"李魁皱眉。

纪星池心里有数,自从上次见到电视台的人亲自上门请费明奇,她就知道这个节目的规格有多高。只是在听到"顶流"二字的时候,她的眼皮不受控制地跳了跳。

如今陈景行这个名字时常出现在各大热搜榜上,无论是他的作品还是疑似恋爱,都是第一名,《分身》大获成功后更甚,顶流二字,简直是为他量身打造的。纪星池总有不好的预感,但低头一看那跟陈景行八竿子打不着的节目宣传海报,又觉得自己想太多了。

果不其然,节目在一周后爆出了第一波评委嘉宾。一共四位导师,费明奇的下海刷屏了当天的娱乐新闻板块,另外两位导师虽然也都是娱乐圈里数一数二的实力派,但在这两大巨头的光环面前,热度就没那么强了。

关于组团参加《喜剧人生》这件事,李魁在报名之后就提上了日程。这节目如此大的阵仗,就算是再透明的人也动了拼一把的心思,更何况李魁一心想打造出属于自己的剧团,如此大好的宣传机会再加上纪星如今的名气,此时不上更待何时?

没多久,大赛的海选结果出来,他们毫无意外地进入了初赛,组委会马上就要进入审读剧本阶段。

李魁为了顺利进入前十,初赛剧本想搞个大的,三人商量之后,李魁买下了张小鱼写好的剧本——《凶恶的母亲》,故事纲要下周李魁就会送到组委会过审。

李魁把剧本递给纪星池:"这个故事已经给电视台审过了,走喜剧路线,凡彤看过了,也觉得挺好的。"

纪星池认真地看了剧本。

故事讲了一个中年妇女秦雪花开餐馆独自养活了已经 17 岁却智力低下的胖女儿阿青的故事。秦雪花为了让女儿阿青接受正常人的教育，隐瞒她的智力情况送阿青进高中读书，但异于常人的阿青闹出了不少鸡飞狗跳的事情。有一天秦雪花突然变得暴躁，每天严厉地逼迫阿青干活。秦雪花疯狂的举动闹出了许多笑话，也引起了大家的注意，所有人都在传言她是一个恶毒的妈妈，但秦雪花并不在乎，逼得原本就智力低下的阿青更加胆小怕事，险些弄出意外。半年后，智商低下的阿青还没有学会跟人正常相处，秦雪花突发癌症去世了。事情揭晓，这不过是一个仓皇的母亲想在最后的时光里用严厉的方式教会阿青像个正常人一样在这个世界生存。

在舞台上表演的时间本身就很短，而要在短短的时间里将一个故事讲好，是一件非常难的事情，这个剧本依然是传统悲情戏写的套路，故事有不足，但作为首轮比赛，完整度已经很高了。

纪星池看完剧本，也觉得不错，三人便张罗着开始排练了。

第四十三章

得知了他们即将参加比赛的事情后，穆雨时二话没说，就以导演的身份介入了进来。美其名曰，实现当初要成为他们话剧导演的誓言。但排练的第一天，他就给大家造成了或多或少的麻烦。

不得不说，穆雨时在做导演这件事上，一直都很较真，他甚至根据录播现场的舞台形状、大小，为每个人设计了走位。原本以为一切准备就绪，但事情好像很不顺利。

纪星池饰演的那个在学校里总被欺负的阿青第三次出场时，再次被穆雨时喊停。

穆雨时拿着本子，严肃地道："第几次了？"

"三、三次？"

"你演的谁？"

纪星池第一次感受到他作为导演的震慑力，瑟瑟发抖："弱、弱智少女？"

"弱智少女是青蛙吗？"

"嗯？"

"不是青蛙你乱跳个什么？"穆雨时吼道。

纪星池被他的吼声吓到，往后退了一步："我……再来一次。"她飞快地跑回入场口，清了清嗓子，又紧张地拉了拉身上的衣服，露出一个难看的痴笑……

"停！"穆雨时的声音不大，但再次穿透了整个仓库。

众人都停下了动作扭头看他，场面一度很安静。

穆雨时站了起来，嗓音低沉："你们觉得这样有意思吗？"

众人噤若寒蝉，纪星池也茫然地抬头看他。

"如果你们的目标是要去幼儿园表演小品就早点说，这种跳大神的水准，没准还能在一堆小孩子之中脱颖而出拿到冠军。"穆雨时没有停歇，看向纪星池，"你演的是弱智，不是傻子，你到底有没有钻研角色？"

穆雨时的怒气值显然已经压不住了，纪星池还没说话，他紧接着就又开骂了："我看你干脆也别上台了，现在就直接入土为安当个尸体好了，死人什么都不用做，非常适合你这样的废物。"

纪星池忍住了愤怒："就算我再不好你也不用这么毒舌吧……吃砒霜了？"

"呵，连角色准备都没做好的人，还敢顶嘴？"

纪星池被他说得无言以对，沉默了半晌，她从地上站起来，认认真真地认错："我知道错了。"

穆雨时的眼神闪了闪，抿着唇角没有说话，过了一会儿，他忽然转身拿起外套边走边穿。李魁和纪星池连忙追上去，都以为他这是要罢工了。

穆雨时目光扫过纪星池："你跟我去一个地方。"说完转身吼道，"你们几个，要是下次排演还是老样子，别怪我翻脸不认人！"

穆雨时带着纪星池去了东岐山。

纪星池拧着眉头，看着眼前的几个大字："你带我来特殊学校做什么？"

穆雨时重重关上车门，从后备厢提了几个盒子，嘲讽道："你的脑子被屁崩了？当然是来体验了。"

纪星池晃了晃脑袋，觉得委屈。

穆雨时脸色稍缓，努嘴示意她去后备厢里拿东西。纪星池听话地提着大包小包跟在他屁股后面朝学校走，没想到刚到教学楼下，就看到一辆非凡的保姆车停在楼下，大道上还停了几辆媒体采访车。

对娱乐圈了如指掌的纪星池一眼就洞悉了这是什么情况。

"这是有人先我们一步啊。"纪星池刚嘀咕完，就见两个年轻的女老师从教学楼走出来，正热烈地交谈着。

女老师Ａ："没想到陈景行这么有爱心，听说他刚拍完公益片就赶回来了。之前还以为行程会有变化呢。"

另一个女老师一脸的骄傲："那是，我喜欢的偶像怎么可能差。看他对你们班上那几个孩子多有耐心，陪他们玩，还捐了那么多教学器材。"

女老师Ａ点头："不过，网上不是说他跟那个女演员没关系吗？怎么两个人一起来了？"

陈景行的名字一响起，穆雨时的脸色就不好看。纪星池倒是没什么反应，健步如飞地上楼，但他们还是不可避免地跟陈景行等人在拐角处撞到了。

陈景行身后跟着助理和经纪人，文初也在其中，几个人跟记者有说有笑地走来。

这组合凑在一起，还真的是冤家路窄。但这次穆雨时压根没有要挑衅的意思，眼皮都懒得掀。

陈景行看到穆雨时，下意识地看过去，一眼就看到了他身后的纪星池。

两人视线相对，纪星池立即转开了目光。穆雨时没有停留，直接从几人身边错开走过。

几个记者也窃窃私语起来："这是穆雨时导演吗？"

文初笑了笑，并没有正面回答记者的问话，当作什么都没发生地继续跟着陈景行的脚步走。

走在最前面的陈景行回头往身后看了一眼，穆雨时像是有感应一般，忽然伸手拉住了身后的纪星池。陈景行望着那两道相叠的身影，目光不由自主地看向两人交握的手，下意识地蹙了蹙眉。

助理谭卓碰了他一下，陈景行回过神轻轻地摇了摇头，没有再胡思乱想，大步朝楼下走。

一行人走远后，穆雨时才松开纪星池的手，穆雨时低头看了眼自己的掌心，那是属于纪星池的触感。为了不让纪星池看出什么来，他特地将手背在身后。

两人来到一间办公室。秘书来给他们倒了茶之后便去请校长了，穆雨时觉得无聊，便自己走到窗户边看楼下的情况。

陈景行一行人还未离开，在操场上拍摄东西，学校组织了一些学生陪他玩。穆雨时看着这画面，冷嗤了一声："真是奇了怪了，这小白脸最近怎么这么喜欢做慈善拍公益片？"

纪星池从沙发上站了起来："大约是亏心事做多了，心里总要找点儿安慰吧。"她有点儿坐不住了，慢吞吞地走出办公室，冲穆雨时挥了挥手："你慢慢看，我去教室转一转。"

特教学校的构造跟普通学校没什么两样，只是略吵闹，在走道上就能清晰地听见孩子们的声音，哭闹声和尖叫声汇在一起，乍一听还以为发生了不得了的事情。

纪星池加快脚步走过去，发现有间教室里有几个孩子正在玩闹，有孩子玩着玩着就尖叫了起来，其中有一个大点儿的孩子表情看上去很凶悍，尖叫声刺着纪星池的耳朵，让她的心也跟着猛地一跳。

纪星池受到惊吓，往后退了一步，正好撞上一堵人墙。

穆雨时瞥她:"你瞎跑什么,胆这么小?"

两人的出现也惊动了教室里的老师,一个中年女老师推门走了出来:"不好意思,这里不能随意出入的,你们是来拍摄的工作人员吧?"

穆雨时想也没想就点了点头。

女老师领着两人往回走,刚刚经历了吓人一幕的纪星池却仍不时回头看那间教室。

陈旧的教室墙壁上被孩子们画得乌七八糟,一眼看过去的确又乱又脏,而大门也不是传统的木门,而是铁闸门,几个孩子就被关在里面,各自玩着不同的玩具。

女老师边走边解释:"其实建铁门也是为了保护他们,这间教室比较特殊,这十几个孩子是脑瘫程度比较严重的,有时候可能会有比较过激的个人行为,比如走失。"

纪星池愣了愣:"那他们会伤害别人吗?"

女老师笑了笑,摇头:"不会的,其实孩子们的心思都很单纯。大多数的孩子都很听话,学习写字什么的也很努力,你说的那种可能是比较严重的精神类疾病患者,而他们其实跟常人没什么两样,懂得分辨好坏和情感,只是有的人可能动作迟缓,有的人行动不便,有的人意识不够清晰。"

纪星池低了低头,有些抱歉:"不好意思啊。"

女老师淡淡地摇头:"没事。"

三人路过几间教室,有的正在上语文课,老师戴着扩音器,手舞足蹈地教授文字,下面的孩子们有歪着脖子吃力地做笔记的,也有坐姿扭曲形态奇怪仿佛没有在听的。

女老师注意到纪星池在看,笑了笑说:"其实他们都很认真地在学习,他们中有很多人比正常人都渴望学习。"

纪星池点点头,叹了口气。

路过另一间教室时,教室里没有课桌,年轻的老师在教他们做简单的舞蹈动作。

"这是在协调他们的肢体,我们每学期也会准备运动会、文艺晚会,让孩子们参加,很多事情也会交给年纪大的学生去组织。"

纪星池了然地点点头。

不一会儿,三人走回办公室,先前的秘书已经等在那里了,看到三人,秘书奇怪地眨了眨眼:"咦,文校长,您已经带着穆导他们参观一圈了吗?"

原来女老师就是校长。穆雨时和纪星池都很诧异,两人都以为陈景行来拍摄公益片她会陪同左右。

文校长人很随和,解释说是因为铁门那班有几个孩子情绪不稳定,所以她过去看情况了。很快,拍摄组那边就来人催促文校长一起参与跟孩子们的互动拍摄。

文校长看了眼纪星池两人，顺势邀请他们："不如两位一起下去看看？孩子们喜欢跟你们玩。"

纪星池刚要拒绝，穆雨时就打断了她："也行，下去看看吧。"

纪星池没有再推迟，跟文校长等人一起到了操场上。

操场上，有负责人正在组织将孩子们分成两组，由陈景行和文初分别带队进行拔河比赛，看到文校长带着穆雨时和纪星池下来了，便让两人也加入，正好凑成一男一女两个队。

陈景行在媒体面前充分地表现了自己的绅士，他主动走到两人面前，向两人发出邀请："穆导演该不会怕输吧？毕竟是养尊处优的富家少爷，这种体力活动好像不适合你。"

纪星池逆光看过去，见到穆雨时缓缓勾起的嘴角，分明很冷。

在陈景行面前，穆雨时一直很嚣张。他冷笑一声："好啊，如果陈先生输了，怎么说？"

"输？等你能赢了我再说吧。"

两个男人的胜负欲瞬间被点燃，陈景行掉头就脱掉了外套，穿着一件T恤，众人看见了他骨骼分明，就算皮肤白皙也掩盖不了的匀称肌肉。已经有女职员开始尖叫了。

穆雨时看着陈景行，冷冷地嗤笑了一声，脱掉外套扔在空地上。难怪他有自信，他的身材比起顶级男明星可一点儿也不差。

因为即将展开的激烈活动，学生们欢快地叫起来，还有人拍手，气氛很是活跃，就连看热闹的文校长都笑容满面，欣慰地看着大家。

第四十四章

一根粗绳被分为楚汉两界，体积最庞大的纪星池被安排到队伍末尾吊车尾，但让人意外的是，敌方最末尾用来稳定整组力量的人是陈景行。

文校长当裁判，一声口哨响起，两队的人就铆足了劲。

作为一次赌上尊严的比赛，穆雨时丝毫不示弱，简直使出了吃奶的劲儿。

"加油！加油！景哥最棒，景哥最强！"此起彼伏的助威声中，站在陈景行那一方的人自然更多，毕竟在场的人中有不少是他的粉丝。

纪星池冲天翻了个白眼，原本她也没想在这么幼稚的活动中一定要分个胜负，但听着听着心里的小火苗顿时冒起："呀！我跟你们拼了！"

穆雨时没想到纪星池这么有斗志，顿时全身蓄满了力量，也不甘示弱地猛力一扯，哗啦一声，他们这一组的人忽然像吃了大力丸一样，直接将对方扯出了红线之外。

就在此时，穆雨时一抬头，就看到对面站在末尾的陈景行脸上隐隐冒出青筋，看得出来拖很用力。

穆雨时也不知道哪根筋不对，忽然一松手，排在他身后的学生顿时没有了强大的防御，力道自然松懈了下来，两队人都七扭八歪地滚成一团。纪星池在吊车尾，猝不及防地被甩了出去。

"哇……啊啊！"一阵惨叫声响起，混乱中，纪星池感觉有一道重力撞来，她被撞得眼冒金星，接踵而来的是一堵热乎乎的肉墙，带着熟悉的馨香。

纪星池的后脑勺一阵刺痛，她努力将眼睛睁开一条缝，入目的就是一张熟悉的脸，近在咫尺的脸颊皮肤白皙细腻，因为刚刚的剧烈运动现在整张脸绯红，额角有密密麻麻的汗。

陈景行一滞，猛地抬头，纪星池正诧异地看着他。陈景行清冷的目光与她相触，两人都有点儿愣。

纪星池眨了两下眼睛，看着压在自己身上的陈景行没有反应，目光灼灼，瞳孔一点点缩小……

啪。一记响亮的巴掌声在耳边响起，陈景行太阳穴上一阵火辣辣的刺痛传来。

纪星池挥出去的那一巴掌还停留在半空中，她僵硬地看着陈景行的脸从红到白到青地转变，猛然意识到自己做了什么，结结巴巴道："那个，你捏到不该捏的地方了……"

陈景行瞬间反应过来，一低头，尴尬地发现自己的手不偏不倚地落在她的胸上，软乎乎的一团，顿时脸色大变，急匆匆地就要爬起来，未料，一击重力再次袭来，陈景行闪躲不及，顿时眼冒金星，而且这一次被打的地方还是纪星池刚才打的那个位置，此刻痛感更甚。

穆雨时跌坐在旁边，诧异地看了眼自己的手肘："哎呀，我这手也太不听使唤了，不好意思啊，陈先生你没事吧？我不是故意的，刚刚摔下来时不小心砸在你脸上了。"说着话，还浮夸地拍了一把自己的手肘，拧着眉毛似笑非笑，"哎哟！陈先生，你这脸肿了啊，实在对不住啊。"

陈景行愤怒地看着他，捏紧的拳头隐约冒出了青筋。

陈景行的助理和经纪人很快就挤开人群走了过来，他们似乎都没有注意到刚刚发生了什么，助理谭卓看到他青紫的脸颊，担心地问了一声："景哥，你这脸是怎么回事？"

陈景行接过他递过来的纸巾，擦了擦脸，阴冷地看了一眼穆雨时："没事，刚摔地上的时候擦了下。"他皱着眉头，隐忍地收敛了自己的怒气，毕竟是他有错在先，加上穆雨时又是趁乱下手，他怎么追究都说不过去。

想到这里，陈景行下意识地看了眼自己的掌心。回想起那一抹柔软，他瞬间觉得有点儿尴尬，抬头一看，穆雨时身后的纪星池早在两人剑拔弩张时就默默地退出了这修罗战场。此时，她胖胖的身影已经挤进了人群，正帮着文校长将倒在地上的学生们一一扶起来。

文初跌坐在人群中，纪星池走到她边上看也没看，顺手就扯起了她。

文初挥开她的手："少在我这里装好人。"

纪星池无语地摇了摇头，转身将最后一个坐在地上的孩子扶了起来。

文初死死地盯着她。

但纪星池没有任何反应，帮忙将所有的学生安顿好后，她便找了个角落坐了下来。她其实也受伤了，但她不想麻烦别人，坐在一边咧着嘴忍着痛挽起衣袖看情况，穆雨时走了过来。

纪星池没注意到他，穆雨时已经蹲在她旁边一把拉起她的手："怎么搞的，刚刚看不是还没事的，你没嘴巴是吗，伤得这么严重还不说？"穆雨时原本就不好看的脸色，现在像要吃了她似的。

纪星池动了动嘴唇，委屈地嘀咕了两声："就你这个样子，我也不敢说啊。"

穆雨时垮下脸，闷闷的不再说话了，此刻他也顾不得别人了，扯着她查看伤口。

"呀……痛，你轻点儿。"

"叫什么叫，不是挺能忍的吗？这会儿知道痛了？"穆雨时见她叫唤个不停，气不打一处来。虽然嘴上还是凶巴巴的，但动作还是轻柔了许多。

纪星池白白胖胖的手肘上擦破了一块三指宽的皮，血肉黏糊地贴在上面，一眼看上去触目惊心，穆雨时的心脏漏跳一拍，眉头深锁，捉着手臂心疼地轻轻吹了吹。

"我去找学校的人借点儿药……"穆雨时难得语气温柔。

纪星池连忙拒绝："算了，这点儿伤不算什么，我们先回家再说吧。"

两人正僵持着，陈景行拿着软膏走了过来："我助理准备的擦伤药，先上一点儿吧。"他看了一眼纪星池手上的伤口，脸上没有其他表情。

穆雨时心里有百般的不愿意，但看到纪星池那红红的手臂，还是摆着臭脸接了过来，闷声不吭地挤出药膏，用指腹小心地在伤口上涂抹着。

纪星池皱眉忍着痛，嘴里时不时发出一声"嘶"。因为陈景行在场，她一直忍着不喊疼，但身体在微微发颤。穆雨时看穿了她的心思，边抹药边对着她的伤口吹了吹："好些了吗？"

纪星池不可思议地盯着穆雨时，点了点头。

上完药，穆雨时将软膏还给陈景行，对方迟迟没有接，目不转睛地盯着纪星池看，试图在她脸上看到一点儿蛛丝马迹。纪星池感受到他的目光，不慌不忙地低头整理着伤口，假装什么都没发生。

"陈先生，你还有什么事吗？"穆雨时没给他好脸色。

陈景行沉默了片刻才转开脸，嘴角勾起一个讽刺的笑，也不知道是在嘲笑自己还是在嘲笑穆雨时，但笑着笑着，他就再也笑不出来了，嘴角只剩下苦涩。

"你们到底什么关系？"他问。

穆雨时冷嗤一声："我有什么义务跟你介绍我们的关系？"

"我本来不好奇，但你的样子没办法让我不好奇。"陈景行皮笑肉不笑地咧了下嘴角。

纪星池原本不想参与，但事关她，她就没办法继续保持沉默了："陈先生，你管得太宽了吧。"

陈景行眉头皱得更紧了："我没有别的意思，我只是觉得你很像一个我认识的人。"

"是吗？"纪星池挤了挤脸上的肉，"你那个认识的人，跟我长得很像？"

陈景行的眸光闪了闪，别有深意地看了纪星池一眼，没有再过多纠缠。

拍摄一直到傍晚才算最终落幕，陈景行一行人告别校领导准备离开，刚走到校门口，就见到文初和经纪人孟旭面对面似乎在吵架。

文初是从片场特意赶来跟陈景行一起拍公益广告的。她从影视城来的事情还是孟旭从林建宇处得知的，林建宇对文初总蹭陈景行热度的事情早就不满了，这次在电话里跟孟旭说得很严重，勒令他如果再让文初擅作主张，保不准他会做出什么事情来断送了文初好不容易才开始的演艺生涯。孟旭挂了电话就赶了过来。

两人站在校门口僵持了一会儿。

"你现在是翅膀硬了，不需要我了是吧？如果你是觉得我这个经纪人对你来说没用，趁早说，我及时给你换个经纪人也不至于耽误你。"

文初打从心眼里没将孟旭放在心上的，如果当初不是他靠着陈景行傍上纪星池，金牌经纪人？呵，简直就是个笑话。她倒是有心想换个经纪人，原来纪星池身边的那个艾文就还不错，可惜人家忠心护主，宁愿去带新人也不想接手她。文初这是没辙，放眼看了一圈，确实没发现公司还有比孟旭资历更深的经纪人了。所以，她心里有再多不满意，面上还是很恭敬。

"旭哥，你说什么呢，我从来没想过要换经纪人。"

孟旭已懒得再多说："那你不妨告诉我，这次，你到底想要得到什么？"他显然已经看透了文初，让陈景行去电影发布会现场为她一个女二号站台，眼巴巴地赶来一起拍公益片，哪次不是有目的？

话既然已经被说破，文初也就没必要隐瞒了，她瞥了眼坐在私家车里的陈景行，笑了笑："一个你想也不敢想的广告合约。"

孟旭脸色骤变，将信将疑地看着文初。

"别这么看我。"她顿了顿说,"旭哥,我跟陈景行是青梅竹马,从小一起长大,他和纪星池那点事情我最清楚。林建宇他敢对我做什么?"

文初很自信,孟旭不由得打量了她一眼。她所做的一切都是在为自己增加热度,这对她一个刚刚出道的小明星来说是一个非常好的捷径。从前孟旭不想这么做,主要是看在跟陈景行多年的关系上,但之前他被陈景行一脚踢开,怎么会甘心落于人后?人的野心一旦被点燃就很难收回,孟旭也不例外。

文初见他的表情有了松动的迹象,便趁热打铁:"我还有点儿事情要跟景行谈,其他的,我们回到公司后再聊?"

文初便在众目睽睽之下上了陈景行的车,跟随而来的记者和拍摄团队中总有好事者,保不齐就有人写点什么,哪怕不是实锤,捕风捉影的新闻总会时不时地挑逗着大众。

送文初回家的路上,陈景行一直很沉默。

路过市中心的万夏广场,大屏幕上正在播放着纪星池一年前拍的广告片,一款运动型饮料,活力四射的纪星池与年轻演员在画面上打闹着,洋溢着青春的笑容,满脸的胶原蛋白彰显着她的盛世美颜。

纪星池确实好看,高中时,文初和她并称两大校花。后来进了圈子,有专业团队的打理和岁月的打磨,她比学生时代更好看。相比文初千篇一律的美艳,纪星池的美丽却是有辨识度的、有气度的。

谁不喜欢这样的人呢?陈景行盯着屏幕,嘴角不经意间扯出苦笑,眼神哀伤。

他的眼神刺痛了文初,她脸上的笑快要绷不住了,索性也不再伪装了:"景行,纪星池那个广告应该换人了,我做得不会比她差。"

文初话音刚落,就连前排的林建宇都扭头看了她一眼。

"文初,你也太高估自己了吧?"林建宇嘲讽地笑了笑。

"我知道这家公司已经找你谈了新的代言,他们很有诚意,不然,你不会动纪星池剩下的东西。"

陈景行挑眉,看着她:"你知道得不少。"

"文小姐,关于广告代言方面,我们没有发言权,你恐怕找错人了。"林建宇沉着脸。

"林先生,我知道您资源广,景行正当红,并不差这个代言。但是我不一样,我刚刚出头,时尚资源就不说了,广告代言我也不求,我只不过希望景行能带带我,我的要求并不过分,但您总是从中阻挠……"

"行了。"陈景行打断她的话,"如果你要的只是这些,我可以给你。"

文初怔怔地看向陈景行,只见他沉着脸。文初微愣,有一瞬间的失神,她勉强地扯了扯嘴角,尽量让自己看上去没问题,喃喃:"好,我就知道,你是不会拒绝我的……"

陈景行没有回话,文初垂下眼,露出一个委屈的表情:"景行,你别怪我,我只是不想跟你越走越远,你的成绩,我希望有一天也能企及。与你并肩是我的理想。"

陈景行面上无波无澜,他抬手,按下了自动门的开关:"你到了。"

文初还想说什么,最终也没有说出口,慢吞吞地下了车。

第四十五章

穆雨时带着纪星池在市中心找了一家医院给她的伤口做了简单的处理后,车子路过广场时,电子屏幕上正好在播放同一个广告,那是一个露出一个大笑脸的瘦版纪星池。

纪星池看得出神,脑袋忽然被穆雨时轻轻敲了一下,她转头,听见穆雨时说:"这有什么好看的,你要喜欢回家照镜子看一宿啊。"

"现在的我和以前的能一样?不过,好久没见这么有良心的品牌商了,没想到他们还在用我去年拍的广告片。这种情况下都没下架,应该是真爱了吧。"纪星池目不转睛地看着屏幕,这是商场的广告屏,几个广告轮流着播放,每三分钟左右又会重复一次。

"早就在接洽新的代言人了,只是看你还有点儿剩余价值没利用完,就翻出来播一波。这品牌商老板又不是你爸,真以为人家会为你守身如玉啊?"他顿了顿,又说,"你说,要是品牌商听到你刚才的话,会不会笑得牙都要掉了?"

纪星池无语地翻着白眼,虽然知道他说的都是事实,但她也不过抱着一丝幻想罢了。

穆雨时见她生气,没好气地笑了笑:"不过,迟早有一天你会拿回来的。"

纪星池不敢置信地看他。

穆雨时撇嘴一笑:"以你现在的热度,回到原来的位置,只是迟早的事。"

《分身》的热度给"纪星"带来了不少红利,加上费明奇又在背后推波助澜,支持她上《喜剧人生》,如果她有心去争……这一切真的都可能不再只是梦。纪星池心里也很清楚穆雨时说得对,"纪星池"是"死"了,淹没在了无休止的舆论声中,但"纪星"又回来了。

以前的一切,现在的她都不用羡慕,会回来的。那一天,也会很快的,只要节目顺利,只要她表现正常。这些,都是她自己给自己的自信。

前提是,这期间,她能安稳参加比赛。然而,现实很快又打了她的脸。

一篇《纪星靠金主上位》的文章将纪星池的热情浇了个透心凉。事情发生前,《喜剧人生》官宣了阵容,以及参赛嘉宾,这次的官宣有很长一段时间都挂在热搜上。

四位导师首次破次元合作,这在网上引起了热议。参加海选的团队阵容中,也来了不少老牌的剧团、相声组合，以及在这个圈子混迹多年的资深老戏骨。而纪星和李魁的"吃嘛嘛香"组合夹杂在其中却格外突出，加上之前的热度，自然就被不少人拉扯出来讨论一番，讨论的中心点自然是纪星池。

"这是抱上什么大资源了吗？怎么接二连三地上热搜？"

"神仙演技就这样的？"

"怎么又是这个纪星，哪里来的野鸡……哦不，她那么胖还丑哪里配叫鸡，肥猪还差不多。"

"又是纪星，她是那位大佬的女儿啊？怎么三天两头买热搜？"

就在这些讨论声中，一篇说她潜规则的文章悄悄冒出了头，起初大家都没怎么关注这种不值得相信的新闻。直到发文章的人爆出了照片，上面的照片很明显，就是纪星和穆雨时在《分身》的排练现场的亲密照片，以及在特殊学校时穆雨时为她清理伤口的照片。照片虽然模糊，但不难从上面看出穆雨时的身形和长相都不俗。

起初大家看了照片，还只是抱怨纪星这只恐龙玷污帅哥，没准就是纪星这个丑八怪自导自演的小丑剧。很快，又有知情人爆料称，排练期间，穆雨时经常来探班，还开玩笑说纪星是穆雨时女朋友，爆料里详细地描述了"自己"在现场所看到一切，仿佛自己亲眼看见穆雨时这个大帅哥被油腻胖恐龙吃得死死的样子。

新闻传言越来越热闹，等纪星池发现时，势头已经压不住了。网上恶评如潮，纷纷指责纪星为了炒热度无底线，自爆和穆雨时有一腿，一部分人信了两人确实有一腿的谣言，而更多的人却坚定地认为这些"烂新闻"都是纪星给自己搞出来蹭热度的。一时间，网络上对纪星的人身攻击不绝于耳——

"天哪，这个穆雨时一定是被绑架了吧？"

"说什么呢？也可能是被下药了吧哈哈哈。"

"我就说纪星一个新人是怎么拿到这个角色的，原来是靠爬床啊。"

"说实话，有点儿恶心。"

"呕，这个穆家小少爷审美还真独特，是不是有什么恋丑癖啊？"

"这么胖，怎么下得去口？光看照片我都被油腻到了。"

"我怎么觉得这个新闻是纪星这只肥猪自爆的呢？该不会，这个穆小少爷才是受害者吧？"

"垃圾纪星，居然为了炒热度不择手段。"

消息一出来不久，还未正式开始录制的《喜剧人生》节目组也打电话来询问情况，纪星池也很纳闷，只能暂时答应节目组会处理这件事。

三人忽然泄了气一般坐在地上，李魁和徐凡彤看着纪星池也是一脸的无语，网上这颠倒黑白的说辞真的越来越不靠谱。好端端一个女孩子，被人说是恐龙就算了，还对一个男人不择手段？这比赛还没正式录制，名声就先搞成这样，她之后可要怎么做人啊？但最让纪星池头痛的，还是穆雨时，网上的人都把她当成什么淫魔野兽，穆雨时就是那只小白兔……纪星池越想越气。

"要不你先回去休息？"徐凡彤小声道。

纪星池呆了半天才回过神来，点了点头。李魁和徐凡彤见纪星池这样，也不太放心她这个状态，准备送她回去。刚送出门口，就看见穆雨时在外面了。

穆雨时摆了摆手，丢了手里的烟，一把将纪星池拉上了车。

纪星池看到穆雨时，下意识惊恐地四下看了看："拉拉扯扯的，成何体统。"

穆雨时咂了咂嘴，说："别看了，就算有狗仔也没关系。"

纪星池撇嘴，没说话。

"难不成你还真因为网上那些言论怕了？这不像你啊。"穆雨时没等她回答，接着说，"其实我有个办法，能让你降低负面影响，你愿不愿意？"穆雨时的嗓子听起来很不舒服，应该是烟抽多了。

"什么办法？"纪星池睨他。

穆雨时想了想，慎重地道："我公开承认喜欢你，这样网上的污言碎语就没了。"

纪星池的脑子瞬间嗡了一声，她震惊地盯着穆雨时："什么？"

"我说，我对外宣称我喜欢你，我们是正常男女朋友交往。"见纪星池想要反驳，他忽然冷笑了一下，"这是最好的方法，网上那些所谓的潜规则也好，自爆也好，也就不攻自破。反正也是假的，你怕什么？"见纪星池低着头，穆雨时忽然有点儿莫名的怒气，他冷着声音问，"你这么反对？怎么？担心陈景行误会我们？"

纪星池没想到他如此想，有点儿震惊："当然不是。"

穆雨时偷偷松了口气，他抿着唇没说话，心里还有点儿委屈。

纪星池看他几眼，鬼使神差地解释了一句："其实我是因为担心你。"刚说完，她都泄了气，嘀咕了一句，"那些人把你说得也挺不堪的。"

穆雨时盯着她，仿佛要将她看透。她很不喜欢这种眼神："我这么胖，这么丑，你这么说，别人也不会信的。他们会觉得你疯了。"

穆雨时的眼神闪了闪："他们信不信不重要，我自己知道我没疯就行了。"

纪星池看着他，觉得不可思议。

"我对你的好，都是我一个人做的。"

车厢一片死寂，两人都不再出声。穆雨时看她迟迟不回答，叹了口气："你如果不回答，我会用我的方式解决。"说完，开车送纪星池回了家。

将纪星池送回家后，穆雨时没有留下来，转头又走了。纪星池不知道他要做什么，心里隐约有点儿担心。她在家里待了一会，有些坐立难安，思来想去，她不能把穆雨时牵扯进来，这些新闻不能再让她重蹈覆辙，她必须想出应对方法。想来想去，她找到了艾文。

"按照以往的公关手段，你只要保持沉默这个事情很快就会过去。毕竟，相信你和穆雨时是一对的人是少数，大家最多说你想红想疯了，不要脸。"

艾文的提议让纪星池有点儿难以接受。曾经"纪星池"就是因为保持沉默，让自己一次又一次陷入了困境，这次，她不想这样解决了，这件事不仅仅事关她自己。

"我想发律师函，告他们诽谤。"

艾文震惊地看着她："你疯了？你刚刚起步，就这样得罪营销号，对你的口碑也不会好的。以后大家也不会给你好通告的。"

纪星池知道这不是明智之举，她如果因为这点事情就大动干戈，未来在网络上的口碑也不会好，网友会取笑她玻璃心，而营销号也会被她得罪。可是……

"我不靠他们，我也不需要热度，未来我只要演好戏就可以了。"

尽管如此，艾文站在一个成熟的经纪人角度，是不同意她这样做的，哪怕现在他已经不是她的经纪人。

"我已经不是你的经纪人了，如果你想这么做，随你吧。"艾文最终也只能妥协，有些意兴阑珊。

纪星池知道他有情绪，但她也顾不得那么多了。当即给律师打了电话，然而，就在两人僵持的时候，网上却再次爆发了新的新闻。

华美影业的官方账号，破天荒地发了一条微博。微博内容很简短，蓝色Ｖ号艾特了粉丝数并不算高的纪星，下面配了两张纪星在剧场上的照片，照片角度找得很好，就算她很胖，也拍出了一丝韵味，而另一张照片，是纪星拍摄宁崇的《我不是大人物》的现场照。

@华美影业Ｖ：华影大家族欢迎你@纪星，最有潜力的新星。

短短几语，让所有人大跌眼镜。华美影业在这个少东家闹出绯闻的时期，总公司非但没有站出来否认，指责纪星这个三线野猪蹭热度，反而在这个时候公开表示，纪星签约华美影业？

"这是什么意思？意思是纪星签约了华美影业？"

"呵呵，我就说这些新闻都是炒作，华美影业什么时候变得这么恶心下作了？连自家少爷都要配合为新人炒作？"

"天啦，华美影业？那可是手下明星无数，当红艺人扎堆的业界龙头，他们要干吗？"

"楼上的找错重点了吧？那个穆雨时不就是华美影业的少东家吗？大少爷的女人，签进公司这不是正常的？"

网上热闹非凡，不少吃瓜群众被带偏了重点，所有人都在热议纪星何德何能签约华美影业时，在电脑面前看着新闻的纪星池和艾文都愣了。当初艾文那么想要"纪星池"签到华美影业，不惜用尽了自己所有的关系，没想到今天，忽然而至，还是在他们不知情的情况下。

"这是什么情况啊？"艾文问得小心。说实话，他没想过顶着这副模样的纪星能在圈子里混出什么来。

纪星池也看得满脸蒙，正想拿起电话询问给穆雨时打电话，穆雨时的一条微信就发了过来。

穆雨时没有多余的话，直截了当地给她发送一份艺人签约合同。纪星池大致扫了两眼合约内容，年限为八年，条件跟自己想的没什么差别，也没有什么优待，里面说明，未来纪星的所有活动以及公关都将由华美影业打理。这份合约很中规中矩，但对此时的她来说确实没什么可挑剔的。

艾文看她表情凝重，有点儿担心："你签吗？"

纪星池捏着手机摇头，她没有回答他的问题。她在思考，她想过要签约华美影业，但没想到是以这样的方式。然而，穆雨时没有给她拒绝的空间，很快发来了消息。

"如果你想，你也可以带上你那个不太称职的经纪人。"穆雨时替她考虑得周到，担心她会不适应华美影业的工作模式，就连艾文他都愿意接收。

这个消息对艾文来说无疑是天降喜事，但他仍然很担心："纪星，就我们现在的情况来看，签约是最好的选择。背靠大树好乘凉。"

纪星池知道艾文说得对，但她不敢轻易答应，穆雨时帮助她已经够多，她不想成为寄生虫。

"我会考虑的。"她没有立即回复穆雨时的消息。

正犹豫，那边的艾文看着电脑忽然发了惊呼："纪星，你快来看。"

微博上又忽然变得热闹了，而"纪星"的名字也飘红出现在了热搜第一，这还是她脱离"纪星池"后，第一次爬上第一。纪星池赶紧点开热搜，一脸震惊。

华美影业的那条微博居然上了热搜，原因是华美系的艺人居然齐整地转发了欢迎纪星加入公司的微博。首当其冲的人就是万年不更博的迟景之，令人跌破眼镜的是，迟景之居然在转发后带了一张照片。照片里，是穆雨时在看手机的一幕，有许多人起初没看出什么门道来，后来陆续有眼尖的网友看出了情况——穆雨时的手机屏幕上居然是纪星的照片，穆雨时盯着屏幕上的照片神色深情。

有大V特意在影后微博下追问这是不是后妈来给儿子认媳妇的？

但令人意外的是，迟景之居然还特别心情好地回复了这条评论——大家不是看得很明白吗？

迟景之的这条回复成功将评论顶上了热门，众人震惊，但也有人不敢置信地发出了质疑，迟景之也不甘示弱地特意回复了那条消息，并在自己的微博下爆料穆雨时暗恋纪星已久，使出了十八般武艺纠缠纪星，但依旧迟迟爱而不得很是痛苦，她作为后娘看了也很心疼。

而迟景之的转发文字上还公然写着——恭喜我的便宜儿子，"阴谋"得逞。

这下，众人没话可说，还引来了不少吃瓜群众。第一个转发迟景之微博的人就是白启，他乐呵呵地在后面恭喜着穆雨时："恭喜大少爷暗恋成功。"

微博很快上热搜，随后跟了一连串华美系艺人，纷纷在下面恭喜大少爷。

所有人都没想到事件来了个大反转。看迟景之的口气，穆雨时和纪星两人之间居然是男方一直纠缠女方，而女方还一直在拒绝？家长这么卖自己儿子也有点儿……太好笑了吧？人家不要面子的吗？倒是纪星，让所有人都震惊了，人家穆雨时有钱有颜值到底哪里差了？人家连告白都有这么多明星助攻？简直是娱乐圈第一喜事了吧？不过不少颜粉也有诸多不满，穆雨时这样的人，怎么会看上纪星？该不会是为了公司新签约的艺人故意委身的吧？但这牺牲力度也太大了吧？让人不得不怀疑，这个纪星到底有什么背景，居然让这么多人配合炒作。

一时之间，网上有众多网友开始留言——

"大跌眼镜。"

"妈呀？这个穆雨时是要出道了吗？什么神仙深情人设？"

"纪星真的好低调，我要是有这么牛的背景，早就传遍大江南北了吧。"

"天降大瓜，我居然觉得有点儿甜。"

"楼上你是疯了吗？我拒绝吃这个瓜。"

"穆雨时一定是瞎子。"

"呵呵，一群疯狗只会嫉妒。"

随着八卦的群众越来越多，之前那些所谓的黑料倒是慢慢消失了。

纪星池一脸蒙，穆雨时也没想到迟景之居然就这样大大方方地把他卖了，一度很尴尬。穆雨时的电话第一时间打了过来，两人都有点儿尴尬。

"你……""你……"尴尬的两人异口同声，心里都有好多话想问。

纪星池顿了顿，捏着手机一紧："你刚想说什么？"

电话那头的穆雨时听着她的声音，忽然有点儿紧张，明明心里有很多话要呼之欲出，但说出口却变成了："我想问你，你该不会相信了那些新闻了吧？"

纪星池愣了愣，心里有一丝自己都没觉察到的失落。也对，谁会喜欢一个胖子？还总是惹麻烦。但她很快调整好自己的心情，她总能很快在其中找到安慰自己的方式，学会了将网上的一切都当成假的后，连笑也变得简单了。她故作轻松："哦，我怎么可能当真。"

穆雨时听着她的话，也没来由地一阵失望，他暗暗吸了一口气，岔开话题："合同，你打算签吗？"

纪星池沉默了一阵。他生怕听到不好的回答，立即说："公司这么多人替你造势，你要是不签了，那华美影业可就要变成业界笑话了。"

纪星池听着他的话，也很凝重地思考了一番。他说得好像有道理……现在新闻闹得这么大，她不签约就尴尬了。那就签吧。

签约华美影业的事情敲定下来后，艾文那边很快便开始着手和华美影业交接工作的事情，而纪星池这边却没急着有下一步动作。华美影业也动作迅速地在第二天将抹黑她和穆雨时的几个营销号发了律师函，网上的声音也渐渐消停了不少。

陈景行是在拍完一个公益广告之后才看到穆雨时和纪星的消息的。他看着满屏幕的红字，纪星两个字不知怎的突然刺痛了他的眼睛。或许是因为纪星这个名字，太像纪星池了吧。但他不敢去想，只是揉了揉太阳穴，靠在后座上。走红以来，他每天都很忙，源源不断的工作让他很疲倦，他已经无暇关心别人的事情。比起他的冷淡，一旁的林建宇却一脸的难看，他没想到，这个纪星居然真的有穆家护着。

陈景行不动声色地看着林建宇，微微蹙起了眉头，忽然道："我要参加《喜剧人生》。"

林建宇目光暗淡地放下平板电脑，看了看陈景行："你想干什么？"

陈景行坐正，看向林建宇的目光充满危险："别以为我不知道你做的事情，纪星的事是你干的吧？"

林建宇的脸色倒没什么变化，直接承认："不能让那种人影响你。"

陈景行突然冷笑起来："你对我多没自信？你是怕影响你吧。"没等林建宇说话，陈景行又说，"我已经决定了，只是告知你一下，还有，别太自作主张，没有我，你也别想得到更多。"

林建宇眸子冷了冷，没说话，打开车门离开了。

谭卓负责送陈景行回家。车子到了地下停车场，陈景行并没有急着上楼，而是将纪星池家的住址发到了谭卓的微信上:"你最近抽空去帮我调查一下,现在这个房子的主人是谁,如果可以,帮我买回来。"

谭卓一眼就看出这是纪星池家的地址,惊讶地道:"景哥,星池姐的房子卖了?"

陈景行推门的手顿了顿,他没有回答谭卓的问话,神色有些复杂。

谭卓注意到他的神色,也有点儿意外。

"总之,一有消息立即通知我。"

陈景行没再多说,推门下车。

第三卷 / 最狂的风,最静的海

喜欢你,因为你让我快乐。

第四十六章

　　潜规则事件告一段落后,也迎来了《分身》的又一次演出。这一次,有了华美影业做后台的纪星池在演出当日就收到了无数花篮,来的媒体和剧评人也比之前多了不少。

　　纪星没有受到任何影响,非常完美地完成了演出,话剧结束的时候,现场也响起了阵阵掌声。

　　这一刻,纪星池才真切地感受到自己成为舞台中央的那个人。

　　媒体在华美影业的授意之下,将这场演出报道了出来,延续了公司以往的风格,没有浮夸的吹嘘,只有中肯的评价。这是纪星池和华美影业达成的共识,她不希望自己的演艺生涯到处都是新闻和通稿,她在未来的日子里要隐没自己的存在,真正地成为一个演员。

　　剧评出来后,《分身》的光环也算是告了一段落。

　　另一边的费明奇也没有立即展开全国巡演,整个剧团暂时停工。纪星池全身心地投入到了《喜剧人生》,很快,节目组对"吃嘛嘛香"提交的节目《凶恶的母亲》剧本也通过了审核。

　　得到好消息时,几个人正排练了一上午,蹲在门口啃鸡蛋灌饼。李魁挂了电话,一脸喜气地走过来:"节目组通知我们明天去电视台抽签。"

　　《喜剧人生》的首轮录制比赛一共有16组参赛嘉宾,而这16组嘉宾将以抽签对战的形式进行一对一的淘汰赛,节目赛制设置了3+1个评委的模式,3位专业评审,1位当红流量则在每期节目中拥有一张加持票，可以给被淘汰或者待定的团队。

比赛过程中，电视台会提供彩排场地和助演嘉宾，但因为比赛会考核演员的综合素质，电视台还有新的安排，据说会给每个战队安排特殊的指导老师。最终晋级的选择权在三位评委老师手上，三位评委老师有全票通过权和待定权，待定的团队则由观众和评委的平均分选出。

"这次的比赛，我们要打起十二分精神，我们的对手不少是以公司或者大剧团的名义去参赛的，实力都很强。"

眼看录制迫在眉睫，众人也不敢再耽搁，开始闭关排练。

穆雨时来的时候，纪星池正好在演到第一次排练被穆雨时骂得狗血淋头的那一幕戏，纪星池下意识地紧张起来，战战兢兢地将那一幕演完。

到最后，穆雨时都只是在台下看着，什么都没说。他忽然这么安静，三个人都有点儿不自在，撺掇着纪星池去问，纪星池无奈，破天荒地主动让穆雨时指教。

倒是没想到穆雨时这么有耐心，摸着下巴，问她："真让我指教？"

纪星池盯着他，认真点头。

穆雨时这才语重心长地真指教起来："这个戏的笑点在你身上，但泪点也在你身上体现，你要自己权衡好悲喜之间的联系，动作幅度不要太大，想想那天在特殊学校看到的那些孩子。还有一个，重点不要全放在形体上，尽量用内在去表演你这个人物的特性。"

一口气说完，纪星池有点儿怔怔地看着他，瞬间觉得穆雨时这个人浑身发光起来。她以前怎么就没发现穆雨时这么优秀呢？

纪星池虽然藏得很深，但那崇拜的眼神还是不小心被穆雨时捕捉到了，他心情很好地咳嗽了一声，居然有点儿害羞地别开了脸。

徐凡彤和李魁看到这一幕，两人的眼珠子都快掉下来了。但偏偏当事人，一如既往地一脸蒙，不知道两人在别扭个啥。

"唉，纪星，上次你和导演网上那事，我怎么看，都觉得不可能是假的啊。"李魁在这个圈子混了不少年，还头一次见穆雨时这么纯洁的富二代，心里一直很替他打抱不平。

纪星池想了半天，才想起他口中所说的网上那事，就是迟景之发的那张截图，当即脸色一变："你瞎说什么呢，当然是假的，他怎么可能喜欢我。"

李魁见她总这样，很是恨铁不成钢："怎么就不可能了，你是不知道，现在网上都怎么看人家穆导，啧啧，你是拍拍屁股当做什么都没发生了，人家现在……在网上都被说成什么样了。"李魁也不说网友到底怎么穆雨时了，只是露出了同情的神色。

纪星池琢磨了半天，还是决定上网搜搜。

这不搜不知道，一搜还真的吓一跳……网上不少网友将穆雨时当成了纯情少男，还给他封了一个瞎眼舔狗的名声。瞎了才会看上纪星，还屁颠屁颠做了舔狗？既然有人吐槽，自然也就有不少人追捧，几天不见，他们俩居然还出了"星时夫妇"这样的粉。

而穆雨时也不知道在啥时候成了绝世好男人的代名词，不少网友还成了他粉丝，期盼着他分手。

这话题一炒，许多不相信穆雨时会暗恋纪星的吃瓜群众，也都信了，而迟景之那条微博，也成了两人"公开恋情"的铁证。

纪星池很是无语，在微博上编辑微博想澄清，但怎么回答好像都有一种打脸的感觉？最终，她也不敢再澄清了，只希望穆雨时看到微博心里别添堵才好。她却不知道，"星时夫妇"的话题区，每天签到最勤快的人却是披着马甲的穆雨时。

很快，《我不是大人物》也在准备比赛期间如期上映。对于电影的票房和口碑，纪星池一点儿都不担心，毕竟宁崇的口碑、实力和票房号召力在那里，但她没想到这部电影会如此火爆。

电影预售票房成绩就已经不俗，上映后，首日票房就破了近十年的纪录。短短几天，《我不是大人物》的票房不断攀升，大批网友争相推荐，众多大V纷纷点赞，"我不是大人物"话题一连半个多月都霸占了各大头条，主演们也纷纷出现在大众视野中。

电影中的妓女花玲也被纪星池精湛的演技演得深入人心，成了各大影评和推荐的重点分析和解剖对象。距纪星池上一次因为话剧《分身》上热搜不过很短的时间，她再次上了各大热搜头条，这次是因为"妓女花玲"。"纪星演技"的话题热度只增不减，很多人都在夸纪星池是"神演技""演技炸裂"。

随之一起上热搜的还有"纪星＆穆雨时"的话题，之前因为两人公开恋情的热度还没有消散，很快就有人从宁崇的老师是穆雨时父亲穆周的得意门生，本身就和穆雨时关系匪浅上入手，顺藤摸瓜地又扒出了一大批所谓的八卦。更有人扒出《我不是大人物》的开机时间，有理有据地指出当时纪星还没有参加话剧《分身》的演员面试。

一个似乎突然从地里冒出来的新人，出演的第一部电影竟然就是宁崇的，不得不让人怀疑。不少"阴谋论"的话语开始在热门微博下面出现——

"果然是背靠大树好乘凉啊。"

"呵呵，没有穆家哪里轮得到她上宁崇的电影？"

"我说呢，果然还是靠男人最快上位。"

……

徐凡彤在排练期间翻了翻评论，一向话少的她都忍不住在网上和人撕起来了，原本以为纪星池会因为这些影响心情，但纪星池反而没什么反应，只是认真排练。

好在纪星池的演技和实力有目共睹，再想黑也被不少人用演技怼了回去，不少人站出来和不良评论撕成一片，电影的热度也随之大涨。

这个圈子就是这样，水涨船高，水走船跌，所有看客，也不过是看客而已。

纪星池这段时间一直在围着比赛的事情忙碌，偶尔在排练间隙才去看看网上铺天盖地的评论。《我不是大人物》口碑爆棚，虽在意料之中，但她还是有些惊喜和意外。

她拿着手机在微博上翻了翻，点了几个热搜进去看了看评论，夸奖也好，诋毁也罢，如今的她似乎没那么大起大落的心情了。她只是觉得有些好笑，她的热搜体质似乎并没有因为她变成了"纪星"而改变。从她决定回来重新开始之后，她似乎离以前的那个自己越来越近，也越来越远了。

她刚想关掉手机，忽然看见一个名为穆雨时的微博在几分钟前在带"金奥奖最佳男女配角提名"的话题投票里，投了纪星一票，微博自动转发了出来。

原本一个没几个粉丝的微博号不会引人瞩目的，偏偏网上一众吃瓜的艺人，尤其华美旗下其他人画风带歪，纷纷恭喜少爷的"内定媳妇"提名金奥奖了。

众人这才发现，原来纪星被提名金奥奖女配角了。如此有分量的奖是谁都能提名的吗？纪星作为一个新人，有这样的成就……也的确令人震惊。而一干艺人的添油加醋也不得不将穆雨时本人推到了大众的视线，一时间，网络上热闹非凡，明白电影的人也都看得出来，这次纪星的提名并非无稽之谈。

不一会儿，穆雨时的微博果然就热闹了起来，但这风向却也偏得很歪——

"天哪，穆导男友力超强，你们这些造谣狗闭嘴吧。"

"妈耶，我刚吃到了狗粮？所以穆导这是特意为媳妇站台的意思吗？"

"求天赐我一个穆雨时。"

"今天被甜到了，请你们多多营业。"

"就是，咱们纪星的演技有目共睹，你们就接着吃酸葡萄吧。"

网上的画风转偏了，纪星池也是很意外。虽然关于自己和穆雨时居然有了粉这件事，她依然有点儿难以接受，但看这画风，是朝着好的方向去的？看来作为一个胖子也不是没有好事，起码她可以衬托这个勇敢"爱上"她的男人。

纪星池不得不接受了这样的"安排"，只好假装什么都没看见地关了微博，就连自己凭借《我不是大人物》获得了金奥奖最佳女配角提名这件事，她都没有亲自转发微博。说不惊喜是假的，这毕竟是她以"纪星"这个全新的身份获得的认可。她也知道和她一起获得提名的都是实力演技派，她这个新人，并不占优势。她深谙奖项的评分规则，也没有抱多大的期待。

这件事在网上闹了一阵后，很快消停了下来，纪星池自然也平复了自己的心情，很快也没再将这件事当回事。

走出排练厅时，已经很晚了，街道上人不多。纪星池不是很想回家。为了筹备比赛，她和李魁、徐凡彤连轴转了好些天，此刻好不容易有了点儿时间可以休息，她也不好意思再让"过劳"的李徐两人陪她折腾了，只是她不知道该找谁。

她拿出手机，手指在穆雨时的名字上停留了好久，最终还是按了下去。

穆雨时的声音从手机里传出来，疲惫而沙哑："排练完了？"

纪星池愣了愣，她没想到穆雨时接这么快。

他们有多久没见面了？仔细算算已经有点儿久了，自从上次穆雨时来和她商量公开的事情之后，两人就没见面了。其实从《归途》上映后，穆雨时几乎就很少回去了，大部分时间都待在工作室里，偶尔也只是半夜醒来才听到穆雨时的屋子里有点儿动静，但第二天依旧只有她一个人。

此刻再次听到穆雨时的声音，竟然有点儿恍如隔世。

《归途》上映之后反响平平，穆雨时怎么都没想到自己的第一部电影会惨败而归。他为这部电影付出了太多心力，整个团队连轴转，几乎连休息的时间都很少，这样的结果他怎么都没想到。他甚至开始怀疑自己到底是不是做导演的料。他身上顶着穆周的光环，多少双眼睛盯着他看热闹，巴不得他栽，他的压力太大了。他已经有很长一段时间连觉都睡不着了，三更半夜爬起来待在屋子里抽烟，等着天亮又天黑。

前两天他被穆周一个电话催了回去，父子俩就《归途》的事情在书房里谈了很久。

穆周看得很清楚，摆事实讲道理，穆家家大业大，华美影业在行业内首屈一指，穆雨时实在是没必要跟自己死磕，他的退路很多，而且光明平坦。

穆雨时自然明白这个道理。从他出生起，他就知道他的人生不管到什么时候、不管到什么程度，他的退路，都是很多人拼一辈子都无法企及的。只是，他不甘心，又或者是，他也很迷茫。

和穆周聊完之后，他又把自己关进了工作室，把《归途》看了一遍又一遍，企图找到一些让他重拾信心的地方，或者干脆放弃的契机。工作室里烟雾缭绕，烟灰缸里的烟屁股都快满出来了。接到纪星池的电话时，他刚点燃最后一支烟，有点儿诧异。

"你在忙吗？"纪星池问。

"有事？"

"有时间……去看电影吗？"纪星池说完之后又想改口，"你没空可以不来，我就是心血来潮。"毕竟她也觉得无缘无故找穆雨时去看电影这个事情很奇怪。

穆雨时顿了顿，将还没来得及抽一口的烟掐灭在烟灰缸里，清了清嗓子，说："好。你在哪里？"

纪星池报了电影院的地址，自己先去电影院里取票。两张《我不是大人物》的票放在一起，纪星池忽然生出了一种莫名的感觉。

穆雨时到的时候，正好开始检票。他赶得有些急，接到纪星池的电话后忙不迭地回家换了身干净衣服后又往这边赶。他不想邋里邋遢地来见她，即使这个电影他早在首映那天就看过了。

午夜的电影院人不是很多，放映厅里很安静，几对情侣在角落里卿卿我我。

纪星池从坐下之后就有点儿不自在，看着旁边坐着的穆雨时，他的脸色即使在昏暗下都能看出疲倦，他的长腿在窄窄的过道里有点儿伸展不开，微微屈着，看起来很不舒服。

"怎么了？"穆雨时忽然转过脸来小声问了声。

纪星池回过神来，看回屏幕，摇了摇头。良久之后，纪星池轻轻说了句："其实我觉得很好。"

"什么？"穆雨时一愣。

纪星池的声音依旧小小的："我说，《归途》很好。"

心轻轻振动，穆雨时盯着纪星池的脸，神色复杂。幽暗的放映厅里，纪星池自然没有看到穆雨时不可抑制地扬起的嘴角。他近段时间的消沉好像因为纪星池而有了好转。

《喜剧人生》抽签当天，"吃嘛嘛香"整个团队都去了电视台。

但第一轮抽签他们就出师不利，对上了近年来一直活跃在演艺圈的茶馆社。茶馆社是一直活跃在荧幕上的喜剧公司，由著名笑星方林带队，公司旗下不少喜剧演员都曾在各大节目中露过脸，早就拥有了一批支持他们的粉丝和不少路人。第一轮比赛对上茶馆社，这对他们来说，是个头大的事情。

抽完签，工作人员将他们带到了表演室。他们到时，茶馆社的人已经到了。

一个穿正装的男人走了进来，众人纷纷抬头看过去。一见到林子木，李魁就下意识地退后了一步。

这次林子木是以神秘导师的身份出现的，严格说来，他不能跟参赛选手聊太多，不多久，他就正式宣布，节目录制从这一刻开始。

众人俱是一愣，顿时明白过来，考验从这一刻就开始了。

林子木发现了藏身在人群后的李魁，他表现得很自然，甚至更热情："魁子，你来了啊。"

众人看过去，林子木已经笑着搭着李魁的肩膀对大家介绍着："你们一定不知道吧，这位是我师弟，一直深受我师父的喜爱。之前一直在演话剧，没想到也对聚光灯很向往啊。"

林子木的话让纪星池很反感，她想起了之前在片场的情景，心里本来就不怎么耐烦这种人，此刻不着痕迹地蹙起了眉。

李魁不太擅长面对异样的目光，虽然对林子木的"热情"很恼火，但他还是客气礼貌地接受了林子木的"认亲"："我也不知道你是我们的神秘导师，还挺意外的。"

林子木爽朗地笑了两声："那你现在知道了。不过，就算你是我师弟，我也不会偏心的。"末了，还语重心长地拍了拍李魁的肩膀，"魁子，好好加油，可别给师父和我丢脸。"

李魁没回话，一直沉着脸。

林子木没再说什么，继续控制着节目流程："你们手上拿到的信封就是我们通过观看你们发来的视频带子做出的首轮评级，得到 A 的组，恭喜你们，你们拥有了优先选择助演老师以及配套齐全的场地设置的权利。而拿到 B 的组，只能接受被挑选后的结果，在更艰难的环境下战胜另一组。你们都准备好了吗？"

林子木的话一说完，李魁就打开了手上的信封，看到信封内容后，他脸色一暗。

相比"吃嘛嘛香"的沉默，茶馆社却是一片欢呼，他们拿到了 A，有了选择权。结果一公开，就有工作人员带着茶馆社的人下去录制选择的画面，而"吃嘛嘛香"队则留在了房间里。

"你们一定很想知道，为什么你们拿到了 B 对不对？"林子木的戏还要继续演下去，"我看过你们的话剧视频，嗯，我觉得大家都不太成熟，我们这个节目是面对十几亿观众的大荧幕，我觉得现在上台表演的话，你们可能还略显青涩，希望比赛期间，你们能有进步。"

这不就是明摆着说他们不行吗？几个人的脸色不怎么好看，林子木却还在继续："虽然现在对你们来说很残忍，但我相信通过这次比赛，你们一定会得到更多，就算这次输了……"

"林老师是认定我们会淘汰在第一轮了？"一直沉默着的纪星池站了出来。

林子木被人打断话茬，表情不是很好看，他抬头看到走出来的纪星池，对方脸上并没有焦躁和不耐等情绪，只是从容地看着他。那话，听上去也只是询问而已，但让他很不舒服。

林子木不说话，纪星池就盯着他，好一会儿，林子木才看似和悦地笑道："我没有这个意思哦。"

"好的。既然没有这个意思，那么接下来指导表演的事情就麻烦林老师了，希望林老师不要因为我们团长是您的师弟就刻意避嫌。"

林子木憋着气，脸上依旧笑嘻嘻："当然，我对所有人一视同仁。"

第四十七章

这是文初第二次去老史的办公室。

第一次去是在纪星池陨落那次,她通过陈景行的关系签到耀星娱乐来。史耀乾匆匆见了她一面就让孟旭带着她了。这一次,她是主动找上门来的。

史耀乾对她的印象很深刻,毕竟是因为她的关系,他才损失了纪星池这棵摇钱树,如果不是为了稳住陈景行,他怎么可能签下她,可现在她还有脸来跟他要资源?

"'健力'的广告还不满足?现在居然向我伸手要上《喜剧人生》的名额?"老史抽着雪茄,眯着眼打量文初。

感受到老板眼中的鄙夷,文初厚着脸皮假装没看见,理直气壮地说:"我听说这次选拔是公平的,别人能来毛遂自荐,我怎么就不行?"

这次橘子卫视的重磅节目《喜剧人生》还没正式官宣前,圈内就已经传得沸沸扬扬,板上钉钉的大制作,一定是大热的栏目,所以不少公司都准备了自家戏路好的演员去参赛。

耀星娱乐这种势头猛进的公司怎么可能放过这个机会,早早地备好了人选,都是从公司的新练习生里挑选出来的好苗子,可是节骨眼上却出岔子了。队里挑大梁的女练习生出了一场小车祸,手臂骨裂,这一治疗就要一个月的时间,就算他史耀乾愿意等,节目组也是不等人的,所以,很快,重新选人的消息就走漏了。

文初来得够早,也够巧。让人不得不怀疑她做了什么事情,但没有证据,就算是老板也没话可说。

"那你倒是说说看,我凭什么要给你这个机会?"史耀乾毕竟是商人,他不排斥任何赚钱的手段,即使眼前的人很不讨喜。

文初深谙老史的内心,也不拐弯抹角,直接说出自己的优势:"比起公司那些刚学会演戏没几个月的新人来说,我比他们有经验,我大学学的表演,也有舞台经历,最重要的是,我有话题度,我增加了曝光度后,话题度只会更热。"

史耀乾听着她的话,没来由地笑了:"你说的好像是一桩很不错的买卖,但我怎么就这么不信呢。"

文初没想到他不按常理出牌,愣了下。

"我这里有一个足以不接受你的理由,您想听吗?"

"什么?"

"节目组已经邀请景行作为他们三加一的观察员出演节目了,而你所谓的话题度大多跟他有关系,你说,这种时候我怎么放心让你去参加节目呢?"言下之意,他不会让陈景行沾上她一星半点儿。

但文初也不是这么容易被说服的，她似乎很笃定："老板，那您一定也不想让我去找景行帮忙吧？您应该知道，只要我去求他，他就会同意。万一被不知情的人乱传消息出去，这对我和景行都不好呢。"

脸皮还真是厚。史耀乾重重地吸了一口烟，好半响才吐出一口烟圈来："做好你自己分内的事情，机会不是不可以给你，但你应该知道我要什么。"

文初脸上一喜，他这是答应了。

"但是你也别高兴得太早，这次去参加节目，我希望你守好自己的本分，不要去招惹陈景行，发现一次，你也别怪我到时候连他的面子都不给。"史耀乾这话已经说得很明白了，文初不接受也不行了，她深知目前为止老板是她得罪不起的人，便也没再反驳，欣然答应了他的要求。

金奥奖颁奖典礼在《喜剧人生》正式录制前开始了。

纪星池一大早就起来了，虽然这个奖和她没什么关系，但能被提名，她心里也掩藏不住的开心。一大早，她就按捺不住激动的心情，开始在房间里挑选适合去参加典礼的衣服。以她现在的身形，哪怕也算小红了一把，也不会有品牌愿意借衣服给她的，所以她只能自己大出血找自己以前的私服。

在房间里试了很多，她依然没找到能将整个肥硕的身体包进去的裙子。

纪星池对着镜子，一阵失落。

消失了很久的穆雨时难得也在家，见纪星池捣鼓了很久也没出来，他索性直接去敲门："你是死在里面了吗？"

纪星池在里面连连叹气，听见敲门声，她垂头丧气地开门，有气无力道："还差一点儿，让您老失望了。"

穆雨时探头看了看里面床上那堆凌乱的衣服，再看看垂着脑袋的纪星池，忍俊不禁："就为这个？"

纪星池点头。穆雨时叹了口气，把门完全打开，说："反正还有时间，我来想办法。"说着掏出手机打了电话，交代了几句后，扯着纪星池就出门了。

纪星池现在虽然还是有点儿胖，但和之前相比已经瘦了很多了，小码的裙子虽然穿不上，但造型师还是勉为其难地找出了两条大码的裙子。华美影业的专属造型团队还是第一次遇到这样的客户，头疼好一阵，如果不是穆雨时的目光太吓人，他们倒也没这么有耐心。面对造型师的为难，纪星池心里也挺为难，这次是她摆脱"纪星池"身份后的第一次走红毯，她实在没什么自信。

等纪星池紧张地睁开一只眼，好半晌才敢看镜子里穿着贴身礼裙的胖子。

"怎么？被自己吓到了？"

纪星池愣愣地看着镜子，只见胖乎乎的女孩画上了精致的妆容，将五官最好看的部分完美呈现，而身上的黑色礼裙也扬长避短地拉伸了她的身材。

"这……是我？"纪星池不敢置信地指了指里面的人。原来胖子打扮起来也可以这么好的啊？

穆雨时站在她身后，也出现在镜子里，他不置可否地点头："当然是你。"

纪星池没讲话，只是一直盯着里面的人出神。

穆雨时盯着她看了一会，慢慢抬手将她掉下来的发丝抚平，语气比平时温柔了许多："我看着这样挺好的，不比那些女明星差，而且……就算外形上不如他们，你也别忘了，你是纪星池。以往，你走过多少红毯，有多少人都盯着你。"

纪星池有了些许反应，她深吸了一口气："嗯，你说得对。我不能输，就算身形不如别人，但气势上我也不能输。"

傍晚，纪星池穿着深色礼服裙夹杂在《我不是大人物》的剧组堆里下了车，红毯两边到处都是粉丝，她们热情四射，尖叫着自己偶像的名字，纪星池仔细听了一圈，确实没听到人在叫她。

"哎，没关系的，你这么有潜力迟早有一天也会有粉丝的。"宁崇走在她身旁，出于对"兄弟媳妇"的关照，小声安慰了两句。

纪星池无声地笑了笑，其实她不在乎这些，只是懒得解释了，便岔开话题："穆雨时今天会来吗？"

宁崇却没多想，只觉得她这是话中有话，偷偷笑了笑："你这是找他有事儿？"

纪星池斜睨宁崇，总觉得宁崇这笑容很……淫荡？纪星池立即否认："没，我就是问问。"

宁崇意味深长地哦了一声，没将她的话当真，捂着嘴继续笑："他在别的位置，不过你要是想跟他坐一块，我也可以帮你们调换位置。不过……咱们毕竟是以电影的名义来的……"

纪星池尴尬地咳嗽了两声："我没那个意思，宁导你想多了。"

宁崇自然不信，但一路人也快走到典礼现场了，也就没有继续再聊。

颁奖典礼在傍晚开始。

纪星池坐下后，一直在寻找穆雨时的身影，终于在后面的位置上看到了他，这次穆雨时是带着自己的电影来的，他的《归路》也入围了其中的摄影奖，虽然不是什么大奖，但出于对典礼的尊重他们全体主创也都在。

主持们插科打诨，现场欢乐多多。纪星池作为"新人"，一直在给台上的人鼓掌，偶尔旁边同剧组的人和她说话她才说两句，声音很小。典礼进行到一半，一直鼓掌的纪星池手也有点儿麻木了，无所事事的她便隔着几行人看向身后。

她小小的举动却看在了他人眼里。纪星池的后排坐着的便是陈景行和文初两人。

从进场开始，陈景行就注意到她了，今天的她化了妆，有些瘦下去的五官莫名有点儿熟悉，穿的礼服款式简单却很显气质，穿在她胖胖的身材上，竟然有点儿好看。陈景行看纪星池朝右边张望，顺着目光看过去，看到了另外一边的穆雨时，他穿着低调的黑色西装，随意坐着，正在朝纪星池挥手。纪星池从未在他身上停留过片刻，这让陈景行有片刻的失神。他不知为何，心里莫名有点儿慌。

陈景行原本没什么表情的脸有了丝丝变化，他声音淡淡的，喊了声："纪老师？"

纪星池这才注意到陈景行，吓了一跳，她随意一看，又看见了文初。

文初当然也看见纪星池了，她的视线冷冷地扫来，最后停留在陈景行身上，神情微妙。

纪星池朝陈景行微微点头，收拾好心情，坐好，台上刚好开始播放纪星池在《我不是大人物》里面的片段。随后，她的照片显示在了大屏幕上。和一起被提名的其他几个女演员相比，"纪星"的照片显得突兀。毕竟，很少有女演员像她这么胖。

主持人还是老样子，故弄玄虚，悬念在主持人的口中渐渐拉开："本届金奥奖最佳女配角的获得者就是——纪星！"

现场突然响起一片掌声，将纪星池淹没，她一下没反应过来，跟着鼓掌，旁边的宁崇笑道："纪星，你鼓什么掌，赶紧上去啊。"

纪星池"啊"了一声，没反应过来。宁崇又说了一句："你拿奖了。"

"恭喜纪星。凭借在《我不是大人物》里对花玲一角的精湛演绎，夺得本届最佳女配角奖，这也是纪星的第一部大电影，未来可期。让我们掌声欢迎纪星上台领奖。"

纪星池恍然清醒过来，掌声在她耳边此起彼伏。

纪星池在毫无准备的情况下被赶鸭子上架上台领了奖，说获奖感言时，她已经恢复了镇定。她露出官方的微笑，从容镇定，对着话筒说："拿到这个奖，真的很意外也很惊喜，感谢评委会将这个奖颁给我，这是对我最大的鼓励。"

她朝台下鞠了一躬，抬头看到了一脸笑意地看着她的穆雨时，深吸一口气，继续道："其次，我还要感谢一个人，那就是穆雨时穆导演。如果不是他，我今天也无法站在这里，在我最难熬的日子里，是他给了我勇气，今天借这个平台，我要对他说声谢谢，谢谢你。"

穆雨时难得像今天这般低调优雅地出现在大屏幕上，他一张俊朗成熟的脸上带着温柔的笑意,右手微微捂着心脏的位置,挥了挥手。没人知道,他冷静的外表下,热流涌动。他看着台上的纪星池,忽然觉得,她像光。

台下的人立即开起玩笑来了。两人之前"公开"时,大家都觉得很不可思议,如今看着两人的样子,肯定是真的在一起了,没什么可怀疑的。这不,求锤得锤,恩爱都秀起来了。

陈景行盯着台上的纪星池,有些异样的感触油然而生。他不知道为什么此时会想起纪星池,当初他拿下最佳男主角时,是纪星池给他颁的奖,现在……她却再也不可能出现在这种场合了。

台上,主持人的声音再次响起:"那穆导是不是也说几句呢?"

陈景行回过头,他也顺着众人的视线看向了另一侧的穆雨时。

穆雨时并没有推辞,他起身,接过工作人员递来的话筒,说:"她能获奖,我很开心,其实是她给了我重新出发的勇气才对,在我的低谷期,是她陪在我身边。我也想对她说,你值得。"

台下又是一片掌声响起。

纪星池突然感觉自己的心猛地一缩,随后剧烈地跳动了一下。她深呼吸,朝台下微微鞠躬,下了台,回座位时再次经过穆雨时,听见穆雨时轻轻说了句"恭喜你"。两人对视了一眼,她轻轻笑了一下,这才转身回到自己的位置上。

陈景行将纪星池和穆雨时的小动作都看在了眼里,看到纪星池坐下之后,他突然鬼使神差地朝前面说了句:"我看了您的作品,很不错。"

纪星池一愣,回头:"什么?"

陈景行微笑着点头:"纪老师这么好的演技,这个奖实至名归。"

纪星池并不想和他多说,微微点头说了声谢谢,便不再搭话了。

后面的流程,纪星池一直云里雾里,直到典礼结束后,陈景行叫她,她才回过神来。

"纪老师要走吗?我有点儿事刚好想和纪老师聊聊,不知道顺不顺路,我可以送送纪老师。"陈景行一如既往的绅士。他知道自己今晚的举动有点儿奇怪,但又控制不住。

"什么事?就在这里说吧。"纪星池四下看了看,没看到穆雨时。

"我这边有部电影刚好有个角色还没敲定演员,不知道您有没有兴趣?"

"不用了吧。"纪星池想也没想就拒绝了。她本不想和陈景行有过多交集,可是回到这里后,两人却总是阴差阳错各种偶遇,娱乐圈真是小到可怜。

陈景行并没有放弃,语气温柔又得体:"我知道之前和您的合作给您留了些不好的印象,但我还是希望纪老师能在看完剧本之后好好考虑考虑。毕竟是金牌团队操刀,故事很不错,纪老师不会因为我就放弃这次大好的机会吧?"

陈景行话语刚落地,文初就过来了。她已经从自己听到的只言片语中拼凑出了陈景行的意思。他竟然想帮纪星争取这么好的机会,她之前那么想要那个角色,陈景行都不松口。她提着长裙的双手隐隐握紧,但脸上仍旧挂着微笑走到陈景行身边,软软地喊了声:"怎么在这里啊,我找你好久了。"说着就要去挽陈景行的胳膊。

陈景行几不可察地躲开了文初的动作,文初吃了瘪,在这么多人面前又不好发作,依然笑得灿烂,天真地道:"纪老师真的好厉害啊,毕竟现在像您这样的能挤进来已经很不容易了。"

"文初。"陈景行面露不悦,对纪星池道歉道:"纪老师别放在心上,我代文初跟您道歉。还希望您能认真考虑考虑我刚才说的事情。"

纪星池嘴角牵起微小的嘲笑,随即隐藏:"陈先生严重了,我一直没把她放心上。"

文初的脸色微微变化,面上还是要做足:"纪老师别计较,我还小,不会说话。"

"纪老师当然不会计较,狗嘴里的话是个人都不会当真吧。"穆雨时找了纪星池半天才看到她在和陈景行说话,原本不错的心情瞬间毛躁起来,一把将纪星池揽到自己身边。

陈景行脸上的笑容开始松动,文初的脸色更是不好,但依然笑道:"当时还以为是假的呢,没想到穆导和纪老师真的在一起了。"

"毕竟我们低调,不像某些人巴不得全世界都知道他们的恶心事。"

陈景行微微皱眉:"穆导何必这么大火气,我们也只是想恭喜一下。"

"有吗?"穆雨时将纪星池搂紧了些,歪头问纪星池:"我生气了吗?"

纪星池不愧是演技派,摇头道:"没有。"

"咯,我们家这位说没有就是没有。陈先生还是先管好自己的人吧。我们就不留下来围观你们了。"说完拉着纪星池穿过人群。

陈景行的脸色在纪星池离开后瞬间变黑,他没管文初,直接离开了,留文初在后面气得就差当场跺脚了。

穆雨时拉着纪星池上了车,一上车就开始甩脸子,阴阳怪气道:"还纪老师?呵,不知道和我顺不顺路啊?"

纪星池被逗笑,说:"就走的时候撞到了,我不也没理他吗,你生……"她忽然闭了嘴,看着穆雨时一脸的不高兴,心脏轻轻颤了一下。她为什么要跟他解释啊?还有,他是真的生气了吗?

"怎么?心虚不敢继续说了?"

"没,才没有,你闭嘴吧。"纪星池咋咋呼呼地顶嘴。

穆雨时叹了一口气,想想刚刚自己幼稚的言辞,好笑地抚了抚额,说:"早点儿回去吧,老子都快饿死了,什么破典礼还不包饭。"

优雅低调的穆雨时烟消云散,毒舌暴脾气的他,又回来了。纪星池正想结束之前尴尬的话题,连连点头:"好好好,回去给你做吃的。"

穆雨时怔愣之间迅速抓住重点,为防止纪星池后悔,忙说:"不做不是人。"

纪星池被噎到,皱眉开始后悔,祸从口出啊,该死该死!不过……好在穆雨时的阴阳怪气没了,算了,不就是一顿吃的吗,再说她也没说做什么啊。

两人回到家已是午夜,纪星池在卫生间卸妆弄头发,穆雨时的嘴从纪星池进卫生间之后就没停过,吵得纪星池心烦。她烦躁地三两下搞完准备钻进厨房,开门才发现穆雨时就在厨房里,客厅里有面的香味。纪星池肚子咕咕叫了几声,今天为了穿上礼服,她几乎没怎么吃东西,这会儿缓过来,才发觉已经有点儿虚了。

她钻进厨房,看了看锅:"你会煮面?"

穆雨时斜眼看她:"等你来我怕是已经饿死了。赶紧收拾好了出来吃。"

"做了我的?"

"不然呢?"穆雨时听见纪星池的肚子叫了两声,语气轻柔了些,"马上就可以吃了。"

纪星池茫然地点点头,赶紧跑回卫生间三下五除二搞完,再跑出去殷勤地帮穆雨时拿碗。

两人难得平和地窝在沙发上吃面,电视里播放着无聊的节目,纪星池的手机响了一声,是陈景行发来的剧本,纪星池盯着手机看了看,随后收起手机,继续吃面。

穆雨时往纪星池这边挪了挪,正好看到了手机屏幕上"陈景行"三个字和文件名称,他的眸光暗了暗:"大制作啊。不想试试?"穆雨时声音平淡,听不出情绪。

纪星池没抬头,嘟嘟囔囔:"看吧。"

穆雨时拿筷子的手紧了紧。

电视里正好切到广告,熟悉的广告词传来,纪星池吃着面下意识地抬头看。是她以前代言的运动饮料的新广告。广告代言人换成了陈景行,广告片中,他和新晋三线小花文初饰演一对因运动结缘而爱上同款饮料的男女……嗯,应该不只是男女关系,文初的眼神可一直胶在陈景行身上。

"既然还舍不得,今天怎么不跟他多说些话?"穆雨时的语气开始怪异起来。

纪星池没有察觉到身旁的人都已经醋味熏天了,再回过神来吃面时,穆雨时不知何时拿了一瓶饮料坐了回来,拧开之后咕噜咕噜地灌了两口:"味道还不错,比你以前代言的那款好喝。不愧是'前男友饮料'。"

纪星池:"……"

最终，纪星池抑制住了想打爆他头的举动，三两下吃完面也不管穆雨时还没有吃完就收拾了碗筷钻进了厨房。

穆雨时面无表情地跟到厨房，靠在门框上，目光不明地盯着纪星池气冲冲地洗碗的样子。纪星池貌似想和碗筷同归于尽，将碗随意摔进碗柜，关上柜门一转身，差点儿叫出声。穆雨时已经不知道什么时候双手撑住洗碗台将纪星池圈在怀里了。

"生气了？"穆雨时的声音淡淡的。

"你、你干什么？"纪星池的身体不自觉地往后仰，她甚至能清楚地闻到穆雨时今天出席典礼时身上的香水味，淡淡的，钻进她的鼻子，滑到心尖，引得她心脏猛烈收缩。

小小的厨房顿时尴尬起来。

"我一提到你们之前的事，你就很在意。他很好吗？"穆雨时朝纪星池靠近了些。

"你、你怎么了？"纪星池有些招架不住穆雨时突如其来的愠怒，主要还是因为两个人的距离太近了，"你抽什么疯啊穆雨时？"

"你最后还是会答应他，毕竟你那么在意他。"穆雨时步步紧逼，似乎立刻就想知道纪星池的想法。

纪星池白眼一翻："什么跟什么啊，我一开始就没说要答应啊，再说我也没在意他啊，我要是在意，今天就上赶着让他送我了。"

听到这话，穆雨时的表情才缓和了些，他终于撤了"禁锢"站直，见纪星池脸都红了，他微微咳了一声，声音微颤："哦，知道了，这么大声干什么。"说完，一本正经地顶着通红的耳朵出了厨房。

直到穆雨时房间的门砰的一声响起，纪星池才缓过气来。她猛地吸了几口气，压迫和突兀起来的怪异情绪慢慢消失，她捂着胸口，好久，心跳才恢复正常，发烫的脸颊温度慢慢下去。

不过是几分钟，她却仿佛走了一遭鬼门关，此刻浑身酸软。

第四十八章

最终穆雨时还是老老实实地将家里买的新款"健力"饮料扛到了小区外的捐赠处。想起昨晚自己一时冲动对纪星池做的事，他就后悔不迭，啧啧地骂了自己一遍，一口气走了整段回小区的路。刚找了个地方点燃一根烟，就见一辆黑色的私家车开来，然后，车子停在了他脚边。

谁这么碍眼？穆雨时皱眉抬头看去，陈景行从车里下来，一身正装光鲜亮丽，跟穆雨时的一身T恤人字拖十分不搭调。

陈景行也在打量他，不确定地道："你这一身打扮，是住在这里？"

他们什么时候熟到不用互相寒暄几句了？穆雨时吐出一口烟，眯着眼瞥他："你来找纪星池？"

陈景行脸色一滞："你们认识？"

穆雨时冷笑一声："是挺熟的，嗯，应该说比起你来，我们是很熟的。但是不巧，我刚买了她的房子，你恐怕是找不到她的。"

陈景行一脸寒霜："你买了她的房子，这个小区？"

穆雨时点点头，一派从容："听不懂人话？"

陈景行冷着脸，深吸一口气后才平复心情："穆先生，能不能麻烦你给我一下她的联系方式，我们之间有点儿私事可能需要沟通。"

私事？呵，想得倒是很美。穆雨时语气淡然："我有什么义务要帮你吗？"说完，他掐灭烟头扔进垃圾桶，插兜掉头往所住的那栋楼走去。

陈景行没有追上去，他的目光扫过放在地上的那一堆饮料上，水箱上还放着一个方形小盒子，盒子里装着一对白金对戒，很简单的样式。

他记得，这是有一年他过生日，她送给他的礼物，那天他拍了一整天的戏，到她家时疲惫不堪，对她准备的烛光晚餐也兴致缺缺，后来，他提前离开了，临走的时候，礼物也忘记拿走。没想到她一直收起来了，终于，现在被扔了出来，却是被另一个男人扔掉的。

陈景行站在原地待了很久，眼看着下雨了，助理急匆匆推门下来，为他撑了伞："景哥，回去吧。"

陈景行微微有了动作，这才抬脚上车。雨水已经打湿了他额前的头发，掩掉了他眼里的情绪。

穆雨时现在住的那间房，以前陈景行和她还在一起时偶尔会住，久而久之，这个房间便是他的房间了，他遗留的一些私人物品，上次纪星池整理过了，却独独忘记了藏在柜子角落里的对戒。

戒指是穆雨时某天在房间里找文件时突然发现的，他看到里面的两枚戒指，拿在手里仿佛千斤重。原来，她曾经这么爱那个男人，即使这么久了，戒指都还留着。他讥讽地笑了一声准备丢在纪星池脸上嘲笑一番的，但最终他也只是气愤地将戒指盒摔了回去。只是这盒子里的东西，他怎么看都不顺眼，也就连带着饮料，一起当捐赠物扔了出去。

因为私自扔掉纪星池的东西，穆雨时有点儿心虚。上了楼，见她已经准备好要出门，他破天荒地说了一句："你结束后告诉我，我去接你。"

站在玄关处穿鞋的纪星池因为他突如其来的话差点儿摔倒，不敢置信地看着他，想起昨晚的事情，那种滚烫的灼烧感又回来了。

穆雨时摸摸鼻子："反正我现在也没事做，有点儿闲。"

纪星池怀疑道："到时候再看吧，不知道今天要排到什么时候，评委他们今天都会到场。"

这次是节目录制前的最后一次正式彩排，主要是走流程，所以节目录制时该到的人都会到，那么多大牌，时间上总是不固定的。

穆雨时哦了一声，纪星池也就没说什么了。

纪星池一走，穆雨时站在门口烦躁地扒拉了两下头发，心里总觉亏欠她。算了，还是去给她买一对戒指还给她吧？这么想着，穆雨时突然抿嘴笑了笑，他买的对戒，算不算是他和纪星池的？

在去商场买戒指之前，穆雨时先回了一趟穆宅。

正巧家里来了客人，老穆邀请了费明奇来家里吃饭，迟景之作为这个家里唯一的女主人一直忙前忙后，老远瞧见穆雨时的车开进了院子，她立即擦着手走了出去。

最近穆雨时回了两次家，老穆看着也烦了，搁下筷子就问他："上次跟你说的事考虑得怎么样了？"

穆雨时找了个位置坐，阿姨立即送上了碗筷。他声音淡然："再想想吧。"

老穆恨不得一筷子给他扔过去："想了这么久了你还要多少时间，就这么定了，回来。比你一个人在外面不知道搞些什么强。"

"我说了再想想。"穆雨时坐直，语气有点儿烦躁。

其实他内心已经有了决定，正如他在纪星池领奖时所说，他因为纪星池有了重新出发的勇气，或许经过昨晚，他更加确定了。他想重新筹备新电影，他想要证明什么，证明给纪星池看，又或许是证明给所有人看。但这还只是个想法。他不知道自己能不能做好，失败过的他害怕再次失败，那样，他可能就真的再也没有爬起来的勇气了，他必须谨慎。

"你就这样混下去吧，到时候电影拍成个屁，家业你也别想要了，老子捐了也不给你。"老穆被他气得不行。

迟景之向来在家里是扮和事佬的，立即笑道："小时都说了想想嘛，再说，老费还在这里呢。"

费明奇早已习惯了这父子的相处模式，笑呵呵地打圆场："小时是我看着长大的，性子我都知道，他知道自己在做什么。"

"行吧，你们联合起来对付我，我不跟你们说了。"说着，穆周就要扔筷子走人。

费明奇是有求而来，可不能让他这么走了，立马起身拉他："老哥哥你也真是，跟我们置什么气。来来，这么好的素餐，好好吃饭。"

老穆跟穆雨时脾气一样，一点就炸，但一哄也就好了。老穆没给自己的老伙伴甩脸色，很快就回了餐桌，说起了正事。

费明奇这次来，是想邀请老穆出山的，穆雨时立即明白这两人说的正是《喜剧人生》。见老穆连连拒绝，费明奇看了眼穆雨时，小声在老穆耳边说了句："小时女朋友也参加了，你不想看看？"

老穆一听，瞄了瞄起身找迟景之的穆雨时，两个老头你一句我一句聊愉快了，事情差不多就定了。

迟景之虽然是穆雨时后妈，但也算从小看着他长大的，加上自己没有孩子，所以对他也一直当亲生儿子对待，一听说他有事情找自己，她立即就跟了上去，两人在院子里说小话。

穆雨时找迟景之是为了买戒指的事情。

"戒指，小时，你该不会是要求婚了吧？"迟景之的表情很微妙。

"迟姨，您就别瞎猜了，就是普通的戒指。"穆雨时不好意思地红了耳根，"但是我不太了解她的喜好，就想让您帮我参考参考。"

迟景之见他有点儿急了，低笑着收了声，没有再继续追问下去，答应帮他挑选对戒。

节目的最后一次彩排，费明奇缺席了。但令人意想不到的是，陈景行出现在了现场，作为三加一模式中的流量担当成了观察员。纪星池还没从陈景行参加这个节目的噩耗中反应过来，另一头，文初也出现在了现场。看着跟自己隔着一个舞台距离的文初和站在三角中点线上的陈景行，纪星池心里无比讽刺。这到底是怎样的孽缘，才让这两个人一直纠缠在她的人生中不肯离去！

纪星池无语地注意到林子木上前去找陈景行攀附关系的谄媚样儿，无声地叹了口气，同情地拍了拍李魁的肩膀。这到底是什么魔鬼节目？怎么仇人都赶在一块了？

好在陈景行这样的大咖事情多，压根没空闲关注其他人。各个团队去见导师评委的时候，陈景行看到了纪星池，朝她笑了笑，但因为过程短，大家也没有多想，接着往下走流程。

整个彩排过程，除了文初在看到纪星池时露出嫌恶的眼神之外，其他还是很顺利的。彩排顺利进行到了纪星池他们，因为顺序排在后面，加上时间不太多了，所以他们尽量用简洁的流程走完了全场。

熟悉舞台的时间本来给得就不多，每个组都很珍惜这次彩排的机会。文初那个组却因为成员内部不和，站在台上反复确认了几次关于某场戏的演出，时间就延迟了，导致后面的"吃嘛嘛香"队的时间很紧迫，现场怨言颇多。

文初经过上回陈景行要把角色给纪星池的事情，现在对她也懒得装了，反正又没媒体。她扫了眼"吃嘛嘛香"队的三个人，撇嘴："纪老师怎么带这两个人出来丢人现眼啊？"

李魁面露不满，正要开口，被徐凡彤轻轻拉了拉："算了。"李魁虽然不满，但他很听徐凡彤的话，气鼓鼓地闭了嘴。

纪星池可就没什么好脾气了，她借着舞台的优势居高临下地看文初："我们丢人现眼都让文小姐如此忌惮，只怕文小姐压力很大吧？毕竟实力不行，只能靠损人来找一点儿存在感了，你自己都不觉得丢人，我们有什么好丢人的？"

"你！谁说我忌惮你们了。我只是恶心罢了。"文初气得呼吸急促。

纪星池淡淡一笑："这个圈子除了靠实力外，的确还靠一点儿运气，但运气很快就会用完，像你这种凭着旁门左道上位的人我见多了，她们最后都只有一个下场，文小姐应该不想知道的。"

"你……"文初气得说不出话来。

纪星池没有跟她继续争辩下去的意思，耸耸肩。文初气得正要发作，很快有工作人员上台叫他们下去了，别的队伍还要彩排。就算愤愤不平，大家也只能作罢。

第四十九章

节目第一次正式录制是在两天后。出发前，纪星池问穆雨时会不会去看他们的比赛。穆雨时挂着两个大黑眼圈哈欠连天地说："不去，幼稚园比赛有什么好看的。"

纪星池看着他满脸"纵欲过度"的架势，也不好强迫他去节目现场，语气平淡："行吧，你不来就不来吧。"

穆雨时一听这话，眸光一闪，盯着她："很想我去看？"

纪星池别开脸，嘴硬道："没有，你想多了。"

"想让我去的话好听的都不会说？"

"你还是别来了。"说完穿上鞋走了。

穆雨时望着她匆匆离去的背影，忍不住嘴角弯了弯，大大地打了个哈欠后，他伸着懒腰走进洗手间，边洗脸边跟李想和马未打视频电话，交代两人今天会议要推迟的事情。

他心情不错，挑了一身比较休闲的西装，找口袋巾时，放在柜子上醒目的红色首饰盒刺激了他。这是上次迟景之帮他挑选的对戒，原本想要还给纪星池，但……穆雨时越看越刺眼，索性一把将盒子塞进了最角落，眼不见为净。

　　他开车到了现场，在他们上场之前利用老穆的名头混到了后台，路过的工作人员因为他不是公众人物，也没几个认识，只以为是哪里来的参赛选手，任由他进了团队化妆室。他稍稍站了会儿，偷偷看了看正在化妆的纪星池就转身去了节目现场，在观众席上找了个靠前的位置坐下，打量着舞台。

　　节目正式开始录制。

　　由费明奇带队的评委团出场后立即获得了全场的掌声，紧接着流量担当陈景行的出场则完全点燃了气氛，粉丝们疯狂地尖叫着他的名字。

　　陈景行虽然人气高，但知道自己咖位抵不过那三位导师，很谦逊地叫停了自己的粉丝，现场这才渐渐平息。随后，陈景行又礼貌地跟各位老师寒暄了一会儿，现场才总算平静了下来，但显然主持人搞事情的心还没有结束。

　　最后出场的穆周导演彻底出乎所有人的预料。他们都听说这期节目有神秘嘉宾的事情了，只是没想到这个神秘嘉宾居然会是名声在外、多少人都无法企及的知名大导，穆周。

　　穆周一出现，费明奇起身亲自去迎接了，而另外两位评委老师——早已享誉国际的中年演员古曼和喜剧界大家周天华，都曾跟穆周合作过，古曼更是穆周一手带出来的，此时早已惊喜得叫出了声。

　　现场激动的气氛持续良久，穆周总算能开口说话了。他拿着话筒开着玩笑："我这副老骨头，也不知道怎么就被老费给忽悠上来了，这是我第一次参加综艺节目，对流程不太熟，待会儿有什么说错的，各位观众可不要跟我一个老人家过不去啊。"

　　费明奇见他爱开玩笑，立马接话："观众喜爱您都来不及，怎么会过不去。"

　　两人你来我往地逗趣了一会儿，穆周才被请上自己的专属座位。

　　很快就轮到茶馆社了。方林带领着自己团队的人上演了一出古装轻喜剧，整个表演都很平稳，有笑点有演技，也有娴熟的舞台经验，是目前为止看过的节目中最顺眼的一个。

　　而穆雨时这种身高优势明显、长相媲美偶像剧演员的人，坐在人群中格外瞩目。捕捉观众席位的摄影师好几次将镜头转到他这边来，但又被他的冷漠脸给劝退了。

　　评选的时候，周天华却意外地给了茶馆社一张待定票，理由是太过求稳，没有看到他期待的惊喜。

　　茶馆社这样的队伍在节目中惨遭滑铁卢，引起了一片哗然，但茶馆社非常优秀地表现出了一个大团的风度，虚心接受了老师的点评，最终去了待定席。

　　"我的天哪，茶馆社都被待定了，那我们岂不是很惨？"徐凡彤从一开始就很紧张，此时看着方林等人坐在了舞台一侧，她越发焦急起来。

纪星池说不紧张是假的，她很清楚对手的实力。但正因为他们的突出，导师们给了他们更多的关注，连带着，导师们对茶馆社的对手，也就是他们，也会更加关注。

"茶馆社待定了，说明我们晋级的可能性更大了，你们说对吧？"

众人经她提醒，才稍稍平复了心情。

等待对纪星池来说是漫长的，对穆雨时来说也是很痛苦的。

终于轮到"吃嘛嘛香"组合表演了，主持人报幕之后，舞台幕布黑了下去，音乐声响起，故事从阿青那一首难听的歌曲展开，黑黑的舞台上，纪星池结巴的歌声如同魔音传入耳中："因为……梦见你离开，我从哭、哭泣中醒来，咯咯……等到老去的那一天……你是否还在我身边……"歌声中夹着熟悉的吸溜口水的声音，台下的穆雨时扑哧一声就笑了出来。

原本安静的现场忽然爆发出一声突兀的笑声，所有人纷纷扭头朝他看过去。

穆周一眼就捕捉到了自家的傻儿子，因为觉得丢人，很快就转移了视线。

陈景行看到穆雨时，短暂的意外之后也就没有再看过来。

台上的纪星池并没有受到影响，只是在听见那熟悉的笑声时，紧张的心情顿时平复了下来。

故事进入剧情，灯光大亮，徐凡彤等群演陆续上场，不一会儿，节目现场就变得热闹起来。整个故事完整流畅地表演下来，不到十分钟让人又哭又笑，尤其是末尾那一句台词，惹得台下不少小姑娘哭出了声。

那是阿青母亲秦雪花去世的早上，傻傻的阿青坐在秦雪花的床上待了一夜，看着已经冰冷僵硬的尸体笑得很傻，不知死亡为何故的阿青笑着笑着竟然哭了出来，期期艾艾，一开口口水滴答，她边哭边笑："妈、妈、快看，天、天、亮了，阿青、阿、阿青去给、给你做饭……"什么都不会的阿青在秦雪花的强迫下学会了做饭，尽管秦雪花已经看不见了。

掌声是从穆雨时这里开始爆发的，随后才蔓延开来。那一刻，穆雨时为她鼓掌。

纪星池大喘了口气，刚刚演完一出戏的她满头大汗，还没明白过来是怎么回事，掌声就响起了，她下意识地朝台下看过来，正好看到穆雨时微笑的样子，她从未觉得他如此时这般好看。今天的穆雨时，虽然跻身在一堆人之中，但他身上仿佛闪着光，那束光，给了纪星池安稳和温暖。

纪星池低头也笑了笑。不管结果如何，他们尽力了。

陈景行被纪星池那突然低头的一笑引起了注意，他下意识地往观众席看去，台下的穆雨时脸上是少有的温柔，明明是很遥远的距离，但他却奇怪地觉得自己看到了两人之间的默契，不知为何他心里觉得不太舒服。

"哥，怎么了？"镜头没有扫到他的时候，坐在他旁边的工作人员探头询问。

陈景行摇了摇头："没事，专心听费老师说吧。"

工作人员没有再询问，这时候话筒已经交到了三位评委老师手上，费明奇第一个点评，他的点评中规中矩，对纪星池他们的表演没有惊喜也没有失望，但给了一个通过的分数。

穆周了解他，这个老狐狸虽然嘴上不说好不好但分没少给，明摆着还行。在穆周看来，这一组的表演可圈可点，尤其是饰演阿青的女孩子还是小时的女朋友，所以，他很不要脸地大肆夸奖了一番整个团队。

既然穆周已经开口了，其他评委更加不会下他的面子，更何况这个团队的表现确实很不错，尤其是纪星，前段时间既演话剧又演电影，表现相当不俗。很快，古曼和周天华继费明奇之后给了通过票，而握有加持票的陈景行根本没有机会使用他的复活权力。

纪星池他们也被穆周说蒙了，紧张地上台，迷茫地下台，说的就是他们了。

下了台很久，李魁才反应迟钝地问："所以，我们是晋级了吗？"

徐凡彤将目光看向纪星池："是的吧……"

纪星池点头："晋级了。"

相比"吃嘛嘛香"队，文初他们就没那么好运了。

耀星娱乐这次送上来的节目是以大热门经典电影《寻梦记》翻演而成的喜剧短片，非常不巧的是，《寻梦记》正是穆周十五年前的作品，电影的风格偏向黑色幽默，被搬上舞台的时候，演员放大了故事的喜剧线，但笑点尴尬又刻意，包袱丢不出去，两人各演各的没有交集。其实众人都明白，没有十足的把握最好不要表演在场导师的作品，中途稍有差池，都会得到班门弄斧的诟病。

显然，这次耀星娱乐万万没想到，穆周会亲自到场。

"对不起，我对你们的表现，无法点评，因为你们都不懂故事的人物。"穆周的话，引起了现场的一片哗然。言下之意，你们糟蹋了我塑造的人物，我不高兴了，你们看着办吧。

在纪星池看来，文初的表现已经不是几个月之前那样不堪入目了，她应该很想赢，特意下了功夫。

最终文初战队和茶馆社以及另外被待定的两组留到了最后的复活环节。

此时的陈景行被几个工作人围在中间，他一直耐心地听大家说话，时不时点点头，偶尔目光扫到待定席上时，文初就会很紧张地看着他，陈景行很快收回目光，示意工作人员继续。工作人员和评委都建议他选茶馆社和文初他们，从待定上晋级两组，待定的四组团队中，大家看好的也是这两组，工作人员提供的思路合情合理，他没有理由拒绝，但他还是决定再想想。他借口去洗手间，实则去了后台抽烟。一根烟吸完，他心中已经有了决定。

第五十章

纪星池是在陈景行离开座位不久后去的洗手间，期间她原本想去找穆雨时，但看了半天没有找到他，再一看穆周的位置也没了人影，立即明白这对父子肯定在一起，她就没去叨扰。刚从洗手间出来，她就很狗血地撞到了文初和少年演员在走廊上说话。

纪星池要回演播厅，走廊是必经之路。权衡再三，她还是决定不要去触这个霉头，默默地退了一步，尽量不让自己出现在他们的视线范围内。

那边，文初正凶狠地质问少年："你到底会不会演戏？如果不是你，我们至于被骂得这么惨吗？"

纪星池还记得少年是耀星早前签的练习生，这次跟文初他们一起来参加比赛是难得的机会。

面对文初的指责，少年一直在道歉："对不起啊文初姐，我、我下次一定会好好参加排练。"

文初依然愤怒："没有下次，如果这次我们被淘汰，你做好走人的准备。"

"文初姐……"少年很委屈，已经红了眼眶，他想说什么，另一头陈景行走了过来，铁青着脸。

少年立即低下头，喊了一声："景哥。"

陈景行没有看他，目光冷冷地扫向文初："你在这里做什么？"语气寒冷。

文初愣了片刻，正想解释，陈景行已经冰冷地开口："公司艺人的去留，应该还轮不到你来决定。"他没有听文初的解释，转头对少年说："你先去待定区，以后对演戏这件事用点儿心，如果你们自己都不争气的话，在这个圈子是待不长久的。"

少年没想到陈景行会帮他说话，立刻感激地点头："谢谢景哥，我会努力的。"

少年一走，文初就黑了脸："景行，你为什么要帮他说话？"

陈景行冷若寒霜地盯着文初，那眼神惊得她顿时收了声。

"我说过，我对你的忍耐是有限度的，现在的你，简直太让我失望了。"

文初诧异地抬头，惊慌失措地看着他："景行？"

"我希望你好自为之。"说完，陈景行就想走人。

文初不死心，叫住他："不管你对我是什么看法，但是待会儿的投票你只能投我们。景行，我们是一个公司的，为了公司考虑，你也要……"

陈景行愤怒地转身："投给谁是我的决定，就算最后我选了你们，那也只是作为综合考虑的结果。文初，你别得意，你在我这里已经不是以前的文初了。"

"呵……是吗？"文初的示弱已经不管用，她很清楚，所以她苦笑着撑起身体，"都是因为纪星池对吧？你才会变成这样。就连一个角色你也不愿帮我争取，宁愿给外人。"

她说得斩钉截铁，完全猜中了他的心思。陈景行沉默地盯着眼前的人，陷入了自我怀疑。

"你不说话，就是承认了……"

"你现在要做的事情不应该是来猜度我的心思，你要做的是别搞砸得来不易的机会。"陈景行以往深情款款的眸子里此刻却满是威胁。

文初被他的眼神震慑，动了动嘴，没有说出话来。

"你该走了。"陈景行提醒她。

文初暗自咬着牙，但抬头只看到陈景行冷漠的脸，最终她什么都没说，掉头走了。

文初走后，陈景行想在走廊上待一会儿再出去，只听墙后传来一阵电话铃声。

纪星池慌忙找到自己的手机，接了起来。电话那头穆雨时的声音立即传来："你去哪里了？"纪星池瞥了一眼淡然地看着她的陈景行，匆匆说了一句"我在后台"就挂断了电话。

陈景行盯着她的手机好一会儿都沉默着，纪星池觉得莫名，顺着他的目光看，发现他一直在看自己的独角兽手机壳。她下意识收起了手机，尴尬地摸了摸鼻子："刚刚只是不小心路过，不是故意的。"

陈景行冷淡的脸上恢复了往常的笑容："刚好准备找您呢，上次的事您考虑得怎么样了？"

纪星池抿唇，摇了摇头，说："本子我看了，很好，只是我还是不想接。"

"有原因吗？"陈景行微微皱眉。

原因……纪星池忽然想到了穆雨时那晚反常的神情，她说："我不喜欢。"

"是因为……他？"陈景行最终还是问了出来，虽然他不是很明白自己为什么会这么在意穆雨时，但他已经看出来了，她是为了穆雨时。毕竟，穆雨时对他的莫大敌意，明眼人都看得出来。

"我自己不喜欢而已。"

陈景行不再劝说，点头道："前面要准备录制了。"

纪星池点头，一路小跑着去节目现场。刚没跑两步，穆雨时不知道从哪里突然冒出来，吓得纪星池差点儿摔倒。

"穆雨时！你找死啊！"受到惊吓的纪星池回过神追着他就是一拳头。

穆雨时没看见陈景行，立即笑着闪躲："自己胆小如鼠居然怪我。啊啊啊，轻点儿！你要杀人啊！"

两人一阵追打，身影渐渐消失在走廊上。

陈景行望着那两道背影，脸上的冷漠一点点瓦解，露出了不知是向往还是迷茫的神色。

后半截的录制，主要是在投票环节。最终，观众和陈景行都选了茶馆社和文初他们战队暂时晋级了八强队伍。

其实纪星池心里有点儿不好的预感。这个节目是周播，因为声势浩大，目前网上已经掀起了不少热度，节目组一直在紧急筹备，时间上是不够用的。新剧本，他们这边也要开始着手准备了。

吃嘛嘛香这次是幸运的，对接下来的比赛也信心满满。然而，他们不知道的是，正是因为这种幸运，更大的不幸一直躲在背后。

晋级带来的喜悦并没有让纪星池他们高兴几天。

随着第一期节目的播出，穆周的出山以及他在节目中不留情的言论，再到节目组的豪气，《喜剧人生》飞速地上了热搜，随着热搜的带动，节目中参赛的几个团队也成了人们讨论的焦点，被穆周点评夸奖的"吃嘛嘛香"也被推上了热门。好坏各有人说。总归来说应该是一桩好事，毕竟欣赏这种东西，见仁见智。但很快，"黑幕论"再次爆了出来。大家都知道纪星和穆雨时的关系，再加上这次穆周出山，不得不让人怀疑。两天过去，黑幕论不但没有消散，反而在节目组澄清之后愈演愈烈。眼看着舆论压力过大，节目组也不能坐以待毙了，他们找到"吃嘛嘛香"，希望他们能自动退赛。

"这个决定不公平。"李魁作为代表，跟节目组谈判。

谈判过程并不顺利，节目组不想因为他们一组人，而将节目好不容易做出来的口碑毁掉，所以对方一直很强势。很快，谈判陷入了僵局，他们的彩排也因为事情没有定论暂时被叫停了。

徐凡彤已经完全失去了信心，只有李魁还想坚持一下，他看着纪星池："你有没有什么别的办法？"

纪星池迟疑了一会儿，淡淡地摇头。其实办法不是没有，但她需要再跟节目组的负责人谈一谈。正琢磨着，她的电话忽然响了。她接起电话，穆雨时的声音响起："在哪儿？"

纪星池瞥了眼电视台大楼："在电视台门口。"

穆雨时没有多废话："在那儿待着。"说完，就挂断了电话。

纪星池盯着电话看了看，一脸迷茫。

"怎么了？"李魁问她。

纪星池摇了摇头，安抚道："你们先回去准备，穆雨时现在过来，应该是有办法。"

她知道，穆雨时一定有办法，她就是莫名地相信他。

徐凡彤犹豫了一下，说："我留下来陪你等穆导吧。"

纪星池看她一眼，点头同意了。

李魁他们走后，徐凡彤才欲言又止地跟纪星池说了白天的事情："我今天看到林子木找了魁子。"

纪星池奇怪地看她一眼。徐凡彤立即解释："就在开会之前，我无意中撞见的。林子木想让魁子签到他们公司，他提出了蛮丰厚的条件，被魁子拒绝后林子木说了很难听的话。"

纪星池诧异地挑了挑眉："难怪魁子今天特别坚持。"她的心里五味杂陈。

穆雨时领着两个西装革履的男人光鲜亮丽地出现。

纪星池没想到他搞了这么大的阵仗，问他："你这是要去干架？"

穆雨时给了纪星池一个白眼："就你这脑子，能办成什么事？"然后二话没说，直奔电视台。

穆雨时似乎早就跟节目组的人约好了见面时间，到了会议室大家坐下来总算客客气气地说话了。

"穆先生，你这边的情况我们都了解了，我们这边呢，你们该知道的也都知道了，但节目组也有难处。"一个中年男人和气地说着。

穆雨时安静地听他们把要说的话以及有关于节目组的难处一一说完，他才慢悠悠地用眼神示意跟着他来的两个西装革履的男人。男人将一份文件放在书桌中间："你们的难处我们也明白，但是事情既然发生了，我们就奔着解决方案去。"

节目组的人拿起文件翻了翻，才发现是律师函。

"按照我们团队之前跟你们节目组签订的录制合同，这是律师列出来的违约条款。"

"不是，小穆……"

穿西装的男人再次分发了新的文件，打断了男人口中的话："现在发的是华美影业公关团队关于这次事件做的澄清方案，如果你们还愿意接受'吃嘛嘛香'，我们也会配合大家解决黑幕事件。"

"华美影业？"纪星池看向两人。

穆雨时继续道："其实你们有没有想过，网上刚大量地爆出电视台黑幕的消息，如果这个时候你们为了避嫌拿掉了参赛团队，这个消息传出去，谁知道又会发出什么声音？比如，坐实了黑幕？"

中年男人面色一沉，双手交叠在下巴，若有所思。

"吃嘛嘛香没有什么背景，你们硬要说纪星和我的关系，反正之前因为别的事情也炒过了，现在纪星的实力已经被承认。而他们的队长只是一个为了完成瘫痪师父的遗愿才踏上电视台舞台的普通人。还有这个……"穆雨时指了指徐凡彤,"抑郁症,好不容易才刚走出来。如果这些故事被曝光,你们说观众会信多少?"

"你的意思是?"中年男人眼中闪过一丝光亮。

"你们应该都知道冯老先生现在的情况,不太乐观。"

中年男人了然地点头,脸上终于露出了接受的表情,他摊了摊手,示意穆雨时继续说。

"如果说第二期的比赛他们表现突出,而你们节目组又会被看作是什么样的存在?在巨大的舆论压力下,你们依然坚持支持优秀的创作。"

"但是,我们怎么相信你们呢?"中年男人提出了自己的疑问。

穆雨时从椅子上站了起来:"陆主任,您承认您的节目有黑幕吗?"

陆主任眯起狐狸眼,盯着穆雨时看了半晌。

"我父亲那样的人,你们应该也了解一点儿,他性格不太好,黑幕这样的脏水他是不会承认的。"

陆主任无话可说了,他从椅子上站起来,冲穆雨时伸出了手:"我明白你的意思了,小穆先生,你提供的方案我们也会安排人去落实。"

"等一下。"全程没有讲话的纪星池忽然开口了。

穆雨时侧头看她,纪星池嘴唇动了动,欲言又止,却没有说话。穆雨时了然地冲陆主任笑了笑:"陆主任,关于公关方面的事情,这位小张先生会跟你们联系,敲定最终的方案。"

陆主任的目光扫过他和纪星池,点点头,没有再说什么。

穆雨时领着纪星池离开电视台时,扫了一眼安静的纪星池。

徐凡彤跟纪星池说:"我打电话通知了魁子,明天照常去电视台排练。"

纪星池点点头,没有说话。

很快,车子到了徐凡彤的小区,她下了车。

穆雨时一脚油门将车开出了老远:"你怎么回事?说说。"他开门见山。

纪星池拧着眉头将心中的顾虑提出来:"我不建议节目组拿李魁的事情做宣传,魁子应该不会同意的。"

穆雨时淡淡地看了她一会儿,好半晌,他眉眼敛起,沉声道:"我明白了。"

纪星池有点儿诧异,她以为他会反驳她的。穆雨时开着车,余光将她意外的神情看在眼里,忽而笑了:"我看起来就那么像一个坏人?在别人伤口上撒盐的事情,我可干不出来。"

纪星池咂巴了下嘴,闷闷地说:"谢谢你啊。"

穆雨时勾唇笑:"不客气,应该的。"

第五十一章

穆雨时说到做到，关于节目组反击谣言的举动很快就付诸了行动。

节目组公开发布了斥责传播黑幕的声明，并在文字阐述中，充分展现了节目组对每一个优秀团队的欢迎和支持。随后不久，华美影业也以穆周的名义发表了追讨谣言发布者的律师函，穆周本人发声了，事态就被推到了严峻的地步。没有人会相信穆周会在一个综艺节目中被人收买，起码，以他在圈内的地位，这样的节目应该还没诞生。

风向渐渐有了变化，但仍然有人质疑。不久后，节目组以官方的名义发布了彩蛋版视频——林子木给"吃嘛嘛香"团队评级时故意打压。

此消息一出，林子木对李魁这个师弟的态度引起了不少关注。有好事的吃瓜群众将李魁和林子木久远的八卦翻了出来，一时之间，众人同情心泛滥，开始心疼起李魁这个老实人了。但这件事刚刚发酵没多久就被撤掉了热搜，很快讨论的人也就少了，而黑幕的言论也渐渐弱了下去。

抽签正常进行，这一次，纪星池他们还算幸运，抽到靠后的数字，多了一些准备时间。

这次，他们信心十足，或许是因为上次的幸运使然，也或许是因为对自身力量的认可，总之，八进六的比赛，他们势在必得。

新剧本很快就定下了，《喜剧与戏剧》。这是一个纯喜剧短篇，故事从两个极端的剧组在同一个棚里面试展开，喜剧片剧组面试时要求演员热闹、喧嚣、搞笑，而戏剧社正在上演苦情戏，一喜一伤的故事同时在一个棚内上演，互相打扰影响，最后苦情戏以喜剧收尾，而喜剧片则以悲剧结尾。

这个故事很扎实，短短十几分钟的剧情里，笑点密集，不落俗套。

时间紧任务重，就在几人紧锣密鼓地排练中，比赛也开始了。

比赛前一天，根据节目组的安排，纪星池他们跟两个组的人分到了同一个化妆间，很不凑巧的是，这其中就有文初。这意味着她们会经常在后台遇到。

这次的试装，节目组给纪星池安排了一条跟文初同系列的雪纺裙。纪星池很艰难地穿上，与文初同时出现在镜子面前，两人一瘦一胖，在同色系的裙子衬托下，她显得更胖了。

镜子里的文初一脸的挑衅，好像很得意自己的好身材。

纪星池无意与她比美，翻了个白眼退了两步。

文初看着镜子里一脸淡然的纪星，脸上的得意很快就消失了，忽然，她觉得眼前的人有了一种奇怪的熟悉感，对方刚刚的眼神，她太熟悉了。女人的直觉提醒着她，这种熟悉感令人很不舒服，眼前的胖女人轻视她的目光、倨傲的背影，都像极了一个她很讨厌的人。

但这个念头刚刚冒出来，文初就觉得自己可能疯了。

化妆师助理拿着妆发工具站在镜子前给文初上妆。文初在化妆师助理的安排下，坐在跟纪星池背对背的一面，每次，她一抬头就能看到镜子里那宽厚的背影。她盯着那背影，无语地摇了摇头。疯了吗？那样丑的女人怎么可能是她？

这么想着，她打消了心中的疑虑，心里也渐渐松了口气。她其实巴不得纪星池这一辈子都不要再出现了，最好死了，离开了这个地球。没了她，她才能好过。

文初讨厌纪星池，这种情绪很复杂，出于嫉妒、痛恨以及阴影，纪星池的光芒四射对她来说始终是噩梦，是她翻越不了的鸿沟，好像只要纪星池这个人存在人世间，都会给她造成威胁，那是一种命中注定的挫败。

化妆师助理觉得气氛太僵，酝酿了良久，注意到她格外关注背后的纪星，于是没话找话："文小姐，你是不是也觉得吃嘛嘛香的纪老师长得特别像一个人？"

文初对谁长得像谁一点儿都不感兴趣，现在，这个发现却立即触碰到了她的敏感线。

"长得像谁？你总不能说她像纪星池吧？"她半真半假地调侃，脸上挂着的笑容很勉强。

原本会得到否定的答案，却不料那个助理小姑娘惊讶地捂了捂嘴，说："文小姐你也这么觉得吗？"

文初一愣："你也这么想？"

助理小姑娘平时没事就喜欢跟人八卦，此时见文初感兴趣，她就一股脑地说起来："我们化妆组的人都这么觉得啊，给她上妆的是我的室友，她说有一次，她给那个纪星上了一个仿纪星池的妆，怎么看都觉得跟纪星池的五官太像了，名字不也很像吗？纪星。哎，不过好可惜，同脸不同命，人家纪星池长得多好看啊。"小助理说了一大通，言语里尽是鄙夷。

文初听着小助理的话，脑袋轰隆一声响，越听越觉得心惊肉跳。

是的，这么久以来她怎么就没注意到，这个纪老师叫纪星，虽然她之前说是因为喜欢纪星池才特意起的艺名，但纪星池……原来就叫纪星啊。这并不能代表什么，文初怎么想都觉得不可能。

"你是说，你们很多人都觉得她们长得像？"她不太确定地又问了一遍。

小助理不明白文初为什么对别人这么感兴趣，愣了下才用力点头："对啊，很明显啊。"

啪嗒。文初觉得自己脑子里的一根弦忽然绷断了，她不敢置信地再次看向镜子中只露出背影的人。

纪星池正在化妆，此时的她微闭着眼，没有对自己的妆容提出任何意见，只是任由化妆师捣鼓着。

像，她跟纪星池太像了，尤其是现在的她已经瘦了很多，她蹙眉时的眉眼跟她记忆中的纪星池一模一样，撇嘴的动作也跟她一模一样。如果缩小几个号，就完全跟她记忆中的人重叠了。明明那么像，但她却一次都没有怀疑过，因为她刻意回避了有关纪星池的所有消息。现在想起来，文初觉得自己很蠢，怎么也没想到纪星池居然一直在她身边！

梳妆的小助理看着镜子里的文初眼神一点一点变得阴暗，手一抖，手上的眉笔划出一条长线。

"啊，对不起。"小助理焦急地道歉。

文初立马恢复到和颜悦色的表情，缓缓摇头："我没事，你不用紧张。"

录制很快开始了，"吃嘛嘛香"这次《喜剧与戏剧》的演出不算特别成功。

徐凡彤饰演的悲情演员正蹲在人造雪地里黯然落泪，哭到肝肠寸断时，脚下踩到一块没有断开的泡沫块，一打滑，吧唧一声摔在了舞台上。

纪星池电光石火间反应过来，一把拉起了徐凡彤："咋的？咱们这个戏还带串场的？"

台下猛然发出一阵笑声，台下的李魁也长长地呼出一口气，再看台上，此时的徐凡彤吃了一嘴的泡沫，面容滑稽，但多年的舞台经验让她在片刻中反应过来，接着纪星池的台词往下说。

纪星池在舞台上的感染力很强，不过一个眼神和动作，瞬间就将大家的注意力引到了自己身上，短短几分钟的戏份，却让大家的目光再也无法从她身上移开。

表演结束，观众席上响起了热烈的掌声，好像大家根本没关注到方才徐凡彤的那个小失误，但对舞台经验丰富的各位评委老师来说，却犯了大忌。最后三票之中，他们只得到了两票。

轮到文初团队上场，这一次他们明显比上一次好多了，不过文初大约是因为刚刚得知纪星很有可能是纪星池的事情，有点儿影响发挥，舞台上出了一次错，虽然很快调整过来，但对同样出现舞台事故的吃嘛嘛香组合来说，文初团队的救场过于明显。评委们权衡再三，最终还是给了待定。

话筒给到了陈景行的手里，陈景行娓娓道来："确实如其他评委所说，相比纪星的救场，文初的舞台经验还不够，不过相比上次已经有进步了。"

文初眼神闪了闪，她看着陈景行，目光里全是委屈。她朝陈景行微微鞠躬，说："纪星老师的演技和实力很厉害，我自然有很多向她学习的地方，只是一直没什么机会，刚好这次碰到了，不知道我可不可以请求和纪老师单独比一场，我也想向她多学习学习。"

此话一出，台下一片哗然。谁也没想到文初会在舞台上提出这种要求，就连陈景行也没想到。他皱着眉，眼神由刚才的平和变得冷漠，但看着台上的文初没有丝毫退让的样子，他不禁深吸一口气。

主持人暂时叫停，与节目组、评委们商量之后，同意了文初的提议。

纪星池正在后台和钻到后台的穆雨时聊天，得知这个消息后，穆雨时的脸色就不好了，他看了看纪星池："搞什么幺蛾子？"

纪星池摇头，但已经有工作人员过来告知了纪星池大致情况，没办法，纪星池只能继续回到舞台。

即兴表演，评委们确定了题目之后就可以开始了。

纪星池对助演没要求，随他们安排。

文初这时又说话了："不知道景行师哥可不可以做我的助演？我们更有默契一点儿。"语气软糯。

台上谁不是人精，怎么会听不出文初话里的意思，也开始笑了起来，打趣着陈景行："小师妹嘛，能帮就帮。"

陈景行微微皱了皱眉，冷眼扫了扫文初，文初此刻脸上的小得意和期待让他在发怒的边缘游走，但他很好地掩饰住了自己的情绪。他拿过话筒，声音温和，笑道："我和文初师妹是同一个公司出来的，若我帮她，岂不是有包庇护短的嫌疑？"他说着看着纪星池，"纪老师的演技有目共睹，可惜我还没有机会跟纪老师合作，不知道这次有没有这个荣幸给纪老师做助演？"

一时间台上台下风向骤变，全场的焦点都聚到了纪星池身上。

陈景行问得恳切，纪星池有点儿不明白陈景行的目的，她看了看文初微微发白的脸色和轻轻捏拳的手，再看了看陈景行，也不好拒绝。

文初的助演则是主持人。

其实本就没必要比，文初这样做也只是因为陈景行对"纪星"的态度让她危机重重。实力高下立见，只是短短的几分钟，纪星池已经碾压了文初。

一小段即兴表演让现场的氛围活跃了一些，观众们看过笑过也就过去了。当然这种即兴表演，只能算是节目录制过程中的小插曲，不会影响团队的成绩。

纪星池表演完下台前往观众席扫了一眼，发现原本坐在下面的穆雨时不知何时已经不见了。

回到后台之后，李魁和徐凡彤见纪星池的面色还算不错，这才放下心来，安心等到录制结束。

走出录制大厅时，天色已经很晚了。李魁跟纪星池交代了两声就送徐凡彤离开了。

纪星池没走两步就看到了穆雨时的车停在外边，穆雨时站在车边抽烟，他颀长的身子隐隐靠在车身上，脊背微微弯曲，指尖火红的光点在昏暗的夜里忽明忽暗。

"纪老师一个人回去吗？"纪星池回身，看见陈景行的保姆车稳稳地停在身后，陈景行正准备下车，神色略带疲惫。

一边的穆雨时看到陈景行，迅速掐了烟奔过来，一把拉住纪星池到背后："不好意思，不是一个人回去。"

陈景行看了一眼穆雨时，微微点头："那我就先走了。"说完，车子渐渐驶出两人的视线。

穆雨时松开了纪星池，闷身不说话往车子走去。

这样的穆雨时让纪星池有点儿害怕，不知道为什么，她不知怎的忽然觉得今晚的穆雨时有点儿怪异，又或者说，颁奖那晚那个反常的穆雨时好像又回来了。车厢里很静，静到让人觉得压抑、紧张。纪星池瞄了瞄冷着脸开车的穆雨时，不敢说话，她隐隐察觉到了穆雨时这样是因为她。

车子一路开回公寓，穆雨时开门，冷冷地说了句"到了"。

纪星池赶紧乖乖下车，跟着穆雨时上了楼。气氛怪异到纪星池浑身不自在，她从来没有这般害怕穆雨时，或者说是心里隐隐的不安让她也开始烦躁起来。看到穆雨时进屋后准备直接进房间，她终于决定问清楚，她喊住穆雨时。

穆雨时开门的手一顿，回过头来盯着纪星池。

"你怎么了？"纪星池走到穆雨时身边，"之前不是还好好的吗？"

穆雨时放下开门的手，只是静静地看着纪星池。

"是因为我吗？"纪星池问得真诚。

"呵。"穆雨时轻轻嗤笑了一声，索性坐到沙发上，语气冷漠，"你到底想说什么？"

"我是想问你怎么了？"纪星池坐到穆雨时旁边，神情紧张。其实自从她开始正式和穆雨时接触之后，穆雨时很少这样，她甚至在想，哪怕穆雨时像往常一样毒舌，她也会比现在好过些。

"我怎么了？"穆雨时苦笑，压抑着心中的怒意，深吸一口气，看着纪星池，"我还想问你怎么了呢？你怎么就那么喜欢和那个姓陈的搅和到一起啊，怎么，前男友一回头，你就不行了？"

纪星池一愣："和他有什么关系，我跟他……"不对，难道……她一顿，似乎从千头万绪中理到了头绪，她震惊地盯着穆雨时，试探道，"你是因为他今天当了我的助演，生气了？可……"他们只是假情侣啊，没必要演这么全吧。

"你也太看得起他了。"穆雨时冷嗤一声后，神色不明地看着纪星池，"纪星池，我和你到底什么关系啊？假情侣？"

"难道……不是吗？"纪星池的心脏慢慢揪成一团。

"对，假情侣。"穆雨时苦笑着点头，像在自言自语，"假的，都是假的，这么久以来，对你好是假的，关心你是假的，都是我他妈自作多情。"他轻轻起身，淡淡地道，"早点睡吧，晚安。"

纪星池看着穆雨时脸上一闪而过的失望，忽然觉得自己有点儿难过。

"穆雨时。"她一把抓住了穆雨时的衣角，缓了口气，声音微微颤抖，"等一下……"

穆雨时顿住，脊背微微发僵，他甚至能感受到纪星池指尖的热度顺着他的衣角传遍全身，他几乎不敢动，这似乎是纪星池第一次主动抓住他。

穆雨时硬撑了一会儿，妥协道："你想说什么？"

纪星池想说什么呢？她忽然想起了很多与穆雨时在一起的场景，那些场景走马灯般在她脑海中盘旋。虽然很多时候，她很讨厌穆雨时，但他又总是每次在她需要的时候出现。好像从第一次在电影公司的走廊上遇到抽烟的他那一刻起……冥冥之中就有了安排。

纪星池感觉自己抓着穆雨时衣角的手在发抖，心里被不知名的情绪占满，竟然开始隐隐作痛："为什么？"

穆雨时转头看她："什么？"

纪星池懊恼地抓了一把头发："为什么是我？你这样每次突然出现在我面前，让我很害怕。"

"害怕什么？"穆雨时转身盯着她。

纪星池看着他不安的眼，不知为何不敢直视，她松开了手，低下脑袋。

她害怕很多啊，害怕有一天这种幸运会消失，害怕这一切都是假的，或许穆雨时从来没有出现过，这一切不过是她尚在老家的那个房子里的黑暗绝望中幻想出来安慰自己的。

纪星池很久没有说话。

穆雨时看着纪星池松开的手，心仿佛空了一点儿。他无声地叹了口气，宽大温暖的手掌落在她的头顶。一片温热传来，纪星池诧异地抬头，正好对上他的目光。

穆雨时："没有为什么，因为是你罢了。"

纪星池震惊地看他。

穆雨时无奈地苦笑："你真的觉得，每一次我和你的遇见都是巧合？"他苦笑，"纪星池，你知不知道，为了和你的巧遇，我花了多少心思。你能不能……别只看到陈景行，也看看我？"

轰隆一声，纪星池心里那本就摇摇欲坠的城池轰然倒塌，在一片废墟中，她只看见了穆雨时一个人。他站在那里，也好像站在纪星池的心上，一座新的城池，似乎即将建起。

那是关于穆雨时的。

纪星池失眠了。她半夜三更爬起来，翻到冰箱里的可乐咕噜咕噜灌了两口，喝完才想起来自己不应该喝的，她在减肥。想了很久，她还是决定去洗手间吐了，吐得胃里都泛了酸，她才从地上站起来。

她知道现在的自己有多狼狈，镜子里的人蓬头垢面，一张脸比面巾纸都要大，但好在这段时间的减肥起了一些效果，她好像没有最初那么胖了。但是，这依然改变不了她不再是"纪星池"的事实。可这样的自己，她不确定自己身上到底有什么是值得穆雨时喜欢的。

最近这两天，纪星池开始躲着穆雨时。她每天早出晚归，掐准了时间不会与他在客厅相遇，她才肯出门。

第二轮比赛之后，节目组根据观众的票选以及网络上的支持率，决定让吃嘛嘛香组参加五强冠军赛。李魁羞涩地拿出了自己写的剧本《冒牌特工》，本子是他多年前写的，本来想制作成话剧公演，因为一直没钱才没有付诸行动。纪星池看过剧本后，投了赞成票，决定将它作为五强赛的参赛作品。

进入五强赛后，电视台对作品的质量把关越发严格，每个队伍都配备了专业的指导老师，他们不再给参赛选手评级，而是手把手地指导演出。如今在网上大热的"吃嘛嘛香"组合分配到的指导老师便是新加入节目的影帝张弛。张弛跟费明奇一样，不苟言笑，做事情异常认真。

纪星池他们连着几天都被折腾得够呛，不过大家都铆足了劲彩排，都想将最好的表现在下一次录制中呈现出来。纪星池在排练时就注意到文初频频看过来的目光，为了避开她，纪星池干脆一直待在他们组的排练室，排练完开车回家却在查看后视镜时意外瞥见了一辆可疑的陌生车辆跟在身后。

后视镜里，黑色的车还跟在后面。纪星池一意识到自己被跟踪了，立即调转了方向盘，在红灯之前掉了个头。等到那车发现时，她的车已经开出了老远。

纪星池选了另一条路线将车开进了小区的地下车库，刚跳下车就见穆雨时不知道从哪里冒出来，穿着拖鞋，手里提着一袋从超市买的食材，悠闲地走来。

"哟，巧啊，同个屋檐下终于见面了。"一见到她，穆雨时就阴阳怪气地讽刺道。他最近对纪星池充满了怨气，明明住在同一个屋檐下，她却对他避如蛇蝎。

纪星池没想到今天穆雨时没出去，一时想逃，被穆雨时一把抓住她的后衣领将她扯进了电梯："跑什么？我就这么让你讨厌？如果你这么讨厌我，我可以暂时搬去工作室住，你不用每天早出晚归，你应该把时间留来排练。"

张牙舞爪的纪星池冷静了下来，迟早要见面的，躲着也不是办法，她好半晌才敢直面他的眼神，支支吾吾道："我没有别的意思，就是忙。"她自己都觉得自己的辩解很无力。

但穆雨时没说什么，只是嗯了一声。

"那个……如果工作室不方便，你也可以不用搬走。"

穆雨时透过电梯镜面瞥她，勾起一抹笑："舍不得我？"

纪星池抑制住了白眼，刚想解释，就听见他说："呵，想逼我搬走？休想。这里是我花钱买的，就算是死，我的骨灰也要葬在这里。"

纪星池无语地看了看他。虽然两人此次的交谈并不十分愉快，但生活还是终于回归到了平常。

吃过晚饭，纪星池将自己被跟踪的事情跟穆雨时提了提，穆雨时立即通知了保卫室，要求他们在小区门外以及车库等地方安装了监控后才安心。

纪星池看他声势浩大，说："其实我猜到是谁跟踪我了，没必要搞这么大的阵仗，你这样让我很有负担。"

穆雨时敲着电脑，头也不抬："谁？"

纪星池看着他桃花眼下挂着的黑眼圈，有点儿犹豫。

"你不说我就当不知道了。"穆雨时转身要走。

纪星池立马叫住他："是文初！虽然我看得不是很清楚，但那个身影应该是她没错。"

"呵，跳梁小丑而已，不足为惧。就算她发现了什么，也没关系。"

其实纪星池心里也很明白，如果文初真的发现了什么，她要做什么，自己是阻止不了的。但如果她只是怀疑，那么她一定会想办法从自己身上获得线索。

穆雨时看了眼纪星池，笑道："刚好我也有个消息想告诉你。"

"嗯？"

"还记得《海上城池》吗？当初因为你的事情不是要换角吗，但一直没找到合适的就搁置了，不过最近有重新启动的打算，正在选角。"穆雨时说完看了看纪星池有点儿震惊的表情，说，"只是告诉你一声，去不去在你。"

纪星池咬了咬唇，心情复杂、震惊，又有点兴奋，她能明显地感觉到自己听完穆雨时的话时，心里的那点激情正在慢慢扩大。

她对这部电影的感情很复杂，她很喜欢那个故事，拍了一部分，却因为当初自己那些铺天盖地的黑料，不得不放弃。当知道换角时，她的心情很平静，因为早就料到了那样的结果。没想到如今，这部电影竟然重新启动了，似乎是冥冥之中让她去填补这部分的遗憾。

她看着穆雨时，点了点头："什么时候？"

穆雨时看了看手机，说："到时候通知你吧，我已经把你的资料送过去了。"

"送过去了？"

纪星池再次震惊，她没想到穆雨时竟然能准确地猜到她的想法，还帮她做了这么多，明明他自己还因为《归途》的事情和穆周别扭着。她一瞬间有很多话想说，但说出口的却只有"谢谢"两个字。

穆雨时满意地点头："这个角色应该有很多人挤破脑袋都想拿到，我只是顺手，最终能不能拿到，还要看你自己。"

纪星池慎重地点头："我会的。"她抬头，说，"穆雨时，谢谢你。"

穆雨时一愣，随后嘴角扬起："不客气。"

第五十二章

纪星池猜得没有错。文初怀疑她就是"纪星池"，但是没有证据，无奈之下便想要制造证据。

排练期间大家都很忙碌，好不容易休息一下，文初破天荒地凑上来跟纪星池搭话："哎呀，纪老师，您之前仿纪星池的妆画得很好啊，晓明的手艺真不错。"

纪星池瞥了她一眼，瞬间明白了她的用意。

四下有人注意到了文初的话，一个工作人员说："别说，之前带妆还真有点儿像。"

"哦，是吗。你不觉得我们纪老师其实长得很像纪星池吗？"文初露出八卦脸，"哎呀，如果不是星池出了事情，没准纪老师还能因为撞脸上热门呢。"

文初步步逼近，脸上带着得意的笑："纪老师，您说您也真是的，像谁不好，非要像她。仔细一看，您除了脸比纪星池大一点之外，好像整个五官都跟她是一个模子出来的啊，哇，纪老师，您的全名也叫纪星对吧？看，你们连名字都这么像，该不会还真的是什么孪生姐妹吧？"

文初说完，还不忘记拉着其他人问："你们也都觉得纪老师像纪星池吧？"

在场的工作人员早就有这个想法了，好几个人跟着点头，窃窃私语起来，是挺像的。

文初看着众人的反应，心中得意，还想说什么话来逼纪星池露出破绽，一个身影突然走了过来。

陈景行不知道是什么时候来的，他站在两人身后，目光沉沉地看着纪星池。

"景行，你怎么来了？"文初诧异地要起身。

陈景行很快收回目光，转头看向文初，递给她一个保温杯："孟旭让我交给你的。"

文初立即露出甜蜜的笑容，收起水杯，叫住正要离开的陈景行："对了景行，我们刚才正在说纪老师呢。你看，纪老师有没有特别像一个人？"

陈景行果然将目光转向了纪星池，他定定地看着她，一言不发。

纪星池感受着两道灼热的视线，也不好继续装哑巴，说道："文小姐最近很喜欢看韩剧吧？臆想症都出来了。"她一脸从容地回视着两人，目光扫过那个立在化妆镜前的手机，笑了笑，继续说，"文小姐，我长得像谁跟我们参加比赛有什么关系吗？"

文初没有在意她拐弯抹角地说自己有病的话，接话："当然有关系啊，只怕有的人用假身份参赛，这可对节目组不公平。"

"哦，文小姐可真有心。"纪星池讽刺地笑了笑。

"你……"文初还想说什么，站在一旁一直听着两人对话的陈景行眉头深锁，插话道："之前听说纪老师是北辰影视学院的学生，不知道纪老师还记不记得……"

"陈先生应该记错了吧。上次我解释过了，我不是北辰影视学院的，我是戏剧学院的。"纪星池打断他。

陈景行蹙着眉头："是吗？陈志林教授还好吗？我刚进入演艺圈的时候，受到过他的指导，一直很想感谢他呢。"

纪星池神色一暗，脸上露出了难过的神色："陈先生恐怕不知道吧，陈教授在一年前过世了。"

陈景行听了她的话，忍不住抬眸再次打量她，好像要在她脸上看出什么痕迹来一般，久久没有收回目光。过了好一会儿，他才勉强地勾起笑意，说道："是吗？陈教授平时太低调了，我居然连他已经过世的消息都不知道。"

"陈教授的家人不希望他被打扰，所以没有通知学院的学生，只有几个亲近的领导和学生知道。"纪星池说。

陈景行敛起眸子，死死盯着她的目光转而落在她放在桌上的手机上。

纪星池反扣着手机，露出了那可爱的独角兽形态的手机壳。

"纪老师很喜欢独角兽？"

纪星池微愣，随即道："无所谓喜欢不喜欢，手机壳而已，看着好看就买了。"

这是纪星池的实话，她很少会执着地喜欢某一样物品，玩偶也是，家里那些放在角落里的独角兽玩偶，是很多年前一个粉丝送给她的，她没有扔掉的习惯，就保存了下来。

陈景行没有深究这个问题，又问："纪老师喜欢玛格丽特吗？"

纪星池没有犹豫，摇头道："不喜欢。我不喜欢花。"

陈景行敛起眸子，没有再追问，冷漠地看了一眼文初，离开了。

文初追了出去，喊住陈景行："你还是忘不了她对吧？你是不是早就察觉了，所以才对纪星那么不一样？"

陈景行面露不善："你够了。"

文初冷笑："你承认了？"

"文初！"陈景行的目光中多了几分阴鸷，"我早就说了，别给我惹事。"说完头也不回地走了。

文初气得全身发抖，嘴唇都要咬出血了，最终也只能回到排练室。

陈景行没走多久，纪星池就收到了穆雨时发来的面试通知，就在几天后。

穆雨时知道她最近都很少看资讯，什么都给她注意到了。她认真地回复了一句"收到，谢谢"，都没注意到自己的嘴角在看到发消息的人是穆雨时的时候，微微翘起。

一旁的徐凡彤看到纪星池的小表情，凑到旁边瞄了瞄，说："穆导发的什么啊？"

纪星池立马收起手机，说："没什么，一个剧组的面试通知。"

出去接热水的李魁正好回来，坐在一边冲冲剂，冲好之后小心翼翼地把杯子递给徐凡彤。

纪星池仔细一看，痛经颗粒……她若有所思地看了看脸色微微发红的徐凡彤。她这段时间是有多忙啊，竟然这么明显都没发现，她的两个队友已经到了这个地步了吗？

徐凡彤接过水杯之后发现纪星池正若有所思看着他们两个的小动作，连忙岔开话题："我还以为是穆导查岗了呢。哪个组啊？"

纪星池的脸唰一下就开始发烫，笑道："就是之前的那个《海上城池》。"

"《海上城池》？"李魁震惊道，"那不是我们第一次见面的那个电影吗？"

纪星池点头。

"文小姐，你怎么在这儿啊？你们组的人找你好久了。"门外突然传来工作人员的声音。

纪星池几人朝门外看去，只看到了文初迅速消失的一个背影。几人默契地互相看了一眼，不再继续这个话题，继续排练。

《海上城池》的角色她本来就熟悉，几乎可以说是信手拈来的事情，可她还是在排练完后就匆匆忙忙赶回家准备仔细研究一下剧本。

这段时间一直就没有松口气的时候，吃嘛嘛香三个人几乎都是吃饭、睡觉、排练，很少有时间出去放松放松，聚一聚。

李魁和徐凡彤刚收拾好东西正准备叫上纪星池一起吃个饭，就见她已经急匆匆地出了门。两人疑惑地互看了一眼，算了，他们自己去吧。

面试当天，穆雨时送纪星池到了面试的宾馆，嘱咐了几句就匆匆离开了。

华美影业新季度的电影投标会在今天举行，这个时间，会议室里已经陆续来了不少人，穆雨时他们的电影剧本是通过匿名渠道送到华美影业的，在经过筛选后，华美影业正式邀请他们来参加这个会议。负责这个项目的人没想到，前来参加会议的人会是穆雨时，匆匆开了十分钟会后，就暂停了会议。

穆雨时全程都没有发表言论，项目内容都是李想和马未在公示。李想见负责人火烧屁股似的离开了会议室，凑到穆雨时面前："你看什么呢这么认真？"

穆雨时抬头看了眼近在眼前的大脸，淡然地收起手机："没什么。"

李想不信地撇嘴，指了指玻璃门外正在跟几个人讨论的负责人，扑哧一声笑了出来："我说你也真是的，自家公司还要偷偷摸摸的不让人知道，现在好了吧，凭实力入围，现在面纱被掀了，人家中间人不知所措了。"

马未见两人嘀咕什么，也凑了过来："那哥们儿现在该不会在琢磨给你妈打电话吧？"

穆雨时目光平静："她没空管这事。"

穆雨时在来参加投标会时，就知道会出现这种情况，但他很清楚，他在华美影业谈项目，讨不到便宜。但别人不会这么想，在别人看来，他就只是一个靠后台横行在这个圈子里的纨绔子弟而已。

五分钟后，会议继续。负责人尽量让自己表现得很专业，询问了几个在座的团队以及关于他们参加竞标的项目。最终，团队负责人确定了两个项目，一个是获奖导演参与制作的艺术电影，另一个便是穆雨时团队的黑色喜剧电影。

会议结束的时候，有落选的团队负责人直接当面摔了本子负气而出，跟在他身后的几个人也都拿异样的目光看穆雨时。

这些人明显将落选的矛头指向了他，但穆雨时没有任何反应，倒是李想冲那几个人的背影瞪了几眼，骂道："呵，自己的东西跟狗屎一样，现在怪谁呢。"

穆雨时从椅子上站了起来。

"你干吗？"

"我出去吹吹风。"穆雨时说完转身就走，刚走到门口，就遇到了匆匆赶来的电影中心的副总张雪梨。张雪梨是迟景之的姐妹淘，五十多岁的年纪，但保养得很好，看上去很年轻。她一出现，在场的工作人员都不敢说话。

张雪莉对穆雨时和颜悦色地道："小时，你想跟公司合作怎么还偷偷摸摸的啊？"她是专门过来看他的。

穆雨时平静道："没多大点儿事，雪姨您就别掺和了。"

"那可不行,我们小时的电影我可要亲自参与。"说着话,张雪梨吩咐工作人员将电影项目书拿来看看。

穆雨时见她认真,没有再说什么,独自去了楼道抽烟。抽了一半,李想不知道从哪里摸出来,从背后拍他的肩:"嗨,我就知道,你又躲起来了。"

穆雨时没说话,一边闷头吸着烟,一边盯着手机,手指在手机屏幕上飞快地打字:"怎么样了?"

李想刚抽出一支烟想要点燃,附近就传来两道男声。

"我都跟你说了让你不要急,你这个项目我保证给你递上去。"说话的人正是刚才会议上那个负责人的助手,长得一副贼眉鼠眼的样子。

而另一个跟他说话的人便是冲着穆雨时摔本子的男人。男人一脸的愤愤不平:"递上去有什么用?你没看见你们那个老大见到穆雨时一脸狗腿子的样子,哼,我看你们这个公司也别对外公开招募什么项目了,直接做那个败家子的吧。"

"我明白你的情绪,可人家是少东家,我们又能说什么,就凭他那本子,要不是有背景谁敢投?"

"算了算了,这种公司我不合作也罢。"那男人不满地说着。

两人边走边说,声音也渐渐远去。

李想透过虚掩着的门看两人走远,气得猛地将房门关上:"我去,这哥们打哪儿冒出来的?也不看看自己送上来的是什么东西。"李想担心地看着穆雨时,"你别听他们瞎说,我们这次的项目比《归路》好太多了,而且,我们不奔着票房去,我们是要去拿奖的。"

穆雨时看着李想气急败坏的样子,没说话,只是盯着手机。

"不是吧,你还真因为两颗老鼠屎而伤心了?"李想不敢置信地看着穆雨时。

穆雨时掐灭了烟头,冷冷地瞥他一眼:"我会在意这种跳梁小丑?"

李想顿时一乐:"也对,我们穆大少爷怎么可能会受到别人影响?"

穆雨时嗯了一声,看了眼手机里纪星池刚发来的短信:"叫我等通知。但看导演的样子,应该八九不离十了。"他的嘴角轻轻扬起,他就知道纪星池能拿下。很快,手机又响了起来,他迅速点开——"文初也来了。"

穆雨时皱眉,刚有点儿缓和的脸色瞬间又冷了,抬脚就要离开。

"喂,你去哪儿啊?"

穆雨时往公司大门走去:"接下来的事情交给你们,我有事。"

李想一脸疑惑地看着他的背影:"还能有比这更重要的事?"

穆雨时的身影很快就消失了,没有再回复。

纪星池是在面试完之后出去时看到文初的,她没想到文初也会来,没准备跟她打照面就直接走开了,没想到却被文初叫住了:"纪老师也来了?好巧啊。"

纪星池冷淡地回头:"不巧不巧,你那天不是都偷听到了吗?"

文初倒也没太多窘迫,笑道:"公平竞争罢了,纪老师何必说得像我抢了你的一样。"她微微皱眉,上下看了看纪星池,"对了,这个角色之前是纪星池的,纪老师不会以为长得像她,就能拿到吧?"

纪星池的声音依旧淡淡的:"的确是公平竞争,可是也要看实力,不是靠口嗨。也不知道我到底是哪里带给你这么大的危机感,你就这么怕我?还是,你怕纪星池?"

"我怕她?"文初脸色微变,"等着瞧。"

纪星池耸耸肩:"等着呢。"她本就懒得和文初废话,说完就离开了。

穆雨时靠在停车坪的地方等纪星池,天已经渐渐黑了。远远地看到纪星池出来了,看起来心情都很不错的样子。纪星池一眼就看到了他,老远就冲他挥手。穆雨时原本一脸的寒霜,但看着朝自己跑来的人,他的心情好了许多,远远看着,纪星池好像也越来越漂亮了。

"你怎么过来了?"纪星池看他笑得莫名,奇怪地眨了眨眼。

穆雨时很快收起了笑:"我的事情办完了,过来接你去吃饭庆祝……"话音未落,他的电话就煞风景地响了起来。

一看手机屏幕,是家里打来的,穆雨时立即皱起了眉头,走到边上去接电话。

穆周打电话来是因为听说了他去华美影业参加项目投标会的事情,老头子在电话语气不好:"你的再想想就是这样?不是叫你回来吗?又去搞什么电影?之前吃亏还没吃够?现在还仗着少东家的身份去压人了,我们老穆家没有你这么没出息的东西。"

穆雨时在电话里解释无用,干脆直接挂了电话。

纪星池在旁边听着父子两人的对话也很尴尬:"你最近在筹备新电影?"

穆雨时看着纪星池,眼神闪躲了一下,没回答。纪星池猜到穆雨时不想告诉她,也不问了,只说:"要不,你还是回家跟你爸解释一下吧。"

穆雨时直接说:"不去。"

"可是你这样的态度会让他们更误会你啊,能沟通解决的事情就不要让它变成误会。"

穆雨时扭头看她,目光迟疑:"你相信我?"

纪星池看着他热切的目光,坚定地点了点头:"当然。"

穆雨时看了她良久,烦闷的心情顿时一扫而空。他点了点头,说道:"行吧,我今晚回去吃饭。"

纪星池点了点头。穆雨时又看了她几眼,欲言又止道:"那你早点儿回家,太晚了不安全。

记得吃饭，嗯……还有，多吃点儿，胖点儿也没关系。"

最近纪星池越来越瘦，他忽然有点儿害怕，她继续瘦下去之后，会不会变成原来那样？

纪星池被他的话搞得老脸一红，催他快走。

孟旭自从知道了文初的野心之后，就一直把她往陈景行身边推，就连来接文初的事也以自己忙不过来为由托给了陈景行。

陈景行对孟旭还是有愧疚的，也就没推脱。但他刚到就看到了纪星池推着穆雨时离开的样子，她表情温柔，还带着笑。直到车子远离出视线，他敛起的眸子才渐渐冷了下来。良久，他拿出手机拨打了一个电话。

"我让你调查的事情有结果了吗？"

电话那头的男人说了什么，陈景行捏着电话的手越攥越紧，青筋微跳，挂了电话，他攥紧的拳头也没松开，他冷冷地看着那道消失的车影，脑海里回想起私家侦探说的话。

"纪星应该就是纪星池，我们调查到她曾出入心理咨询室的事情，我们正在想办法拿到她的病例，拿到资料，我们就会送到您手上……"

私家侦探还说了什么，陈景行已经听不太清了，他只感觉自己脑子里和耳朵里嗡嗡作响，脑海里不停地闪过这段时间他每次见到纪星的画面。第一次是在饭局上，她默默低头吃饭；第二次……每一次，她对他都是那么客套疏离，她跟穆雨时一样，叫他陈先生。

她和穆雨时在一起了……

纪星池，原来在离开他以后，依然可以活得很好啊，那种开心的样子，他从前从来没见过。

第五十三章

陈景行做梦都没有想到，纪星池那样的人，会因为那些事情生病。明明那样坚强的人。但手中的病例报告清清楚楚地写着她的病情和治疗情况，严重程度是他难以预估的。

这天晚上陈景行失眠了，他想起了很多事情。

那年，她妈妈过世，她被那些吸血鬼一样的亲戚围在中间，每个人都朝她伸手，对她张牙舞爪，吸走她身上的最后一滴血，但她没有哭。他站在人群外，看到她一张小脸铁青，但她一滴眼泪也没有落下，明明嘴唇已经咬出了血。当时他出于同情上前帮了忙。在那之前，他以为他们之间不会有太多的交集，后来发生的那些事，这些年的过往，就像是在做梦，一梦醒来，又都回到了原点。

终究，是他欠了她的，这辈子，再多的补偿……都还不清了。

纪星池没想到陈景行会在大晚上来她家。

凌晨一点，睡梦中迷迷糊糊的纪星池听到电话响起，想当然地以为扰人清梦的人会是穆雨时，一把抓起电话接听："你是没有家的密码还是腿被你爸打断了，自己回不来吗？非要吵醒别人。"一口气吼完，电话那头沉默着，纪星池才想起来看手机屏幕。

纪星池猛然从床上坐了起来，用力地揉了揉眼睛，看清楚手机屏幕上的号码，如果没记错的话，这个人是陈景行。看来他已经知道了。

她愣了好一会儿才将电话拿到耳边："是你。"她的语气很冷，连客气疏离都没有。

沉默了好一会儿，陈景行的声音从听筒里传来，格外刺耳："怎么不说话？你是不是在等穆雨时的电话？"

纪星池捏着电话的手紧了紧，手背青筋微露，嘴角也抑制不住地勾起讽刺的笑容。她早就预料到这一天，她和陈景行会相对无言，无话可说。只是，都到这一天了，她的事情跟他还有什么关系？

"和你有什么关系？我在等谁的电话都跟你无关。如果你打电话来只是想说这些，你可以挂了。"

"呵……"电话里的冷呵声，让纪星池很烦躁，她抓了一把头发："陈景行，我早就发过微博公开过了，我和你没有任何瓜葛，也请你不要再……"

"纪星池，你心里有没有过我？你为什么变心变这么快？"

她想，如果此时的陈景行在她面前的话，她可能会动手打人吧。

"你不是这样的人，我知道的。你是不是在故意气我？纪星池，你快说你不是这样的人啊，我不信啊。"陈景行的声音再次响起。

她咬着牙："你喝醉了。"

陈景行嘟囔着："没有，我没醉！"

听起来是喝醉了没错。纪星池冷着脸，说："不管你是真醉还是假醉，陈景行，我跟谁在一起不在一起都跟你没有半点儿关系。记住你的身份，以后不要再给我打电话，就当我死了，我也当你死了。"

纪星池不想再跟他纠缠，直接挂断了电话，顺手将他拉入了黑名单。然而就在她以为安静了的时候，门口响起了一道响声，是一个重物落下砸在门上的声音，附带几声微弱的呻吟。

纪星池一惊，小心地走到门边，听到门框上有摩擦声，她小心地拉开猫眼查看，却什么都没发现。她胆小地缩了缩脖子，这个时候就无比想念穆雨时在家的时候了，早知道她今天就不劝他回家了。

门口又一次响起了敲门声。

纪星池深吸一口气，壮着胆拉开了一条门缝，一个毛茸茸的脑袋靠在门边。她下意识地关门后，又忍不住再次扒在门边听，浅浅的呼吸声距离很近，而陈景行可怜巴巴地蜷缩在门边。

他看上去好像很冷。可是这个念头刚一冒出，纪星池又用力地摇了摇头，别管了，让他自己死吧。她转身回房，走到一半忽然停下。就这么把他关在门外，万一没人发现，他会不会冻死啊？

想到这里，她又不得不在脑海里幻想出了警察和媒体堵上她家的画面，越想越觉得脑袋发麻。

还是救人一命吧，她虽然讨厌他，但好歹不能害了一条人命吧。

纪星池拿起电话就想给门卫打电话，刚拨出一个数字，她猛地又收起了手机："不行，万一被人发现他半夜到我家……"

她又小心翼翼地打开门看了眼，陈景行正坐在地上，大约是因为喝多了，他的身形不是很稳，听见开门声，他慢悠悠地抬头，眼神迷离。纪星池啪的一声再次关上门，就听见他吃痛地嘶了一声——门板直接将他的脑袋给怼了回去。

纪星池在房间里走来走去，再次打开房门，陈景行在喝醉以及两次被门夹脑袋的重击下已经昏死过去了，庞大的身躯直挺挺地躺在她家门口。

纪星池啧啧两声之后，她开始动手将陈景行拖进电梯。陈景行一米八几的个头本就不小，加上喝醉了又比平时重一些，她拖着陈景行，好不容易才进了电梯。

此时已经是午夜两点，楼下的保安也开始打盹了，这条到处充满奢华的街上也没什么人了。纪星池将陈景行拖到马路边，想了想还是咬着牙拿出另一个手机，给文初打了电话。

电话一接通，纪星池就阴森森地开口："文初……啊嘎嘎嘎嘎……你该起床上路了……"

"纪星池？"睡梦中的文初被阴森的笑声惊醒，一下清醒过来，"你还敢给我打电话，消失了这么久，呵呵，混不下去了？"

纪星池被她的话给逗笑，笑了好一会儿才收起笑容："陈景行醉死在我家门口，我已经让人把他弄到马路边了，如果明天不想看到当红偶像横尸街头的新闻，你最好在二十分钟之内赶到。"

"什么？他为什么去找你？"

"那你就要问他了。"

纪星池不想跟文初继续掰扯，挂了电话后转身一溜烟跑没影了。

回家后陈景行直奔洗手间，抱着马桶吐了一通，吐得浑身发软，动弹不得，文初想上前去拉，手被他打开。文初咬着下嘴唇，站在原地不动："你为了纪星池喝成这样？"她戳破他不想言明的事，"你是不是后悔了？你心里受不了是不是？"

陈景行咬着后槽牙，用力地闭着眼睛，没有回答文初的问题。因为醉酒后遗症，张口时他浑身都在颤抖，他抬头，就看到落地镜里的自己，脸上青一块紫一块的。

陈景行试图回忆倒在纪星池家门口后发生的事情，但脑子里只有她拉开门缝的刹那，之后就是一片空白。他越想越生气，扶着门框站起来。

文初跟在他身后走出洗手间，还有诸多的问题想要弄清楚。

"你是不是喜欢纪星池？这些年你对她日久生情了？"

陈景行走到客厅玄关处，忽然停顿。文初防备不及，差点儿将脚步虚浮的陈景行撞到。文初看着他的反应，脸上尽是不可置信。

陈景行没给她多余的时间，拉开房门侧身站好，给她让开了道。

"你……"

陈景行不耐烦地蹙眉，文初一口气憋在胸口没出来，气急败坏地抓起沙发上的包走了。

此时，天边渐渐露出了小半边的光亮。陈景行颓然地在沙发上坐下，疲惫地从裤子口袋里拿出手机，看到最后一条通话记录是跟纪星池的，一共用时三分四十秒，往下翻，通话记录依然都是跟她的。

这是他的私人手机号，这个号码，只用来跟她和家人联系。这么长时间过去了，往下翻，却还能翻到两人的通话记录。陈景抬手揉了揉眼角，顺手就将手机扔了出去。

为了将陈景行这个瘟神送走，纪星池弄得满身大汗，回家后她又洗了一次澡，出来时窗外已经渐渐亮了。纪星池没了睡意，走到窗边拉开窗帘，看了眼窗外，灯火阑珊。穆雨时这个王八蛋居然夜不归宿！真被他老爸打了？

而此时，在半山别墅刚醒来的穆雨时坐在床上重重地打了一个喷嚏。

他昨晚跟老头聊到很晚，他将自己的策划书扔给老头看了后，老头这才没话可说。老头看完了他的电影企划案后，精神抖擞，拉着他一起讨论，这一讨论就到了半夜，迟姨留他在家住一晚，穆雨时难得看老两口殷切的样子，就留下来住了一晚。

也不知道是不是太久没回来的缘故，他好像失眠了，心里总觉得有什么不好的事情发生。

吃过早饭，穆雨时火急火燎地就要走。

老穆挂着眼镜看他："怎么？吃完就想走？我们家是酒店还是什么？"

穆雨时难得跟老穆关系融洽一次，也不想搞僵："那不然，我再陪您吃午饭？"

老穆没说什么，只是冷哼了一声："你那个电影，我想了想，你是可以用你师兄的班底的……"

老穆又一次跟他滔滔不绝地说起电影的事情来。

穆雨时看着时间，眉头深蹙，耐着性子跟他搭话。

第五十四章

发生了一件很小的事，让纪星池觉得很开心。晚上十点后，她刚练完瑜伽，洗完脸正准备睡觉，突然看着镜子里的自己傻笑出声。

穆雨时跟老穆这一聊，直到吃过晚饭后才得以脱身。刚打开门走进来，就听到纪星池房里传来可怕的笑声，他直接走到纪星池卧室门口。

纪星池感觉到了穆雨时的目光，下意识地转过头："唉，回来了？"

穆雨时默默地盯着她："笑得这么开心？"

纪星池心情很好，走到他面前转了个圈，仰起脸问："你仔细看看，我的脸是不是白得发光？"

自从她长胖后，无论多贵的护肤品都拯救不了她那张浮肿的脸。最近她瘦了不少，情绪也调整了过来，刚才她在镜子前擦晚霜的时候，突然感觉镜子里的自己好像换了个人。

穆雨时仔细打量这张脸，白皙透润、透着粉红。这段日子纪星池已经瘦了很多，如果不以演员的标准来衡量她的身材，她现在是属于那种精致的猪猪女孩，微胖、白润，像一颗圆润的白汤圆，让人有一口吞下去的欲望。

穆雨时下意识地咽了下口水，掩盖自己的真实反应："自恋是病，得治！"说完掉头就走。

纪星池在他背后吐舌头，没想他刚走了两步，又恶狠狠地回过头来瞪着她。

"干吗？"

穆雨时黑着脸，指着她："你，不准再瘦了。"

就说嘛，今天一整天都心神不宁，总觉得有事发生，原来是这事。

第二天，纪星池他们继续排练。决赛要比以往两次更加残酷，吃嘛嘛香组几乎都忙得脚打后脑勺。

"很不错，下午继续。"终于，张弛对着舞台上的他们竖起了大拇指，纪星池几人才松了口气，满头大汗地打算出去吃午饭。

纪星池和文初在走道上迎面相遇，仇人相遇剑拔弩张，本该是火花四溅的画面，却意外地和谐。

"纪老师，我们谈谈？"文初笑吟吟地打招呼。

纪星池没想跟她寒暄，直接就要走人。文初却抬手拦住了她的去路，脸上依然挂着让人汗毛竖起的笑："如果你不跟我谈，我相信你会后悔的。"

李魁和徐凡彤都是一脸戒备。

纪星池拍了拍徐凡彤的手："没事，电视台这么多人，相信文小姐也不能对我做什么。"

两人找了个没人的角落谈话。文初也不拖拉，直奔主题："纪星池，你先不用否认自己，我既然这么叫你，肯定是因为知道你的真实身份。"

这一次，文初非常笃定，纪星就是纪星池。

纪星池看着她认真的样子，并不意外她从什么地方得知的，既然陈景行能在背后调查她，文初当然也可以，而她是纪星池这件事，也并没有做特别的保密工作。

"所以呢，你来找我是来威胁我吗？"纪星池笑了笑，表情很从容。

文初微愣。是了，眼前的纪星池才是她认识的那个人，聪明、自负。

文初记不清自己是从什么时候开始讨厌纪星池的，或许从一开始她就很讨厌纪星池清高的个性，所以才接近她，看着她一步一步沦陷，成为自己的好朋友，对自己保护有加。还有什么方式，比这一招更好用呢？

"说吧，现在的我还有什么是你想要的？"纪星池语气冷淡。

文初冷着脸盯着她看了一会儿，才说道："我要你们退出这个比赛。"

"如果我不呢？"

文初冷哼一声："你该不会是忘记你那些黑历史了吧？你难道想让你的队友陪着你一起被骂？纪星池，别天真了好吗？你斗不过我的。"

"是吗？也是，毕竟你什么都不如我，所以只能用这种招数对付我。"

"你说什么？"

纪星池冷讽出声："难道不是吗？我考入北辰影视学院，你嫉妒。我走红，你嫉妒。我和陈景行在一起，你也嫉妒。你这一辈子，始终活在我的光环和阴影里。就连如今的我变成这副样子，你也照样赢不过我。你是不是很生气啊？"

"闭嘴！"文初捏着拳头，愤怒地吼着。她藏在内心深处那脆弱的嫉妒心被点破，让她恼羞成怒。

"怕了？"

"我没有！"

纪星池嗤笑一声，没再接话。文初好不容易才平静下来，依然觉得自己胜券在握："怎么样？是你们现在就退出，还是找死？你可以选择。"

纪星池笑了起来。她知道文初想要什么，得到了名利不够，还想要在自尊上凌驾她。

"你猜我会怎么选?"她上前一步靠近文初,露出一个戏谑的笑容,"你连现在的我都害怕,都不敢跟我正面对上,你说,我会选择什么?"

文初不敢相信地看着她,愤怒地捏着拳头:"好,既然你要找死,我帮你!不过,你放心,我会让你输得心服口服!再次让你成为人人唾弃的过街老鼠!"她顿顿,说,"对了,《海上城池》那个角色,你还不知道结果吧,被我拿到了。"

纪星池全身微微一怔,但抬头时依然一面漠然,她转身离开,边走边对她摆手:"随你。"

文初气得浑身发抖,抬脚就追上去,刚要抓到纪星池的头发,突然被人从后面一把拉住,差点儿摔到地上。

听见响动的纪星池回头,看到陈景行正愤怒地看着文初。

"景、景行……"文初也没想到,这一幕会被陈景行撞见。

陈景行的目光从纪星池脸上扫过,看向文初的眼异常冰冷:"我警告过你,不要做无用的事情。"

纪星池再次抬脚准备离开,陈景行冷冽的声音突然响起:"你别走,趁着今天,我们把话说清楚。"

纪星池撇撇嘴,笑了笑:"你们两人的事情,跟我有什么关系?"

"难道你真的想就这么退出比赛?"陈景行咬着牙,紧紧地看着她。

"那也是我的事情。"纪星池一脸无所谓的态度,她无所畏惧地直视着他。

陈景行脸色铁青,隐约还能看到他微跳的青筋。他看了她良久,终于还是妥协地苦笑起来,没有再强迫她:"好。随你。"

他们都是如此的骄傲,谁也不肯为谁示弱。或许,这就是他们渐行渐远的原因吧。

纪星池没有再流连,毅然转过身离开。离开的时候,还能听见身后两人说话的声音。

"文初,退出吧。我送你去韩国发展,你别回来了。"

纪星池的脚步顿了顿,下意识地停了一下。她想起那次艾文戳破陈景行虚伪的假面时,他这么对她说过——我会补偿你的。跟现在他对文初的态度,大同小异吧。但文初并不会那么平静地接受,她在陈景行身上付出了很多心血,势必是要拿回来的,一分都不会少。

果然,很快纪星池就听见文初歇斯底里地叫起来:"你要抛弃我?像当初抛弃她一样?陈景行你知不知道,你们已经跟分手了!而她现在变成了这副鬼样子,你竟然为了这样的人,想要抛弃我?"

陈景行耐着性子,冷漠地道:"你做过什么你心里清楚。这是我最后一次警告你,如果我在网上看到任何一条关于她身份泄露的消息。文初,别怪我不念旧情。"

文初惊恐地看着陈景行。原来他都知道,她雇水军、威胁纪星池,他都知道,以前的他假装什么都不知道，等着坐收渔利；而现在，他却以骑士的姿态站出来保护纪星池。呵，真可笑。

"你想让我退出，不可能，想都别想！"

陈景行的声音更冷："我能让你走到现在的位置，也能让你回到原来的位置。"他顿了顿，道，"又或许，身败名裂也不一定。"说完，转身离开。

纪星池忍不住回头看了看，陈景行的身影渐渐看不见了。

没有什么比看着自己的仇人窝里斗更痛快的，但她却笑不出来。在他们这场三角关系中，她错估了形势，他们三人之间，一直占据着主导权的人从头到尾都是陈景行一个人。他一个人操控着两个女人的感情，就算深爱着文初，他也可以为了名利来到她身边，以受害者的姿态，利用她的同情心和那没有萌发的恋爱，一步一步得到自己想要的，步入成功。最终，他明知道文初策划了一切，却装无辜一再将她推入深渊。好狠的心啊，陈景行。

不过，这些事情跟她已经没什么关系了。现在的她，已经告别了过去的阴霾，重新拥有了一个健康的身体和一份挚爱的事业，还有一群志同道合的朋友。

她觉得自己的心情很平静。

第五十五章

下午彩排的时候舞台的空调忽然出现故障，在室内气温只有2度的大厅内，大家穿着演出服坚持彩排。最后，制片人看不下去了，取消了下午的所有彩排。纪星池他们这一组本来已经很完美，队员之间的默契程度都很高，没有必要再磨合了。他担心如果继续排练下去，反而会拖累大家的身体，影响最终的节目效果。

大家回到试衣间，哆哆嗦嗦地换好衣服在后台集合，陈景行和他的两个助理突然出现，两个助理手里还提着两个保温盒。

纪星池看陈景行好像朝着自己走来，为了避免尴尬，默默地躲到了角落。

陈景行愣了一下，不再向前。

这时，文初忽然走过来，红着脸娇怯怯地看着陈景行，好像上午发生的事不存在似的。她依然当着众人的面，故意跟陈景行亲昵："你下午不是没时间吗，怎么又来了？"这是文初一贯以来的套路，陈景行的地位足以让她在这个后台有众星捧月之感。

陈景行看了她一眼，没有拆穿她，而是看着纪星池的方向说："给大家买了咖啡和姜汁奶茶暖暖。"

说完对助理点头示意，让他们将奶茶分给大家，然后拿起一杯姜汁奶茶走到纪星池身前，递给她。

纪星池忽然打了个喷嚏，然后躲开两步："不好意思，我好像有点儿感冒了。"

陈景行将奶茶放在桌上，抽了张纸巾递给纪星池。

纪星池接过道了声谢，然后又找了另外一个角落坐下。

一旁冷眼旁观的文初，手里捏着的奶茶差点儿挤破。文初正要走上去，陈景行忽然起身，礼貌地跟大家道别，然后离开。

休息室外的走廊上，陈景行正要离开，就看到穆雨时提着热腾腾的奶茶和关东煮杀到。

陈景行看见穆雨时，主动开口："穆先生，来探谁的班？这里面好像没有跟你熟悉的人。"

穆雨时停下，皮笑肉不笑："陈先生又来探班了！"

"我来看我女朋友。"陈景行的微笑十分从容，像是胜利者的俯视，又有点儿像慈善家的关爱。

穆雨时觉得诧异，又有些疑惑："陈先生恋爱了？"

陈景行笑了笑，平静地说："哦，穆先生，我跟纪星池交往很久了你不知道吗？听说你们还挺熟的。"

穆雨时的眸光瞬间冰冷，认真地打量他。今天的陈景行好像话还挺多的。穆雨时嗤笑了一声："我跟你不是太熟，也不是很想听你的私事。我还有事，先走了。"

陈景行微微点头，表示认同："也对，这是我们之间的事，无须跟你交代。"

穆雨时难得搭理他幼稚的宣誓，没工夫跟他废话太多，径直走向休息室。他跨进门的前一刻，徐凡彤将奶茶强行塞到纪星池手中，穆雨时看见纪星池手里的奶茶就知道这是陈景行送的。他看着那杯奶茶怎么看都不顺眼，于是快步走到纪星池面前，未经她的同意，就将她手里的奶茶抢过来扔到垃圾桶里。

"你是猪脑子吗？别人给你你就拿着？"穆雨时很不爽。

纪星池诧异地看着他，有点儿难受地皱眉。

穆雨时见她不说话，顿时就来气了。这几天他们的关系还挺融洽，这突然之间冒出个"陈景行女朋友"的事情，让他的大脑不受控制地胡思乱想着，越想越害怕，他明知道纪星池不是那种人，但陈景行的话还是让他隐隐担心。

穆雨时干脆拿出奶茶和关东煮招呼大家，却故意冷着她。

纪星池受了凉，正在头疼，下午剧组那边又打来电话，通知她《海上城池》的角色被文初拿到的事，她此刻兴致缺缺，不怎么有精神，一个人安静地坐在角落里。

穆雨时虽然不跟她说话，却一直在默默地关注她，看她一直在打喷嚏，脸色发白，又想起刚刚打听到的消息，瞬间不生气了，从保温盒里拿出一碗姜汁红茶递给她："无糖的，不长胖！喝了驱驱寒。"

"谢谢！"纪星池接过姜茶后，朝他笑笑，声音很轻，"那个角色我没拿到，他们说我太胖了。对不起。"她的声音瓮瓮的，也不知道自己为什么要跟穆雨时道歉。

穆雨时无奈地看了她一眼，看她好像在发抖，忙脱下自己的羽绒服披在她身上，伸手虚虚地将她揽在怀里，小声说："没关系，你很棒。"

原本还不是很难过的纪星池听到穆雨时这句话时，突然觉得委屈铺天盖地而来，她眼睛有点儿红，又害怕被别人发现，一直垂着头，一只手在穆雨时的羽绒服下面揪住穆雨时的衣角。穆雨时感觉到纪星池微微颤抖的身子，用力将她搂到自己怀里，手掌有节奏地轻轻拍着纪星池的肩膀。

这时有人嘘了一声，笑着打趣："哇哦，又来了一对虐狗的主儿。"

穆雨时忽然想起刚才陈景行的话，再看看纪星池此刻的状态，他直接将裹在衣服里的纪星池抱了起来，说："她有点儿不舒服，我要带她去医院，先走了。"说完跟节目组打了招呼就将人带走了。

纪星池在穆雨时的怀里出乎意料的乖，等穆雨时把纪星池抱进车里时，才发现怀里的人早就哭了。

她的肩膀一耸一耸的，呼吸有点儿困难，整张脸因为受凉发烧而红通通的，虽然没发出声音，但呜咽声更让穆雨时心疼。他手忙脚乱地一边搂紧怀里的人，一边赶紧打开暖气，随后坐在后座就那样抱着纪星池一动不敢动。

他第一次看到这样的纪星池，有点儿手足无措，不知道该怎么办，只能安抚地拍着纪星池的后背说"没事，没事"。

哭了好久，纪星池才混混沌沌地清醒过来，她的脑袋闷闷地发痛，她从穆雨时的羽绒服里钻出来，刚好对上穆雨时的眼睛，她这时才有些尴尬，吸了吸鼻子要从穆雨时怀里出来。

穆雨时轻轻放开她，紧张地道："还冷不冷？去医院看看？"

纪星池摇头，双眼无神，把自己裹在衣服里："回家吧。"

穆雨时点点头，钻到驾驶座开车离开。

回到家后纪星池似乎好了好多，穆雨时准备抱她下车，她的脸更红了，连忙拒绝，自己走了。

穆雨时担心地跟在后面，电梯缓缓上行，穆雨时的声音格外温柔："一个角色而已，没关系的。"

纪星池好半天才回过神来，木讷地点点头："我知道。"

"所以没关系。"

纪星池的眼睛又红了，她赶紧抹了抹眼睛。真是奇怪，明明以前什么大风大浪都过来了，就连她决定去死的时候都不曾哭过，怎么现在一到穆雨时面前就特别脆弱。其实有什么好哭的，不就是个角色吗，不就是被文初抢走了，不就是……觉得对不起穆雨时吗？

"嗯。"纪星池点头，声音闷闷的。

到家之后，纪星池回了房间。

穆雨时一个人在厨房、客厅跑来跑去，又跑到楼下买了药，冲好药之后又端进纪星池的房间，看她乖乖喝完药之后才放心。他举着脱下来的衣服，衣服上纪星池的泪渍很明显，他狠狠地叹了口气，又突然笑了一下。原来，她会哭啊。原来，她还是有一点儿依赖他的。

纪星池第二天就好了很多，穆雨时不放心，送她去了电视台，确定她没事了才去了工作室。他要加快进度了，这个新项目，是为了她。

彩排结束，大家都去吃饭，纪星池没去。今天是她的减肥日，一整天都只能吃营养餐。休息室里只剩下她一个人，陈景行不知道从哪里冒出来，突然出现在她身边。

"其实你不必这么辛苦地减肥，我觉得你现在的样子很好看！"

纪星礼貌地笑了笑："谢谢！"

陈景行眼睛里似乎有一闪而过的伤心。纪星的便当盒里是牛油果、三文鱼和蔬菜沙拉。以前的纪星池才不屑于吃这种减肥餐，因为她无论吃多少都不会长胖。

陈景行沉默了一瞬，问："你是在为他减肥？"

"他？"

"穆雨时，你们现在不是在一起了吗？"陈景行认真地看着纪星池的眼睛，试图从她的眼神里找到符合自己期望的答案。

纪星池扯了扯嘴角："陈先生，我和你不是朋友，不想跟你讨论这么隐私的问题。"她不再尖锐，不再像过去一样高高在上，他也终于不用再仰视着她说话，哪怕她的话带着刺，也让陈景行觉得前所未有的舒适。

"星池，我们还有可能吗？"

纪星池从沙拉中抬眸，看着他的眼睛。陈景行很平静，说出这句话时就好像在说今天天气很好一般自然。她垂下眼，淡淡地道："陈先生，你今天也喝多了？"

"我没有跟你开玩笑，纪星池。比起过去的你，我更喜欢现在的你。"

纪星池皮笑肉不笑："谢谢你的赞美，我也更喜欢现在的自己。"

"我知道你恨我。但如果这些恨能让你对我起码有一丁点儿的情绪，我都不会觉得以前的我做错了什么。"

很奇怪，听到这样的谬论，她的内心竟然毫无波澜，她甚至懒得嘲笑他。明明是那样故作高傲的人，现在说出这样的话，跟他的人设有诸多的不符，她也不想深究他为什么会有这个决定。

"我一点儿都不恨你。在很长一段时间里，我每天都在不停地怀疑自己，我像是跌入一个泥潭里，越陷越深。我那段时间活得很痛苦，甚至想过自杀，但等我活过来的时候，我又觉得，好像这世上没有什么是比生命重要的了。"

所以，恨你？重要吗？

休息室突然陷入沉默。

陈景行盯着地面，没有看她，眸子微凉："从前，我就想知道一件事，但从来不曾问过你。因为我相信，只要我问出口，答案一定会让我失望。"

纪星池低着头，依然没有说话。陈景行抬头来看她："纪星池，过去，你真的爱过我吗？"

纪星池不明白，她看他，却看到他认真的眸子。

他笑了一下："你理智地计划着我的未来、我的事业，却不曾想过我需要的是什么。你看起来什么都不在乎，我不知道你到底想要什么，你需要什么？我经常想，你可能不需要我吧，你只是需要一个让你摆布的玩偶。星池，我们之间闹成这样，真的只是我的错吗？"

原来，他是真的不知道才问的，不是来讽刺她的。纪星池抿着唇角，一时之间不知道该怎么回答。如果不爱，那些无数个难以入眠的日子又是为了谁？如果不爱，她又怎么会小心翼翼到藏起所有的情绪？这些，原来他都不曾认为是爱啊。

纪星池失笑地摇摇头，开始明白了他话里的意思。他在怪她，他觉得他们之间，自私的人是她，所以在爱情这件事上，她不愿意透露更多的情绪。但这不是她的问题。一直以来，都是他的心魔在作祟。

"陈景行，我们之间，自私的那个人一直都是你。你只爱你自己，所以你害怕问出口，你害怕得到失望的答案。你觉得你一直活在我的阴影下，比别人活得更辛苦。你不敢快乐，不敢爱人，你怕自己一时放纵就会一辈子都活在我的阴影下。你这么自私，你怎么可能问出口。"

他的野心不可能让他为了爱情而放弃自己的事业。当事业和爱情不能兼顾时，他只有舍弃爱情。他对纪星池的爱情很矛盾，他喜欢纪星池满心欢喜地奔向他的怀抱，却厌恶她用欣慰的眼神看着他。如果不是他抱着那份信念，一心想要超越她，也许他没办法走到今天这个地位。

她是他的阴影，也是他的光芒，更是他的方向。现在他已经超越了纪星池，她不再是他心中的阴影。然后呢？然后，她离开他了，他们再也回不到过去了。

陈景行看着纪星池平静的目光，久久没有说话，他心里隐藏的最后一层防备被她无情地拆穿了，那么狼狈不堪。

第五十六章

很快，五强赛到了正式录制的那天。但是，距离五强赛时间不到二十四个小时，纪星池忽然接到节目组制片人打来的电话："纪星，你们组有没有准备第二套方案？"

纪星池预感到不妙："发生了什么？"

制片人叹气："你现在看手机，热搜排行榜第一名。"

纪星池打开手机，发现热搜排行榜上的第一名是——《喜剧人生》排练节目被提前泄密。

点开链接看见视频后，纪星池气得手都在不停地颤抖。他们这一组排练了很久的节目居然被人偷拍传到了网上。

制片人的电话刚挂断，穆雨时的电话便进来了："我已经在查视频是从谁手里流出去的了，另外，我已经让小安子找人删除视频，最多半个小时，网上所有的视频都会被删除。"

纪星池的感冒分明已经好了，但她现在还是觉得浑身肌肉酸痛，说不出的难受："已经来不及了，刚才制片人打电话来说，让我们准备第二套方案。虽然我们一直都有第二套方案，可现在距离比赛时间只有不到二十四个小时，就算我们通宵排练也来不及了。"

穆雨时冷冷地质问："所以呢，这一次你要认输吗？"

纪星池抽出一张纸巾，捂着酸胀的鼻子："当然不能。"

"既然不想认输，那就给我打起精神来！现在你立刻从家里出发，我们在李魁的排练室集合。"

纪星池站了起来："好！"

第二天的录播，制片人为了让纪星池他们这一组有充分的时间准备，将"吃嘛嘛香"组合安排在了最后一轮表演。前面三轮的表演都很精彩，节目已经选到了最后五强，留下的每一组实力都很强。

第四轮是文初他们这一组。上场之前，文初路过纪星池身边，以一副胜利者的姿态冲她笑了笑："听说你们的《冒牌特工》剧本提前被泄露了，不到一天的时间，你们准备好了新节目了吗？"

纪星池看着文初耀武扬威的样子，心里已经猜到了七八分，但她现在没心情配合她演戏："你先把你自己的台词练好再抽空关心别人吧。"说完，就懒得理她了。

文初气得咬牙切齿，但很快，她就被工作人员请上了台。

李魁一脸担忧地看着纪星池，安慰道："马上就轮到我们这一组了，别太紧张！"

李魁的话说完，所有人都看向纪星池："我们的未来都在你身上了。"

纪星池看着他们殷切的目光，心里也有点儿紧张。他们昨天排练了一整天，如果是以前普通的表演，她可能不会如此慌张，但这次，她挑战的项目太难了。

"我、我尽力吧。"

众人见她没有以往的自信，也都担忧起来。

穆雨时在他们正式上场之前赶到了后台，手里还捧了一束鲜花。

纪星池看他："你干吗？"

穆雨时似乎一点儿也不担心她会演砸："提前替你庆祝你的个人秀表演成功啊。"

纪星池一直关注着台上的动向。

穆雨时见大家都很紧张的样子，走到纪星池身边："别紧张，你一紧张才会有问题，知道吗？"

原本很紧张的纪星池被他这么说，顿时清醒了不少。对啊，她怎么能紧张呢？上舞台，最忌讳的就是紧张。

"我不紧张。"

"好。你不紧张。"穆雨时侧头看了眼台上，嗤笑一声，"这个文初，演技还是这么烂。"

纪星池刚因为他的话有了点儿自信，另一边，工作人员已经急匆匆地来到后台，让纪星池准备了。

纪星池等人站在候场室，深吸了一口气。一抬头，就看到不远处躲在帘子后的穆雨时冲她笑，她一个没忍住，笑了出来，紧张的心情顿时消失殆尽。

而此时，节目组后台的文初在听到主持人的介绍后，翻了个大白眼："居然敢演默剧？她以为自己是卓别林吗？"

周围其他人都没理会文初的吐槽，大家的所有注意力都被屏幕上的表演吸引住了。

屏幕里的纪星池抱着狗与抢孩子的人贩子你追我赶，她每次摔跤后的狼狈样子引得现场观众哈哈大笑。她为了救人把自己的狗弄丢时，坐在街头哭的样子又让观众为之动容。

节目表演完后，观众沉默了许久。直到"吃嘛嘛香"队的所有人出来鞠躬谢幕，观众才意识到节目已经表演结束，观众席爆发出雷鸣般的掌声。"吃嘛嘛香"队一共鞠躬了三次，观众都没有停止掌声。

主持人见这势头，忙上台来举起话筒，说："看来大家伙儿是要一直鼓掌到节目结束，连评委老师的点评都不想听了。"

观众席爆发出笑声，掌声这才停止。他们的表演不出所料，获得了评委和观众的一致认可，就连一向极为苛刻的古曼都给出了八分，对纪星池的表演更是赞许连连。

一阵激动的音乐声中，主持人的声音也激动地响起："恭喜'吃嘛嘛香'队。"观众席再度爆出热烈的掌声，纪星的粉丝举起LED灯牌大声呼喊她的名字。

纪星池听着古曼的评价，脸上依旧从容，露出了一个矜持的微笑。

主持人赶紧递给她话筒。纪星池拿着话筒，看了眼台下的观众，深吸了一口气。

其实，她今天还有一件事想要宣布。就在所有人都等着她要说什么的时候，纪星池突然的沉默让台下的众人都安静了。穆雨时不知何时站在了舞台一侧，此时，他沉着脸看着舞台上的那个人，她坚定的眼神，他一眼就看穿了，他知道她要说什么了。

果不其然，纪星池在短暂的沉默后，说道："刚才古老师说，我在喜剧舞台上是个新人，这句其实没有错。但我还是要跟你们道歉，其实在演艺圈，我并不是新人！"

话音刚落，台下就响起了窃窃私语的声音，坐在评委席上的几个人也都交头接耳起来。但纪星池的目光只是看着始终抿着唇的陈景行。

她笑了笑，尽量让自己的语气听上去很平静："对不起，我骗了各位。其实纪星是我的本名，我还有另外一个艺名，可能你们也听过一些，就是那个黑料缠身、飞扬跋扈的女明星，她叫纪星池，曾被无数人厌恶唾弃。"

台下一片哗然，而穆雨时和陈景行几乎是在同一个时间，握紧了拳头。

主持人也惊呆了，台下的导演和工作人员冲着她用力地打着手势，她才反应过来，随后稳住了情绪，问："如果不是你说出来，我们真的没办法将纪星池和现在的你联想在一起！请问一下，你为什么会选择在今天这个时机说出来呢？"

纪星池收回了目光，对准了镜头，表情从容："先说好，我不是在卖惨。最近，一直有人拿这个把柄威胁我离开《喜剧人生》这个舞台，我之所以在这个时候站出来，只是希望我的身份不会影响到我的队友。"

主持人再次被重磅新闻给砸晕了，立刻化身成娱乐八卦记者："我相信大家都跟我一样好奇，你是怎么变成现在这样的？或许我这样问不太礼貌，但是女明星管理自己的身材不应该是本分吗？还有，你对之前网上的争议有什么解释的吗？"

纪星池非常感谢主持人的善意，她以为说出自己的真实身份后会受到很多攻击，可是现在主持人并没有太为难她。

"其实我在上次的打人事件发生后就生了一场病。至于我发胖的原因，已经不太重要，而我也无意在这个平台上浪费大家的时间去解释我的过去。我现在唯一能做的，只能为我自己的行为向大家道歉，对不起，隐瞒了大家这么久！"纪星面向舞台深深地鞠了一躬，然后宣布，"为了今后不因为我个人的事情而影响到整个团队，我决定退出《喜剧人生》，这段时间，谢谢各位观众朋友的喜爱和支持！也谢谢各位评委老师的指点和批评，你们帮助我成长了许多。"

随后，纪星池干脆地离开了《喜剧人生》的舞台。

下了台后，很多人找她，有记者，有工作人员，还有她的队友，纪星池一个人都没见。她被穆雨时带走了，跟在穆雨时屁股后面，平静地回了家。

因为有了之前的经验，纪星池很理智地没有去看网上的消息，平时做什么事情，现在就继续做什么事。这就是她想要的结果，即便外面天翻地覆，她本来的生活仍旧没有变化。回到家后，她安静地在客厅里练瑜伽。练完一套瑜伽动作后才发现穆雨时在用一种审视犯人的眼神看着她。

纪星池感受到了穆雨时那种带着压迫的气势："干吗这样看我？"她好像没做什么得罪他的事吧。

看他光着脚踩在地上，纪星池拍拍额头，立刻道歉："对不起，我不是故意将你的拖鞋弄湿的！"她刚才洗衣服时，不小心把他的拖鞋弄湿了。

穆雨时脸上依然严肃，透着一股子戾气："你被她威胁退赛，为什么不告诉我？"尽管肺都快气炸了，他仍旧耐着性子说话。

"这种小事谁会放在心上！"纪星池看他一直皱眉，把气氛搞得很压抑，于是试图跟他分享自己的好消息，"我刚上秤看了一下，又掉了一斤！"

"这是小事吗？"这种时候，穆雨时不想再陪她装疯卖傻，"你遇到事情的时候，可不可以不要逞强？"

纪星池一脸莫名其妙，她根本就没有逞强啊！为什么穆雨时看起来比她还委屈？

"我不告诉你，是因为我不怕被威胁啊！"

"那退赛的事呢？你就没有什么需要跟我说的？你为了这个比赛努力了那么久，只因为别人的胁迫你就要退出比赛，你脑子里装的都是水吗？你遇到问题了为什么不跟我说，说出来我可以帮你一起解决啊！"

纪星池看他那么激动，不敢再多说一个字。她只能拍拍他的背，安慰道："你冷静一下，别气了！你最近那么忙，我不想再因为自己的事情打扰你。退赛的事，也是我经过深思熟虑之后的决定。而且我是个成年人了，我可以为自己的行为负责。"

纪星池的解释反而让穆雨时更生气了。他一直在为她担心，小心翼翼地护着她不让她受伤，但她呢？她能给出的解释却是这是我的事情，跟你没关系？

"既然你觉得这件事跟我没什么关系，那以后你的事情我都不管了。"

不知道为什么，穆雨时受伤的眼神让纪星池很在意。她莫名地想起了那天跟陈景行的对话。她说陈景行自私，而自己何尝又不自私呢？从来不将自己的内心给任何人看，拒绝了所有的关心。如果这个人不是穆雨时，如果不是他强势地进入了她的生活，那么现在的她依然还会是那个被困在老房子里自怨自艾的失败者吧？

纪星池的沉默，让穆雨时的目光一点点失去了温度。

"纪星池,让你说一句服软的话你是不是会死？"他再也忍不住了,干脆直接朝着她吼,但吼完又后悔了。

纪星池抬头看他，正想说话，他已经不耐烦地挥开了她的手："算了，指望你我还不如去指望一条狗。"气冲冲地说完，拉开房门就冲了出去，动作快到纪星池都没反应过来。

"喂……"

纪星池看了看他风风火火的背影，无奈地叹了口气。其实她本来很想跟他好好说话，解释解释的，但谁知道他就跟炮仗一样，一点就炸。

穆雨时被气跑后，纪星池心里也不痛快。她虽然经常跟穆雨时吵架，不对付，但闹到离家出走这样的还是头一回。她一低头，又看到门边放着他的运动鞋，得了，他还穿着拖鞋。

纪星池琢磨了下，思考着要不要追出去，但仔细一想，好像很奇怪。

算了，等他冷静下来再哄哄好了。累了一天，纪雨池打了个哈欠，躺回床上，沉沉睡去。

第五十七章

穆雨时冲出门才发现自己穿错了鞋子，脚上穿的是被纪星池泼了水的棉拖鞋。他放不下面子再回去换鞋，只好穿着又湿又冷的拖鞋回到自己家，还没来得及脱鞋就接到了小安子的电话。

"导演，半个小时之前有人恶意挖坟，将纪小姐的丑闻重新爆了出来。还有人雇水军在不断放纪小姐的黑料，试图引导网上的舆论。"

穆雨时打开手机，发现热搜都已经爆掉了，随便打开一条热门微博，底下的评论简直不堪入目。

"都成这样了还好意思回来，我要是纪星池早就去死了。"

"原来她胖成这样也不好看啊哈哈哈哈。"

"呕！"

"幸好我们家景哥哥没和这头猪在一起，想想都觉得恶心。"

"抱走我家景哥哥，不和猪玩。"

"纪星池的脸也太厚了吧，当初那样都活着呢。"

"那她不会真和穆雨时在一起了吧，咦，穆雨时的眼睛是瞎爆了吧，这么恶心下得去嘴？"

……

当初穆雨时公开和纪星的微博也被人翻出来了，原本那些羡慕、在评论底下祝福他们的人也瞬间变得恶毒起来——

"亏我当初还祝福他们，祝福他们早点去死吧。"

"太恶心了，狗男女都很恶心。"

"她竟然是纪星池，啧啧啧，丑死了。"

"这是和猪在一起了吧，配种吗哈哈哈……"

……

甚至还有人故意放出纪星池如今的丑照，评论恶臭不堪，从人身攻击纪星池到辱骂她全家上下，包括穆雨时都未能幸免。

穆雨时脸色铁青，拿着手机的手都在颤抖，恨不得把手机都当场捏爆。

"不用查了，之前将他们排练的视频爆料到网上的必定是文初。"穆雨时吩咐小安子，将文初和纪星池往日的恩怨写成分析帖发在网上就行了，其他的让粉丝自己去判断。

其实穆雨时早就想收拾文初了，只不过他看纪星池最近过得很开心，也就没动手，免得这事儿闹起来再让她重新想起那些不好的回忆。关于纪星池被灌酒的那个视频，穆雨时早就找人从他们吃饭的那个饭店里拿到了完整的视频。

关于纪星池被人一步步陷害的分析帖和视频传到网上之后，已经是凌晨一点。

陈景行在睡觉之前打开微博看到的热搜是"纪星池被黑，谁是幕后推手"。

@睡不着的黑猫：当然是经纪公司在故意搞她啊，别家艺人出了事，首先就是发一张律师函否认，他们连否认的姿态都没有，还把人家的微博账号给收了，让人家连辩解的机会都没有。

@纪星池的彩虹屁：我们家偶像当初就说了，没有的事不必解释。原来她是为了替文初挡酒才会被那个丑男人灌酒。文初为什么不解释？看完两个视频，我怎么觉得爆料纪星池陪酒的那个视频就是文初自己拍的啊，能从那个角度拍的人，除了文初好像也没别人了！

陈景行看完网上所有的分析帖和视频后，一直沉默着坐到了天亮。

如果说，一定要找出一个幕后黑手的话，他才应该是那个人吧。这一切都是因他而起，当初视频爆出来时，他也曾对她不信任。即便他明明知道，她那样的人绝对不会低三下四地去迎合马建国那种人。只是，那时候的他选择了事业，选择性地忽视了一切的证据。纪星池，果然放弃了他。所以她一句话都不解释，因为他们之间再也没有关系。

陈景行望着漆黑的夜，轻笑一声："纪星池，连你最后的出局都是对我的施舍吗？"

他们之间曾经是最亲密的人，怎么可能会没有关系呢？

陈景行不假思索，转发了这条微博分析帖。

纪星池做了一晚上的梦。奇异的是，她梦见穆雨时了。

她混混沌沌地醒来，突然看见手机屏幕在闪，不知在什么时候她将自己的电话调成了静音，而穆雨时打来了好几个未接电话，最新一条通讯消息却是很久不见的艾文打来的。

纪星池先给艾文回电话，电话很快就被接通了。

"你不会现在才醒吧？"艾文语气震惊。

纪星池将手机开外音，开始做平板支撑："我知道宣布退赛后会在网上暂时掀起一阵风波。以我过去的经验，不到三个月，这场风波就会消失殆尽。如果你是我的朋友，就不要将网上的坏消息告诉我，那些都跟我现在的生活没有半点儿关系。"

"不是坏消息！"艾文怕她挂电话，语速飞快，"事情是这样的，昨天你宣布退赛之后，网上又有人将你的黑帖给挖坟了。但是不到三个小时，事情就出现了反转，从凌晨一点开始，陆续有人在网上发分析帖。最重要的是，不知道哪路大神竟然将'陪酒'的完整视频找了出来。"

"嗯，我知道了。"

艾文诧异："你好像并不惊讶？"

纪星池将电话换了个位置，调整呼吸，继续做平板支撑："嗯，不惊讶。"

"为什么？"艾文很是不解。网上现在的声音大部分都是相信她的，耀星娱乐已经被她那些曾经的老粉丝喷到直接关闭账号了，这对她来说可是天大的好事。

纪星池停止了做运动，拿起手机，顿了顿，说："我之所以变成那样，一直都不是因为我没有能力反击黑料。"

艾文不解。

"我那时候很失望，对所有人都失望。我觉得我在这个世界上孤立无援，谁都不值得信任。可能因为这样，我才觉得自己很可怜。"

曾经她每天睁开眼睛都在想这一天该怎么结束，想死又没有勇气。每次往前迈出一步总担心会遭到嘲讽。她脑子里总有个声音在回响：纪星池，你是一个彻头彻尾的失败者，根本没有人爱你。

是什么时候开始转变的呢……好像是从穆雨时钻到她家打断她自杀那天开始，她慢慢觉得，活着也还是有希望的。既然死不成，那就好好活着。

艾文听完，有点儿难过地想起了之前她来找自己却被自己拒绝的事情。

"对不起啊，星池，当初，我也没有站在你这边。"他其实一直因为这件事而难过，所以后来不管她有多无礼的要求，他都愿意帮她。

纪星池现在已经无心再去追究那些过往了，那些人在她落魄时落井下石，如今追究这些已经没有意义了。如今，再回首遥望过去那段日子，她发现自己真正做到了内心强大。

跟艾文打完电话后，纪星池起身将家里的窗帘都拉开。

房间里顿时充满了阳光，她给自己做了丰盛的早餐，吃着吃着，忽然就有点儿想念穆雨时了，也不知道昨天他穿着拖鞋去哪儿了。其实网上那些突然转变的风声很好猜，只要动动脑子，她就知道，那些事情都是穆雨时的杰作。他总是这样，就算明明很生气，但心里还是会记挂着她。

纪星池给穆雨时编辑了一条莫名其妙的微信内容。

收到信息的时候，穆雨时已经到了公司。今天他约了电影的总编剧、特效总监和服装总监来过一遍剧本，看看还有什么地方需要调整。他昨晚几乎一夜没睡，一直在关心网上的舆论导向，现在全靠参茶吊着脑袋才能正常运转。

看到纪星池发来的信息，穆雨时几乎是在刹那间就精神了。

——你是我的阳光。

他低头看完微信内容，反复确认了是纪星池发来的没错，疲惫的脸上浮现出笑容，盯着手机看了好久，直到有人喊他，他才一秒恢复严肃，抬头："怎么了？剧本有什么问题可以直说。"

因为网上的消息，文初第一时间找到了公司帮忙，但老史却在这个时候选择拒绝见她。文初硬闯进公司，最终却被秘书挡了回来。孟旭来接她的时候她固执地坐在茶水间，吵着要见老板。

孟旭无奈，只能将她拖到保姆车里。

"这次的舆论对你很不利，公司这边的意思是，让你不要做任何回应。为了不影响其他人的比赛成绩，公司决定让你退出《喜剧人生》的比赛，《海上城池》的角色……那边要重新定了。"

文初的愤怒不加掩饰，直接回答孟旭："我不可能同意公司的决定！"

"请你明白，公司不是在征求你的意见，而是通知你退出比赛！"自从看完了陪酒门的视频，孟旭对文初都已经懒得敷衍，他从前还只是看不上文初蹭陈景行热度的乞丐行径，在知道了陪酒门的真相后，他也不想继续和文初合作。像文初这样连朋友都可以背叛的人，跟她合作很危险，他不想将自己的职业生涯耽误在这个人身上。如果公司不答应换人，他会考虑辞职。

孟旭宣布完公司的决定，便径直走下保姆车，开着自己的车走了。

文初坐在车内，眼睁睁地看着孟旭离开。一时之间，她竟然没有地方可以去了！今天早上，她到橘子卫视后台化妆，所有人看她的眼神都很冷淡，仿佛她是吃人的野兽。她特意让助理买了橘子和饮料放在休息室，平时她请客，大家都会围着她说话。今天她买的水果没有一个人愿意吃。

文初深吸一口气，拨打陈景行的电话，未语先哭："景行，这次你一定要救救我，公司让我退出《喜剧人生》，他们要把我雪藏。"

陈景行没有再像以前那样因为她一哭就心软。他冷冷地回答："我什么都帮不了你，我上次已经说得很清楚了。"说完直接挂了文初的电话。

《喜剧人生》的节目组和耀星娱乐已经达成共识，宣布文初不再参与下一期的比赛，文初的助理收拾好她的私人物品后直接回到车上。

文初看着助理，生气地道："会还没开始，你为什么把我的东西拿下来？"

"姐，其他人已经在和节目组开会对下一次的流程了，他们接到您退出节目的通知，就没再等您了。"助理瑟缩着回答，"是孟旭哥说，让我收拾好东西直接送您回家。"

文初坐直身子，声音冷厉："你到底是孟旭的助理，还是我的助理？"

助理小声回答："我当然是您的助理，但合同上也写明了，在您和公司发生利益冲突后，我必须听从公司安排。否则，我会被扣工资。"

"那就先回家！"文初的泪在眼眶里打转，她咬着唇强笑道，"天无绝人之路，我不相信自己会跌倒在这个地方。"

进入娱乐圈之后，文初跌倒过很多次，但她很快就能调整自己的心态，主动去想办法为自己争取什么。她要红，为此她可以不惜代价，这一点，她一直都很清楚。

文初让助理买了二十罐啤酒回家，她其实很自律，为了保养皮肤很少喝酒。尤其她从来都只喝红酒，不会喝啤酒。她算好了时间，到了晚上十点之后，慢慢将二十罐啤酒喝下肚子。

十一点二十三分，文初开始直播。

直播中的文初不施粉黛，穿着白色的背心，扎着马尾，像十八岁的女高中生。她脸上还有泪痕，看上去楚楚可怜。在她身后，啤酒瓶滚了一地。

"我就是个很普通的蠢女人，会嫉妒，会犯错，会发疯……你那么优秀，为什么还要来抢我的男朋友。我和他本来就是一对，因为他的工作，我不能承认自己是他女朋友……我在他手机上看见了你给他发的暧昧短信……一时冲动之下，我就做了错误的事。但我并不后悔，因为这一切都是你罪有应得。"文初拿过纸巾盒，抽出一大撮纸巾擤鼻涕，奶凶奶凶地哭着说，"丑女人，我告诉你，你要是再敢给他发信息，我就给你泼硫酸毁你容！"文初假装去拿啤酒，然后不小心挂断了视频。

直播切断后，颓丧的文初立刻变成另外一个样子——眼神清冷、犀利，充满了算计。她勾起嘴角，喃喃自语："纪星池，这一回我看你死还是不死！"

文初登小号浏览她微博下的留言，果然有粉丝在劝她不要做傻事，甚至还有个粉丝留言："小姐姐，你千万不要冲动，如果纪星池再来勾引我们家景行，不用你动手，我们组团去泼她硫酸。愿意跟我一起的举手！"

文初太了解这些粉丝的心态了，他们很愿意乐于助人，尤其愿意帮忙对付小三。她倒要看看，这一次纪星池会怎么还击。

可是，不到五分钟，她立刻就看到手机上更新了陈景行的微博——

@陈景行：@文初 希望你好自为之，不要再误导别人。

与此同时，他还在纪星池的小号微博下留言评论道："对不起纪师姐，给你带来麻烦了。"

文初看到这条评论，简直快要疯掉，虽然房间里没有风，她却觉得遍体生寒。她算遍了大家的反应，却没有算到陈景行会不留半点儿情面，当众打她的脸。陈景行一直都护着她，就算很多时候她故意表现得跟他关系暧昧，他也不会当众下她的脸，她对陈景行一直很有自信。如今，陈景行的话让她难以置信。

看着陈景行发的微博，文初潸然泪下。

现在，她竟然连一个电话都不敢打给他！她不甘心就这么输了！

此时此刻，咬牙切齿的人，不止文初，还有陈景行。

因为他发完澄清的微博还没一分钟，穆雨时就转发了他在纪星池微博小号下的评论：陈先生搞错地方了吧？这是我女朋友的微博，你要道歉去找你自己的老婆好吗？

穆雨时评论完之后还在微博上发了一张自己跟纪星池的合照，那是十年前在西藏的时候他偷拍的。照片里的两人都很青涩，明显认识很多年了。照片上的文字更是劲爆——他早就知道纪星就是纪星池，所以穆雨时交往的人一直就是纪星池！

而文初那条直播视频里，虽然没有指名道姓，但是有脑子的人都知道她在指纪星池抢走陈景行。

纪雨池的粉丝简直要疯了，虽然现在的纪星池胖了许多，但有一些忠粉，以前不敢出来替她说话，现在也不得不出现了。好不容易洗白，这会儿两条大八卦爆出，他们也不知道应该高兴还是应该难过。不过大家都为了自己喜欢的人不再跟文初那种人牵扯上关系，纷纷排队在穆雨池微博底下留言。

@星星糖2号：穆导，看好你的女人，当心她被狗咬了！

@星星大联盟：穆导，看好你的女人，当心她被狗咬了！

@星星小甜心：穆导，看好你的女人，当心她被狗咬了！

这反转来得太快，可忙坏了公众号的博主们。不到凌晨一点，各种公众号纷纷开始蹭热点。

桃子李子抢了第一，发布文章《她从来不屑于解释，却引来百万点击：真正拉开女人距离的从来不是容貌，而是实力》。

夜色迷人发布了第二篇文章《陈景行当众打脸不念旧情，文初这次是真糊了：靠蹭热度走红的艺人，撑不了多久》。

就连狗仔之王秦威也跑来蹭热闹——《穆导亲自承认，我们才敢放的照片》。

秦威的公众号发布的文字很少，基本都是图片——穆雨时陪纪星池一起夜跑、穆雨时陪纪星池一起逛超市、穆雨时掐纪星池胖脸……都是精挑细选的甜蜜照！

按照老规矩，秦威文章的副标题都是一句酸溜溜的诗，这次也不例外，他放上了一句——"金风玉露一相逢，便胜却人间无数"，似乎是在讽刺陈景行和文初那貌合神离的绯闻。

同样地，纪星池也是在起床之后才看到这些消息。对于媒体给她吹捧的彩虹屁，纪星池选择一笑而过。她经历过最红的时候，出演的人生第一部电影就被媒体恭维成了百年难出的演技与容貌并存的演员。被经纪公司放弃之后，也同样是这些媒体说她耍大牌、工作不够敬业、不爱惜自己的羽毛。一夜之间，她似乎成了整个娱乐圈的污点。

她带着不甘心，转身再杀回来，是想要摘掉这些帽子，她要让自己的人生再度开挂。

可是当媒体给她取掉这些帽子的时候，她并没有觉得很高兴。他们只是将错误的轨道拉回到了原来的位置而已。

不过，穆雨时是怎么回事？

纪星池盯着穆雨时微博首页的照片，出神地看着，照片的背景很熟悉，那年她带着妈妈的骨灰去了西藏，而这张照片……

纪星池的记忆忽然清晰了起来，原来是他。

第五十八章

两天不见，穆雨时好像是镀了一层光，本来就长得很好的脸上露着红潮，看上去就像是个刚高中毕业的少年。但纪星池看着他样子，怎么也高兴不起来。她不希望他掺和到她的事情里来。

"怎么这样看着我？"穆雨时揽着纪星池的肩膀往客厅里走。

纪星池不动声色地挣脱搭在肩膀上的那只手，语气缓慢："那条微博是怎么回事？"

穆雨时站着不动，那双漆黑的眸子迅速闪了一下，脸上的笑意慢慢收敛。

纪星池就事论事："网上的分析帖是你找人放的，对吗？还有劝酒的那个视频，也是你找人放上去的。我想了想，也只有你才有这个本事，能找到完整的视频。你帮我发帖洗白，我很感激！"她握紧拳头，"可是现在再说这些事情还有什么意义？你这样会把自己卷进来的。"

穆雨时见她全程黑着脸，语气顿时变冷："纪星池，你什么时候变得这么圣母白莲花了？"

纪星池被他的语气镇得往后缩了一下，梗着脖子回答："我知道你是为我好，可昨天文初发的那个直播，你不应该再掺和了。你何必要上赶着去解释陪她演戏？而且，你发微博之前能不能想想我的感受，我现在已经不是纪星了，你知不知道纪星池这个名字会给你带来什么啊？"

穆雨时听明白了，冷笑一声："说来说去，你就是不满意我发微博说我是你纪星池的男朋友吧？"尤其他还转发了陈景行的微博！

"纪星池"三个字他几乎说得咬牙切齿。

"如果那条微博让你觉得不舒服，我会立刻去跟陈景行解释！"他冷笑着走到她面前，仿佛她敢说同意，下一秒就要和她同归于尽。

纪星池被他吓得后退两步，大气都不敢出。为了不让自己挨揍，纪星池只好让自己质问的语气听起来不那么生气："陈景行的事情，我们先放在一旁。"

"为什么要放在一旁？你不是一向都很在乎他吗？以前一看就他就跟耗子看见猫似的。"穆雨时眼神怪异，语气阴森。

纪星池叹了一口气，想了想还是先安抚他："你冷静一点儿，我说的是纪星池，你懂吗？纪星和纪星池不一样。纪星池黑料不断风波不停，你跟我绑在一起，无论你做了什么，别人都可能会拿我来攻击你。"她苦口婆心地跟他分析，"甚至会让你身败名裂，舆论和大众多可怕你不知道吗？"

穆雨时的脸色稍稍好转："要攻击不是早就攻击了吗。你是纪星还是纪星池，对我来说都一样。"

纪星池翻了个白眼："这次不一样。"

穆雨时的神情立即由阴转晴，嘴角也抑制不住地上扬了起来："没什么不一样，反正我还是你的男朋友，不管是真是假。"

纪星池感觉自己快要被他给气死了。

"而且，我从来不怕他们。"

他怕的只是纪星池不要他罢了。穆雨时已经不想再说下去了，利落地转身走向门口。

冬日的暖阳透过落地窗照进来，隔着窗台上摆的盆栽在地上落下斑驳的倒影，纪星池站在地上的阴影里，心绪不宁。这一场势力悬殊的战争，纪星池毫无悬念地败下阵来。和穆雨时吵完架，她的心情很复杂，一是担心那些媒体公众号以后不知道会怎么编排穆雨时，二是后悔自己态度不好，毕竟穆雨时也是为了她。

半个小时后，纪星池做完运动，准备去找穆雨时和好，并准备请他吃一顿大餐表示感谢。

这时她居然接到费明奇打来的电话，让她去太阳剧院面谈。

太阳剧院的工作人员好久没见纪星池，竟然差点儿没认出她来，尤其是她今天早上为了躲避狗仔队，特意戴上了墨镜和鸭舌帽出门。

"纪老师，好久不见，您真是瘦了好多！"工作人员记得第一次见纪星池来面试的时候，她穿这个黑色的西装就像个圆滚滚的大猩猩。现在的她虽然还有点儿胖，却是那种珠圆玉润的胖。

纪星池笑着说了声"谢谢"。

纪星池一笑起来就更好看了，工作人员都舍不得将眼神从她身上移开。

"请问费老师现在在哪里？我跟他约好了十一点见面。"纪星池礼貌地提醒工作人员带路。

工作人员这才反应过来，他是来接纪星池的。

每一次来见费明奇的时候，纪星池都要等很久。但这一次，好像是费明奇在等她。

费明奇在捣弄他的茶具，抬头看着纪星池开门见山地道："我是来通知你做好准备的，这个月十五号开始，《分身》将在全国二十四个城市进行巡回演出，一个月四场，也就是说在接下来的半年时间里，你需要跟着我们在二十四个城市进行巡演。你有问题吗？"

"没……没问题！"纪星池一下子被这个好消息给砸晕了，眼神变得有些迟缓，她悄悄在自己衣服底下掐了一把，还挺疼的，这才确认不是在做梦。

因为《分身》的巡演时间定下来了，纪星池需要跟李魁他们去商量一下接下来的时间安排。

李魁他们今天在排练节目，纪星池离开了《喜剧人生》后，网上也将他们这个团队的话题热炒了一番。现在他们两个都是大红人，只是心里也都很清楚，比赛还没有结束，他们便一直都在低调地准备着接下来的比赛。

李魁嘿嘿笑："我们这边也没什么事，《喜剧人生》这里大概还有两期就能结束！说不定这一期播出我们就会被淘汰。"

徐凡彤白了他一眼："你能不能有出息一点儿！还没比赛就开始认输。"徐凡彤拉着纪星池的手到另一旁说悄悄话："我看到穆导的微博了。"

纪星池的脸腾一下红了起来，她看了看李魁和徐凡彤，真诚地请教："你觉得什么样才叫喜欢啊？"

"像穆导对你那样啊。"徐凡彤微微笑道。

纪星池一直知道穆雨时对她的感情，甚至在听到徐凡彤的话时，她真的很开心，这几天经历过这些事后，她才开始认真审视他们这段"感情"，很奇怪，原本是假的，但她现在竟然开始担心和穆雨时能不能走到最后。明明都还没有告白，明明她还装作不知道穆雨时的感情。

纪星池其实很惧怕爱情，从暗恋陈景行开始。这段感情中，她花了太长的时间和精力，她太累了。她也知道，她现在需要一段时间来梳理和穆雨时之间的关系，这么久了，她要认真考虑这段感情了。

第五十九章

因为巡演在即，纪星池变得很忙碌，她每天早上七点醒来，九点准时到剧场，然后开始一天的排练。忽然之间，她好像从原来的世界中抽离出来进入了另外一个小世界，这个世界中没有绯闻、没有争闹，只有工作和喜欢工作的人，大家都朝着一个目标努力，她感受到了一种前所未有的舒畅。

每一次演出结束后，大家都会坐下来对剧本提出意见，费明奇也会根据现场观众的反应，对台词进行细微的调整。纪星池觉得她这辈子做得最对的一件事就是争取到了参演《分身》的机会，跟他们在一起之后，很多她以前拍电视剧、拍电影时没想明白的东西，在演话剧的时候突然就开窍了，仿佛是得到了一把神奇的钥匙，又仿佛是得到了通往另外一个世界的通行证。

《话剧人物周刊》通过费明奇的关系，要求采访纪星池。纪星池其实不想接受任何采访，但老费的说法是话剧巡演也需要一定的话题曝光度，希望她能接受这个采访。

果然，在接受采访的时候，记者问了几个跟话剧有关的问题后又要开始问她和经纪公司之间的纠纷，以及她和文初之间的恩怨纠葛。

纪星池想了一会儿，觉得对于这件事总要有个了结才行。如果她这一次避而不答，那么媒体肯定要将她塑造成苦情角色，告诉所有人，她仍旧活在过去的痛苦里走不出来。

"前经纪公司成就了现在的我，对我来说就像是娘家一样，就算是从小在妈妈身边长大的孩子也会跟妈妈有争吵，更何况是已经嫁出去的女儿呢。文初跟我是高中时期的朋友，和她之间的事，我不希望拿出来当作话题讨论，也希望她能好自为之。我觉得事情都过了这么久，这些话题早就过时了对不对？如果大家一直都在拿过去的事情来问我，这其实说明我还不够努力，因为我没有别的成就能转移大家对我的注意力。"

采访的记者听到纪星池如此坦然的回答，很是感激。但听到最后纪星池的自我吐槽，他反而很不好意思地向对纪星池道歉。毕竟纪星池现在如日中天，而他只是一个小记者，还是费老亲自去请，才让纪星池答应了这次采访。如果他把采访搞砸了，回去肯定要挨骂。

采访结束以后，老费在吃饭时告诉纪星池："今天小时在底下坐了两个小时，你没发现吧？"

纪星池愣了一下，今天刚上场的时候，她其实看到观众席中有个人长得很像穆雨时，后来投入到剧情里就把这事儿给忘了。她还以为是自己幻想出来的，如果穆雨时来看她，怎么可能不提前给她打电话呢？

"你们两个是不是吵架了？"老费跟她八卦，"他来看你可不止一次，每次都不让我告诉你。"

"啊？"纪星池也很纳闷，"没有啊。"

她其实是有点儿心虚的。究竟是怎么得罪了穆雨时，纪星池心里一清二楚。一听老费说穆雨时来看过她几次，她就算是极力想装出一副淡定的样子，那嘴角上扬的弧度还是将她出卖得一干二净。

老费也是受人之托，才会关心他们之间的八卦。穆老想抱孙子很久了，可偏偏儿子和纪星池一直没什么实质性动静。

老费板着脸，一副要替闺女讨回公道的老父亲模样："小时要是有什么事情做错了，你该骂就骂，该打就打，可千万别跟他冷战。你都不知道，他最近没吃好也没睡好，整个人都瘦得脱形了！"

纪星池十分镇定地看着老费不打草稿地睁眼说瞎话，他以为她刚才真没看到穆雨池吗？虽然只是匆匆一瞥，可穆雨池那张脸还是一如既往的滋润，更别提网上到处都有粉丝上传他的近照。

临近年关，话剧停演一周，纪星池好不容易有了一个星期的休息时间，正打算在家好好补觉，睡个七天七夜。谁知她飞机刚落地，马上就接到了李魁的电话，让她立刻到他新租的排练厅。

新的排练厅在市中心，看样子租金不便宜。

李魁和徐凡彤站在路边，接过她的行李箱要带她去吃饭。

到了餐厅的包间，大家都坐下来后，李魁拿出一个贺岁片的剧本递给纪星池——《回谁家过年》。

纪星池看了一眼："新剧本？"

李魁笑着点头："这就是我今天找你来的目的。这是我们剧团最新的项目，我已经谈妥了所有的演员，特意给你留了一个角色。刚好过年时你能休息几天，过来帮我们撑一下场子吧！"

纪星池无语地瞪着他："我才休息一个星期就要这么压榨我？一星期啊，我连排练的时间都没有，怎么演？"

李魁讨好地给她倒了一杯茶，说："我就想请你帮忙演一个配角，十几句台词，在台上就五分钟。你现在这么红，只要把你的名字挂出去，票肯定好卖！"

纪星池看他这样，叹了口气，开始看剧本，见故事不错，也就答应了。

第六十章

过年的时候，街道上人满为患，纪星池没有在家里补觉，而是跑到河边上和热闹的人群挤在一起。

十点时河边会有一场烟花秀，不到九点，河边的人群已经开始骚动。纪星池本来已经站在了中间一个很适合看烟花的位置，结果却被挤到了旁边的角落里。

烟花绽放的时候，人群一起喊："新年快乐！"紧接着是烟花在空中爆炸发出的震耳欲聋的响声。

纪星池挤在人群里根本看不到烟花是什么形状，只看到了眼前乌泱泱的一片人潮。手机里收到了很多新年祝福的消息。但是，唯独没有收到穆雨时的信息。纪星池想，她是个成熟的女人，不能跟一个小孩子生气，于是拿起手机主动给穆雨时发了一条祝福信息。

从穆宅的位置可以看到河边正在绽放的烟花。迟景之在露台上布置了烤火炉，摆上了茶水和瓜子，一家人正在看烟花守岁。

穆周看着自己儿子魂不守舍的样子就来气："你一个年轻人，大过年的守在家里干什么？"

穆雨时把手机放下："闲。"

迟景之端着刚烤好的点心走来，看老穆不好意思直接问，于是帮他把心里憋着的话说出来："你爸是想问，为什么没把女朋友带回来过年。他以为你们两个闹脾气，还托老费去问了人家女孩子，结果人家女孩子说是你在闹别扭，她压根不知道你在生什么气。"

怎么还传到老费那里去了？老费知道，那不就等于全剧组都知道了吗？

穆雨时觉得丢人："这是我们两个之间的事，我自己会处理好的，您干吗去问别人！"

"等你自己处理，我孙子都不知道要啥时候才能生出来！"老穆说着说着就想到了什么，勃然大怒起来，"该不会是你这臭小子变心喜欢上别人了吧？"

一想起这个，穆雨时头痛："怎么可能，我喜欢她那么多年。"

迟景之一听就来了兴趣："很多年？"

穆雨时点头："暗恋，快十年了。"

迟景之看向老穆："还真痴情，那大过年的你不去陪她待家里干什么？"

这不是他和纪星池还没说破嘛，纪星池对他什么态度他还不知道呢。穆雨时叹了口气，试探道："迟姨，如果一个女孩子说，我成了她的阳光。那她是不是喜欢我？"边说边翻着手机里的信息。

迟景之无可奈何地摇摇头，循循善诱："已经很明显了啊。那你认为，除了你，还有别人能成为她的阳光吗？"

"别人？谁？陈景行吗？那不可能，他只会是她的阴霾！"

穆雨时忽然笑出了声，他确定了，终于得到确定了。他成为她的阳光，给她驱散了阴霾。

就在这时，穆雨时收到了今晚一直在等的那条信息——新年快乐，小气鬼！

穆雨时连忙站起来，一边往外走一边说："一会儿吃饺子别等我了。"

老穆难得露出笑脸："臭小子，今天晚上不许回来啊！"

急匆匆走出老宅，穆雨时给纪星池打电话："你在哪里，我来找你！"

二十分钟的烟花已经散去，人群拥挤，纪星池还堵在角落里没办法出去："我在河边看烟花，这里人好多啊！你没办法找到我的。"

不可能！哪怕你藏在人山人海里，我也有办法找到你。"你把位置发给我，站着别动，我马上到。"穆雨时说。

天寒地冻，无处可去，在闹市中徘徊，等一心上人。纪星池搓着手，呵了口气，笑得像个傻子。

十分钟后,看台的人群已经渐渐散去,纪星池踩着地面上的方格,一格踩下一个脚印。突然,她感到有一股炙热的光朝自己袭来,她眼里含着笑意,目光追随那道光,然后看见穆雨时站在十米外。

璀璨明亮的灯光下,他身姿挺拔,像是皑皑雪山上的劲松。明亮的灯光和微微的雪洒在他身上,笑容璀璨得晃瞎了人的眼睛。他是匆匆赶过来的,连外套都没穿,头发被风吹得凌乱。但纪星池却觉得,这是她见过的,他最帅的时候。

纪星池眯着眼睛看他,脸上渐渐浮现笑意,清冷的眼眸中浮现出一缕阳光般的暖意。她几步走到他面前,盯着他看了好一会儿,捂着嘴笑得像个傻子。

穆雨时一把搂住她,什么话都不想说,这时候说什么都显得太轻。

纪星池搂着他的腰,鼻子泛酸:"费老说你瘦了,我还觉得他是骗我的!"

穆雨时松开她,摸了摸她的脸,语气的欣喜和激动难以掩饰:"恭喜你,减肥成功了!"

"还有一百来斤呢!还没瘦到我正常时期的样子。"纪星池握住他冰冷的手。

纪星池手心的温暖蔓延到穆雨时的心里,将他这段时间的委屈抚平,将她说过的那些让他伤心的话全部清零。他的心仿佛从来没有受过伤,一如刚开始认识时那么纯粹而炙热。

两个人手牵着手同行,在河边上晃悠。

"你从前瘦成纸片那样有什么好看的,还是现在更好看!"

纪星池咧嘴:"这么久没见,你就不能说点儿我喜欢听的吗?"指望他说好听的话,还不如指望男人能生孩子呢!

纪星池叹气:"算了,大过年的,不跟你较真。"

"纪星池。"

"嗯?"

"我喜欢你。这件事,你已经知道了吧?"穆雨时的声音飘散在雪中,钻进纪星池的耳朵时,却炽热滚烫。

纪星池愣住,抬头看见穆雨时认真的脸,她心中暗暗叹气。为什么有的人连告白都能这么讨厌?

"你知不知道?给我个答案。"穆雨时继续问她,声音温柔又有点儿颤抖。

纪星池被他的样子逗笑。但……看久了,她有点儿想哭。因为他是那个于万人之中义无反顾地朝她走来的人。在她觉得这个世界容不下她的时候,是穆雨时站出来,将一个又一个机会放在她面前,告诉她,她值得拥有最好的,她有能力夺回曾经失去的一切。

穆雨时察觉到了她眼中有刹那退缩的情绪,害怕她会犹豫,更害怕她拒绝,他认认真真地看着她:"纪星池,你不能拒绝我。"

纪星池诧异地看着他："为什么我不能拒绝？"

"因为，我已经等你很久了。我怕你会离开我，所以我需要一个准确的答案。"话没说完，他已经说不下去了，穆雨时第一次感受到自己是如此卑微，于是他调整呼吸，昂着脑袋，恢复成那个毒舌穆雨时，"而且，我还是你的房东。"

纪星池回过神来，扑哧一笑："你怎么连告白都这么不中听啊。"虽然不中听，但她还是第一次听到有人跟自己告白，此时一直处于开心到冒泡恍惚的状态，好像自己幻听了似的。

穆雨时正色道："你别岔开话题，正面回答我。"

纪星池看着他难得认真的脸，脸上的笑意也渐渐收了起来。

原来喜欢一个人……是这么简单的事情啊，说出来就可以了。

纪星池轻吐了一口气，抬手拉起了他的手，很轻很轻地点了点头："我知道，也愿意。"

她的手很小很小，哪怕用了最大的力气，他随随便便就能挣脱，但他心甘情愿一辈子被她抓住，永远都不想逃。

"真的？不准反悔！"穆雨时一把握住她的手，攥在手心里。

第六十一章

穆雨时重新住进了纪星池的房子里，反正他的行李一直没搬走，连牙刷都没挪过位置。

两人正式在一起的第二天，穆雨时就献宝似的拿出一个剧本递给纪星池。

纪星池迷迷糊糊地赖在床上不肯起来："哪有你这样的男朋友，大年初一都不让人好好睡觉。"话虽这么说，她还是从床上坐了起来，翻开剧本——《画晴》。她这个人，一旦投入工作就好像着魔了似的。

穆雨时非常不温柔地将她的长头发揉成了鸡窝，然后去做早餐。

电影是围绕女画家钟晴的出生展开叙述的，钟晴的父亲是个落魄的画家。钟晴因为继承了父亲在绘画方面的基因，小小年纪就展露了天赋异禀的绘画才华。一生落魄穷困的父亲看见她的画之后，便知道女儿已经达到了他这辈子都无法到达的高度，于是便将钟晴介绍给昔日认识的画行商人并将她捧红，控制了她的人生，将她当作赚钱的工具，不给她一丝喘息的机会，曾几度将她逼到绝境。

钟晴的母亲为了不让女儿被父亲毁掉，携她逃跑的途中和父亲同归于尽。父母双亡后，钟晴把自己关在家里半年没出门。半年内，她将小时候的美好记忆都描绘在自己的画中。画行商人看到她这半年的作品后，欣喜若狂地为她办了一场名为"美丽人生"的画展。

从此，钟晴成了画坛的女神，她长得漂亮又有才华，被各种男人追求。可是从小只沉迷于画画的钟晴在感情上太过单纯，她就像个不成熟的孩子一样喜怒无常，渐渐地，那些曾经痴迷她的男人都离她远去。后来，钟晴被一个追求她的男人骗走了所有财产，还怀了那人的孩子，她再度陷入绝望中，在空荡荡的屋子里颓废了几个月，难产生下了一个瘦弱的女儿。她从晕厥中醒来，看着血淋淋的女儿，痛哭出声。瘦弱黝黑的女儿叫她第一声妈妈时，她在黑暗中仿佛看见了隐约的光芒，她决定好好将女儿抚养长大，却不想女儿却在玩耍时失足掉进池塘，永远离开了她。

她人生中最后的一点儿亮光彻底熄灭，她封笔，不再画画。渐渐地，钟晴再也无人问津，她成了一个普通的女人，变得又胖又丑。她虽然落魄，却还是有几个因为绘画结识的真心朋友，日子过得平淡而安详。最后，钟晴因为心脏病发作，死在了一个雪天。

纪星池看完剧本，光着脚从床上跳下来，跑到厨房去找穆雨时。

"我一定要演这部电影，请你帮我争取！"忽然，她变得有些丧气，"这部电影准备什么时候开拍？我还有四个月才能完成话剧巡演。"

纪星池看着穆雨时，她知道，既然穆雨时能将剧本拿给她看，一定是有把握替她争取到这个角色。现在的问题是，她的时间不够充裕，非常尴尬。

穆雨时将烤好的面包摆在桌上，坐下来，故意逗她："那你没戏了，这部电影三月就要开拍了。"

纪星池一脸颓丧："那你还给我看什么剧本。"

"其实也不是没有办法！咱们娱乐圈不就这么回事吗，最喜欢讲潜规则了。"穆雨时神秘兮兮地朝她钩钩手指，纪星池赶紧凑过去，听见穆雨时说，"刚好这个导演跟你关系不浅。"

"谁？"

穆雨时笑笑："你男朋友啊。"

纪星池立刻心领神会，将手中的面包丢下，一脸讨好："导演，我帮你捏捏肩好不好？"

"不需要！"穆雨时表现得正义凛然，他撕下一块面包塞到她嘴里，"导演希望你能正常吃饭，再长胖一点。到时候电影开拍，肯定是从钟晴变胖的时候开始拍。"

"好的，导演！"纪星池笑嘻嘻地说，"从现在开始，我们家的一切由导演做主，导演说东，我绝不往西。"

后来，纪星池才知道，穆雨时那段时间早出晚归就是在忙这部电影，剧本也是他写的。

有了工作就忘了恋爱的纪星池让穆雨时很不开心。吃完早餐，纪星池就赖在沙发里钻研剧本，完全忘记了他的存在，穆雨时不甘心自己被剧本取代了，一直在她面前晃来晃去。

纪星池实在忍无可忍，直接一个枕头扔了过去，却被穆雨时一把抓住了。

"穆雨时，你能不能让我安静地看看剧本？"

"今天是大年初一，你不想陪我去看电影吗？"穆雨时撑着沙发，故意将脑袋往她身上蹭。

但纪星池沉迷于剧本，连头都没有抬，拒绝脱口而出："平时看电影的机会那么多，为什么非要今天去看？"

穆雨时长吁了一口气，阴阳怪气道："之前是谁说咱们家的一切由导演做主来着？"

纪星池被他逗得扑哧一笑，终于没办法再专心看剧本了。他一直在自己眼前晃，她也没办法再狠心拒绝。纪星池学着他的怪腔怪调，说："导演，您有什么吩咐，小的一定遵从！"

因为他们是临时才决定出门，买票的时候才发现几乎所有电影的票已全部售空，只有黄竟的那部贺岁片电影还剩下两个座位。纪星池很愉快地选了黄竟的贺岁片，她记得当时自己还在里面扮演过一个肥胖公主，得了一个大红包。

电影开演后，纪星池眼尖地发现电影开头的特邀演员一栏，居然写了她的名字。她好奇地去问穆雨时这是怎么回事。穆雨时小声说等她看完电影再解释。

黄竟的电影是属于很欢乐的爆米花系列，大概两分钟会抖一个包袱，过程略有些悲伤无奈，但是结局还是很美好。大年初一，大家笑着进电影院，笑着出电影院，所有人都对电影很满意。

纪星池坐在最后一排，听着前面有两个人在讨论。

"你找到纪星池了吗？我怎么没看到？"

"就那个胖公主，才出现两秒。"

"哦，原来是她！像纪星池这种咖位怎么会同意演个路人甲的角色？"

"你忘了她男朋友也是导演啊，可能是友情出演吧。不过纪星池真的很拼命啊，为了转型，居然把自己变成了个大胖子。"

"听说她是因为生病了才变胖的，但是到现在也没人知道具体的原因……"

他们两个差不多等到所有人都走了，才慢慢地走出放映厅。

穆雨时解释道："因为你现在很火啊，黄竟这部电影，你是最拿得出手的咖，他当然要把你名字放在电影第一排宣传！"

纪星池也没想到，那只是她落魄时接的一个临时角色，居然会成为主要的宣传对象。但她对黄竟很有好感，当时黄竟以为她是个小演员，虽然只相处了一个下午，而且她演的也不是什么重要角色，可自始至终黄竟都对她很有礼貌，走的时候还给了她一个大红包。所以，纪星池并不在乎黄竟拿她的名字做宣传。

"我还有一个疑问。"纪星池也是在看电影的时候才突然想起来的,"我记得当时他们给我的剧本是有台词的,而且至少有三场戏。可是到拍的时候,导演就让我拍了一个镜头,就剪出来刚才那两秒钟的戏。"

穆雨时一直没有跟她说这件事,从前是怕她多想,现在觉得说出来也没什么问题了。

"那是因为……"

"这个问题还是由我自己来解释吧!"穆雨时还没说话,黄竟不知从哪个地方冒了出来。

黄竟跟纪星池打了个招呼:"刚才我就坐在你的左手边,你应该没注意到我吧?"

刚才看电影的时候,她左手边好像是坐了一个戴着帽子和口罩的人,没想到居然就是导演本人。幸亏她从头到尾都在认真地看电影,还没有来得及吐槽,否则就要尴尬了。

"我当时并不知道你就是纪星池,但你的演技实在太好,放在整部电影中会把其他人的戏吃掉,但我又舍不得全部删掉你的戏,所以最后只保留了一个镜头。"黄竟笑着问,"两位有没有时间一起吃个饭?我很希望下一部电影还能和纪小姐有合作的机会。"

纪星池没有理由拒绝,黄竟是她落魄时遇到的贵人之一,出于私人感情,她也很愿意跟黄竟这样尊重演员的导演合作。而且,她也有私心,希望能借此机会给徐凡彤和李魁带来更多的工作机会。吃人家嘴软,拿人家手软,黄竟是个优秀的导演,也是个精明的生意人。他借着一顿饭的机会,就成功忽悠了纪星池参加他这部电影的导演和主创见面会。

要参加媒体见面会,不知道穿什么衣服的纪星池找到了她那像哆啦A梦一样的男朋友,和上次参加金奥奖颁奖典礼不一样,这次穆导一通电话,大年初一的晚上,竟然给纪星池招呼了一支造型设计团队到了家里。

"你现在的应酬越来越多,应该再重新给自己找个经纪人了。"

"艾文已经给我打过电话了。"纪星池看家里一会儿要来客人,在网上叫了些水果和饮料,"他这个月就会从耀星离职。"

穆雨时想起艾文那张见了他就跟老鼠见到猫似的脸。虽然他对那个艾文不是很满意,但这是纪星池自己决定的事,他也不好再多说什么。

纪星池试了几套衣服,最后决定走干练的白领丽人风,一套黑西装搭配波浪卷,有点儿像是九十年代的港片里走出来的美人,又很能跟得上现在的潮流。她不是女主,穿着素练的西装出席也不会太抢风头,就连穆雨时也觉得这一套很不错。

第二天上午八点,纪星池准时出现在电影院,已经有工作人员在那里守着了。

只是她又遇到了文初。

工作人员拦住了想要强行进入会场的文初:"对不起文小姐,今天的见面会并没有邀请你,你不能进去!"

"笑话，你难道没看过这部电影吗？我在里面演了很重要的角色。"文初一脸不可侵犯的高傲，居高临下地对工作人员吩咐，"算了，我不跟你计较，你去把导演请来，我亲自跟他说。"

工作人员当然不可能去见导演，就是导演打电话让他赶紧把人弄走的，免得一会儿粉丝和媒体来了，把场面弄得很难看。

纪星池本想避开风头，尽量不跟文初有发生冲突的机会，没想到她刚要走，就被孟旭给叫住了。

"星池姐！"孟旭很惊讶能在这里看到纪星池，她看上去比参加《喜剧人生》的时候瘦了许多，也精神了很多。

文初和孟旭一起看向纪星池。

纪星池只好硬着头皮跟孟旭打招呼，她现在还不知道孟旭已经不是文初的经纪人了。

"恭喜你，重新拿回了属于你的一切！"对于由始至终都见证了纪星池落魄过程的孟旭来说，他是真心为纪星池感到高兴。

纪星池礼貌又不失优雅地回答："谢谢。"

长在骨血里的技能，岂是别人能夺的？

文初走到纪星池身边，就像个老朋友一样自然而然地跟她打招呼："嗨，星池，你也来了！"

两个多月没见，文初瘦了很多，脸色有些蜡黄，连粉底都遮盖不住她脸上的憔悴。纪星池看了一眼文初，就将眼光转向别处。

孟旭当着纪星池的面不留情面地对着文初发作："黄竟导演亲自打电话到公司，不希望你出席这个电影发布会。文小姐，如果你不希望公司立刻跟你提出解约，请你配合我马上离开这里。"

"我现在已经被公司雪藏，解不解约又有什么关系？"文初转过脸，讨好地看向纪星池，"星池，你的采访我看到了，我很感激在经历了这么多事情之后，你还把我当朋友看。"

文初看黄竟那边已经没有机会了，就把歪主意打到了纪星池的头上。

"那些话是我说给媒体听的。"纪星池的态度非常决绝，"你和我，永远都不可能再成为朋友。"

这时已经有媒体记者到达现场，看见文初和纪星池站在一起，立刻捕捉到这个大新闻。

文初看纪星池这个希望也抓不住了，索性不再演戏，撒开来闹。像她这样的人，在没有绯闻的时候，有丑闻也不错，总比自己的名字渐渐被人遗忘要强。

"纪星池，你得意个什么劲儿，你现在能重新走红，还不是因为成功爬上了穆导的床！"

文初故意大声嚷嚷，好让所有人都听到，"以色侍人，终究是不能长久的，我等着看你的报应。"

"对不起星池姐，我替文初向你道歉！"孟旭立刻平息战火。老史在电话里交代得很清楚，如果文初在黄竟的见面会上闹出了丑闻，就要他立刻收拾东西滚蛋。

纪星池一眼就看穿了文初的伎俩，她压根就不会为了这点事生气，也不会如文初所愿，为她制造新的话题。她跟一旁的孟旭打了个招呼，走进见面会现场，离开之前，小声在文初耳边说了一句：“好好看看自己，你现在跟跳梁小丑有什么区别？”

文初脸色煞白，再也说不出一句话。她以为只要有足够的勇气就可以和这个世界对抗，她以为只要有足够的头脑就能尽情掠夺别人的资源。

当纪星池轻飘飘的一句话传到她耳中的时候，就像是有一根冰针，狠狠地扎进了她的心里，又凉又透，痛彻心扉。她不知道，在往后的人生里，"跳梁小丑"这四个字将一遍一遍地在她耳边不断回放，并且陪伴她一辈子。

孟旭见文初这个样子，不忍再多说什么来苛责她，只是替她挡住了媒体的镜头，护送她安全离开。

第六十二章

除了这一个小插曲，上午的发布会一切如常。纪星池参加完发布会，下午就去李魁的剧场排练，晚上演出话剧。工作忙碌又紧张，她很快就将这个不太愉快的小插曲忘得一干二净。

穆雨时的新电影正在筹备当中，纪星池在巡演之余还要来回两地跑参加剧本围读会，还有一些必须有女主角在场的会议。时间在紧张、忙碌，还有偶尔的甜蜜中过得很快。

很快，《画晴》就要开拍了。

纪星池只用了一个星期就拍完了钟晴死前肥胖的部分，然后穆雨时给她放了一个月的假，他亲自拍B组的戏，给她下了死命令，必须在一个月内瘦到一百斤以下。

纪星池严格按照营养师给她搭配的三餐，每天在健身室挥汗如雨，累到差点儿窒息。她只用了二十天，就瘦回到九十斤，提前并且超额完成了穆雨时的任务。剩下的十天，她只要继续保持这个状态就很好了。

这一天，纪星池刚做完高空瑜伽训练，累得快要瘫痪地走到休息室，看到手机上有好几个艾文的未接电话，她抬着酸得几乎抬不起来的手臂艰难地拨出电话。

艾文那高分贝的魔音透过手机朝她的耳膜袭击而来："星池，不好啦，你家穆导跟陈景行在剧组打起来了，你赶紧到剧组这边来。"

艾文在十分钟内就安排了车到健身房楼下来接她，并且在车上跟她解释清楚了事情的来龙去脉。

事情的起因是陈景行不知道抽了哪门子风，居然在微博上公布了纪星池和他曾经有过的一段恋情，但是两人因为一些问题最终决定分手。然后，陈景行通过微博向纪星池求爱，希望她能原谅从前那个不成熟的他，重新回到他身边。随即就有不良媒体在公众号上根据"因为一些问题"脑补了一出年度大戏，并且发布了一条夺人眼球的头条——《当红辣子鸡手撕知名导演：陈景行微博公开谴责穆雨时插足》。紧接着就有陈景行的粉丝跑到穆雨时的微博底下骂他是第三者，骂纪星池出轨，并用脏话问候了他们祖宗十八代。

穆雨时怎么能忍？刚好陈景行的剧组就在隔壁，穆雨时将手机扔到一旁，立刻就跑去将陈景行揍了一顿，当然，他自己也挂了彩。

纪星池匆匆赶到时，穆雨时已经被小安子拉到了保姆车上。巧的是，陈景行的保姆车就停在穆雨时的隔壁。

陈景行站在路旁眼睁睁地看着纪星池惊慌失措地从自己身旁路过，径直上了穆雨时的保姆车，连余光都没扫到他身上。他记得去年差不多也是这个时间，在一个庆功会上，纪星池和马建国差点儿打了起来，他为纪星池挡了一个啤酒瓶，流了很多血，其实伤得并不严重。当时纪星池满脸担忧的表情，同现在如出一辙。只是现在，她担心的那个人，已经不是他了。

保姆车上，穆雨时假装睡着，逃避纪星池的责问。

小安子也帮忙配合撒谎："姐，穆导已经连续三十多个小时没睡觉了，这会儿正在补觉呢，晚上剧组还要开会。"

睡什么觉，他额头被磕伤，连药都没擦，显然是故意放任不管让她来心疼的。

"去把纱布、绷带和酒精拿过来！"纪星池无力地挥挥手，让小安子赶紧准备东西，免得伤口处理不及时会被感染，她看透了这人的伎俩，故意很夸张地对小安子说，"要不还是送他去医院吧，他这情况比较严重，至少得打一剂破伤风。"

听到要打针，穆雨时马上睁开了眼睛："不用……这点儿小伤，打什么破伤风！"刚说完就看见纪星池正审视着自己，他心虚地低下头，移开目光，像个做错事的小学生被班主任抓了个现行，老老实实地等候发落。

纪星池被他气得要吐血："你才三岁吗？一言不合就要跟人打架！"

一说起这个，穆雨时瞬间就精神了："如果他好好发微博认个错，我也就不管了。他愿意公开追求我的女朋友，我也没话可说，毕竟我女朋友很有魅力！但他故意引导粉丝和媒体，让大家觉得我是第三者，我能忍吗？"

他额头磕在地上的沙石上，擦伤了一片，虽然伤口不深，但看起来很痛。纪星池皱着眉头给他清理伤口。但看他愤愤不平的样子又觉得很好笑，忍不住在他唇上亲了一下。

穆雨时顿时停止了嘴上的滔滔不绝，一眼扫到候在旁边偷窥的小安子，小安子立刻懂事地捂住眼睛，转过身子，麻溜地钻出车外。

纪星池在他的伤口上吹了吹："就他长了嘴吗？他能发微博，你也可以发微博啊！"

穆雨时顿时委屈巴巴起来："我哪里还敢发微博！上一次发微博的时候，你就很生气。"

"上一次是特殊时期。"纪星池忍住翻白眼的冲动，质问他，"而且你当时有对我表白吗？我答应做你女朋友了吗？"

纪星池那个时候生气不是因为不爱他。她不想解释，是因为她当了这么多年的明星，早就已经疲惫。自从演了话剧之后，她只想安安静静地做个演员，所以她的微博已经设置了不能评论。今后，她只想靠作品吃饭，不愿意再贩卖自己的隐私去博取公众的眼球。但是这一段感情不只属于她，也属于穆雨时，就像是穆雨时护着她一样，她也不希望穆雨时被人攻击。

这段时间，纪星池这三个字又重新霸屏了娱乐头条，简直火得一塌糊涂。身为娱乐记者，他们就是要保持比猎犬还要灵敏的嗅觉才能保住饭碗，养活一家老小。所以，在穆雨时和陈景行打架一个小时后，各大网站娱乐头条已经用大幅版面重现了穆导揍人以及被揍的所有细节。

纪星池在手机上看到这些消息的时候，就觉得应该和陈景行再见一面。她当着穆雨时的面给陈景行发了一条微信："我正在剧组，有时间见一面吗？"

陈景行的信息几乎是秒回："有时间，我就在车外等你。"

纪星池愣了一下，穆雨时看到消息后却笑出了声音："你刚才来的时候没看到他吗？他的车就停在旁边。"她这才后知后觉地想起来隔壁车位上停着一辆保姆车，原来陈景行也在这里。

纪星池推开门，发现陈景行果然在车外等着。

谈话地点就在陈景行的保姆车内。纪星池上一次坐在这辆车里，是她刚被人泼了泔水，当时文初一脸得意地坐在陈景行的车内。陈景行似乎也想到了同样的画面，一直沉着脸。两个人都陷入了沉默。

过了许久，纪星池深吸一口气，说道："陈景行，我已经不爱你了。"她的语气轻飘飘地就将这么多年的感情带过了。

陈景行知道迟早会等来这一天，所以他肆无忌惮地刺激她，无论是在微博上也好，还是现在也好，他都在逼她，希望她能亲自来跟他说清楚。只是没想到，在听见这句话时，他的心还是被什么东西重重地击打了一般。

陈景行抬着手，抚在心口的位置，他想起了很多，回忆起第一次看见变胖的纪星池，她安安静静地坐在角落里听大家说话，嘴角带着嘲讽，可是她不敢看他的眼睛。

难怪那时穆雨时每次看见他，说话都会带刺。

如果真的有人能造出时光机，他很想穿越回那个时间点。他一直在找她，却没有认出她来。那时的纪星池在想什么，一定会觉得很可笑吧？认识了十几年的朋友怎么也不会认不出她。

"对不起！"陈景行所有的后悔全部化成了这三个字。

他曾经做出了一个至今不知对错的选择，现在却无法承受做出选择之后的结果。他人生中最大的遗憾，就是放走了纪星池。

"嗯。我接受你的道歉。我们真的两清了。"她淡然一笑。

如今的她又回到了从前的样子，每一个眼神和表情，都让他想起过往，那么沉重。

陈景行深吸一口气，他深切地感受到心脏传来一阵抽搐的痛。他还爱着她，但她已经爱上了别人。

"那你爱他吗？"

这个问题，从前他不敢问出口。现在，再问出来，却剩下了悲伤。他不期望纪星池能回答，他希望她对穆雨时没有那么深的感情。就像她对自己一样，这样……或许自己还会有机会吧？

可是纪星池没有让他如愿，她笑了笑，笑容里尽是甜蜜："嗯，我爱他。"

纪星池无比坚定地看着他的眼睛，希望他能认清现实："景行，我们已经回不去了。往前看吧，你还会遇到更喜欢的人。"

陈景行本来是要跟她解释文初的事，他已经通过微博告诉所有人，他和文初从来没有谈过恋爱，他一直爱的都是纪星池。但是到这一刻他才明白，解释不解释，已经不重要了。文初一直不是他和纪星池之间的阻碍，他们之间最大的障碍只是他们自己。是他的胆怯和被紧紧护住的自尊心，让他失去了她。事隔那么长时间，他才感觉自己是个混蛋。

他笑得很勉强："跟我谈恋爱的时候，你一定很辛苦吧？"

纪星池歪着脑袋想了想，回答："可能当时觉得辛苦，现在想起来，能拥有一段患得患失的恋爱，也是一段美好的人生经历。"

因为经历过这种痛苦，才会知道什么才是自己想要珍惜的。

望着她坦然的笑，陈景行忽然悲哀地发现自己很不喜欢她这样笑，她笑容里的甜蜜不属于他，她笑容里的光芒，也不再是他。她离他越来越远了。他曾折断了纪星池的羽翼，破除掉这份威胁，想将她锁在自己身边。但她是锁不住的海东青，被折断了羽翼仍旧可以找个地方养好伤，重新振翅飞翔。

如今，她依旧是他无法追逐的光芒。

"我们还能做朋友吗？"陈景行收起刹那的恍惚，问了一个全天下分手男女都会问的问题。

但纪星池不是他们，她很果决，从当初她宣告跟他互不相欠那天起，她就很清楚地知道，他们再也没有瓜葛了。她说："对不起，不能！"说完，礼貌地跟他说了再见，推门下车。

陈景行僵硬地坐在车内，久久没有回过神。

第六十三章

穆雨时决定跟纪星池好好表白一次，他挖空了心思，准备了无数的措辞，整理了一段长篇大论，但最终都只是编辑成了文字，发了一段很平淡地叙述往事的微博。

@穆mm：十一年前，我在西藏遇见她，并对她一见钟情。那个时候她还不是所谓的大明星，我第一次对异性动心，完全不知该怎么表达自己的喜欢和心动。我以为从西藏回来后不会再遇见她，可冥冥之中，我又遇见她了，她考上北辰影视学院，成为我的师妹，并且成了大明星，可我那该死的自尊心在作祟，我不敢对她表白。再后来，她经历了一些不愉快，长胖了，我终于有了靠近她的机会，成为她男朋友。她是我今后的人生中最重要的女人，我希望能得到大家的祝福！

纪星池看完了微博，平静地拿过了他的手机，将那一行"她经历了一些不愉快，长胖了"改成了"她因为生病而长胖，休息了很长一段时间"。

穆雨时看着她删掉那些字，质问："你到现在还帮他说话？"

纪星池将微博改好之后亲自点了发送，然后语重心长地教育他："过去的事情已经过去了，又何必再多生事端给人留下话柄呢？我现在只想安安静静地做一个演员，远离娱乐圈的这些话题风波。"

纪星池说完不再理他，低头编辑自己的微博。

一分钟后，穆导又一次愤怒了。因为他看见纪星池转发了自己的微博——文笔差评，这是小学生帮你代笔的吗？

纪星池点评了穆雨时的长篇大论后不久，他们就上了热搜。

其中有不少人纷纷跳出来学纪星池的口吻，调侃穆雨时的文笔太差，一时之间，穆雨时是个文盲的事就传遍了，可把整个娱乐圈娱乐了一把。

就这样，穆雨时和陈景行打架的事情，渐渐消失在网络中。

纪星池利用最后十天的时间，成功将自己的体重保持在九十五斤，上镜的时候很美很有少女感。但在拍摄少女钟晴的时候，他们遇到了一个很大的困难。因为纪星池没有绘画功底，穆雨时在拍她的时候，从她身上找不到当初自己想要的感觉。

那段时间，穆雨时天天黑着脸，对纪星池很不满意。他会对饰演钟晴母亲的演员周锦表示感谢，感谢她为角色付出的努力。他会手把手教饰演钟晴父亲的落魄画家该怎么演戏。唯独到纪星池演戏的时候，他没有任何批评，也没有任何肯定，甚至于他的眼里只有失望！

纪星池第一次从穆雨时眼里看到这种失望。她自己也很害怕，因为穆雨时拍电影的时候，就像是一个不讲道理的疯子，她很清楚，如果她真的达不到穆雨时的要求，他一定会毫不犹豫地换掉她。

纪星池每天都很拼命地演，希望能得到穆雨时的肯定，但结果并不理想，她努力的速度永远都赶不上他对角色的期待。

试拍了半个月之后，穆雨时将纪星池喊到会议室，两个人单独聊。

"我决定将这个项目暂停半年时间！"穆雨时的眼睛里充满了血丝，他也是在无可奈何的情况下才做了这个决定。剧组停机一天，原本预租的场地还要照样付钱。

穆雨时狠狠地盯着她的眼睛，说出自己最后的决定："我给你请了个老师，你利用这半年时间去学画，半年之后我们再回来试试看。如果还是不行的话，我只能替换女主角，而且我已经安排人去各大美院中找适合的人来演这个角色，你要做好心理准备。"

这种情况下，导演通常都会跟主角说套话，比如你的演技其实很不错，但每个角色都有自己的生命，有时候演员不适合这个角色，就像是一个模特没办法展现出衣服的特质，这都是讲究运气和缘分的。但穆雨时很冷血，他直接告诉纪星池，如果你还不能努力改变自己，那我只好换人。电影比他的生命更重要，他不会为了私人感情就做出不理智、不冷静的决定。

纪星池很喜欢这个角色，她不想失去这个机会。就算这部电影不是他拍的，她也会费尽心力去掌握好这个角色。所以，她平静地接受了这个事实。

从这天起，她和穆雨时整整半年都没有再见面。

纪星池在网上订购了几十本跟画家有关的小说，还有各种传奇画家的人物传记。她利用晚上的时间来看书，然后做笔记，去揣摩画家的心理状态。白天，她会准时出现在美术老师何风的家中，从画线条开始学起。画线条、画几何体、画静物写生，然后画铅笔风景。

她悟性很好，老师夸她在色彩方面很有天赋，再加上肯吃苦，她只用了四个月时间就掌握了基本功，进入了学习油画风景的阶段。在这个阶段，因为她功底欠缺，只能从临摹开始学习。

这段时间，她喜欢上了画画，甚至觉得将来如果不能当演员，改行去教小孩子画画也很不错。

画室外，在门缝外偷瞄了几分钟的穆雨时悄悄离开，来到何风的书房。何风看他每个星期都要来一回，来了又不跟人打招呼，一直觉得奇怪。

"你们两个分手了？"何风看他状态没什么不对，试探着八卦了一句。

"没有分手！"穆雨时十分肯定地回答，虽然他们四个月没见面，但每天晚上都会有微信联系。他们有意回避各自的工作，联络感情的方式是每天晚上同时看一部老电影，看完后一起交流观影心得。

"我还真没见过像你们这么谈恋爱的！"何风摇摇头，他真是越来越看不懂现在的年轻人了。

穆雨时高深莫测地说："活久了，你什么都能见到！"

纪星池知道，他不肯跟她见面，不肯跟她交流工作，是因为他比她更紧张。钟晴这个角色，是他为了她量身打造的，在穆雨时心里，只有纪星池才是最完美的人选。如果到了迫不得已的情况要换另外一个演员，那么这部电影在他心里始终是一部不完美的作品。而她也很害怕跟他见面，更害怕辜负了他这一份用心。

因为各自都很忙碌，半年的时间仿佛白驹过隙。到了试演这一天，纪星池很紧张地来到现场，虽然那场戏的台词她早已经滚瓜烂熟，女主钟晴的心理状态她也揣摩过了千万遍。

这场戏是在乡村小学宿舍外的池塘边，初夏的池塘里开满荷花，十六岁的钟晴赤着脚坐在池塘边画荷花，远处是静谧的村庄和悠远的白云。钟父因为被画行老板侮辱一辈子都不可能出名而沮丧，他喝得醉醺醺地回家，看到女儿在池塘边画画，准备走过去毁了女儿的画架，将他的落寞和失意都发泄到女儿身上。可当他看到一池美丽的荷花和村庄跃然于纸上的时候，他突然间被定住了，他看着女儿一笔一笔地上色，然后若有所悟。

钟父问："你喜欢画画吗？"

钟晴以为父亲又要打自己，虽然害怕，却还是倔强而坚定地回答："喜欢！"

钟父问："有多喜欢呢？如果我说你的画一文不值，你这一辈子都不可能出头，你还会喜欢吗？"

钟晴奇怪地看着父亲，仿佛没有听懂这些话，很天真地回答："喜欢就是喜欢啊！跟你说的那些有什么关系呢？我喜欢画画，是因为它让我感觉自己真实地存在这个世界上。"

钟父突然变得很慈祥，摸了摸女儿的头，仿佛认可了女儿的话："喜欢就好！爸支持你画，咱家就算是砸锅卖铁也得供你画。"

钟晴不知道自己的画在父亲眼里已经等同于一沓沓钞票，她因为自己的梦想得到了肯定，突然觉得一向陌生的父亲变得亲切，忍不住向父亲吐露心事："爸爸，你知道吗？我总觉得每天活着都像是做梦一样，吃饭也是做梦，走路也是做梦。只有在画画的时候，我才觉得自己是真实的。我的真实世界只存在于画里……"

镜头移动到荷花上，然后渐渐往上，拍摄村庄和悠远空旷的蓝天。画外音里，是钟父不走心的笑声："真是个傻丫头！既然你喜欢做梦，那爸爸就陪你做一辈子的梦，好不好？"

钟晴开心得简直快要飞起来："太好了，爸爸！你真是世界上最棒的爸爸！"

远处传来钟母的呼唤："开饭了！"

……

穆雨时面无表情地抬头，喊了声："咔！"

纪星池就像是做梦被人叫醒了似的，迷迷糊糊地从梦境中醒过来，她后知后觉地看向穆雨时，但他始终保持一副面无表情的样子，看不出是满意或是失望。

站在他身后的场记对纪星池比了个OK的手势，表示导演很满意。纪星池长长地舒了一口气，她感觉后背快要湿透了。她在钟晴这个角色身上耗费了将近一年的时间，终于还是把握住了这个机会。

穆雨时冰冷的语调响起："各部门注意，准备下一场……"

因为准备时间很充足，她已经将剧本读得滚瓜烂熟，做到了与角色合二为一的境界，接下来的戏，基本都是一遍就过。

最难的那场戏，是钟晴看见母亲杀死父亲的那一场。纪星池因为太过投入，在拍摄结束后仍旧无法从悲伤的情绪中走出来。她又想起了妈妈在西藏出事后，也是一堆人闹哄哄地上门，为了钱来闹事。

钟晴失去了父母，失去了全世界，而这些人却在她父母葬礼上露出狰狞的面孔，他们对她推搡、拉扯，只为争夺她的抚养权。她还有一个月才成年，在这一个月内，她的财产将由监护人保管。

从电影开拍到现在，穆雨时始终像个冷面阎王一样坐在机器前不假辞色，甚至已经有人说他们两个分手了，所以才会没有半点儿私人感情上的交流。但在拍完这场戏后，穆雨时仿佛变了一个人，他从摄影机前起身，将瑟缩在角落里发抖哭泣的纪星池横抱起来，在所有人的注视下将她送回保姆车。

纪星池是在看到他之后，才稍微镇定下来。她搂着他的脖子，像鸵鸟把头埋在沙子里一样，将头埋在他的怀里。颤抖慢慢缓解，由内而外的寒冷也渐渐散去。

保姆车内，穆雨时将纪星池放在座位上，小心翼翼地安慰："好啦，别太伤心了，这场戏已经结束了，你演得很好！今天晚上想吃什么，我让小安子去定位置。去吃你最爱的小龙虾好不好？吃完这一顿，明天陪你一起去健身房跑步。"

纪星池虽然已经止住了哭声，却仍旧忍不住抽泣："我是个灾星对不对？我现在之所以会成功，都是因为我吸走了周围人的运气，所以我父母早逝。还有你，你跟我谈恋爱以后，做什么都不顺利。你看看人家陈景行，他跟我分手后事业突飞猛进，突然之间就飙升成一线当红明星。穆雨时，我们赶快分手吧，我不能害了你，我是个灾星，我会给你带来灾难。"纪星池说到动情处，大口大口地喘气，她现在根本无法控制自己的悲伤情绪！

"就因为这个你就想分手？那你的绝望是不是太轻而易举了？这么容易放弃，当初干吗回这个圈子啊？那个乡下小房子更适合你不是吗？"穆雨时冷漠而充满威胁的声音在她耳边响起，每一个字都像一把匕首，戳得她的心窝子疼。

"如果你冷静下来后，还是要坚持分手，我肯定同意！"穆雨时长长地吸了口气，冷冰冰地扫了她一眼，"还越哭越来劲了。醒醒吧，你说的是剧本上的台词，那是别人指责钟晴的话，钟晴因为把这句话放在心上，从此放弃画画。难道你也想像钟晴一样，从此不再演戏，然后被所有人都放弃，最后横死街头吗？"

纪星池被他骂蒙了，却还不忘记一边抽泣一边顶嘴："钟晴没死在街上，她是死在自己家里，那场戏是在室内拍的。"

穆雨时看她还不忘顶嘴，就知道她差不多醒了，板着脸继续骂："那你接着哭啊！六是没哭够吗？"

纪星池摇摇头，瓮声瓮气地回答："哭完了，不哭了！"

穆雨时看她傻气的模样，很想笑却又使劲儿憋着，继续冷声问："还分手吗？"

纪星池这会儿反应不迟钝了，连忙狗腿地捧着他的脸吧唧一口，摇摇头："不分手了！"

"吃小龙虾吗？"

纪星池反射性地摇头："不吃……"反应过来后又用力点头，"要吃小龙虾！吃最大盆的那种。你说好的，不能反悔，明天要陪我去跑步，我可没忘。"

"都决定要跟我分手了，还惦记着我陪你跑步。"穆雨时鄙夷地看了她一眼，拿出手机拨给小安子："告诉他们，近几天差不多了，准备收工。晚上我请所有人吃小龙虾，你现在去定位置。"

第六十四章

电影拍得很顺,接下来的剧情只拍了四十天,所有戏全部杀青以后,为了让她能快点儿脱离钟晴这个角色,穆雨时放下一切工作,陪她去马尔代夫住了一个星期才回来。

回来之后,两人又各自投入了忙碌的工作。

李魁的剧场已经慢慢步入正确的轨道,现在他们剧团差不多有五十个演员,这些人当中有一半以上是为了能跟纪星池合作才留在这里的。纪星池不排练的时候偶尔也会当老师,教剧组的新人演戏。穆雨时在忙后期制作和宣发工作。但两个人无论再忙,每天晚上都会聊微信,至少一个星期见一次。

《画晴》的成片出来以后,穆老瞒着穆雨时在公司偷偷看完了整部电影,从放映厅出来后他还板着脸,但嘴角那处可疑的笑实在瞒不住众人。回家以后,他绘声绘色地跟迟景之说什么虎父无犬子,那臭小子还真有点儿本事之类的话。老头子抱着不可见人的私念,偷偷将今年公司所有的电影成片都报名了金奥奖,当时穆雨时正坐在剪辑室内审片,压根不知道有这回事。

小安子告诉他《画晴》入围了今年的金奥奖时,穆雨时还红着眼睛瞪他一眼:"滚犊子,没看见我很忙吗?再废话当心我扣你一个月工资!"小安子只好一脸苦笑地拿出手机给他看新闻。

每年的金奥奖,老穆都会作为评委参加审片,但是今年他以身体不好为由拒绝了当评委的机会。

虽然他没有参加评选,最后还是有几个老友忍不住将最佳女主角是他儿媳妇的结果透露给了他。所以,在纪星池还不知道自己成了金奥奖最佳女主角的时候,她的男朋友已经提前知道了这个结果。

颁奖典礼那天,纪星池紧张得手心都是汗,因为入围的四个女演员中她是资历最浅的。这是她第一次入围,很多演员都陪跑了好几年才能拿到这个奖。

纪星池捂着脸,偷偷在穆雨时耳边说:"亲爱的,我心脏病要发作了。你能不能发挥你的毒舌告诉我不要痴心妄想,告诉我这个奖我百分百拿不到,让我能好好坐下来挨到典礼结束?"

穆雨时如她所愿:"你别做梦了,这个奖你拿不到的,能入围都已经算是踩了狗屎运了!"

"哪有这么打击人的,你身为男朋友不能说点儿鼓励人心的话?"纪星池一脸哀怨地看着他。

"是你让我打击的！"穆雨时不走心地鼓励她，"好啦，你别担心，你肯定能拿最佳女主角。"

纪星池扫了他一眼："你也入围了最佳青年导演奖，你为什么不紧张？"

"我才多大，还不到三十。"穆雨时是真的没期待自己会获奖，所以他很淡定，"你回想一下，哪个最佳青年导演是在二十几岁得奖的？能上来陪跑，顺便露个脸，我已经很知足了。"

纪星池点点头："心态很好，我要向你学习！"

穆雨时不紧张是因为他早就开心得过了头，他早就从父亲那里知道了纪星池会获奖。

老头子做梦都想抱孙子，早早给他出了个馊主意，让他在纪星池获奖的时候上去求婚。他已经把鲜花和戒指都准备好了，蛋糕也准备好了。

虽然计划很完美，但在实施这个计划的时候，出了点儿小意外。纪星池从颁奖嘉宾手里拿过奖，正在发表获奖感言的时候，陈景行掐着点上去献了花。穆雨时后悔得肠子都青了，他做梦都没防备陈景行这小子会提前准备好花，难道他也提前知道了纪星池会得这个奖？

纪星池抱着花和奖杯从台上走下来的时候，穆导还在跟自己生闷气。

"怎么了，我得了奖你怎么反而不开心？"纪星池看他冷着脸也不知道在跟谁生气。

穆导掐着手心里的戒指盒，咬牙切齿道："我有哮喘，对花粉过敏，你把花挪开些！"

纪星池了解了男朋友生气的理由，赔着笑，小声说："当着这么多人的面，我总不能马上扔了这束花吧！你忍一忍，典礼结束之后我立刻将花丢进垃圾桶。"

小两口说着悄悄话，连台上颁奖的声音都没听见，还是隔壁的另一位演员提醒穆雨时："台上正在颁奖呢，你得了最佳青年导演奖，赶紧上去领奖呀！"

穆雨时没反应过来隔壁那位好心人说了什么。

这时，主持人又笑着重复了一遍："有请穆雨时导演上台领奖！"

大屏幕上，切换了穆雨时那张还没来得及反应过来的脸，整个会场的人都被他逗笑，然后善意的掌声响起，为他加油打气！

纪星池无可奈何地看着他："我的大导演啊，还不快上去领奖。"

穆雨时稍稍整理了一下仪容，发现手里还握着个东西，很随意地将手里的盒子交给了女朋友："你帮我拿着！一会儿别忘了还给我。"

他脑袋都是木的，父亲只告诉他女朋友会获得最佳女主角的奖，并没有说他也会得奖。他一直觉得自己年纪尚轻、资历尚浅，还不具备获奖的资格。突然一个大馅饼落下来，他有些接不住。最后发表获奖感言的时候，穆雨时的脑袋还是空的。但他毕竟是见过世面的，这点儿临场发挥的能力还是有。

他在一众青年导演中站着，格外突出。如果不是主持人介绍这是最佳青年导演奖，不知情的人还以为他获得的是最佳男演员奖。

"对不起！我其实没想过自己能领这个奖，因为我觉得能来这儿陪跑已经很荣幸了。"穆雨时从容一笑，不再紧张，他缓缓地看向纪星池，"能得这个奖，我最想感谢的是《画晴》的女主角纪星池。当时我为了激发她的潜能，在拍摄的时候一直在给她心理压力。到今天为止，我从来没有肯定过她对电影的付出，我当时甚至还当着她的面在面试别的演员。不瞒大家说，我刚才在台下走神是因为懊恼自己错失了向她求婚的机会。我本来是想在主持人宣布她获得最佳女主角的那一刻，在台上向她求婚的，结果却发生了一个意外的小插曲。然后，我也很感激各位评委各位前辈对我的肯定，让我又有了一次向她求婚的机会。"穆雨时说完，掏了掏口袋，这才发现戒指根本没带上台。

台下的观众没想到自己来观看颁奖典礼，居然还能吃到狗粮，就在他翻找口袋的时候，台下已经有熟悉的人在吹口哨欢呼了。

纪星池傻眼间，四周的演员们已经有人站起来跟她道喜了，她也没想到穆雨时会来这么一出，愣在原地，好半天才想起来戒指在自己手上。

导播很贴心，为了给穆雨时找戒指的时间，他们将大屏幕上的镜头切到了坐在第一排的纪星池身上。而台下的纪星池更像个傻子一样，一直在冲着台上挥手。

主持人调侃起来："看来我们的准新娘已经迫不及待了。"

台下发出一阵狂笑声，搞得纪星池面红耳赤，她干脆站了起来，提着裙子往台上跑，亲自给穆雨时送戒指……当戒指交到穆雨时的手中，众人这才看清楚，原来她是来送戒指的，又是一阵爆笑。

纪星池给完戒指，转身就想跑，穆雨时回过神，条件反射地就拉住了她："你去哪儿啊？我还没开始求婚呢！"

纪星池感觉自己的老脸都被他丢尽了："那你快点儿！"她立即伸出了手，示意他赶紧戴戒指。

台上的主持人和穆雨时都愣住了，台下又是一阵笑声，纪星池更尴尬了。

主持人笑完，贴心地将话筒交给她："星池，你怎么比人家新郎还心急啊。"

纪星池脸红得快要滴出血了，闭着嘴巴不敢说话。关键时候穆雨时还是很维护自己女朋友的，立马就抢过了话头，开玩笑道："早知道，我先等着她来求婚好了。"

纪星池用力地捶了他一下："你到底还要不要求婚了？"

穆雨时立即点头："要，要，肯定要啊。"

话音刚落，这时音效老师似乎也找到了合适的音乐，穆雨时顿时紧张了，他慌张地看着纪星池:"那你……要不要嫁给我啊?"

纪星池被他的问话搞得很无语。

"你要是不愿意,我就赖在这台上不下去了……"

一阵哄笑声中,纪星池蚊子一样的声音立刻被淹没了。

穆雨时竖着耳朵:"没听见,你再说一遍。"

纪星池垂着脑袋,简直不敢看台下,只好又重复了一遍:"我说,我要啊。你好烦,别问了,快点儿给我戴上戒指,我们赶紧下去……"

话没说完,穆雨时已经抱起她直接在台上转了一大圈。此时,观众席的掌声如雷鸣一般响起,音乐的节奏也缓缓跟上来。

穆雨时以为很丢脸,一直不敢看颁奖那天的黑历史,其实他不知道,在金奥奖颁奖那天,网上直播的弹幕满屏都是——人家也好想被穆导求婚!

全文完

喜剧女王

作者
罗小苇

绘图
西琉

封面设计
杨小娟

内文版式
邹子欣

图片总监
杨小娟

责任编辑
万旭进

责任发行
周冬梅

出版社
中国致公出版社

总出品
湖北知音动漫有限公司

制作出品
知音动漫图书·漫客小说绘

平台支持

图书在版编目（CIP）数据

喜剧女王 / 罗小茡著. — 北京：中国致公出版社，2020

ISBN 978-7-5145-1563-3

Ⅰ.①喜… Ⅱ.①罗… Ⅲ.①长篇小说 – 中国 – 当代 Ⅳ.①I247.5

中国版本图书馆CIP数据核字(2020)第024909号

本书由罗小茡授权湖北知音动漫有限公司正式委托中国致公出版社，在中国大陆地区独家出版中文简体版本。未经书面同意，不得以任何形式转载和使用。

喜剧女王 / 罗小茡 著

出　　版	中国致公出版社
	（北京市朝阳区八里庄西里100号住邦2000大厦1号楼西区21层）
出　　品	湖北知音动漫有限公司
	（武汉市东湖路169号）
发　　行	中国致公出版社（010-66121708）
作品企划	知音动漫图书·漫客小说绘
责任编辑	万旭进
装帧设计	杨小娟　邹子欣
印　　刷	武汉竞诚意印刷有限公司
版　　次	2020年9月第1版
印　　次	2020年9月第1次印刷
开　　本	710mm×1120mm　1/16
印　　张	20
字　　数	382千字
ISBN	978-7-5145-1563-3
定　　价	42.80元

版权所有，盗版必究（举报电话：027-68890818）
（如发现印装质量问题，请寄本公司调换，电话：027-68890818）